LES AVENTURIERS DE LA MER **2**

Le navire aux esclaves

Du même auteur
aux Éditions J'ai lu

L'assassin royal :
1 – L'apprenti assassin, *J'ai lu* 5632
2 – L'assassin du roi, *J'ai lu* 6036
3 – La nef du crépuscule, *J'ai lu* 6117
4 – Le poison de la vengeance, *J'ai lu* 6268
5 – La voie magique, *J'ai lu* 6363
6 – La reine solitaire, *J'ai lu* 6489
7 – Le prophète blanc, *J'ai lu* 7361
8 – La secte maudite, *J'ai lu* 7513
9 – Les secrets de Castelcerf, *J'ai lu* 7629
10 – Serments et deuils, *J'ai lu* 7875
11 – Le dragon des glaces, *J'ai lu 8173*
12 – L'homme noir, *J'ai lu 8397*

Les aventuriers de la mer :
1 – Le vaisseau magique, *J'ai lu* 6736
2 – Le navire aux esclaves, *J'ai lu* 6863
3 – La conquête de la liberté, *J'ai lu* 6975
4 – Brumes et tempêtes, *J'ai lu* 7749
5 – Prisons d'eau et de bois, *J'ai lu* 8090
6 – L'éveil des eaux dormantes, *J'ai lu* 8334

Ki et Vandien :
1 – Le vol des harpies, *J'ai lu* 8203
2 – Les ventchanteuses, *J'ai lu* 8445

ROBIN HOBB

LES AVENTURIERS DE LA MER **2**

Le navire aux esclaves

Traduit de l'anglais
par A. Mousnier-Lompré

J'AI LU

Titre original :
SHIP OF MAGIC
(deuxième partie)
The Liveship Traders

CET OUVRAGE EST DÉDIÉ

Au *Devil's Paw*
Au *Totem*
Au *E J Bruce*
Au *Free Lunch*
Au *Labrador* (Des écailles ! Des écailles !)
Au (bien nommé) *Massacre Bay*
Au *Faithful* (Ohé des Ours en Gélatine !)
À l'*Entrance Point*
Au *Cape St. John*
À l'*American Patriot* (et cap'taine Wookie)
Au *Lesbian Warmonger*
À l'*Anita J* et au *Marcy J*
Au *Tarpon*
Au *Capelin*
Au *Dolphin*
Au *Good News Bay* (pas très bonnes, les nouvelles !)
Et même au *Chicken Little*

Mais particulièrement à *Rain Lady*
où qu'elle soit aujourd'hui.

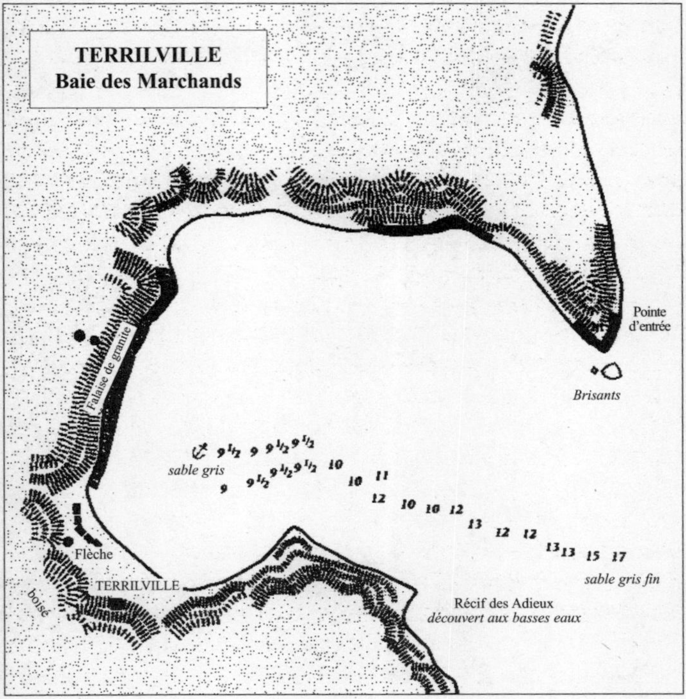

TERRILVILLE
Baie des Marchands
Pointe d'entrée
Brisants
Falaise de granite
sable gris
9 9 1/2 9 9 1/2 9 1/2
9 9 1/2 9 1/2 9 1/2 10
10 11
12 10 10 12
13 12 12
13 13 15 17
sable gris fin
Flèche
TERRILVILLE
boisé
Récif des Adieux
découvert aux basses eaux

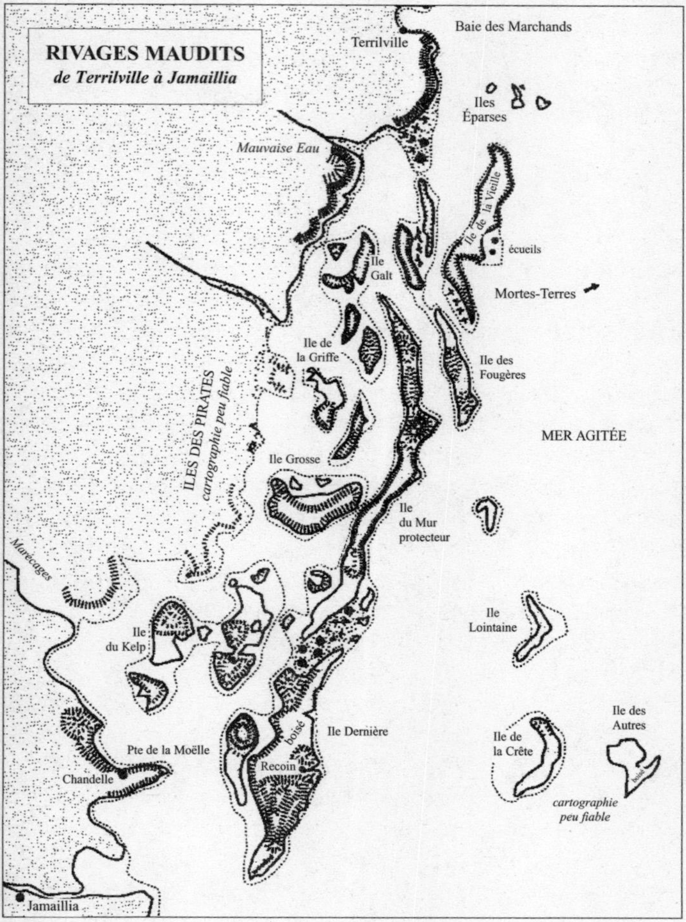
RIVAGES MAUDITS
de Terrilville à Jamaillia
Terrilville
Baie des Marchands
Iles Éparses
Mauvaise Eau
Ile de la Vieille
écueils
Ile Galt
Mortes-Terres
Ile de la Griffe
Ile des Fougères
ILES DES PIRATES
cartographie peu fiable
MER AGITÉE
Ile Grosse
Ile du Mur protecteur
Marécages
Ile Lointaine
Ile du Kelp
Ile des Autres
Ile Dernière
boisé
Ile de la Crête
Pte de la Moëlle
Recoin
Chandelle
cartographie peu fiable
Jamaillia

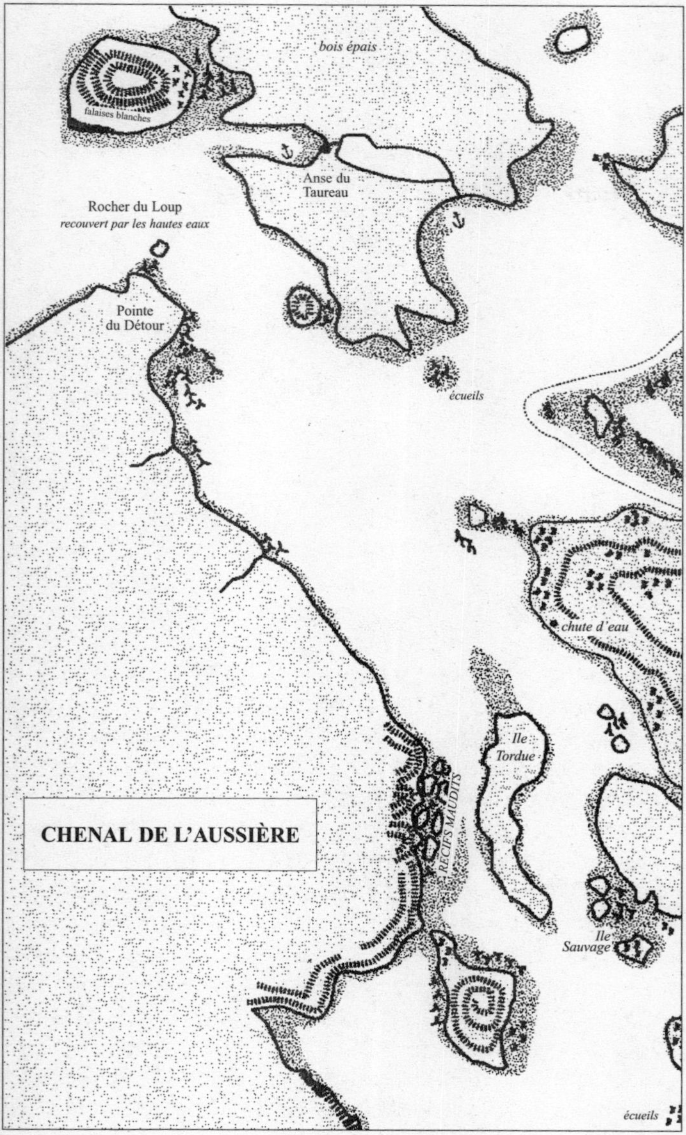
bois épais
falaises blanches
Anse du
Taureau
Rocher du Loup
recouvert par les hautes eaux
Pointe
du Détour
écueils
chute d'eau
Ile
Tordue
RÉCIFS MAUDITS
CHENAL DE L'AUSSIÈRE
Ile
Sauvage
écueils

PLEIN ÉTÉ

1

CHANGEMENTS

Brashen s'éveilla avec les yeux collés et un torticolis. Le soleil du matin se déversait par les fenêtres en saillie qui prenaient toute une extrémité de la cabine ; c'était une lumière glauque, brouillée par les algues qui recouvraient l'extérieur des vitres, mais de la lumière néanmoins, assez forte pour signaler à l'homme que le jour était levé et qu'il était temps d'en faire autant.

Il descendit de son hamac. Des remords... Il avait des remords... D'avoir dépensé toute sa paye après s'être juré de faire plus attention cette fois ? Certes, mais c'était habituel ; il y avait autre chose, aux dents plus tranchantes. Ah oui ! Althéa ! Elle était présente la veille et le suppliait de la conseiller, ou alors il avait rêvé d'elle, et il lui avait donné ses conseils les plus amers, sans un mot d'espérance ni la moindre proposition d'aide.

Il essaya de chasser ce souci de son esprit. Après tout, que devait-il à cette gamine ? Rien, rien du tout. Ils n'étaient même pas vraiment amis. Le fossé social entre eux était trop grand. Il était simple second sur le navire de son père, tandis qu'elle était la fille du capitaine ; l'amitié n'avait pas sa place dans cette relation. Quant au vieux, ma foi, oui, Ephron Vestrit lui avait donné un bon coup de main, il lui avait offert l'occasion de prouver sa valeur alors que personne d'autre ne voulait rien entendre, mais il était mort, à présent, et il n'y avait plus qu'à tirer l'échelle.

En outre, aussi amers qu'aient pu être ses conseils, ils étaient parfaitement exacts : si Brashen avait pu remonter le temps, il ne se serait jamais disputé avec son père ; il aurait poursuivi ses interminables études, il se serait soumis à ses fonctions sociales, il se serait tenu à l'écart de la boisson et de la cindine, il aurait épousé celle qu'on aurait choisie pour lui, et il serait aujourd'hui l'héritier de la fortune Trell à la place de son frère cadet.

Cette pensée lui rappela que rien de tout cela ne s'était réalisé, qu'il avait dépensé la veille ce qui lui restait d'argent, à part quelques pièces, et qu'il ferait mieux de s'inquiéter de son propre sort plutôt que de celui d'Althéa. Il faudrait qu'elle se prenne seule en charge. Elle devait rentrer chez elle, voilà tout. Quel était le pire qui pouvait lui arriver, de toute façon ? On la marierait à un homme convenable, elle vivrait dans un logis confortable avec des domestiques et de bons repas, elle porterait des vêtements taillés sur mesure et elle participerait à la ronde infinie de bals, de thés et de réceptions, apparemment essentiels à la société de Terrilville en général et à celle des Marchands en particulier. Il émit un discret grognement de mépris : lui-même aurait aimé qu'un sort aussi cruel lui soit réservé. Il se gratta la poitrine, puis la barbe ; il se passa les deux mains dans les cheveux pour les aplatir et les écarter de son visage. Il était temps de trouver du travail, et donc de faire un brin de toilette puis de se rendre sur les quais.

« Bonne matinée ! » lança-t-il à Parangon en contournant la proue du navire.

La figure de proue paraissait éternellement mal à son aise, fixée qu'elle était à l'avant du bâtiment fortement incliné. Brashen se demanda soudain si elle avait des douleurs dans le dos, mais il n'eut pas le courage de poser la question. Ses bras musculeux croisés sur sa poitrine nue, Parangon faisait face aux eaux scintillantes sur lesquelles d'autres bateaux entraient dans le port et en sortaient. Il ne se tourna même pas vers Brashen. « Après-midi, le corrigea-t-il.

— En effet, répondit le jeune homme. Et il est donc plus que temps que j'aille sur les quais. Il faut que je cherche un nouveau boulot.

— Je ne pense pas qu'elle soit rentrée chez elle, déclara Parangon. Sinon, elle aurait suivi le même chemin qu'autrefois, par les falaises et à travers le bois ; mais, après m'avoir dit au revoir, je l'ai entendue s'éloigner sur la plage en direction de la ville.

— Althéa, tu veux dire ? » fit Brashen en s'efforçant de prendre un ton détaché.

La figure de proue aveugle hocha la tête. « Elle s'est levée dès l'aube. » On eût presque dit un reproche. « Je venais d'entendre le premier chant des oiseaux quand elle s'est réveillée et qu'elle est sortie. Elle n'avait d'ailleurs pas beaucoup dormi cette nuit.

— Elle avait matière à réflexion, c'est vrai. Elle s'est peut-être rendue en ville ce matin, mais je parie qu'elle sera rentrée chez ses parents avant la fin de la semaine. Après tout, où peut-elle aller d'autre ?

— Seulement ici, j'imagine, répondit le navire. Eh bien, tu vas chercher du travail aujourd'hui ?

— Si je veux manger, je dois travailler. Je m'en vais donc aux quais ; je vais essayer les pêcheurs, je crois, ou les navires-abattoirs au lieu des marchands. Il paraît qu'on peut gagner rapidement du galon à bord d'un baleinier ou d'un delphinier ; en plus, ils embauchent facilement – c'est du moins ce qui se raconte.

— Surtout parce qu'on y meurt beaucoup, fit Parangon sans prendre de gants. C'est ce que j'avais entendu dire à l'époque où j'étais en position de partager ce genre de rumeur : ces navires restent trop longtemps en mer, les capitaines les chargent excessivement et engagent plus d'hommes qu'il ne leur en faut parce qu'ils ne s'attendent pas à ce que tous survivent aux voyages.

— On m'a rapporté des ragots de cette espèce aussi », reconnut Brashen à contrecœur. Il s'accroupit, puis s'assit sur le sable à côté du bateau échoué. « Mais quelle autre solution ai-je ? J'aurais dû écouter le capitaine Vestrit depuis le début ; j'aurais un peu d'argent de côté, aujourd'hui. » Il éclata d'un rire sans joie. « Je regrette que personne ne m'ait conseillé, il y a tant d'années, de ravaler mon stupide orgueil et de rentrer chez moi. »

Parangon fouilla dans ses souvenirs. « Si les regrets étaient des chevaux, les mendiants n'iraient pas à pied, déclara-t-il avant de sourire, l'air presque content de lui. Voilà un aphorisme que je ne m'étais pas rappelé depuis bien longtemps.

— Et qui est parfaitement exact, acquiesça Brashen, maussade. J'aurais donc intérêt à me rendre aux quais et à trouver un boulot sur un de ces bateaux-abattoirs puants ; on y pratique plus la boucherie que le métier de marin, paraît-il.

— Et c'est du travail dégoûtant, fit Parangon. Sur un honnête marchand, on se salit les mains dans le goudron ou on se retrouve trempé d'eau de mer glacée, c'est vrai, mais sur un navire-abattoir, on est souillé par le sang, la tripaille et l'huile ; qu'on se coupe le doigt et l'infection emporte toute la main – si on n'y passe pas carrément. Et sur les bâtiments qui font en plus commerce de viande, on passe la moitié de son temps de sommeil à tasser de la carne dans des bacs de sel. Sur les navires avides, les marins finissent par dormir à côté de leur cargaison puante.

— C'est fou ce que tu es encourageant ! dit Brashen d'un ton morne. Mais quel choix ai-je ? Aucun. »

Parangon éclata d'un rire singulier. « Comment peux-tu dire ça ? Tu as le choix auquel je n'ai pas droit, le choix que tous les hommes tiennent pour si évident qu'ils ne se rendent même pas compte qu'ils l'ont.

— Et quel est-il ? » demanda Brashen, mal à l'aise. Le navire avait pris un ton surexcité, comme celui d'un adolescent irréfléchi qui se laisse aller à des rêveries échevelées.

« Cesser. » Parangon prononça le mot avec un désir qui lui coupait le souffle. « Cesser, simplement.

— Cesser quoi ?

— Cesser d'être. Tu es une créature si fragile, à la peau plus fine que de la toile, aux os plus délicats que n'importe quelle vergue. Le dedans de ton corps est mouillé comme la mer, salé comme elle, et prêt à se répandre à la moindre entaille dans ton enveloppe. Il est si facile pour toi de cesser d'être ! Ouvre ta peau et laisse couler ton sang salé, laisse les animaux marins emporter ta chair morceau par morceau jusqu'à ce qu'il ne reste de toi qu'une poignée d'os recouverts de vase et retenus ensemble par quelques tendons mâchonnés, et tu ne sauras, tu ne sentiras, tu ne penseras plus rien. Tu auras cessé d'être. Cessé d'être.

— Je n'en ai pas envie, répondit Brashen à mi-voix. Pas comme ça. Personne n'a envie de cesser d'exister ainsi.

— Personne ? » Parangon éclata de rire à nouveau, et sa voix trop aiguë se brisa. « Ah, j'ai pourtant connu quelques hommes qui en avaient envie, et certains qui l'ont fait. Et ça se terminait de la même manière, qu'ils en aient envie ou non. »

*
**

« L'une des deux présente un petit défaut.

— Vous devez vous tromper, j'en suis sûre, répondit Althéa d'un ton glacé. Elles sont parfaitement appariées, elles ont une teinte profonde et elles sont de la meilleure facture. La monture est en or. » Elle plongea le regard dans celui du joaillier. « Mon père ne m'a jamais rien offert qui ne soit de qualité supérieure. »

L'homme bougea la main et les deux petites boucles d'oreilles roulèrent au creux de sa paume. Sur Althéa, elles paraissaient raffinées et délicates ; dans la main du joaillier, elles avaient seulement l'air simple et menu. « Dix-sept, proposa l'homme.

— Il m'en faut vingt-trois. » Elle s'efforça de dissimuler son soulagement : avant d'entrer dans la boutique, elle avait décidé de ne pas accepter en dessous de quinze ; néanmoins, elle tirerait autant de pièces que possible du négociant : se séparer de ces bijoux lui était difficile et elle ne disposait guère d'autres ressources.

Il secoua la tête. « Dix-neuf ; je peux monter jusqu'à dix-neuf mais pas au-delà.

— À dix-neuf, ce serait possible », fit Althéa en scrutant le visage de l'homme. Quand elle vit son regard s'allumer, elle ajouta : « À condition que vous me mettiez deux simples boucles d'oreilles en or pour remplacer celles-ci. »

Une demi-heure de marchandage plus tard, elle quitta la boutique. Deux boucles d'argent s'étaient substituées à celles que son père lui avait offertes pour son treizième anniversaire et qu'elle voulait considérer uniquement comme de simples biens qu'elle venait de vendre. Elle conservait le souvenir de son père en train de les lui remettre ; les bijoux eux-mêmes, elle n'en avait pas besoin : ce n'aurait été qu'une source d'ennuis en plus.

Étrange, tout ce qu'elle tenait comme allant de soi : acheter de la toile de coton épaisse était évident, mais ensuite il fallait aussi se procurer aiguille, fil et paumelle, ainsi que des ciseaux pour couper le tissu. Elle résolut de se fabriquer un petit sac pour y fourrer ces instruments ; si elle poursuivait son projet jusqu'au bout, ils représenteraient les premiers objets dont elle aurait fait l'emplette pour sa nouvelle vie.

Déambulant dans le marché animé, elle l'observa d'un œil neuf. Désormais, la question n'était plus de savoir ce qu'elle pouvait acheter comptant et ce qu'elle devait faire porter sur le compte familial : certaines denrées étaient brusquement hors de ses moyens. Il ne s'agissait pas seulement de somptueux tissus ni d'orfèvrerie princière, mais d'articles aussi ordinaires qu'un charmant jeu de peignes. Elle se laissa aller à les examiner un moment, puis à les placer près de ses cheveux tandis qu'elle se regardait dans le miroir public et imaginait l'effet qu'ils auraient eu au bal d'Été. Avec une robe taillée dans la soie verte et fluide bordée de la dentelle crème qu'elle avait rapportée lors de son dernier voyage... L'espace d'un instant, elle s'y vit presque, retrouva presque l'existence qui était la sienne à peine quelques jours plus tôt.

Puis cela passa ; tout à coup, Althéa Vestrit et le bal d'Été lui semblèrent un personnage et un événement d'une histoire qu'elle avait inventée. Combien de temps avant que les membres de sa famille ouvrent son coffre de marin ? Devineraient-ils à qui les divers présents étaient destinés ? Elle alla même jusqu'à se demander si sa sœur et sa mère verseraient une larme devant les cadeaux de la petite dernière qu'elles avaient laissé chasser de chez elle. Avec un sourire dur, elle reposa les peignes sur le plateau du marchand ; le temps n'était pas à la sensiblerie. Même si son coffre restait fermé, cela n'avait aucune importance, se dit-elle durement ; ce qui en avait, en revanche, était de trouver un moyen de survivre, car, contrairement au conseil ridicule de Brashen Trell, elle n'allait pas s'aplatir pour rentrer chez elle comme une enfant gâtée incapable de se débrouiller toute seule. Non : cela ne ferait que démontrer la véracité de ce que Kyle pensait d'elle.

Elle se redressa et reprit ses déambulations dans le marché avec une détermination renouvelée. Elle acheta quelques denrées ordinaires : des pruneaux, un coin de fromage et quelques petits pains, de quoi tenir la journée, pas davantage. Deux bougies bon marché et une boîte d'amadou avec silex et acier achevèrent ses emplettes.

Elle n'avait plus guère à faire en ville ce jour-là, mais elle rechignait à s'en aller ; aussi se promena-t-elle quelque temps dans le marché, saluant ceux qui la reconnaissaient et acceptant leurs condoléances pour la mort de son père. Elle n'avait plus mal quand on parlait de lui ; ce n'était plus qu'un sujet de conversation, une gêne dont il fallait se débarrasser. Elle n'avait pas envie de penser à lui ni de discuter avec de vagues inconnus du chagrin que sa disparition lui causait ; et surtout elle ne voulait pas se laisser entraîner dans un échange qui risquerait de soulever la question de sa rupture avec sa famille. Elle se demanda combien de personnes étaient au courant ; Kyle ne tiendrait pas à ce qu'on l'annonce sur la place publique, mais les domestiques parleraient, comme toujours, et la nouvelle se répandrait dans la ville. Althéa préférait ne plus être là quand la rumeur serait connue de tous.

De toute manière, rares étaient les habitants de Terrilville qui la reconnaissaient, et, à l'inverse, elle ne reconnaissait quasiment personne à part les courtiers et les négociants avec lesquels son père traitait. Sans même s'en rendre compte, au cours des années, elle s'était peu à peu retirée de la société de la cité ; n'importe quelle jeune fille de son âge aurait participé à six événements sociaux au moins au cours des six mois écoulés : bals, galas et autres festivités ; elle-même n'avait pas fait la moindre apparition nulle part depuis... oh, depuis le bal des Moissons. Son programme de voyages ne l'avait pas permis, et puis bals et dîners ne lui paraissaient pas importants à l'époque, puisqu'elle pouvait y revenir quand elle le désirait. C'était fini, à présent, les robes sur mesure avec les pantoufles assorties, le rouge à lèvres et les parfums ; tout cela s'était englouti dans la mer avec le corps de son père.

Le chagrin qu'elle croyait assoupi la prit soudain à la gorge. Se détournant de son chemin, elle s'engagea à pas pressés dans une rue, puis dans une autre, en battant furieusement des paupières pour empêcher ses larmes de couler. Quand elle se fut reprise, elle ralentit et promena son regard autour d'elle.

Elle se trouvait devant la boutique d'Ambre.

Comme la première fois, un étrange et mauvais pressentiment la fit frissonner. Elle ne voyait aucune raison de se sentir menacée par une joaillière, mais c'était le cas. Pourtant, cette femme n'était pas une Marchande, ce n'était même pas une véritable orfèvre : elle sculptait le bois, au nom de Sa ! Des morceaux de bois qu'elle vendait sous l'appellation de bijoux ! Sur un coup de tête, Althéa décida d'aller examiner les produits qu'elle proposait ; avec la même résolution qu'elle aurait mise à saisir une ortie à pleines mains, elle poussa la porte et pénétra d'un pas ferme dans la boutique.

Il y faisait plus frais qu'à l'extérieur, et presque noir par contraste avec l'éclat de la rue baignée de soleil. Comme ses yeux s'accommodaient à la pénombre, Althéa distingua mieux le poli et la simplicité de l'échoppe : le plancher était en pin poncé, les étagères en bois ordinaires elles aussi ; les articles à la vente y étaient disposés sur de simples carrés de tissu aux teintes profondes. Certains colliers plus ouvragés étaient accrochés aux murs derrière le comptoir. Il y avait aussi des récipients de grès remplis de perles dans toutes les nuances que pouvait avoir le bois.

En outre, on ne trouvait pas que des bijoux, mais également des saladiers et des assiettes sculptés avec une rare élégance et une grande attention au grain, des coupes de bois qui n'auraient pas déparé la table d'un roi, des peignes taillés dans des bois parfumés. Aucun article n'était constitué d'objets assemblés : dans tous les cas, les formes avaient été découvertes dans le bois, mises à nu d'un seul tenant et dotées de leur éclat par le ciselage et le polissage ; ainsi, un siège provenait d'un énorme tronc d'arbre ; Althéa n'en avait jamais vu de pareil, sans jambes mais creusé d'une dépression lisse dans laquelle une personne mince pouvait se pelotonner. Blottie dedans, les genoux pliés, le bout de ses pieds chaussés de sandales dépassant de l'ourlet de sa robe, se trouvait Ambre.

L'espace d'un instant, Althéa resta saisie d'avoir pu regarder la femme sans même l'apercevoir. Cela tenait à son teint et à la nuance de ses cheveux et de ses yeux, se dit-elle ; Ambre était de la même couleur de la tête aux pieds, ses vêtements compris, et cette couleur était identique à celle, miel, du bois. Elle dévisageait Althéa, les sourcils levés d'un air interrogateur.

« Vous désiriez me voir ? demanda-t-elle à mi-voix.

— Non ! » s'exclama la jeune fille, ce qui était la vérité mais aussi un réflexe. Elle fit un effort pour se reprendre et déclara d'un ton hautain : « J'étais simplement curieuse d'examiner ces bijoux de bois dont on m'a tant parlé.

— Car, bien sûr, vous vous y entendez en bois fins », fit Ambre en hochant la tête.

Elle s'était exprimée d'une voix presque dépourvue d'inflexion. S'agissait-il d'une menace ? D'un sarcasme ? D'une simple remarque ? Althéa n'en savait rien. Et tout à coup elle ne put supporter que cette tailleuse de bois, ce simple artisan, ose s'adresser à elle ainsi : par Sa, elle était la fille d'un Marchand de Terrilville, Marchande de Terrilville elle-même en toute légitimité, alors que cette femme, cette parvenue, n'était qu'une nouvelle arrivée qui avait eu l'audace de s'approprier une boutique rue du Désert des Pluies. Toutes les frustrations et toute la colère qu'Althéa contenait depuis une semaine trouvèrent en elle une cible idéale. « Vous parlez de ma vivenef, répondit la jeune fille d'un ton de défi qui ne laissait pas de doute quant au droit de la femme à mentionner son navire.

— A-t-on légalisé l'esclavage à Terrilville ? » Encore une fois, le visage aux traits fins n'afficha aucune véritable expression. Ambre avait posé la question comme si elle découlait naturellement des dernières paroles d'Althéa.

« Bien sûr que non ! Que les Chalcédiens gardent leurs ignobles coutumes pour eux ! Terrilville ne les reconnaîtra jamais comme légitimes.

— Ah ! Mais pourtant... (un bref silence)... vous désignez la vivenef comme la vôtre. Peut-on être propriétaire d'une créature vivante et intelligente ?

— Vivacia est ma vivenef au même titre que ma sœur est à moi : c'est un membre de ma famille ! » jeta la jeune fille avec violence. Elle n'aurait su dire pourquoi elle éprouvait soudain une telle colère.

« Un membre de votre famille... Je vois. » D'un mouvement fluide, Ambre se leva. Elle était plus grande que ne s'y attendait Althéa, et, si elle n'était pas jolie, encore moins belle, il y avait en elle quelque chose d'attirant. Vêtue sans extravagance, elle avait un port gracieux, et le tissu finement plissé de sa robe faisait écho aux petites ondulations de sa chevelure. Son aspect unissait la simplicité et l'élégance de ses sculptures. Elle planta son regard dans celui d'Althéa. « Vous revendiquez une parenté avec le bois. » Un sourire voleta sur ses lèvres, et sa bouche eut soudain une expression généreuse. « Nous avons peut-être plus de facettes en commun que je n'osais l'espérer. »

Malgré cette déclaration qui indiquait apparemment de bonnes dispositions, la méfiance d'Althéa s'accrut. « Vous l'espériez ? fit-elle d'un ton froid.

Pourquoi espérer que nous ayons quoi que ce soit en commun ? »

Le sourire d'Ambre s'élargit imperceptiblement. « Parce que tout en serait facilité pour nous deux. »

Althéa refusa de poser la question qu'impliquait cette réponse.

Au bout d'un moment, Ambre poussa un petit soupir. « Quel entêtement ! Et pourtant, même cela suscite mon admiration pour vous.

— M'avez-vous suivie l'autre jour... le jour où je vous ai vue sur les quais, près de la *Vivacia* ? » Le ton d'Althéa était presque accusateur, mais Ambre ne parut pas froissée.

« J'aurais eu du mal à vous suivre, répliqua-t-elle, étant donné que je m'y trouvais avant vous. En revanche, il m'est venu à l'esprit, je l'avoue, que vous me filiez peut-être...

— Mais votre façon de me regarder... objecta la jeune fille sans réfléchir. Je ne dis pas que vous mentez, mais vous paraissiez me chercher, me guetter. »

Ambre acquiesça lentement de la tête, plus pour elle-même qu'à l'intention d'Althéa. « C'est aussi l'impression que j'ai ressentie. Pourtant, ce n'est pas vous que je cherchais. » Elle joua avec ses boucles d'oreilles, faisant danser d'abord le dragon, puis le serpent. « Croyez-le ou non, je m'étais rendue aux quais dans l'espoir de trouver un petit esclave de neuf ans. » Elle eut un étrange sourire. « Et, au lieu de ça, c'est vous qui m'avez trouvée. Il ne faut pas confondre coïncidence et destin ; je suis toute prête à me dresser contre le hasard, mais les rares fois où j'ai voulu résister au destin, j'ai perdu, et rudement. » Elle secoua la tête, ce qui fit cliqueter ses quatre boucles d'oreilles dépareillées, puis son regard se fit lointain, comme si elle se rappelait d'autres temps, et enfin elle croisa celui, empreint de curiosité, d'Althéa ; un sourire adoucit à nouveau ses traits. « Mais ce n'est pas vrai pour tout le monde. Certains doivent un jour ou l'autre s'opposer au destin – et avoir le dessus. »

Ne voyant pas que répondre, Althéa garda le silence. Au bout de quelques instants, la femme s'approcha d'une étagère et y prit un panier – du moins, ce qui ressemblait à un panier ; cependant, comme Ambre revenait vers elle, Althéa se rendit compte qu'il avait été ciselé dans un bloc de bois, dont toute matière en excès avait été ôtée pour ne laisser qu'un apparent treillis de brins entrelacés. Ambre le secoua et un agréable bruit de petits objets entrechoqués s'en échappa.

« Choisissez-en une, dit-elle à Althéa en lui présentant le panier. J'aimerais vous faire un cadeau. »

C'étaient des perles. Un coup d'œil suffit pour étouffer dans l'œuf la première impulsion de la jeune fille, qui avait été de refuser avec hauteur la générosité d'Ambre. La diversité de couleurs et de formes des petites sculptures attirait le regard et la main, et leur contact était un plaisir. Que de teintes, de grains et de textures ! C'étaient de grosses perles, de la taille du pouce d'Althéa, et chacune était apparemment unique. Certaines possédaient une forme simple et abstraite ; d'autres représentaient des animaux, des fleurs, des feuilles, des oiseaux, des miches de pain, des poissons, des tortues... Althéa s'aperçut soudain qu'elle avait pris le panier et qu'elle fouillait son contenu tandis qu'Ambre l'observait d'un regard étrangement avide. Une araignée, un ver qui se tordait, un navire, un loup, une baie, un œil, un nourrisson rondelet... Chaque perle était désirable, et Althéa comprit tout à coup d'où provenait le charme des produits d'Ambre : c'étaient de petits bijoux de créativité. Un autre artisan était certainement capable de sculpter du bois aussi bien, avec la même finesse de grain, mais jamais jusque-là la jeune fille n'avait vu un tel savoir-faire appliqué à un tel matériau avec une telle précision. Le dauphin bondissant ne pouvait être qu'un dauphin : nulle baie, nul chat, nulle pomme ne se cachait dans ce morceau de bois ; seul le dauphin s'y trouvait, et seule Ambre était en mesure de le découvrir et de le mettre au jour.

Incapable de faire un choix, Althéa continuait pourtant à fouiller parmi les perles, à la recherche de la plus parfaite. « Pourquoi vouloir me faire un cadeau ? » demanda-t-elle soudain. Un coup d'œil vif lui permit de voir l'orgueil d'Ambre devant ses créations, sa fierté devant le profond intérêt d'Althéa pour son travail ; ses joues olivâtres étaient presque rosées et ses yeux dorés brillaient comme ceux d'un chat devant un feu.

Quand elle répondit, ce fut d'un ton où perçait la même chaleur. « J'aimerais vous avoir pour amie.

— Pourquoi ?

— Parce que je sens que vous avancez à contre-courant de l'existence. Vous percevez le flux des événements, vous êtes capable de savoir où vous vous adapteriez le mieux, mais vous avez l'intrépidité de vous y opposer. Et pourquoi ? Simplement parce que vous observez les circonstances et vous dites : "Ce destin ne me convient pas. Je ne le laisserai pas m'advenir." » Ambre secoua la tête, mais son petit sourire fit de ce mouvement une affirmation. « J'ai toujours admiré les gens qui savent prendre cette attitude ; ils sont si rares... Beaucoup, naturellement, pestent et ragent contre l'habit que le destin leur a tissé, mais cela ne les empêche pas de le ramasser et de l'endosser, et la plupart le portent jusqu'à la fin de leurs jours. Vous... vous préférez marcher nue à la rencontre de la tempête. » À nouveau le même sourire, évanoui aussitôt que né. « Comme je ne puis souffrir de vous voir ainsi, je vous offre une perle pour vous en parer.

— On croirait entendre une diseuse de bonne aventure », fit Althéa d'un ton plaintif ; soudain, son doigt rencontra un objet au fond du panier. Elle savait que c'était la perle qu'elle voulait avant même de la saisir entre le pouce et l'index et de la remonter ; pourtant, quand elle la vit, elle n'aurait su dire pourquoi elle l'avait choisie. C'était un œuf, un simple œuf percé d'un trou par lequel passer un cordon afin de le porter au poignet ou au cou. D'un brun chaud, le bois était inconnu d'Althéa et son fil courait autour de l'œuf plutôt que d'une extrémité à l'autre. Sans beauté particulière à côté des trésors que contenait le panier, l'objet se logea pourtant parfaitement dans le creux de la main de la jeune fille quand elle referma les doigts sur lui ; il était agréable à tenir, comme un chaton l'est à caresser. « Pourrais-je avoir celle-ci ? demanda Althéa dans un murmure, en retenant son souffle.

— L'œuf. » Le sourire d'Ambre revint, mais ne disparut pas. « L'œuf du serpent... Oui, vous pouvez le prendre. Je vous en prie, prenez-le.

— Êtes-vous sûre de ne rien vouloir en retour ? » demanda carrément Althéa. La question était maladroite, elle le savait, mais un je ne sais quoi chez Ambre l'avertissait qu'il valait mieux, avec elle, se renseigner de façon abrupte que rester sur une supposition erronée et tâtonner au risque de faire des bourdes.

« En retour, répondit doucement Ambre, je vous prie seulement de me laisser vous aider.

— Vous laisser m'aider à quoi faire ? »

Ambre sourit. « À contrarier le destin. »

*
**

Les mains en coupe, Hiémain prit de l'eau tiède du seau et s'en aspergea le visage. Avec un soupir, il replongea les mains dans le récipient pour en apaiser un instant les douleurs. Les ampoules crevées, lui avait assuré son père, étaient le germe des cals. « En une semaine, tes menottes de prêtre vont s'endurcir, tu verras », avait-il gaiement promis la dernière fois qu'il avait daigné remarquer l'existence de son fils. Hiémain n'avait su que répondre.

Il n'avait pas souvenir d'avoir jamais été aussi épuisé. Sa formation lui disait que les rythmes les plus fondamentaux de son corps étaient détruits : au lieu de se lever à l'aube et de se coucher quand l'obscurité descendait sur la terre, il suivait un nouveau régime, imposé par son père, le second et le lieutenant, cadencé par les quarts et les coups de cloche, alors que ce supplice était inutile puisque le navire était toujours amarré au quai ; néanmoins, ils persévéraient. L'apprentissage qu'ils exigeaient de lui n'aurait pas été si difficile s'ils lui avaient permis de se reposer complètement, au physique comme au mental, entre les leçons ; mais non : ils le réveillaient aux heures les plus inattendues pour le faire grimper aux mâts, en redescendre, faire des nœuds, coudre de la toile, gratter et récurer les ponts – et toujours, toujours, ils avaient ce petit sourire au coin des lèvres et cette ombre de moquerie quand ils lui donnaient un ordre. Il aurait pu exécuter efficacement toutes les tâches qu'on lui confiait, il en était sûr, s'il n'avait pas eu à subir ce mépris de chaque instant. Il retira du seau ses mains endolories et les essuya doucement sur un bout de chiffon.

Il promena son regard sur la soute aux chaînes qui était son nouveau logis. Un hamac en fil à voile grossier était plié dans un coin, ses vêtements suspendus à des chevilles à côté de rouleaux de cordage. Le moindre bout de filin était à présent proprement rangé, et les ampoules crevées des paumes de Hiémain attestaient ses leçons à répétition.

Il décrocha sa chemise la plus propre et l'enfila ; il se demanda s'il allait changer de pantalon et préféra s'en abstenir : il avait soigneusement lavé l'autre le soir précédent, mais dans l'air confiné de la soute le vêtement n'avait pas encore fini de sécher et commençait à prendre une odeur de moisi. Le jeune garçon s'accroupit avec lassitude, car il n'avait nul coin confortable où s'asseoir. Pris de migraine, il enfouit son visage dans ses mains en attendant le coup à la porte qui l'appellerait à la table du capitaine. Depuis qu'il avait essayé de quitter le navire la veille – sans se cacher, en descendant simplement la passerelle –, Torg l'enfermait à clé dans ses quartiers pendant les heures de sommeil qu'on lui allouait.

Par extraordinaire, il s'endormit dans sa position précaire et s'éveilla en sursaut quand la porte s'ouvrit brusquement. « Le cap'taine veut te voir », annonça Torg. Tout en s'éloignant, l'homme aux allures de singe ajouta : « Ce qui me dépasse, c'est que quelqu'un ait envie de te voir. »

Sans prêter attention à la pique du lieutenant ni aux protestations de ses articulations, Hiémain se leva, sortit de la soute et, tout en marchant, s'efforça de décontracter ses épaules. Quel plaisir de pouvoir se tenir enfin droit ! Torg lui jeta un coup d'œil. « Grouille-toi ! Ici, on n'a pas le temps d'attendre que tu aies fini de traînasser ! »

Par réflexe plus que par volonté, Hiémain fit un effort pour adopter une démarche plus énergique. Torg l'avait menacé à plusieurs reprises avec une corde à nœuds mais ne l'avait jamais utilisée ; en outre, qu'il ait employé ce moyen pour l'intimider alors que ni le capitaine ni son second n'étaient à bord laissait Hiémain songer que Torg n'oserait jamais passer à la pratique. Néanmoins, le simple fait de sentir cette envie chez le lieutenant suffisait à donner la chair de poule au jeune garçon quand il le croisait.

Torg l'accompagna jusque devant la porte du capitaine, comme s'il ne se fiait pas à lui pour se présenter tout seul – et il avait sans doute raison, songea Hiémain. Son père avait beau lui seriner que les préceptes de Sa comprenaient l'obéissance et le respect dus aux parents, Hiémain avait décidé que, si l'occasion lui en était donnée, il quitterait le navire et regagnerait son monastère par tous les moyens. Il avait parfois le sentiment qu'il n'avait plus que cette résolution à quoi se raccrocher. Sous l'œil attentif de Torg, il frappa sèchement à la porte, et son père répondit par un bref : « Entrez ! »

Le capitaine était déjà installé devant une petite table recouverte d'une nappe blanche et de couverts de belle apparence. Elle était dressée pour deux personnes, et l'espace d'un instant, gêné, Hiémain resta immobile dans l'encadrement de la porte en se demandant s'il n'interrompait pas une réunion privée.

« Entre donc, fit son père avec un soupçon d'agacement. Et ferme derrière toi », ajouta-t-il d'un ton plus aimable.

Hiémain obéit mais demeura debout près de la porte, ignorant ce qu'on attendait de lui. L'avait-on convoqué afin qu'il assure le service pour son père et un invité ? Kyle était bien habillé, presque en tenue de cérémonie, avec une culotte bleue moulante et une veste de même teinte par-dessus une chemise crème. Ses cheveux huilés et nattés luisaient comme du vieil or à la lumière de la lampe.

« Hiémain, mon fils, viens donc te joindre à moi. Oublie un moment que je suis le capitaine, faisons un bon repas et bavardons à cœur ouvert. » D'un geste, son père désigna l'assiette et la chaise en face de lui avec un sourire chaleureux qui ne fit qu'accroître la méfiance de Hiémain ; le jeune garçon s'approcha néanmoins et s'assit prudemment. Il sentit une odeur d'agneau rôti, de purée de navets, de compote de pommes et de petits pois à la menthe. Stupéfiant, comme le nez s'affinait au bout de quelques jours de pain dur et de ragoût trop gras ! Cependant, sans perdre son sang-froid, il déplia sa serviette, la posa sur ses genoux et attendit le signe de son père pour se servir. Il dit « S'il vous plaît » quand son père lui offrit du vin et « Merci » chaque fois qu'il lui proposa un plat. Il sentait le regard scrutateur de son père posé sur lui, mais ne fit rien pour le croiser tandis qu'il garnissait, puis vidait son assiette.

S'il cherchait à soudoyer son fils ou à lui proposer la paix par ce repas civilisé et ce moment de calme, il s'était trompé, car à mesure qu'il se remplissait l'estomac et retrouvait une impression de normalité grâce au décor de la cabine, Hiémain éprouvait de plus en plus un sentiment glacé d'indignation. Alors qu'à son entrée il ne savait que dire à cet homme souriant avec affection devant son fils qui dévorait comme un chien affamé, Hiémain devait à présent faire un effort pour se taire ; aussi essaya-t-il de se rappeler ce qu'on lui avait enseigné sur l'attitude à prendre dans les situations défavorables : il devait réserver son jugement et éviter tout passage à l'acte tant qu'il n'avait pas saisi les motivations de l'adversaire. Il mangea et but donc en silence tout en observant discrètement son père. L'objet de son attention finit par se lever pour desservir lui-même la table, puis il offrit à Hiémain des fruits à la crème comme dessert. Prenant sur lui, le jeune garçon murmura « Merci » quand l'assiette fut déposée devant lui. À la façon dont son père se rassit, il comprit que le sujet de leur rencontre n'allait pas tarder à lui être révélé.

« Tu as bon appétit, à présent, fit Kyle d'un ton enjoué. C'est l'effet du labeur et de l'air de la mer.

— Apparemment », répondit Hiémain d'un ton égal.

Son père partit d'un rire sec. « Ah, ça te reste en travers de la gorge, n'est-ce pas ? Écoute, mon fils, je sais que ta situation doit te paraître dure, et peut-être m'en veux-tu encore. Mais tu dois comprendre enfin que c'est ton destin depuis toujours ; un travail dur mais honnête, la compagnie d'un équipage, la beauté d'un navire toutes voiles dehors... mais tu n'as pas encore pris la pleine mesure de ta nouvelle vie, sans doute. Je veux que tu le saches : ce n'est pas par cruauté ni par dureté que je t'inflige ce traitement, et un jour viendra où tu me remercieras. Je te le promets. Quand nous en aurons terminé avec toi, tu connaîtras le navire comme tout vrai capitaine doit connaître son bâtiment, car tu auras travaillé partout à son bord et il n'y aura pas une tâche que tu n'auras pas exécutée toi-même. » Kyle se tut un instant et sourit amèrement. « Tu ne seras pas comme Althéa, qui ne fait que prétendre posséder ce savoir. Toi, tu en auras eu la pratique, et pas seulement quand ça te plaisait : comme un vrai marin qui a de quoi faire pendant tout son quart et qui accomplit ses corvées à mesure qu'elles se présentent et pas seulement quand on lui en donne l'ordre. »

Il se tut, espérant manifestement une réponse. Hiémain resta muet. Après un long silence, son père s'éclaircit la gorge. « Ce que je te demande est dur, je le sais ; je vais donc te dire ce qui t'attend en haut de cette route escarpée. Dans deux ans, je pense nommer Gantri Amsforge capitaine du navire – et dans deux ans je pense te voir prêt à devenir second. Tu seras encore très jeune pour ce poste, ne te fais pas d'illusions, et il ne te tombera pas du ciel tout rôti ; tu devras nous prouver, à Gantri et à moi, que tu es mûr pour l'occuper. Et même si nous t'acceptons, tu devras encore faire tes preuves aux yeux de l'équipage chaque jour et à tout instant. Ce ne sera pas facile ; néanmoins, c'est une occasion que bien peu se voient proposer. Voilà ce que je voulais t'annoncer. »

Un sourire se dessinant lentement sur ses lèvres, il tira une petite boîte de la poche de sa veste. Il l'ouvrit, puis la tendit à Hiémain. Elle contenait une petite boucle d'oreille qui représentait la figure de proue de la *Vivacia*. Le jeune garçon avait remarqué ce genre de bijou sur les hommes d'équipage qu'il côtoyait, et, plus généralement, les marins portaient une babiole quelconque pour signaler leur appartenance à leur navire, clou d'oreille, foulard, épingle, voire tatouage s'ils étaient certains de se faire réembaucher régulièrement ; tous déclaraient ainsi que leur fidélité allait d'abord à tel ou tel bâtiment – affirmation impossible pour un prêtre de Sa. Son père devait bien se douter de sa réponse, et pourtant c'est avec un sourire chaleureux qu'il dit à son fils : « C'est pour toi. Tu dois l'arborer fièrement. »

La vérité, la vérité toute simple, songea Hiémain, exprimée sans colère ni rancœur. Allons, doucement, poliment. « Je ne veux pas de cette occasion, merci. Vous savez sûrement que jamais je n'accepterai de me mutiler en me perçant une oreille pour porter ce bijou. Je préfère rester prêtre de Sa, ce qui est, je crois, ma véritable vocation. Je ne l'ignore pas, vous pensez m'offrir une...

— Tais-toi ! » Une douleur profonde perçait sous la fureur de son père. « Tais-toi. » Comme le garçon serrait les mâchoires en s'efforçant de garder les yeux fixés sur la table, son père poursuivit : « Dis ce que tu veux, mais épargne-moi tes discours mielleux sur la prêtrise. Dis-moi que tu me détestes, que tu ne supportes pas ton travail, et je saurai que je peux te faire changer d'avis ; mais quand tu te caches derrière ces âneries mystiques... Tu as peur, c'est ça ? Peur de te faire percer l'oreille, peur d'une existence inconnue ? » Il y avait comme du désespoir dans ses questions ; il cherchait éperdument le moyen de persuader Hiémain d'entrer dans son jeu.

« Je n'ai pas peur. Je ne veux pas de cette vie, c'est tout. Pourquoi ne la proposez-vous pas à quelqu'un qui en a le vrai désir ? Pourquoi ne faites-vous pas cette offre à Althéa ? » demanda Hiémain. La douceur de sa voix interrompit net le flot d'interrogations de son père.

Les yeux du capitaine étincelèrent comme des saphirs. Il pointa le doigt sur son fils comme il eût pointé une arme. « C'est simple : c'est une femme. Et toi, par tous les démons, tu vas devenir un homme !

Pendant des années, j'ai dû supporter de voir Ephron Vestrit traîner sa fille partout derrière lui et la traiter comme un garçon ; et puis tu es revenu avec ta robe brune, ta voix douce, tes muscles de fillette, tes manières de mouton et ta timidité de lapin, et je me suis alors demandé : “Ai-je mieux fait que lui ?” car devant moi se trouvait mon propre fils qui ressemblait plus à une femme qu'Althéa elle-même ! C'est alors que je me suis rendu compte qu'il était temps pour notre famille...

— Vous vous exprimez comme un Chalcédien, remarqua Hiémain. Chez eux, paraît-il, être femme ne vaut guère mieux qu'être esclave ; cela provient, je pense, de ce que l'esclavage est pour eux une tradition acceptée de longue date. Si on est prêt à penser qu'on peut posséder un être humain, on n'est pas loin de se déclarer propriétaire de sa propre épouse et de sa propre fille et de les reléguer à des rôles de commodités. En revanche, à Jamaillia et à Terrilville, nous avions coutume de nous enorgueillir des entreprises de nos femmes. J'ai étudié l'histoire ; voyez le cas du Gouverneur Malowda, une femme, qui a régné une vingtaine d'années et a été l'auteur de l'établissement des Droits de la personne et de la propriété, fondement de toutes nos lois ; voyez également notre religion : Sa, que nous, les hommes, adorons en tant que père de tout et de tous, demeure Sa quand les femmes lui donnent le titre de mère de tout et de tous. “Dans l'Union seule on trouve la Continuité” : tout est dit dans ce premier précepte de Sa. C'est seulement depuis quelques générations que nous nous sommes mis à séparer les deux moitiés de l'ensemble que nous formons et à diviser les... »

Kyle le coupa brusquement.

« Je ne t'ai pas fait venir pour entendre tes pieuseries ! » Et il recula son siège si violemment en prenant appui sur la table qu'elle se serait renversée si elle n'avait pas été solidement fixée au plancher. Il fit le tour de la cabine à grandes enjambées. « Tu ne te la rappelles peut-être pas, mais ta grand-mère, ma propre mère, était de Chalcède ; et, en effet, elle se conduisait comme une femme convenable, et mon père comme un homme. Je n'ai pas souffert du tout de cette éducation. Mais regarde ta mère et ta grand-mère ! Te paraissent-elles heureuses, satisfaites de leur sort ? Écrasées par le fardeau de décisions et de devoirs qui les plongent dans la dure réalité de la vie, obligées de traiter avec toutes sortes de personnages de basse caste, forcées de s'inquiéter sans cesse des comptes, des crédits et des dettes ? Ce n'est pas l'existence que j'ai fait le serment de donner à ta mère, Hiémain, ni à ta sœur. Je refuse de voir ta mère vieillir comme ta grand-mère Vestrit, ployée sous le poids des responsabilités, tant que je suis un homme et tant que je peux en faire un de toi, pour prendre la relève après moi et accomplir les devoirs de ton sexe dans notre famille ! » Kyle Havre revint auprès de la table sur laquelle il tapa du plat de la main tout en hochant sèchement la tête, comme si ses paroles avaient déterminé l'avenir de tous les siens.

Hiémain ne sut que répondre. Dévisageant son père d'un air effaré, il fouilla dans ses pensées dans l'espoir de trouver un terrain commun avec lui où ancrer une discussion raisonnable, mais en vain. Malgré les liens du sang qui les unissaient, cet homme était un étranger aux convictions si radicalement différentes de celles que Hiémain avait faites siennes que tout contact entre eux était impossible. Pour finir, il déclara d'un ton calme : « Sa nous enseigne que nul ne peut décider du chemin de vie de quelqu'un d'autre. Même si on enferme sa chair, qu'on lui interdit d'exprimer ses pensées, qu'on va jusqu'à lui couper la langue, on ne peut pas faire taire l'âme d'un homme. »

L'espace d'un instant, son père le regarda fixement sans rien dire. *Lui aussi voit un étranger*, songea Hiémain. Enfin, d'une voix étouffée, Kyle dit : « Tu es un lâche. Un sale poltron. » Puis il se dirigea vers son fils à grandes enjambées. Hiémain dut faire appel à tout son sang-froid pour ne pas se recroqueviller sur son siège, mais Kyle passa à côté de lui, ouvrit la porte brutalement et appela Torg d'une voix de stentor. L'homme apparut si rapidement que, comme Hiémain s'en fit la réflexion, il avait dû rester dans les parages de la cabine pendant toute la conversation, peut-être l'oreille collée à la porte. Kyle Havre ne parut rien remarquer, à moins qu'il ne s'en souciât pas.

« Raccompagne le mousse dans ses quartiers, ordonna-t-il sèchement. Garde l'œil sur lui et veille à ce qu'il apprenne tous les devoirs de sa fonction avant notre départ. Et tiens-le hors de ma vue ! » Il prononça cette dernière phrase avec violence, comme s'il en voulait au monde entier.

Torg acquiesça de la tête, et, sans un mot, Hiémain se leva pour le suivre ; le cœur serré, il vit le petit sourire du lieutenant : le capitaine avait livré son fils aux mains de ce scélérat, qui le savait parfaitement.

Pour le moment, l'homme parut se satisfaire de le ramener dans son misérable cachot. Hiémain parvint à baisser la tête à temps quand Torg le poussa sur le seuil de sa soute. Il trébucha mais réussit à conserver son équilibre, plongé dans un désespoir trop profond pour prêter attention au commentaire sarcastique que Torg lui lança avant de claquer la porte. Il entendit l'homme tirer le verrou grossier et comprit qu'il était enfermé pour au moins six heures.

Hiémain n'avait même pas de bougie et il avança à tâtons dans le noir jusqu'à ce qu'il sente sous ses doigts le treillis du hamac. Maladroitement, les muscles endoloris, il s'y hissa, chercha une position confortable, puis resta immobile. Le navire bougeait doucement sur les eaux du port, et les bruits qui parvenaient au jeune garçon étaient étouffés. Il bâilla à s'en décrocher la mâchoire, colère et désespoir balayés par les effets de son copieux repas et de sa longue journée de travail. Par habitude, il prépara son corps et son esprit au repos. Autant que le lui permettait le hamac, il étira ses muscles, grands et petits, en s'efforçant de les remettre en accord les uns avec les autres avant de dormir.

Les exercices mentaux étaient plus difficiles. À l'époque où il était entré au monastère, on lui avait enseigné un rite très simple nommé « Pardon du jour » ; même les enfants les plus jeunes étaient en mesure de le pratiquer : il exigeait seulement de penser à la journée écoulée et d'en chasser toutes les peines pour ne retenir que les leçons apprises et les instants de grande lucidité. À mesure que l'initié approfondissait sa connaissance de Sa, on attendait de lui qu'il accomplisse le rite de façon plus fine, qu'il équilibre sa vision du jour, qu'il prenne la responsabilité de ses propres actes et en tire un enseignement sans se laisser aller aux remords ni aux regrets. Hiémain, ce soir-là, ne s'en sentait pas capable.

C'était étrange : au monastère, il n'avait aucun mal à aimer la voie de Sa ni à maîtriser les méditations dans la structure discrète des journées ; entre les épais murs de pierre, il était facile de discerner l'ordre sous-jacent du monde, de regarder la vie que menaient les fermiers, les bergers et les marchands, et de voir qu'en grande partie ils étaient eux-mêmes les artisans de leurs malheurs. À présent qu'il se trouvait de l'autre côté de la barrière, il distinguait encore plus ou moins cette trame, mais il était trop épuisé pour l'examiner afin de comprendre comment la modifier. Il était emmêlé dans les fils de sa propre tapisserie. « Je ne sais pas comment faire pour que tout ça s'arrête », murmura-t-il dans l'obscurité. Accablé comme un enfant abandonné, il se demanda s'il manquait à un seul de ses professeurs.

Il se rappela sa dernière matinée au monastère, et l'arbre qui lui était apparu dans les morceaux de verre teinté. Il avait toujours tiré secrètement fierté de son aptitude à évoquer la beauté et à la matérialiser ; mais était-ce un talent qui lui était propre, ou bien un savoir-faire inculqué par les enseignants qui l'avaient coupé du monde et lui avaient fourni du temps et de l'espace pour travailler ? Peut-être, dans l'ambiance adéquate, tout le monde était-il capable de faire aussi bien que lui ; peut-être le seul élément exceptionnel chez lui était-il qu'on lui avait donné l'occasion d'exprimer son don. L'espace d'un instant, le sentiment de sa propre banalité l'écrasa. Hiémain n'avait rien de remarquable ; c'était un mousse médiocre, un marin maladroit, qui ne valait même pas qu'on en parle. Il disparaîtrait dans le temps comme s'il n'était jamais né ; déjà, il se sentait presque partir en lambeaux dans l'obscurité.

Non, non ! Pas question de lâcher prise ! Il s'accrocherait à lui-même, il se battrait, et un événement finirait bien par se produire. Un événement... Voyant qu'il ne revenait pas, le monastère enverrait-il quelqu'un s'enquérir de lui ? « Je crois que j'espère être secouru », dit-il avec lassitude. Là. Haute ambition que la sienne : rester en vie et demeurer lui-même en attendant qu'on vienne le sauver ! Il ne savait pas si... si... si... Une idée avait commencé à germer en lui, mais la vague noire du sommeil la noya.

*
**

Dans l'obscurité du port, Vivacia soupira, puis croisa ses bras fins sur sa poitrine et contempla les lumières brillantes du marché de nuit. Elle était si plongée dans ses réflexions qu'elle sursauta en sentant une main toucher doucement son vaigrage. Elle baissa les yeux. « Ronica ! s'exclama-t-elle avec une surprise ravie.

— Oui. Chut ! Je souhaite te parler discrètement.

— Comme vous voudrez, répondit Vivacia à mi-voix, intriguée.

— Il faut que je sache... Enfin, Althéa m'a fait parvenir un message. Elle craint que tu n'ailles pas bien. » La femme hésita. « La missive était arrivée depuis déjà quelques jours, à vrai dire, mais un domestique l'avait crue sans importance et l'avait déposée dans le bureau d'Ephron ; je ne l'ai trouvée qu'aujourd'hui. »

Sa main restait posée sur la coque, et Vivacia percevait une partie de ses émotions. « Il vous est difficile d'entrer dans cette pièce, n'est-ce pas ? Autant que de descendre aux quais me voir.

— Ephron... murmura Ronica d'une voix brisée. Est-il... est-il en toi ? Peut-il s'adresser à moi à travers toi ? »

Vivacia secoua la tête avec regret. Elle avait l'habitude de voir cette femme par les yeux d'Ephron ou d'Althéa, et ils la considéraient comme une nature décidée et pleine d'autorité. Pourtant, ce soir-là, avec sa cape sombre et la tête courbée, elle paraissait si menue ! Vivacia avait envie de la consoler, mais elle ne voulait pas mentir. « Non. Cela ne se passe pas ainsi, je suis navrée. J'ai conscience de ce qu'il savait, mais c'est mélangé à beaucoup d'autres éléments ; néanmoins, quand je vous regarde, je ressens son amour pour vous comme si c'était le mien. Cela vous réconforte-t-il ?

— Non, répondit Ronica sans ambages. C'est une certaine consolation, mais cela ne remplacera jamais les bras forts d'Ephron autour de ma taille ni les conseils qu'il me donnait. Oh, vivenef, que dois-je faire ? Que dois-je faire ?

— Je l'ignore. » La détresse de Ronica éveillait un écho d'angoisse chez Vivacia, qui s'efforça d'exprimer ce qu'elle éprouvait. « Je suis effrayée que vous posiez cette question. Vous savez sûrement que faire ; Ephron, en tout cas, en était convaincu. » D'un ton méditatif, elle ajouta : « Il se considérait comme un simple marin, comme quelqu'un qui avait le talent de commander un navire. Vous, vous déteniez la sagesse de la famille, vous voyiez beaucoup plus loin que lui, et c'est là-dessus qu'il comptait.

— Vraiment ?

— Naturellement. Sinon, comment aurait-il pu effectuer ses voyages en vous laissant tout diriger à terre ? »

Ronica se tut, puis elle poussa un grand soupir.

À mi-voix, Vivacia reprit : « Je pense qu'il vous conseillerait de vous fier à votre propre jugement. »

Ronica secoua la tête avec lassitude. « Tu as raison, je le crains. Vivacia, sais-tu où se trouve Althéa ?

— En ce moment ? Non. Et vous ? »

À contrecœur, Ronica répondit : « Je ne l'ai pas vue depuis le jour de la mort d'Ephron.

— Moi, je l'ai vue à plusieurs reprises. La dernière fois qu'elle est venue, Torg est descendu sur le quai et a voulu porter la main sur elle, mais elle l'a repoussé sans ménagement et s'en est allée pendant que les spectateurs de la scène s'esclaffaient.

— Mais elle allait bien ? »

Vivacia secoua la tête. « Aussi bien que vous et moi, c'est-à-dire qu'elle se sentait inquiète, blessée et perdue. Mais elle m'a recommandé la patience, car tout finirait par revenir à la normale, et elle m'a conseillé de ne m'occuper de rien. »

Ronica hocha gravement la tête. « C'est précisément ce que j'étais venue te dire aussi. Penses-tu pouvoir suivre ces conseils ?

— Moi ? » Le navire faillit éclater de rire. « Ronica, je suis trois fois Vestrit ; je crains fort de n'avoir pas plus de patience que mes ancêtres !

— Voilà au moins une réponse franche, concéda Ronica. Je te demande seulement d'essayer – non, autre chose encore : si Althéa repasse par ici avant ton départ, veux-tu lui transmettre un message de ma part ? Je n'ai pas d'autre moyen de la contacter que toi.

— Naturellement ; et je veillerai à ce que nul autre qu'elle ne m'entende.

— Parfait. Tout ce que je désire, c'est qu'elle vienne me voir ; nous ne sommes pas brouillées autant qu'elle le croit. Mais je préfère ne pas entrer dans les détails pour l'instant. Prie-la discrètement d'aller me rencontrer, c'est tout.

— Je le ferai, mais j'ignore si elle ira.

— Moi aussi, vivenef. Moi aussi. »

2

AFFAIRES DE FAMILLE

Kennit n'emmena pas le navire capturé à Partage : ce sabot pataud risquait de s'échouer en négociant les chenaux étroits et les nombreux bancs de sable qu'il fallait franchir pour arriver à destination. Après une conversation tendue, Sorcor et lui convinrent que Guingois était un port mieux adapté ; pour Kennit, cette solution était tout à fait appropriée : Guingois n'avait-il pas été fondé quand un transport d'esclaves, chassé par la tempête, avait cherché refuge dans un des chenaux et que la cargaison avait déclenché une révolte réussie contre l'équipage ? C'est ce qu'il demanda à Sorcor d'un ton amusé. Oui, c'était exact, mais Sorcor n'avait pas encore été convaincu car il n'y avait à Guingois guère que des rochers, du sable et des huîtres. Quel avenir attendait les esclaves qu'ils venaient de libérer ? Un avenir préférable à celui auquel les destinait le marchand qui les avait achetés, avait répondu Kennit. Sorcor s'était renfrogné, mais son commandant avait insisté. Le trajet avait pris six jours, beaucoup moins que s'ils avaient dû rallier Partage, et, du point de vue de Kennit, ce temps n'avait pas été perdu.

Sorcor avait vu un certain nombre de ses affranchis mourir : la maladie et la malnutrition ne disparaissaient pas simplement parce qu'un homme pouvait se dire libre. Rafo et ses aides s'étaient courageusement attelés au nettoyage du navire dont n'émanait plus désormais la pleine puanteur d'un bâtiment esclavagiste, ce qui n'empêcha pas Kennit d'exiger que le *Marietta* navigue toujours au vent par rapport à lui : il refusait de courir le risque que l'air apporte des maladies à son bord. De même, il interdit aux affranchis de mettre le pied sur son pont sous prétexte qu'encombrer son propre navire pour désengorger les cales bondées du *Fortune* n'améliorerait la situation pour personne. Les esclaves avaient dû se satisfaire de se répandre sur les ponts et de s'approprier les quartiers des marins massacrés. Certains parmi les mieux portants furent enrôlés pour étoffer le squelette d'équipage qui manœuvrait le navire. Ce travail auquel ils n'étaient pas formés fut rude pour eux, surtout dans l'état d'affaiblissement où ils se trouvaient.

Malgré tout, et en dépit des décès incessants, le moral paraissait bon sur le navire capturé. C'était pourtant pitié de voir les anciens esclaves se réjouir de pouvoir simplement respirer de l'air frais, savourer les portions de porc salé destinées à l'origine à l'équipage et le poisson qu'ils parvenaient à pêcher pour améliorer l'ordinaire. Sorcor avait réussi à chasser les serpents à l'aide de plusieurs jets de lest de la baliste installée sur le pont du *Marietta*, et les affranchis qui mouraient étaient toujours passés par-dessus bord, mais ils tombaient désormais dans l'eau et non plus dans la gueule avide d'un serpent. Cela paraissait procurer une grande satisfaction aux survivants, bien que, franchement, Kennit ne vît pas ce que cela changeait pour les morts.

Les navires arrivèrent à Guingois avec la marée montante, la lente poussée leur permettant d'emprunter le chenal qui conduisait à la baie aux ondes saumâtres. La carcasse d'un bateau pointait de l'eau peu profonde d'une des extrémités du mouillage. Le village proprement dit était constitué d'une rangée de cabanes et de maisons qui bordaient la grève ; ces habitations avaient été fabriquées à partir de vieux vaigrages, de bois flottés et de pierres. De minces rubans de fumée s'échappaient de quelques cheminées. Deux embarcations de pêche, faites de bric et de broc, étaient amarrées à un ponton délabré, et cinq ou six coracles et yoles reposaient sur la plage. Le hameau n'avait rien de prospère.

Le *Marietta* entra le premier dans le port, et Kennit dut s'avouer qu'il ressentait une certaine fierté à voir que le mélange d'esclaves et de marins qui constituait l'équipage du *Fortune* lui faisait honneur. Dépourvus du savoir-faire de vieux loups de mer, les affranchis s'attachèrent néanmoins avec énergie à manœuvrer le gros navire de façon à l'ancrer convenablement. Il arborait à présent le pavillon au Corbeau, connu dans toutes les Îles des Pirates comme l'emblème de Kennit. Le temps que les deux bâtiments missent leurs canots à la mer, une foule s'était assemblée sur les appontements branlants pour observer les nouveaux venus avec curiosité. La communauté bigarrée d'anciens esclaves et de réfugiés ne possédait pas d'embarcation plus grande qu'un bateau de pêche ; aussi devaient-ils se demander, devant deux marchands ancrés dans leur port, quelles nouvelles ou quelles denrées ils pouvaient apporter.

Kennit envoya Sorcor à terre annoncer que des enchères allaient avoir lieu pour le *Fortune*. Personne, sans doute, dans ce hameau pouilleux ne disposait d'assez d'argent pour rembourser le mal qu'il s'était donné dans cette capture, mais il avait décidé de se contenter d'accepter la meilleure offre et de se débarrasser du navire puant et des esclaves qui avaient rempli ses cales. Il refusait de songer à ce que lui aurait rapporté cette cargaison d'hommes s'il avait contraint Sorcor à partager son point de vue et à faire voile vers Chalcède pour la vendre. L'occasion était perdue ; inutile de s'y attarder.

Des appontements, une petite flottille de barques se mit soudain en route et se dirigea rapidement vers le *Fortune*. Les esclaves se pressaient déjà aux bastingages, impatients de quitter leur prison flottante. Kennit n'avait pas prévu un tel enthousiasme de la part des villageois à ouvrir les bras à sa racaille. Eh bien, tant mieux ! Plus vite le *Fortune* serait déchargé et vendu, plus vite il pourrait revenir à des tâches plus profitables. Il se tourna et donna sèchement ordre au mousse de ne laisser personne le déranger. Pour l'instant, il n'avait aucun désir de visiter Guingois ; que les esclaves s'y rendent d'abord, puis Sorcor : on verrait alors quel accueil leur était réservé.

Il passa plusieurs heures, après que le *Marietta* fut amarré, à étudier les cartes précises trouvées à bord du *Fortune*. Dissimulées en compagnie de divers documents dans un placard secret de la cabine du capitaine, elles étaient passées inaperçues aux yeux de Sorcor, et c'est seulement lorsque Kennit avait décidé d'assouvir sa curiosité et de se rendre personnellement à bord du navire capturé qu'elles avaient été découvertes. Les documents ne présentaient que peu d'intérêt pour lui, car ils n'avaient trait qu'aux propriétés et revenus personnels de feu le capitaine – Kennit nota au passage qu'il avait pris soin que sa femme et son enfant ne manquent de rien. Mais les cartes, c'était une autre affaire, et Kennit avait vu ses espoirs confirmés : elles valaient de l'or. Les renseignements qu'elles fournissaient avaient souvent été acquis à grand prix et ne se partageaient pas avec les marchands ni les marins concurrents. Elles n'indiquaient que le trajet le plus évident pour passer les Îles des Pirates ; des rumeurs sur l'existence d'autres chenaux étaient portées en notes, mais seule une partie très réduite de l'archipel avait été cartographiée. Sept villages pirates étaient portés sur un des documents, deux à des emplacements erronés et un troisième abandonné depuis longtemps car trop exposé aux transports d'esclaves de passage : les capitaines de ces navires n'hésitaient pas à attaquer les hameaux pirates pour gonfler leur cargaison lorsqu'ils croisaient dans leurs eaux ; c'était d'ailleurs un des griefs de Sorcor contre eux. Néanmoins, malgré ces erreurs criantes, c'était une carte très soignée du chenal principal.

Pendant quelque temps, Kennit réfléchit, adossé dans son fauteuil, le regard perdu dans les nuages élevés. Enfin, il parvint à la conclusion qu'il pouvait considérer la carte comme représentant le niveau présent des connaissances des esclavagistes sur les Îles des Pirates et leurs détroits. En conséquence, celui qui tenait le chenal principal pouvait étrangler tout commerce. Les marchands d'esclaves n'avaient pas le temps d'explorer, de chercher de nouvelles routes. Peut-être en allait-il de même pour les vivenefs. Un instant, il se laissa aller à cet espoir, puis il secoua la tête à contrecœur : les vivenefs et leurs familles sillonnaient ces eaux depuis bien plus longtemps que les marchands d'esclaves. Les Chalcédiens et leur commerce de chair humaine étaient en grande partie responsables de l'existence des pirates et de leur installation dans cet archipel ; par conséquent, il fallait partir du principe que la plupart des familles de Marchands qui naviguaient dans cette zone la connaissaient bien mieux que les esclavagistes. Et pourquoi leur savoir n'était-il pas plus répandu ? La réponse était évidente : nul Marchand n'accepterait de faire profiter ses concurrents de son avantage.

Kennit se laissa aller contre le dossier de son fauteuil. Eh bien, qu'avait-il appris, finalement ? Rien qu'il ne sût déjà : une vivenef serait plus difficile à capturer qu'un transport d'esclaves ; mais ce ne serait pas impossible pour autant. Il devrait mieux planifier l'opération, voilà tout.

Ses pensées se portèrent sur le navire capturé. Il abritait des hommes libres depuis trois jours quand Kennit était enfin monté à son bord, et, grâce à leur travail, la puanteur s'était atténuée, mais pas assez pour ne pas heurter l'odorat du capitaine pirate. Il avait confié la responsabilité du navire à Rafo qui, en définitive, se tirait fort bien de ses nouvelles fonctions. Des seaux d'eau de mer avaient été hissés à bord par centaines et les ponts supérieurs témoignaient du résultat ; néanmoins, une odeur fétide continuait à s'échapper des écoutilles ouvertes, et la raison en était simple : il y avait trop de monde entassé dans le navire. Les membres décharnés et les vêtements en lambeaux, les prisonniers libérés s'assemblaient sur le pont en petits groupes ; certains essayaient d'aider aux manœuvres du bâtiment, d'autres de ne pas les gêner, et d'autres encore ne s'intéressaient à rien, plongés dans la tâche absorbante de leur propre agonie. Tandis que Kennit arpentait le pont, un mouchoir plaqué sur la bouche et le nez, les anciens esclaves ne l'avaient pas quitté des yeux. Chacun marmonnait des mots inaudibles sur son passage ; les yeux s'emplissaient de larmes et les têtes se courbaient. Tout d'abord, il avait cru que c'était la terreur qui les faisait s'aplatir devant lui ; et puis, quand il eut enfin compris que leurs murmures étaient des bénédictions et l'expression de leur gratitude, il ne sut s'il devait s'en amuser ou s'en agacer. Il recourut alors à son petit sourire habituel et se fraya un chemin jusqu'aux quartiers des officiers.

Ces derniers avaient joui d'un luxe royal, comparé aux conditions de vie des malheureux qui composaient leur cargaison. Kennit partageait l'avis de Sorcor quant aux goûts vestimentaires du capitaine, et, par caprice, il avait ordonné qu'on distribuât les habits aux anciens esclaves qui pouvaient en faire le meilleur usage. L'homme possédait aussi une abondante réserve d'herbes à fumer, et Kennit s'était demandé s'il ne s'en servait pas pour masquer à ses narines l'odieux fumet de son fret. C'était une drogue à laquelle Kennit n'avait jamais succombé, et elle aussi fut donc remise aux esclaves. Le pirate avait ensuite découvert les cartes et les documents dans l'armoire secrète du capitaine et se les était appropriés. Rien d'autre n'avait particulièrement retenu son attention dans la cabine. La banalité même des affaires de l'officier aurait été une véritable révélation pour Sorcor, s'était dit Kennit : l'homme n'avait rien du monstre qu'avait imaginé le second ; c'était un capitaine et un marchand des plus ordinaires.

Kennit avait prévu de jeter un coup d'œil sous les ponts pour voir si le navire était en bon état et fouiner çà et là, au cas où Sorcor aurait négligé quelque objet de valeur lors de ses recherches. Il était donc descendu dans la cale et l'avait parcourue d'un regard larmoyant. Des hommes, des femmes et même quelques enfants dont les yeux paraissaient immenses dans leurs visages émaciés formaient un amas de corps perdus dans l'obscurité où l'on reconnaissait par endroits un bras ou une jambe. Tous s'étaient tournés vers lui, et la lumière de la lanterne que portait Rafo s'était reflétée dans des dizaines de paires d'yeux. Cette vision avait évoqué à Kennit des rats entr'aperçus de nuit près d'un tas de fumier.

« Pourquoi sont-ils si maigres ? avait-il brusquement demandé à Rafo. Le trajet depuis Jamaillia n'est pas long au point de ne leur laisser que la peau sur les os, à moins qu'on ne leur ait rien donné à manger. »

Il avait alors vu avec étonnement Rafo prendre une expression compatissante. « La plupart étaient en prison pour dettes. Beaucoup viennent du même village ; ils ont fait quelque chose qui a déplu au Gouverneur, et il a augmenté les impôts de leur vallée. Comme aucun d'entre eux ne pouvait les payer, ils se sont tous fait rafler pour être vendus comme esclaves. Presque tout le village y est passé, et ce n'est pas le premier, d'après eux. Ils ont été achetés, puis parqués sans presque rien à manger en attendant que le marchand ait reçu assez d'esclaves pour faire une cargaison. Des gens simples comme eux ne se vendent pas très cher, à ce qu'ils disent, alors les trafiquants essayent d'embarquer des lots complets. Il fallait remplir le navire à bloc pour que le voyage soit rentable. »

Le marin avait levé sa lanterne. Des chaînes pendaient au plafond comme d'étranges toiles d'araignée et sinuaient sur le plancher tels des serpents écrasés. Kennit avait alors pris conscience qu'il n'avait vu qu'une partie des prisonniers ; derrière lui, d'autres s'étendaient en foule aussi loin que le regard portait, accroupis ou assis dans l'obscurité. En dehors d'eux, la cale était vide, le bordage nu ; seuls quelques tas de paille souillée dans les coins évoquaient un couchage au confort tout relatif. L'intérieur du navire avait été lui aussi récuré, mais le bois imprégné d'urine et l'eau de cale croupie des tréfonds du bâtiment conservaient leur puanteur méphitique. L'odeur d'ammoniaque faisait abondamment pleurer Kennit, qui avait néanmoins refusé d'essuyer ses larmes en espérant qu'elles passeraient inaperçues dans la pénombre. Serrant les dents et respirant à petits coups, il avait réussi à ne pas vomir et, alors qu'il souhaitait plus que tout au monde remonter à l'air libre, il s'était contraint à faire le tour de la cale.

La foule dépenaillée s'était refermée sur son passage, parcourue de murmures. Kennit en avait eu la chair de poule mais il s'était interdit de regarder derrière lui pour voir à quelle distance ces épouvantails se tenaient de lui. Une femme, plus audacieuse ou plus stupide que les autres, était venue se placer devant lui et lui avait tendu brusquement le paquet de haillons qu'elle serrait contre elle. Malgré lui, il avait baissé les yeux et vu un nourrisson emmailloté dans les guenilles. « Il est né à bord, avait dit la femme d'une voix rauque. Il est né esclave, mais vous l'avez délivré. » Du doigt, elle avait touché le « X » bleuâtre qu'un employé diligent avait déjà tatoué près du nez de l'enfant. La femme avait relevé les yeux vers Kennit, une expression farouche dans le regard. « Comment pourrai-je jamais vous remercier ? »

Le capitaine pirate avait cru qu'il n'allait pas pouvoir contenir plus longtemps son envie de vomir : à la pensée de la seule façon dont cette femme pouvait lui manifester sa gratitude, il s'était senti parcouru d'un frisson d'horreur. Elle avait une haleine qui trahissait des dents pourries et à demi déchaussées. Il avait découvert les siennes un instant en une parodie de sourire. « Appelez votre enfant Sorcor ; faites-le pour moi », avait-il dit d'une voix étranglée. L'ironie de sa réponse avait dû échapper à la malheureuse, car elle l'avait béni en reculant, rayonnante, son nourrisson chétif serré contre sa poitrine. Aussitôt, la foule puante s'était pressée autour de lui et des cris s'étaient élevés : « Capitaine Kennit ! Capitaine Kennit ! » Par un effort de volonté, il était parvenu à ne pas reculer devant cette marée ; il avait appelé d'un signe le marin qui le précédait avec la lanterne et lui avait chuchoté d'une voix sifflante dans laquelle il n'avait pu empêcher l'angoisse de percer : « Assez ; j'en ai vu assez. » Et, son mouchoir plaqué sur le visage, il avait promptement escaladé l'échelle la plus proche.

Sur le pont, il lui avait fallu un moment pour maîtriser les haut-le-cœur qui le convulsaient : il s'était composé un masque inexpressif et avait contemplé l'horizon en attendant d'être sûr de ne pas s'humilier par une manifestation quelconque de faiblesse. Puis, sans enthousiasme, il avait réfléchi à ce butin que Sorcor lui avait rapporté : le navire lui avait semblé en assez bon état mais il n'en tirerait aucun prix intéressant si l'acheteur avait un sens olfactif un tant soit peu développé. « Du gaspillage ! avait-il grommelé, furieux. Du pur gaspillage ! » Et, sur un ordre sec de sa part, la yole l'avait ramené au *Marietta*. C'est alors qu'il avait décidé de se rendre à Guingois : si le navire devait lui rapporter une somme dérisoire, au moins s'en débarrasserait-il rapidement afin de passer à d'autres affaires plus profitables.

L'après-midi touchait à sa fin quand il se prépara à visiter le hameau, en songeant qu'il serait amusant d'observer la réaction des esclaves libérés devant le village et celle du village devant ce soudain afflux de population. Peut-être alors Sorcor prendrait-il conscience de l'absurdité de sa compassion.

Il annonça son projet au mousse qui fit promptement circuler la nouvelle. Le temps qu'il lisse ses cheveux, mette son chapeau et quitte sa cabine, la yole était prête à être mise à la mer, et les matelots désignés pour manier les avirons impatients comme des chiens invités à une promenade : pour eux, toute ville, tout voyage à terre, était une distraction bienvenue. Malgré le peu de temps dont ils avaient disposé, ils avaient tous enfilé une chemise propre. Il ne leur fallut que quelques minutes pour parcourir à coups de rame diligents le trajet entre leur mouillage et les pontons de Guingois ; Kennit ne prêta pas attention aux sourires complices qu'ils échangèrent pendant la traversée. Ils s'amarrèrent au pied de l'appontement ; leur capitaine grimpa l'échelle branlante puis attendit ses hommes en essuyant avec son mouchoir la vase collée à ses doigts. Comme s'il allait distribuer des bonbons à des enfants, il tira de la poche de son manteau une poignée de piécettes, de quoi payer une petite tournée de bière pour les hommes qui l'avaient accompagné. Il remit la somme au responsable du groupe avec cette instruction nébuleuse : « Soyez prêts à reprendre les rames quand je reviendrai. Ne me faites pas attendre. »

Les matelots formèrent un cercle autour de lui et Gankis se fit leur porte-parole. « C'est pas nécessaire, cap'taine. Après ce que vous avez fait, on ne bougerait pas d'ici même si tous les démons de la mer nous tombaient dessus. »

Cette brusque déclaration de dévotion de la part du vieux pirate prit Kennit au dépourvu. Qu'avait-il fait récemment qui lui valût cette soudaine affection ? Rien, autant qu'il s'en souvînt ; mais, bizarrement, il se sentit aussi ému qu'amusé. « Quoi qu'il en soit, inutile de rester ici à vous dessécher, garçons. Soyez là quand je reviendrai, c'est tout.

— Non, cap'taine, pas question. On promet tous de pas bouger d'ici. » Le marin qui venait de s'exprimer ainsi eut un sourire qui fit danser le vieux tatouage de son visage. Kennit tourna le dos à ses matelots et remonta l'appontement en direction du centre du village, tandis que ses hommes discutaient du meilleur moyen de savourer leur bière tout en étant de retour à temps pour ramener leur capitaine. Kennit se plaisait à obliger ses subordonnés à tenter de résoudre ce genre de petit dilemme ; peut-être même cela leur affûtait-il la cervelle. En attendant, il se creusait la sienne à tenter de déterminer pourquoi ils paraissaient si contents de lui ; le transport d'esclaves renfermait-il un butin dont Sorcor ne lui avait pas parlé ? Les femmes du *Fortune* avaient-elles promis leurs faveurs aux marins ? La nature soupçonneuse de Kennit, toujours prête à se manifester, prit soudain le dessus. Il se révélerait peut-être très intéressant de savoir où se trouvait Sorcor en ce moment et ce qu'il faisait ; avoir laissé croire aux hommes qu'ils devaient leur bonne fortune, quelle qu'elle fût, à leur capitaine ne l'excusait pas d'en avoir fait bénéficier l'équipage sans en informer son chef.

Il descendit la rue principale du village, lequel ne comptait que deux tavernes ; si Sorcor n'était pas dans l'une, il se trouvait sans doute dans l'autre. Cependant, il s'avéra qu'il n'était dans aucune des deux ; en revanche, la population tout entière du hameau semblait s'être rassemblée dans la rue qui séparait les deux établissements pour organiser une fête pleine d'entrain. On avait sorti des tables et des bancs, on avait tiré des tonneaux de leurs caves et on les avait mis en perce, ce qui ne fit que renforcer les soupçons de Kennit : qui disait réjouissances disait argent dépensé à pleines poignées ; aussi se composa-t-il une expression entendue accompagnée d'un petit sourire figé. Il ignorait ce qui se tramait, mais il devait paraître au courant, sans quoi il passerait pour un niais aux yeux de tous.

« Ne dis rien. Fie-toi à ta chance », pépia une petite voix. L'amulette fixée à son poignet éclata d'un rire mélodieux, effrayant de suavité. « Surtout, ne laisse paraître aucune crainte. Une chance comme la tienne ne supporte pas la peur. » Et de rire à nouveau.

Le pirate n'osa pas lever le poignet pour regarder la figurine en public, et il n'était plus temps de chercher un lieu discret pour conférer avec elle, car, à cet instant, la foule s'aperçut de sa présence. « Kennit ! s'écria quelqu'un. C'est le capitaine Kennit ! C'est Kennit ! » D'autres voix reprirent le cri et bientôt le nom ébranla l'air estival. Tel un animal dérangé pendant qu'il se lèche, la populace se retourna brusquement, puis se rua sur lui comme une lame de fond.

« Du cran ! Et souris ! » fit le visage de bois-sorcier d'un ton moqueur.

Kennit eut soudain l'impression que le sourire narquois qu'il s'était plaqué sur les lèvres avait été taillé dans la glace ; son cœur se mit à battre la chamade et la sueur à lui couler dans le dos à la vue de la racaille qui se précipitait vers lui, poings et chopes levés. Mais il n'en laisserait rien paraître. Non, au moment de l'engloutir sous leur masse, ces gens le verraient encore sourire, droit et sans peur ; c'était peut-être de l'esbroufe, mais elle resterait efficace tant qu'il y croirait. En vain, il chercha le visage de Sorcor dans la vague humaine qui déferlait vers lui ; il voulait le trouver pour veiller, si nécessaire, à ce qu'il meure avant lui-même.

Mais, au lieu de le broyer, les gens l'encerclèrent, une expression de triomphe sur leurs visages rougis par l'alcool. Nul n'osa porter tout de suite la main sur lui ; tous restèrent à distance respectueuse de ses poings, les yeux fixés sur lui. Kennit balaya la foule du regard à la recherche d'un signe de faiblesse ou d'un indice désignant celui qui frapperait le premier ; à cet instant, une femme de forte carrure se fraya un chemin dans la presse pour venir se camper devant lui, ses poings charnus sur ses hanches généreuses. « Je m'appelle Tayella, déclara-t-elle d'une voix forte. C'est moi qui dirige Guingois. » Et elle planta son regard dans celui de Kennit comme si elle s'attendait qu'il conteste cette affirmation. Puis, à la grande stupéfaction du pirate, ses yeux s'emplirent de larmes qu'elle laissa sans honte rouler sur ses joues ; elle reprit d'une voix soudain fêlée : « Et je vous le dis, tout ici est à vous. Demandez ce que vous voulez, quand vous le voulez, c'est à votre disposition, car vous nous avez ramené nos frères que nous ne pensions jamais revoir ! »

Se fier à la chance... Il rendit son sourire à la femme, puis, en s'inclinant courtoisement et avec un regret sincère quoique muet pour la dentelle ainsi gaspillée, il lui tendit son mouchoir. Elle le saisit comme s'il était brodé d'or. « Comment le saviez-vous ? demanda-t-elle d'une voix brisée par l'émotion. Comment avez-vous pu deviner ? Aucun d'entre nous n'arrivait à y croire.

— J'ai mes procédés personnels », répondit-il, tout en se demandant ce qu'il était censé avoir deviné ; il ne posa cependant pas la question, et ne frémit même pas quand la main de la femme s'abattit lourdement sur son épaule, sans doute en signe de bienvenue.

« Qu'on dresse une nouvelle table et qu'on la garnisse de ce que nous avons de meilleur ! Faites place au capitaine Kennit ! Béni soit celui qui a sauvé nos frères et nos voisins des esclavagistes, et les a amenés chez nous pour y trouver la liberté et une nouvelle vie ! Béni soit-il ! »

La vague triomphante de la foule emporta le pirate pour le déposer sur un siège devant une table au plateau collant sur laquelle apparurent un plat de poisson cuit au four et des sortes de gâteaux farineux confectionnés à partir d'une racine broyée ; un seau de soupe de palourdes épaissie d'algues parachevait le banquet. Tayella s'installa en face de Kennit et lui servit dans un bol en bois un vin tiré d'une baie amère ; c'était le seul cru du village, et par conséquent le meilleur. Kennit le goûta et réussit à ne pas faire la grimace ; apparemment, Tayella, elle, en avait déjà ingurgité une bonne quantité, et le pirate jugea que le plus sage était de l'écouter le régaler de l'histoire du village tout en trempant les lèvres de temps en temps dans le breuvage. Quand Sorcor vint se joindre à eux, Kennit ne lui jeta qu'un bref coup d'œil ; pour une raison inconnue, le vieux loup de mer paraissait penaud, presque mortifié par la stupéfaction. Le capitaine pirate nota avec un amusement mêlé de consternation qu'il tenait dans ses bras le nourrisson au visage marqué d'un « X ». La mère se trouvait non loin dans la foule.

Tayella se leva et monta sur la table pour s'adresser à la foule.

« Il y a douze longues années, entonna-t-elle, nous sommes arrivés ici enchaînés, malades, certains à demi morts. L'océan miséricordieux nous a envoyé une tempête semblable à un ouragan qui a poussé le navire dans ce chenal, que nul transport d'esclaves n'avait jamais suivi et où nul ne s'est aventuré depuis, et l'a drossé à terre. Les coups de boutoir qu'avait reçus le bateau avaient décroché bien des objets à bord, y compris un crampon qui fixait au vaigrage tout un jeu de fers ; et, malgré nos poignets et nos chevilles toujours enchaînés, nous avons tué ces chiens de

Chalcédiens, nous avons libéré nos compagnons et nous avons fait de cette baie notre refuge. Notre village n'a rien de luxueux, certes, mais, pour qui a connu les cales d'un navire esclavagiste, toute terre libre est le paradis de Sa. Nous avons appris à vivre ici, à nous servir des canots du navire pour pêcher, et, le temps passant, nous nous sommes même risqués à révéler à d'autres où nous nous trouvions. Mais nous savions que jamais nous ne pourrions retourner chez nous ; nos familles, notre village étaient irrévocablement perdus pour nous. » Elle se tourna brusquement, le doigt pointé vers Kennit. « Jusqu'à aujourd'hui, où vous nous les avez ramenés. »

Abasourdi, le pirate resta sans réaction tandis que Tayella essuyait de nouveau ses larmes. « Douze ans, reprit-elle enfin, non sans difficulté. Quand ils sont venus s'emparer de nous parce que nous ne pouvions pas payer les impôts du Gouverneur, je les ai combattus. Ils ont tué mon mari et ils m'ont fait prisonnière, mais ma petite fille a pu s'enfuir ; je ne pensais pas la revoir un jour, pas plus que mon petit-fils. » Avec une expression attendrie, elle désigna le nourrisson que tenait Sorcor et qui s'appelait lui aussi Sorcor. De nouvelles larmes montèrent aux yeux de la femme qui se tut, la gorge nouée.

Autour d'elle, on se pressa pour la réconforter et poursuivre le récit à sa place. Par la plus extraordinaire des coïncidences, la plupart des esclaves du *Fortune* étaient originaires du même village que les fondateurs de Guingois ; mais nul parmi les anciens affranchis n'y voyait la main du hasard. Tous, même Sorcor, pourtant terre à terre en général, étaient persuadés que Kennit l'avait deviné et avait décidé de réunir les esclaves nouvellement libérés avec leurs familles. C'était faux, même si, Kennit en était convaincu, il ne s'agissait pas d'une simple coïncidence, en effet, mais du résultat d'une force bien supérieure.

La chance pure. Sa chance, à laquelle il devait toujours se fier sans la mettre jamais en doute. Mine de rien, il passa un doigt sur l'amulette en bois-sorcier fixée à son poignet. Allait-il dédaigner sa chance et laisser passer une telle occasion ? Non, naturellement. Il devait se montrer digne d'elle et se jeter à l'eau. Affectant la timidité et l'humilité, il demanda à Tayella : « Mes hommes vous ont-ils parlé de la prophétie que m'ont faite les Autres ? »

Les yeux de la femme s'agrandirent : elle sentait l'approche d'une révélation cosmique. Telles les ondes concentriques d'un caillou jeté dans un étang, son silence gagna peu à peu toute la foule. Tous les regards se portèrent sur Kennit. « J'en ai un peu entendu parler », dit Tayella d'un ton circonspect.

Comme écrasé d'émotion, le pirate baissa les yeux et il murmura d'une voix grave : « Tout commence ici. » Puis, prenant une grande inspiration, il alla chercher les mots au plus profond de lui-même et leur insuffla toute la puissance de ses poumons. « Tout commence ici ! » répéta-t-il avec force, en s'efforçant de donner l'impression d'un honneur qu'il faisait aux villageois.

Et ce fut efficace. Tout autour de lui, les yeux s'emplirent de larmes. Tayella secoua lentement la tête, ne parvenant pas à y croire. « Mais qu'avons-nous à vous offrir ? demanda-t-elle d'un ton presque désespéré. Nous sommes démunis de presque tout ; nous n'avons pas de champs à labourer, pas de résidences somptueuses. Est-ce là un départ digne d'un roi ? »

D'une voix empreinte de bonté, Kennit répondit : « Mon départ est votre départ. Vous avez un navire, que j'ai capturé pour vous ; vous avez un équipage, que j'ai formé pour vous. Utilisez-les. Je laisserai Rafo afin qu'il vous enseigne les règles du pavillon au Corbeau. Emparez-vous de ce que vous voulez sur les bâtiments qui passeront et faites-en votre propriété ;

n'oubliez pas que le Gouverneur vous a tout pris, et n'ayez aucun scrupule à récupérer votre richesse sur le dos des marchands de Jamaillia qu'il nourrit de votre sang. » Un coup d'œil au regard brillant de son second lui fournit un regain d'inspiration. « Mais je vous préviens : ne laissez jamais passer un transport d'esclaves sans l'attaquer. Jetez les équipages aux serpents qui s'en régaleront, et rassemblez les vaisseaux ici. Je ferai don à Guingois d'une pleine moitié de leur fret. Une pleine moitié ! » Il répéta bien haut ces derniers mots afin de s'assurer que sa générosité serait connue de tous. « Gardez le reste en sûreté ; Sorcor et moi reviendrons avant la fin de l'année établir une liste des marchandises et vous apprendre comment les vendre au meilleur compte. » Avec un sourire forcé mais apparemment confiant, il leva son bol de vin. « Je bois ce breuvage amer au nom de l'avenir de miel qui nous attend ! »

Un rugissement d'adoration monta de la foule. Tayella ne semblait pas se rendre compte que Kennit venait de lui prendre des mains la direction du village : les yeux brillants comme ceux de ses compagnons, elle levait son bol aussi haut qu'eux ; même Sorcor, pourtant peu démonstratif, hurlait le nom de son capitaine à l'unisson de la foule. Un sentiment de triomphe comme il n'en avait jamais connu, à la fois doux et cuisant, envahit l'âme de Kennit. Il croisa le regard idolâtre de son second et comprit qu'il le tenait à nouveau bien en laisse ; il sourit à l'homme et même au nourrisson sur lequel il radotait, et un éclat de rire faillit lui échapper en voyant cette dernière pièce s'emboîter : Sorcor s'imaginait avoir été honoré ! Il croyait que Kennit avait donné son nom au mioche pour le récompenser ! Laissant son sourire s'élargir, le pirate leva de nouveau son bol, attendit le cœur battant que les acclamations s'apaisent autour de lui et dit d'un ton faussement amène : « Faites ce que je vous enseignerai, suivez mes lois et je vous conduirai à la paix et à la prospérité ! »

Une clameur assourdissante accueillit cette déclaration. Kennit baissa les yeux d'un air modeste pour échanger discrètement un sourire complice avec le visage miniature à son poignet. Les réjouissances qui suivirent durèrent longtemps, toute la nuit et une partie de la matinée, et, bien avant qu'elles soient finies, la majorité de la population de Guingois titubait, ivre de vin aigre, tandis que l'estomac de Kennit se nouait à essayer de digérer le peu qu'il en avait bu. Quant à Sorcor, il avait non seulement trouvé un moment pour supplier son capitaine de lui pardonner d'avoir douté de lui, mais encore il lui avait avoué qu'il l'avait cru sans cœur et froid comme un serpent. Kennit n'avait pas eu besoin de lui demander ce qui l'avait fait changer d'avis : il avait déjà appris de plusieurs sources l'émotion qui avait étreint les esclaves en voyant le capitaine – un des plus endurcis des Îles des Pirates, au dire de tout le monde – réduit aux larmes devant le spectacle pitoyable qu'ils offraient dans la cale. Il les avait sauvés, il avait pleuré sur eux, et puis il les avait rendus à la fois à la liberté et à leurs familles. Kennit s'était alors aperçu qu'il aurait pu revendiquer sa position de roi sans même leur faire don du navire, mais ce qui était fait était fait. D'ailleurs, la moitié du butin que ces pouilleux parviendraient à amasser lui reviendrait sans qu'il ait à lever le petit doigt. Ce n'était pas mal, pour un début. Pas mal du tout.

*
**

« J'aimerais le revoir avant qu'il parte, et maman aussi », dit Keffria avant de saisir vivement sa tasse pour boire une gorgée de tisane. Elle s'efforçait de prendre l'air détaché comme si ce qu'elle demandait à son époux était une faveur négligeable et non une requête de la plus haute importance.

Kyle Havre s'essuya la bouche et reposa sa serviette sur la table du petit déjeuner. « Je sais, ma chère. Ce doit être dur pour toi d'être restée si longtemps sans le voir pour te le faire enlever brutalement à son retour du monastère. Mais dis-toi bien ceci : à la fin de ce voyage, tu retrouveras un jeune homme plein de santé et d'allant, un fils dont tu pourras être fière. Pour le moment, il est assez désorienté, le travail qu'il apprend est rude, il se sent découragé, et il se couche sans doute chaque soir perclus de courbatures. » Il prit sa tasse, la regarda en fronçant les sourcils et la reposa. « Un peu plus de tisane, je te prie. Si je l'amenais en visite ici, auprès de sa mère et de sa grand-mère, il n'y verrait que l'occasion de se plaindre ; il pleurnicherait, il supplierait, vous seriez toutes deux bouleversées et tout serait à recommencer. Non, Keffria, fais-moi confiance : ce ne serait bon ni pour lui ni pour toi – ni pour ta mère. La mort d'Ephron l'a suffisamment éprouvée ; évitons de lui imposer un autre choc. »

Keffria se hâta de remplir la tasse de son époux. Quand elle l'avait vu arriver ce matin-là pour partager avec elle le petit déjeuner, elle avait été ravie, certaine d'obtenir la faveur qu'elle désirait. Depuis une éternité, lui semblait-il, il avait écarté toute idée de passer le moindre instant en compagnie de son épouse : il rentrait chaque soir épuisé et se levait avant l'aube pour regagner son navire ; ce matin-là, le voyant s'attarder au lit, elle avait espéré un assouplissement de son tempérament, et, quand il lui avait annoncé qu'il avait le temps de prendre le petit déjeuner avec elle, ses espérances avaient atteint leur apogée. Mais elle avait reconnu le ton qu'il avait pris pour parler de Hiémain : discuter était hors de question. Mieux valait oublier ses attentes pour préserver la paix du ménage.

Plus de quinze jours s'étaient écoulés depuis que Kyle avait envoyé son fils sur le navire ; durant ce laps de temps, jamais il n'avait parlé de Hiémain de son propre chef et il ne répondait qu'avec laconisme aux questions de sa femme. Keffria se sentait revenue aux premiers temps du séjour de l'enfant au monastère : ignorant quelle vie il menait, elle n'avait rien de tangible sur quoi fonder ses angoisses. Nébuleuses et menaçantes, elles se dressaient néanmoins toujours à l'arrière-plan de ses pensées quand elle n'était pas autrement préoccupée par le silence plein de douleur de sa mère ou la disparition d'Althéa. Au moins, se disait-elle pour se consoler, elle savait où Hiémain se trouvait ; et puis Kyle était son père ; il veillerait sûrement à ce qu'il ne lui arrive pas de mal, et ne cacherait rien à sa femme s'il y avait lieu de s'inquiéter. Il avait raison, sans aucun doute : sa fermeté était peut-être nécessaire. Après tout, que savait-elle des garçons de cet âge ? Elle respira profondément pour se calmer, puis aborda résolument l'autre sujet qui la préoccupait.

« As-tu... » Elle hésita. « Althéa est-elle revenue au bateau ? »

Kyle fronça les sourcils. « Pas depuis le jour où cet imbécile de Torg l'a chassée. J'avais donné l'ordre de lui interdire de monter à bord, pas de lui faire prendre ses jambes à son cou. Je regrette qu'il n'ait pas eu l'intelligence de m'appeler ; crois-moi, j'aurais eu vite fait de ramener cette jeune écervelée ici, dans cette maison où est sa place ! » Au ton qu'il avait employé, il était manifeste que l'opinion d'Althéa sur la question n'aurait pas eu la moindre importance.

À part une domestique, ils étaient seuls dans la pièce, mais Keffria baissa néanmoins la voix. « Elle n'est pas passée voir maman ; je le sais, c'est maman qui me l'a dit ; et elle n'a pas remis les pieds à la maison. Où peut-elle donc être, Kyle ? J'en fais des cauchemars ; je crains qu'elle n'ait été assassinée, ou pire encore. Une idée m'est venue l'autre nuit...

Aurait-elle pu s'introduire à bord de la *Vivacia* sans que personne la voie ? Elle a toujours eu un lien très fort avec le navire, et elle est assez têtue pour y être montée et attendre pour sortir de sa cachette que vous soyez en mer, où il sera difficile de faire demi-tour et...

— Elle n'est pas à bord », fit Kyle d'un ton brusque. À l'évidence, il considérait les conjectures de Keffria comme pures balivernes de bonne femme. « Elle a sans doute loué une chambre en ville ; elle rentrera dès qu'elle tombera à court d'argent. Et, à ce moment-là, je veux que tu te montres ferme ; pas question de faire l'empressée avec elle et de lui avouer les inquiétudes qu'elle t'a causées, ni de la réprimander comme une poule en colère : ça lui sera parfaitement indifférent. Non : il faut être dure avec elle. Interdis-lui l'accès à son compte jusqu'à ce qu'elle commence à se conduire comme il faut, et, à partir de là, tiens-la d'une poigne ferme. » Il tendit la main et prit celle de sa femme avec une douceur qui contrastait avec l'âpreté de ses propos. « Puis-je te faire confiance ? Pour agir au mieux des intérêts d'Althéa ?

— Ce ne sera pas facile... fit Keffria d'une voix hésitante. Elle a l'habitude de n'en faire qu'à sa tête. Et maman...

— Je sais ; ta mère commence à éprouver des remords sur toute cette affaire. Mais la douleur affecte son jugement : elle a perdu son mari et craint de perdre aussi sa fille ; or elle ne la perdra pour de bon que si elle baisse les bras et lui laisse faire n'importe quoi. Si elle veut la garder, elle doit la forcer à rentrer chez elle et à mener une vie décente. Cependant, ta mère ne voit pas les choses ainsi actuellement, je le sais. Donne-lui du temps, Keffria ; donne-leur du temps à toutes les deux : elles finiront par se rendre à nos raisons et viendront nous remercier. Qu'y a-t-il ? »

On avait frappé. Malta passa la tête par l'entrebâillement de la porte. « Puis-je entrer ? demanda-t-elle d'un ton craintif.

— Ta mère et moi sommes en train de discuter », dit Kyle. Considérant qu'il avait répondu à la question, il se retourna vers son épouse sans plus prêter attention à sa fille. « J'ai eu le temps d'examiner les comptes des propriétés du Nord. Il y a trois ans que les locataires de la ferme des Atres n'ont pas payé leur loyer complet. Il faut les chasser, ou alors vendre la ferme. L'un ou l'autre. »

Keffria prit sa tasse et la tint fermement entre ses deux mains. Parfois, quand elle devait reprendre son mari, la peur la faisait trembler, et Kyle n'aimait pas cela. « La ferme des Atres appartient à maman, Kyle ; elle faisait partie de sa dot. Et les locataires sont sa vieille nounou et son mari ; ils ne rajeunissent pas et maman a toujours promis à Tetna de subvenir à ses besoins ; c'est pourquoi... »

Kyle reposa sa tasse si brutalement que de la tisane éclaboussa la nappe blanche. Il poussa un soupir d'exaspération. « Voilà exactement le genre de raisonnement qui nous mènera tous à la ruine ! Je n'ai rien contre la charité, Keffria, ni contre la fidélité à la parole donnée ; mais si ta mère doit s'occuper de ces vieux gâteux, qu'elle les fasse venir ici, qu'elle les installe dans les communs et qu'elle leur confie des tâches à leur portée ! Ils rendront certainement plus de services et seront plus à leur aise ici ; inutile de gaspiller toute une propriété agricole pour eux.

— Mais Tetna y a grandi... » Keffria s'interrompit en sursautant alors que la main calleuse de Kyle s'abattait sur la table avec violence.

« Moi, j'ai grandi à Frommeurs mais personne ne m'y donnera de logis quand je serai vieux et que nous n'aurons plus un sou parce que nous aurons mal géré nos biens ! Keffria, tais-toi un moment et laisse-moi finir ce que j'essaye de te dire. Je sais que cette propriété appartient à ta mère et que tu n'as pas voix au chapitre quant à ce qu'elle en fait ; je te demande seulement de lui transmettre mon conseil – et, par la même occasion, cet avertissement : plus un fifrelin ne sortira des biens de ton père pour l'entretien de cette ferme. Si elle n'est pas capable de la diriger de façon qu'elle rapporte assez pour assurer les réparations, elle devra la laisser pourrir. En tout cas, l'argent jeté par les fenêtres, c'est terminé. Ce sera tout. » Il se tourna soudain sur sa chaise et pointa un doigt accusateur vers la porte. « Malta ! Tu écoutes les conversations qui ne te regardent pas ? Si tu tiens à jouer les servantes indiscrètes, je veillerai à ce que tu en effectues aussi les besognes ! »

Malta tendit le cou par la porte entrouverte, l'air intimidé comme il se devait. « Je te demande pardon, papa. J'attendais que vous ayez fini, maman et toi, pour te parler. »

Kyle poussa un long soupir et leva les yeux au ciel. « Il faut apprendre aux enfants à ne pas déranger les gens, Keffria. Entre donc, Malta, puisque tu ne sais pas patienter comme une jeune fille bien élevée. Que veux-tu ? »

Malta pénétra en crabe dans la pièce, puis, voyant son père froncer les sourcils, elle se précipita devant lui. Elle lui fit une rapide révérence et dit en évitant le regard de sa mère : « Le bal de l'Été est passé ; nous ne pouvions y participer, je le comprends bien. Mais l'Offrande des Moissons est dans soixante-douze jours.

— Et ?

— J'ai envie d'y aller. »

Son père secoua la tête avec agacement. « Tu iras. Tu y vas depuis que tu as six ans ; tous les membres des familles de Marchands s'y rendent – sauf ceux qui, comme moi, doivent prendre la mer. Je ne pense pas être revenu à temps pour m'y joindre, mais toi, tu iras, tu le sais bien. Pourquoi m'ennuyer avec ça ? »

Malta jeta un coup d'œil à l'expression désapprobatrice de sa mère, puis regarda son père d'un air grave. « Maman a dit que nous risquions de ne pas y aller cette année à cause du deuil de grand-père. » Elle reprit son souffle. « Et elle a dit que, même si nous y allions, je n'avais pas encore l'âge de porter une robe de bal. Oh, papa, je ne veux pas arriver à l'Offrande des Moissons habillée en petite fille ! Delo Trell, qui a le même âge que moi, portera une vraie robe de bal, elle !

— Delo Trell a onze mois de plus que toi », intervint Keffria. Elle se sentait les joues brûlantes devant l'audace de sa fille qui venait soumettre ce sujet à son père comme s'il s'agissait d'une doléance. « Et je serais fort surprise qu'elle participe au bal en robe. Moi-même, je n'ai été présentée à l'Offrande qu'à quinze ans, presque seize. Et nous sommes en période de deuil. On n'attend pas de nous voir en fanfreluches cette année ; il ne serait pas convenable...

— Je pourrais mettre une robe noire. Carissa Krev est allée au bal deux mois seulement après la mort de sa mère. »

Keffria prit un ton ferme. « Nous n'irons que si ta grand-mère n'y trouve rien à redire, mais cela m'étonnerait. Et, si nous nous y rendons, tu te vêtiras comme il sied à une fille de ton âge.

— Mais tu m'habilles comme une petite fille ! cria Malta d'une voix aux accents tragiques. Je ne suis plus une petite fille ! Oh, papa, elle m'oblige à porter des jupes qui me tombent à mi-mollet, avec de la dentelle à l'ourlet, comme si elle avait peur que je coure partout et que je joue dans les flaques d'eau ! Et elle me force à me faire des tresses comme si j'avais sept ans, à nouer un ruban autour de mon col, à ne porter que des fleurs, jamais de bijoux, et...

— Assez ! » fit Keffria d'un ton menaçant ; mais, à sa grande surprise, son époux éclata de rire.

« Viens, Malta. Non, essuie tes larmes et viens près

de moi. » Malta obéit et il la prit sur ses genoux. « Eh bien, voilà donc que tu te crois assez grande pour t'habiller comme une dame. Bientôt, tu vas vouloir que des jeunes gens viennent te rendre visite.

— Papa, j'aurai treize ans au moment du bal et... »

Kyle la fit taire d'un geste et regarda son épouse par-dessus la tête de sa fille. « Si tout le monde y va, fit-il d'un ton circonspect, y aurait-il grand mal à lui laisser porter une robe de circonstance ?

— Mais ce n'est qu'une enfant ! protesta Keffria, atterrée.

— En es-tu sûre ? demanda Kyle d'un ton empreint de fierté. Regarde ta fille, Keffria. Si c'est une enfant, elle a des formes étonnamment généreuses. Ma mère disait toujours : "Un garçon n'est un homme que quand il en a fait la preuve, mais une femme devient une femme quand elle le désire." » Il caressa les cheveux nattés de Malta qui leva vers lui un sourire ravi, puis lança un regard suppliant à sa mère.

Voir son époux soutenir sa fille contre elle bouleversait Keffria, mais elle s'efforça de cacher son émotion. « Voyons, Kyle, Malta... ce n'est pas convenable.

— Qu'y a-t-il d'inconvenant ? Quel mal cela fait-il ? Cette année, l'année prochaine, quelle importance qu'elle passe aux robes longues, du moment qu'elle les porte bien et qu'elles la mettent en valeur ?

— Mais elle n'a que douze ans, fit Keffria d'une voix éteinte.

— Presque treize, corrigea Malta, profitant de son avantage. Oh, je t'en prie, maman, dis oui ! Permets-moi d'aller à l'Offrande avec une robe de bal ! »

Keffria résolut de ne pas céder de terrain. « Non. Nous n'irons que si ta grand-mère nous accompagne ; ce serait choquant autrement. Là-dessus, je resterai ferme.

— Mais si nous y allons ? » demanda Malta d'un ton enjôleur. Elle se tourna vers son père. « Oh, papa, promets-moi que j'aurai une robe de bal si maman me permet de participer à l'Offrande ! »

Kyle serra sa fille contre sa poitrine. « Cela me paraît un compromis équitable », dit-il à Keffria. Puis il ajouta à l'adresse de Malta : « Tu n'iras au bal que si ta grand-mère s'y rend elle-même – et il n'est pas question que tu la harcèles là-dessus. Mais si elle y va, tu iras aussi, et tu porteras une robe de dame.

— Oh, merci, papa ! » fit Malta dans un souffle, comme s'il venait d'exaucer le vœu le plus important de toute son existence.

Keffria se sentit envahie par une émotion si semblable à la colère qu'elle en fut étourdie. « Maintenant, Malta, tu peux sortir. Je désire m'entretenir avec ton père. Et, puisque tu te crois assez grande pour t'habiller comme une dame, tu vas me montrer que tu en as aussi les qualités ; finis donc la broderie qui traîne sur ton tambour depuis trois semaines.

— Mais ça va me prendre toute la journée ! protesta Malta, consternée. Je voulais aller chez Carissa voir si elle pouvait m'accompagner rue des Tisserands pour examiner des tissus... » Elle remarqua l'expression de sa mère et sa voix mourut. Sans un mot de plus, elle tourna les talons et sortit vivement de la pièce.

À peine eut-elle disparu que son père éclata de rire, et Keffria songea qu'il n'aurait pas pu trouver mieux pour la vexer encore davantage ; pourtant, loin de s'excuser, il s'esclaffa de plus belle devant la colère peinte sur le visage de son épouse. « Si tu te voyais ! s'exclama-t-il enfin. Tu es furieuse parce que ta fille est passée par-dessus toi ! Mais qu'y puis-je ? Tu sais qu'elle a toujours été ma préférée. Et puis quel mal y a-t-il à ce qu'elle porte une robe de bal, franchement ?

— Cela peut attirer sur elle une attention à laquelle elle n'a pas encore appris à faire face. Kyle, quand une femme se rend pour la première fois à l'Offrande des Moissons en robe de bal, ce n'est pas seulement qu'on a rallongé ses jupes : on la présente au Tout-Terrilville comme une femme adulte, ce qui signifie qu'elle est en âge de se faire courtiser et que sa famille est prête à étudier toutes les propositions de mariage.

— Et alors ? demanda Kyle, mal à l'aise. Nous ne sommes pas obligés de les accepter.

— Elle sera invitée à danser, poursuivit Keffria implacablement, non par les garçons de son âge avec lesquels elle dansait jusque-là, car ils seront relégués au rang d'enfants et elle aura statut de femme, mais par des hommes, jeunes et vieux. Or, non seulement c'est une danseuse médiocre mais elle n'a pas appris l'art de converser avec les hommes, ni celui de repousser les attentions... indésirables. Elle risque d'inciter à des avances inconvenantes sans même s'en rendre compte ; pis, elle peut paraître les encourager par un sourire nerveux ou un de ces éclats de rire inopportuns propres aux filles de son âge. J'aurais préféré que tu me consultes avant de lui donner ton autorisation. »

En un clin d'œil, Kyle passa de l'embarras à l'irritation. Il se leva brusquement en jetant sa serviette sur la table. « Je vois. Il serait peut-être plus simple que je m'installe définitivement à bord du navire pour éviter de te gêner pendant que tu décides du sort de notre famille ! Tu oublies, dirait-on, que Malta est ma fille autant que la tienne ! Si, à douze ans, elle n'a toujours pas appris à danser et à se comporter en société, c'est peut-être à toi-même que tu dois t'en prendre ! D'abord tu envoies mon fils faire sa prêtrise et maintenant tu te conduis comme si je n'avais pas mon mot à dire sur la façon d'élever ma fille ! »

Keffria s'était levée à son tour et s'agrippait à la manche de son époux. « Kyle ! Je t'en prie, rassieds-toi ! Ce n'est pas ce que je voulais dire ! Je tiens à ce que tu participes à l'éducation de nos enfants, évidemment ; mais il faut faire attention à la réputation de Malta si nous voulons qu'on la considère comme une jeune femme bien élevée. »

Mais Kyle refusa de se laisser adoucir. « Dans ce cas, je te conseille de lui faire donner des leçons de maintien et de danse au lieu de te débarrasser d'elle en l'envoyant dans sa chambre faire de la broderie ! Pour ma part, j'ai la responsabilité d'un navire, ainsi que celle d'un jeune homme à qui je dois apprendre à se tenir droit à cause d'une décision dans laquelle je n'ai pas eu mon mot à dire ! » Il repoussa son épouse comme on chasse une mouche importune et quitta la pièce d'un pas furieux. Keffria resta pétrifiée, les mains crispées devant la bouche.

Au bout d'un moment, elle se laissa lentement retomber sur sa chaise. Elle inspira profondément et massa ses tempes douloureuses du bout des doigts. Des larmes refoulées lui piquaient les yeux. Que de tensions, que de disputes ces derniers temps ! On eût dit que la maison ne connaissait plus un instant de paix. Keffria éprouva soudain une grande nostalgie du temps où son père était bien portant, où Althéa et lui voyageaient pendant que sa mère et elle-même restaient au logis et s'occupaient des enfants et des propriétés.

À l'époque, quand Kyle rentrait au port, elle avait l'impression d'être en vacances. Il commandait alors l'*Audacieux*, et on ne tarissait pas d'éloges sur lui, sur sa beauté et son allant. Ils passaient leurs journées à badiner dans leur chambre jusque tard le soir ou bien à se promener dans Terrilville en se donnant le bras. Son coffre de marin regorgeait toujours de surprises pour elle et les enfants, et elle avait toujours le sentiment d'être une nouvelle mariée. Mais, depuis qu'il avait la charge de la *Vivacia*, il était devenu si sérieux – et si... si... Elle chercha le terme approprié. « Pingre » lui vint à l'esprit, mais elle le repoussa. C'était un homme responsable, voilà tout, et, avec la mort de son beau-père, son sens du devoir s'était étendu à tout ce qui concernait la famille : non seulement le navire, mais aussi la maison, les propriétés, les enfants, et même, songea-t-elle lugubrement, sa belle-sœur et sa belle-mère.

Naguère, ils bavardaient souvent longuement le soir, de tout et de rien. Kyle aimait ouvrir les tentures pour laisser le clair de lune tomber obliquement sur leur lit à baldaquin ; alors il évoquait la fureur des tempêtes qu'il avait connues et la beauté des voiles gonflées sous un bon vent, tout en caressant Keffria avec des mains et des yeux qui exprimaient pour elle une fascination semblable à celle qu'il éprouvait pour la mer. À présent, il ne parlait plus guère que des frets qu'il vendait bien et des marchandises qu'il embarquait ; il répétait que la prospérité ou la ruine de la famille Vestrit reposait désormais sur ses épaules, et aussi qu'un de ces jours il donnerait aux Marchands de Terrilville une ou deux leçons de bonne gestion et de négoce avisé. Les nuits qu'ils passaient ensemble n'apportaient à Keffria ni soulagement ni repos ; quant aux jours, il les occupait sur son navire ; et aujourd'hui, elle se l'avouait avec amertume, elle n'attendait plus avec impatience que son départ en mer ; alors, elle pourrait retrouver au moins la paix des journées et des habitudes régulières.

Des pas lui firent relever la tête dans un mélange d'espoir et de crainte du retour de son époux. Mais ce fut sa mère qui entra ; au regard qu'elle posa sur Keffria, puis sur les reliefs du petit déjeuner, on eût dit qu'elle ne voyait que des ombres ; puis, elle balaya la pièce des yeux comme si elle cherchait quelque chose – ou quelqu'un. « Bonjour, maman, dit Keffria.

— Bonjour, répondit sa mère d'un ton absent. J'ai entendu Kyle s'en aller.

— Alors tu es descendue, fit sa fille d'un ton chagrin. Maman, je suis peinée que tu l'évites ainsi. Il y a des questions à régler, des décisions à prendre... »

Ronica eut un sourire sans chaleur. « Et c'est impossible tant que Kyle est présent. Keffria, je suis trop fatiguée et j'ai le cœur trop lourd pour prendre des gants. Ton mari ne laisse aucune place à la discussion. Je ne vois pas l'intérêt de parler avec lui, car nous ne partageons pas les mêmes points de vue et il ne se rend qu'à sa propre opinion. » Elle secoua la tête. « En ce moment, quand je ne pleure pas ton père, je me reproche la pagaille que j'ai semée dans tout ce qu'il m'a confié ; je n'arrive à penser à rien d'autre. »

Malgré sa récente rancœur contre son mari, Keffria se sentit blessée, et c'est dans un murmure peiné qu'elle répondit : « Il a bon cœur, maman. Il fait seulement ce qu'il considère comme le mieux pour nous.

— Peut-être, mais cela ne me console guère, Keffria. » Ronica prit une expression découragée. « Ton père et moi pensions en effet que c'était quelqu'un de bien, sans quoi nous n'aurions jamais consenti à votre mariage. Mais nous ne pouvions ne serait-ce qu'imaginer à l'époque ce qui s'est passé depuis. Tu aurais peut-être dû épouser le fils d'une famille de Marchands ; nous n'en serions peut-être pas là si tu t'étais mariée avec quelqu'un davantage habitué à nos coutumes. » Lentement et avec raideur, comme une très vieille femme, elle s'approcha de la table et s'assit. Comme si la lumière lui faisait mal aux yeux, elle détourna le visage de l'éclatant soleil matinal qui illuminait la pièce. « Regarde où nous en sommes à cause de Kyle et de sa volonté de faire notre bonheur : Althéa a disparu et Hiémain se trouve à bord du navire contre son gré. Ce n'est pas bon, ni pour le petit ni pour Vivacia. S'il comprenait vraiment ce qu'est une vivenef qui vient de s'éveiller, il n'y cloîtrerait pas son fils alors qu'il est si malheureux et troublé. À ce que je sais, les premiers mois de conscience d'une vivenef sont décisifs ; elle a besoin de se sentir au calme et en confiance avec son capitaine, pas d'être exposée aux émotions violentes de la contrainte et de la dissension. Quant à l'idée de Kyle de se servir d'elle pour transporter des esclaves... j'en suis malade, absolument malade. » Elle releva le visage et son regard cloua Keffria sur place. « J'ai honte de songer que tu vas laisser ton fils supporter les spectacles auxquels il va devoir assister s'il voyage à bord d'un transport d'esclaves. Comment peux-tu permettre qu'il voie cela, et, pire encore, qu'il y participe ? En quoi va-t-il devoir se changer pour y survivre ? »

Ces mots éveillèrent une indicible angoisse chez Keffria, mais elle crispa ses mains l'une sur l'autre sous la table et s'efforça de les empêcher de trembler. « Kyle m'a dit qu'il ne traiterait pas Hiémain durement ; quant aux esclaves, comme il me l'a fait remarquer, les faire souffrir inutilement ne ferait qu'abîmer une cargaison de valeur. Je te le jure, je lui ai parlé de tout ce que j'ai entendu dire sur les transports d'esclaves, et il m'a promis que jamais la *Vivacia* ne deviendrait un mouroir pestilentiel.

— Même si Kyle traitait Hiémain aussi délicatement qu'une petite fille, ton fils souffrirait de ce qu'il verra : les cales bondées, les morts, la violence obligatoire pour maintenir la discipline dans la cargaison... C'est mal. C'est mal, et tu le sais aussi bien que moi. » Le ton de Ronica interdisait toute objection.

« Mais nous avons pourtant une esclave ici même : Rache, que Davad t'a envoyée quand papa était à l'agonie.

— C'est mal, répéta Ronica Vestrit à mi-voix. J'en ai pris conscience et j'ai voulu la renvoyer à Davad, mais elle m'a suppliée à genoux de n'en rien faire. On tirerait d'elle un bon prix en Chalcède, elle le sait, car elle a un peu d'instruction. Son époux y a déjà été vendu pour dettes. Ils étaient originaires de Jamaillia, et, quand ils ont été pris dans l'engrenage de l'endettement sans parvenir à s'en sortir, son époux, son fils et elle se sont retrouvés au marché aux esclaves ; son mari, qui était un homme cultivé, a été acheté pour une forte somme, mais son garçon et elle ont été vendus pour une bouchée de pain à un des agents de Davad. » La voix de Ronica s'assourdit. « Elle m'a raconté son voyage jusque chez nous. Son enfant n'y a pas survécu. Pourtant, je ne pense pas que Davad Restart soit un monstre de cruauté, du moins de propos délibéré, et il n'est pas non plus pauvre au point d'abîmer exprès une cargaison de valeur. » La mère de Keffria avait conservé un ton étrangement monocorde durant tout son discours, et, quand elle répéta les mots de Kyle de cette même voix sans timbre, sa fille en eut la chair de poule.

« Je crois que je m'étais cuirassée contre la mort, reprit Ronica. Depuis que tes frères avaient succombé à la peste sanguine, je l'avais écartée de ma vie comme une épreuve que j'avais traversée et qui ne me regardait plus. À présent, ton père n'est plus, et cela m'a rappelé combien cette fin est soudaine et définitive. Il est déjà difficile de l'affronter quand elle arrive à la suite d'une maladie, mais l'enfant de Rache, lui, est mort parce que son petit estomac ne pouvait pas supporter les bousculades d'une cale bondée et sans air ; il n'arrivait pas à garder le pain noir et l'eau croupie que l'équipage donnait aux esclaves. Rache n'a pu que regarder son petit garçon mourir sans rien faire. »

Ronica leva les yeux vers sa fille ; Keffria avait un regard torturé. « "Pourquoi n'avoir pas averti l'équipage quand on vous apportait à manger ? ai-je demandé à Rache. On vous aurait sûrement autorisés à passer un moment sur le pont, à l'air libre, et on aurait fourni de quoi manger à votre petit." Elle m'a répondu qu'elle l'avait fait, qu'elle avait imploré, supplié chaque fois que les marins venaient distribuer le repas ou tirer les seaux de la cale, mais ils feignaient de ne pas l'entendre. Elle n'était pas la seule à bord à demander pitié. Enchaînés près d'elle, des hommes faits et des jeunes femmes sont morts aussi inutilement que son enfant. Quand des matelots sont descendus enlever son petit, en même temps que son voisin de chaîne, ils ont traîné son corps par terre comme s'il s'agissait d'un sac de farine. Elle savait qu'ils allaient le jeter aux serpents qui suivaient le bateau. Et ça l'a rendue folle.

« Par un sort singulier, c'est sa démence même qui lui a sauvé la vie, car, à force de hurler et de supplier les serpents de crever la coque pour la dévorer elle aussi, à force d'implorer Sa d'envoyer des vents et des vagues pour précipiter le navire sur les rochers, elle a réussi à ébranler les marins mieux qu'en s'adressant à eux. Ils ne tenaient pas à ce que cette folle qui se souciait si peu de la vie attire la mort sur eux ; ils l'ont battue, mais rien ne pouvait la réduire au silence ; alors, quand le navire a fait relâche à Terrilville, elle a été débarquée, car les matelots juraient qu'elle était responsable de la dernière tempête qu'ils avaient subie et refusaient de reprendre la mer avec elle à bord. C'est Davad qui a dû se charger d'elle, puisqu'elle était son bien ; mais il ne pouvait la déclarer comme esclave à Terrilville et il l'a prise comme servante sous contrat, puis il s'est mis à appréhender ses regards, car elle le rend responsable de la mort de son fils, et il nous l'a envoyée comme domestique. Tu vois donc que ce présent qu'il nous a fait dans le moment difficile que nous traversions procédait davantage de la peur que de la charité. Et c'est ce qu'est devenu Davad lui-même, je le soupçonne : un homme gouverné par la crainte plus que par la bonté. »

Elle se tut, comme si elle réfléchissait. « Et on peut y ajouter une bonne mesure de cupidité. Je ne croyais pas Davad capable d'écouter une histoire comme celle de Rache et de poursuivre néanmoins une activité responsable de tant de malheur. Et pourtant, il continue. Et il presse avec opiniâtreté les gens qu'il connaît de voter la légalisation de son commerce à Terrilville. » Encore une fois, son regard transperça Keffria. « Maintenant que tu as hérité des biens de ton père, tu détiens aussi sa voix au Conseil. Nul doute que Davad va te solliciter pour que ton vote aille dans son sens ; or, si tes propres intérêts économiques coïncident avec ceux des partisans de l'esclavage... que va te demander Kyle, à ton avis ? »

Keffria était comme paralysée. Elle n'osait pas répondre ; elle aurait voulu affirmer que son époux n'approuverait jamais la légalisation de l'esclavage à Terrilville, mais déjà, sans que sa volonté y eût la moindre part, son esprit travaillait à établir les comptes : si la possession d'esclaves était autorisée, certaines propriétés, les champs de céréales et la mine d'étain pourraient soudain redevenir rentables ; en outre, Kyle pourrait s'épargner le long trajet jusqu'en Chalcède pour écouler ses cargaisons, puisqu'il aurait le droit de vendre les esclaves sur place, à Terrilville même. Avec un temps de transport moindre, une plus grande partie du fret arriverait vivante et en bonne santé pour la vente...

Avec un frisson de répulsion, Keffria prit soudain conscience de la teneur de ses pensées. *Une plus grande partie du fret arriverait vivante.* Depuis le début, elle avait accepté l'idée que, si Kyle décidait de transporter des esclaves, certains mourraient inévitablement au cours de ses voyages. De quoi ? De vieillesse ou de mauvaise santé ? Non. Kyle était trop avisé pour acheter des individus que la mort guettait. Elle s'attendait donc à ce que le trajet les tue ; elle l'avait accepté comme un élément inéluctable de ce commerce. Mais pourquoi ? Lors de ses propres déplacements en bateau, elle n'avait jamais craint pour sa santé ni pour sa vie. Par conséquent, seule la façon dont on traitait ces passagers malgré eux expliquait ces décès – et cette façon de traiter les esclaves risquait fort de faire partie des fonctions de Hiémain en tant que matelot. Son fils allait-il apprendre à faire la sourde oreille aux supplications d'une jeune femme qui demande pitié pour son enfant ? Allait-il aider à jeter les corps sans vie aux serpents ?

Ronica avait dû suivre les réflexions de sa fille car elle murmura : « N'oublie pas que cette voix au Conseil t'appartient. Tu peux la céder à ton époux si tu le souhaites ; c'est ce que feraient nombre d'épouses de Marchands à ta place, même si la loi de Terrilville ne l'exige pas. Mais n'oublie pas non plus que la famille Vestrit dispose d'une voix et d'une seule. Une fois que tu l'auras donnée à ton époux, tu ne pourras plus la récupérer, et lui pourra désigner la personne de son choix pour exprimer sa volonté en son absence. »

Keffria se sentit tout à coup glacée et très seule : quoi qu'elle décide, elle en souffrirait. Indiscutablement, Kyle appuierait la légalisation de l'esclavage ; elle entendait d'ici les arguments logiques, rationnels qu'il emploierait tout en affirmant que le sort des esclaves à Terrilville serait plus doux qu'en Chalcède. Il la persuaderait, et alors sa mère perdrait tout respect pour elle. Elle s'entendit répondre d'un ton sans éclat : « Nous n'avons qu'une seule voix au Conseil des Marchands. Une voix sur cinquante-six.

— C'est exact, il reste cinquante-six familles de Marchands », reconnut sa mère. Cependant, elle poursuivit dans le même souffle : « Mais sais-tu combien de nouveaux venus se sont approprié assez de leffers de terrain pour revendiquer une voix au Conseil ? Vingt-sept. Tu as l'air abasourdie ? J'ai eu la même réaction. Il y a manifestement des gens qui s'installent au sud de Terrilville, qui accumulent les propriétés grâce à des concessions signées de la main du nouveau Gouverneur, puis qui viennent à Terrilville faire valoir leur droit à un siège au Conseil. Le second Conseil que nous avons créé – par esprit d'équité, afin que les Immigrants aux Trois Bateaux disposent d'un lieu où régler leurs différends entre eux et d'une voix dans le gouvernement de Terrilville – est à présent employé contre nous.

« Et les pressions ne proviennent pas seulement de l'intérieur ; les Chalcédiens lorgnent aussi notre prospérité avec convoitise. Ils ont mis en cause notre frontière septentrionale à plusieurs reprises, et ce jeune imbécile de Gouverneur, par son absence de réaction, leur a pratiquement donné raison, tout cela à cause des présents dont Chalcède le couvre, femmes, bijoux et herbes de joie. Il ne prendra pas la défense de Terrilville contre Chalcède, et il ne tiendra même pas la promesse que nous avait faite Esclepius : à ce qu'on dit, il a dilapidé le Trésor de Jamaillia en plaisirs dispendieux et il cherche à se procurer de l'argent frais pour ses distractions en concédant des terrains à qui gagne ses faveurs par des cadeaux ou des promesses de cadeaux ; or, ce n'est pas seulement aux nobles jamailliens qu'il fait don de notre territoire, mais à ses sycophantes chalcédiens aussi. Ce que tu t'apprêtais à dire est donc peut-être exact, Keffria : rien ne garantit qu'une seule voix suffira à empêcher les changements dont Terrilville est victime. »

Ronica se leva lentement de table. Elle n'avait rien mangé, elle n'avait même pas bu une gorgée de tisane. Comme elle se dirigeait vers la porte, elle soupira : « Avec le temps, même les cinquante-six voix des Marchands ne parviendront plus à faire barrage à la volonté de cette vague de nouveaux arrivants. Et si Cosgo, ce jeune Gouverneur, est prêt à violer la promesse que nous a faite Esclepius, considérera-t-il les autres comme sacrées ? Combien de temps faudra-t-il avant que les monopoles qu'on nous avait accordés soient vendus à d'autres ? Je préfère ne pas songer à ce qui risque de se passer ; ce sera bien plus grave que la fin de notre mode de vie. Si des gens aussi cupides et imprudents s'aventurent à remonter le fleuve du Désert des Pluies, je n'ose penser à ce qu'ils pourraient éveiller. »

L'espace d'un instant terrifiant, Keffria se remémora la naissance de son troisième enfant – ou plutôt la troisième fois qu'on l'avait menée au lit d'accouchement, car ce n'était pas un enfant qui était né de cette longue grossesse et de ce pénible travail, mais seulement une créature qu'on ne lui avait pas laissé voir ni prendre contre elle, une créature qui grognait, grondait et se débattait violemment dans les bras de Ronica qui l'emportait hors de la pièce. Kyle se trouvait alors en mer, et c'est son père qui avait dû accomplir l'obligation de toute famille de Marchands de Terrilville. Nul n'en avait dit mot par la suite, même lorsque Kyle était rentré de voyage. Il n'avait pas posé de question devant le berceau vide, il avait accepté la situation et s'était montré plein de tendresse pour Keffria. Une seule fois depuis il avait mentionné son « enfant mort-né », et elle se demandait encore si, pour lui, cette expression ne reflétait pas l'exacte vérité. Il n'était pas originaire du monde des Marchands et peut-être n'arrivait-il pas à se convaincre du prix qu'il fallait payer quand on en faisait partie.

Peut-être ne saisissait-il pas tout ce qu'impliquait d'avoir épousé la fille d'un Marchand ; peut-être ne comprenait-il pas que Terrilville se protégeait du fleuve du Désert des Pluies et de ce que charriaient ses eaux autant qu'elle en profitait.

L'espace d'une seconde, son mari lui apparut comme un inconnu, voire une menace – non une menace née de la malveillance, mais inhérente à une force naturelle, telle une tempête ou un gigantesque raz de marée qui broie et détruit aveuglément tout ce qui se trouve sur son passage.

« Kyle est un homme bon », dit Keffria à sa mère. Mais Ronica avait quitté la pièce, et les mots de sa fille tombèrent sans vie dans le silence indifférent de la maison.

3

NÉGOCIATIONS

« On se met en route demain matin. » Torg ne chercha pas à cacher le plaisir qu'il prenait à annoncer la nouvelle.

Hiémain ne leva pas les yeux de son ouvrage. L'homme ne lui avait pas posé de question ni donné un ordre ; il n'était donc pas tenu de répondre.

« Ouais, on s'en va d'ici. Tu reverras pas Terrilville avant un moment. On a sept ports à faire d'ici à Jamaillia ; les trois premiers sont en Chalcède, et on va s'y débarrasser de ces noix de comefère. Je savais qu'elles se vendraient pas à Terrilville, mais on m'a rien demandé. » Torg fit rouler ses épaules avec un sourire satisfait ; apparemment, le mauvais calcul de Kyle prouvait à ses yeux qu'il était plus avisé que son capitaine. Hiémain, pour sa part, ne voyait pas le rapport.

« Le cap'taine va se garnir une petite caisse en cours de route, à ce qu'il paraît, comme ça il aura davantage à dépenser pour les esclaves de Jamaillia. On va en embarquer une belle cargaison, mon gars. » Il s'humecta les lèvres. « Je suis impatient d'y être, surtout qu'il sera obligé d'écouter mes conseils, parce que c'est un marché que je connais bien. Ouais, moi, j'ai l'œil pour la bonne chair à esclaves, et je prendrai que le premier choix. Peut-être même que j'achèterai quelques gamines maigrichonnes pour te faire un peu rêver ; qu'est-ce que t'en dis, mon gars ? »

Il valait mieux répondre aux questions si on ne voulait pas recevoir un coup de pied bien placé. « J'en dis que l'esclavage est immoral et illégal, et que nous n'avons pas à discuter les projets du capitaine. » Hiémain n'avait pas quitté son travail des yeux ; on lui avait donné un tas de vieilles élingues à démêler, pour en récupérer ce qui était encore utilisable et réduire le reste en fibres dont on pourrait refaire des cordages ou qu'on emploierait comme étoupe le cas échéant. Ses mains étaient devenues aussi rêches que le chanvre qu'elles manipulaient ; quand il les regardait, il avait du mal à s'imaginer qu'elles aient pu appartenir à un artiste du vitrail. En face de lui, sur le gaillard d'avant, Clément travaillait de son côté sur le tas de cordes. Hiémain enviait au jeune matelot la dextérité de ses mains calleuses : quand Clément prenait un bout d'élingue et la secouait, elle se démêlait comme par magie ; Hiémain, lui, avait beau s'escrimer à enrouler un cordage dans un sens, la ligne voulait toujours se tordre dans le sens inverse.

« Ho ho ! On fait son fier ? » Torg lui donna un coup du bout de la botte, peu violent mais douloureux : Hiémain était encore meurtri d'un coup précédent.

« Non, lieutenant », répondit Hiémain par réflexe. Il était plus simple parfois de courber l'échine. Quand son père l'avait confié à cette brute, le jeune garçon avait essayé de lui parler comme à une personne douée de raison, mais il avait promptement appris que Torg interprétait comme une moquerie tous les mots qu'il ne comprenait pas, et considérait toute tentative d'explication comme une mauvaise excuse. Moins Hiémain en disait, moins il recevait de coups, même s'il devait pour cela approuver des affirmations contre lesquelles il se serait normalement élevé. Il s'efforçait de ne pas regarder sa propre attitude comme une dégradation de sa dignité et de sa morale, mais comme un moyen de survie. Il devait survivre jusqu'au moment où il pourrait s'échapper.

Il risqua une question : « Dans quels ports allons-nous faire relâche ? »

S'il y en avait un sur la péninsule de Moëlle, il débarquerait par tous les moyens. Qu'il dût traverser à pied la presqu'île sur toute sa longueur, qu'il dût mendier pour se remplir l'estomac, peu importait : il retournerait à son monastère. Là, il raconterait son histoire et on l'écouterait ; on changerait son nom et on lui trouverait une place ailleurs, où son père ne le retrouverait jamais.

« Nulle part du côté de Moëlle, répondit Torg avec une joie méchante. Si tu veux retrouver ta prêtraille, petit, il va falloir que tu nages. » Et le lieutenant éclata de rire ; Hiémain comprit alors qu'il l'avait amené à dessein à poser cette question, et il resta déconcerté que même le lent intellect de l'homme parvînt à percer son désir secret. En rêvait-il trop, cela se voyait-il dans ses gestes ? Pourtant, il avait fini par se persuader que se raccrocher à cet espoir était le seul moyen de garder sa raison ; il passait son temps à imaginer comment quitter le navire ; chaque fois qu'on l'enfermait dans la soute à chaînes pour la nuit, il attendait que l'homme qui l'avait accompagné se fût éloigné, puis il essayait la poignée. Il regrettait de s'être montré si impatient quand on l'avait conduit de force sur la vivenef : ses tentatives maladroites de fuite avaient averti le capitaine et l'équipage de ses intentions, et Kyle avait prévenu ses hommes que celui qui le laisserait s'échapper le paierait cher. Il ne restait jamais seul, et ceux qui travaillaient à ses côtés lui en voulaient, non seulement de ne pouvoir lui faire confiance, mais encore d'être obligés de le surveiller sans pour cela être relevés de leurs corvées.

Torg s'étira en faisant rouler ses muscles ostensiblement. Du bout de la botte, il tapota le dos de Hiémain. « Faut que j'y aille, moussaillons ; j'ai du boulot. Clément, c'est toi qui fais la nounou. Veille à ce que le bébé à sa maman ait toujours les mains occupées. » Il donna un dernier coup de pied à Hiémain et quitta le pont de son pas lourd. Les deux garçons ne levèrent pas les yeux de leur travail ; mais, une fois que le lieutenant fut assez loin pour ne plus les entendre, Clément déclara calmement : « Un de ces jours, quelqu'un va l'assassiner et le jeter discrètement par-dessus bord. » Il ne s'arrêta pas un instant de travailler. « Ce sera peut-être moi », ajouta-t-il sur le ton de la plaisanterie.

Cette tranquille apologie du meurtre glaça les sangs de Hiémain. Il n'aimait pas Torg et devait même se faire violence pour ne pas le détester, mais il n'avait jamais envisagé de le tuer ; il était abasourdi que Clément y eût songé, lui. « Ne laisse pas un homme comme Torg te dévier de ta vie et de ta ligne de conduite, répondit-il à mi-voix. Le seul fait de penser à tuer par vengeance fausse l'esprit. Nous ignorons pourquoi Sa permet à de tels individus d'exercer leur autorité sur les autres, mais nous pouvons les empêcher de déformer notre âme. Obéissons-leur quand nous y sommes obligés, mais ne...

— Je ne t'ai pas demandé de sermon ! » fit Clément d'un ton agacé. D'un geste furieux, il jeta sur le pont le bout d'élingue sur lequel il travaillait. « Pour qui te prends-tu ? Qu'est-ce qui te donne le droit de me dire comment je dois penser et comment je dois vivre ? Il ne t'arrive jamais de parler comme tout le monde ? De bavarder ? Tu devrais essayer. Dis tout haut : "J'aimerais tuer cette saleté d'enfourcheur de chiens !" Tu verras le bien que ça fait ! » Clément se détourna de Hiémain et poursuivit comme s'il s'adressait au mât qui se dressait près de lui : « Fiente ! J'essaye de lui parler comme s'il était humain et, lui, il me répond comme si je mendiais ses conseils à genoux ! »

À ces mots, l'indignation envahit Hiémain, aussitôt remplacée par un sentiment de gêne. « Ce n'est pas ce que je voulais... » Il s'apprêtait à répondre qu'il ne se jugeait pas supérieur à Clément, mais le mensonge mourut sur ses lèvres, et il se contraignit à dire la vérité. « Non. Je ne parle jamais sans réfléchir. On m'a appris à ne pas m'exprimer à la légère. Or, au monastère, quand nous voyons quelqu'un emprunter un chemin destructeur, nous en discutons entre nous – mais pour nous aider mutuellement, pas pour...

— Eh bien, tu n'y es plus, au monastère. Tu es sur un navire ; quand est-ce que tu vas te mettre ça dans la tête et commencer à te conduire en marin ? Tu sais, c'est pénible de te regarder laisser tout le monde te marcher sur les pieds. Un peu de bon sens ! Résiste au lieu de prêcher sans arrêt l'amour de Sa ! Flanque un bon coup de poing à Torg ! Tu te feras punir, c'est sûr, mais Torg est encore plus trouillard que toi ; s'il croit qu'il y a le moindre risque que tu lui tombes dessus avec un épissoir, il se tiendra à carreau. C'est pourtant évident ! »

Hiémain répondit avec dignité : « S'il m'oblige à me conduire comme lui, c'est qu'il a gagné. C'est pourtant évident.

— Non. Ce qui est évident, pour moi, c'est que tu as tellement peur de te faire rosser que tu refuses d'avouer que tu as peur. C'est comme l'histoire de ta chemise, l'autre jour, quand Torg l'a accrochée en haut du mât pour te faire enrager. Tu aurais dû savoir que tu serais obligé d'aller la chercher toi-même et tu aurais donc dû y aller tout de suite, au lieu d'attendre de ne plus pouvoir faire autrement. Pour Torg, tu as perdu la face deux fois ; tu ne t'en rends pas compte ?

— Je ne vois pas en quoi j'ai perdu la face. C'était une plaisanterie cruelle, indigne d'hommes responsables », répondit Hiémain à mi-voix.

Clément perdit son calme. « Voilà ! Voilà ce que je

ne supporte pas chez toi ! Tu sais parfaitement ce que je veux dire, mais tu déformes tout ! Le problème n'est pas de savoir ce qui est digne d'hommes responsables ou non ! Le problème, il est entre Torg et toi, ici, en ce moment ! La seule façon de gagner la partie aurait été de faire semblant que tu t'en fichais, que ça t'était égal de grimper au mât pour récupérer ta chemise ; mais non, il a fallu que tu restes sur le pont à prendre des coups de soleil et à jouer les prêtres trop pieux pour s'abaisser à décrocher une chemise... » Clément finit par se taire, manifestement frustré par l'absence de réaction de Hiémain. Il reprit son souffle et fit une nouvelle tentative. « Tu ne comprends donc pas ? Il t'a obligé à grimper au mât devant lui, c'est ça le pire ; c'est là que tu as perdu. Maintenant, tout l'équipage croit que tu n'as pas de tripes ! Que tu es un trouillard ! » Clément secoua la tête, écœuré. « Tu as déjà l'air d'avoir dix ans ! Il faut vraiment que tu te conduises en plus comme si tu les avais ? »

Il se leva et s'en alla à grandes enjambées, furieux. Hiémain resta accroupi, les yeux fixés sur le tas de cordages. Les paroles de son compagnon l'avaient ébranlé davantage qu'il ne voulait l'admettre ; Clément ne l'avait que trop bien mis en face de la réalité : il vivait désormais dans un monde différent. Clément et lui étaient sans doute du même âge, mais le jeune matelot était entré dans le métier par goût, trois ans plus tôt ; c'était aujourd'hui un marin aguerri, et Hiémain l'avait remplacé comme mousse à bord. Il n'avait plus du tout l'apparence d'un enfant : agile et musclé, il avait une bonne tête de plus que Hiémain et le duvet de ses joues s'assombrissait, annonçant une barbe d'homme. Hiémain, lui, n'était pas responsable de sa carrure frêle et de son aspect enfantin, il le savait, et, même s'il y voyait un défaut, il n'y pourrait rien changer. Cependant, sa jeunesse apparente avait posé moins de problèmes au monastère, où il était entendu que chacun grandissait à son heure et à sa façon.

Sa'Greb, par exemple, conserverait toujours la taille d'un enfant de dix ans, et ses membres courtauds auraient fait de lui la cible de toutes les plaisanteries s'il était resté dans son village natal, alors qu'au monastère son don pour la poésie lui valait le respect général. Nul ne le considérait comme trop petit : c'était Sa'Greb, tout simplement, et personne n'aurait jugé normaux ni tolérables les tours cruels qui faisaient l'ordinaire du navire. Certes, à leur arrivée, les novices se taquinaient et se bousculaient entre eux, mais on renvoyait promptement chez leurs parents ceux qui affichaient un penchant pour la brutalité ou la méchanceté : ces caractères n'avaient pas leur place chez les serviteurs de Sa.

Le monastère lui manqua soudain douloureusement, et il refoula son chagrin avant que des larmes viennent lui piquer les yeux : pas question de pleurer à bord du navire ; l'équipage n'y verrait qu'une faiblesse de plus. Dans un sens, Clément avait raison : il était coincé sur la *Vivacia* jusqu'à ce qu'il parvienne à s'échapper ou qu'il atteigne ses quinze ans. Que conseillerait Bérandol ? Eh bien, de tirer le plus de profit possible de son expérience. S'il devait jouer les marins, le plus sage était d'apprendre le métier rapidement ; et s'il était obligé de faire partie de l'équipage pendant... pendant le temps que cela durerait, il devait au moins former des alliances.

Si seulement il avait la moindre idée de la façon dont on se lie d'amitié avec quelqu'un de son âge, mais avec qui on n'a presque rien en commun ! Il ramassa un bout d'élingue usé et se mit à démêler les torons tout en réfléchissant. Derrière lui, Vivacia dit à mi-voix : « J'ai trouvé que tes propos étaient justes. »

Merveilleux ! Un bateau en bois sans âme, animé par une force dont nul ne savait si elle procédait de

Sa ou non, s'enthousiasmait pour ses idées ! À peine cette pensée indigne lui fut-elle venue que Hiémain l'étouffa, mais trop tard : il sentit le navire vibrer d'affliction. Ne venait-il pas justement de songer qu'il avait besoin d'alliés ? Et voilà qu'il s'en prenait méchamment au seul qu'il possédait pour l'instant ! « Je regrette, murmura-t-il, sachant qu'il n'était pas nécessaire, en réalité, de formuler tout haut ses pensées. C'est dans notre nature d'humains de chercher à faire partager nos douleurs aux autres, comme si nous pouvions nous en débarrasser en infligeant une souffrance égale à nos semblables.

— J'ai déjà assisté à ce phénomène, répondit Vivacia d'un ton indifférent. Tu n'es pas seul dans ta rancœur : l'équipage tout entier est en ébullition ; presque personne à bord n'est satisfait de son sort. »

Hiémain acquiesça. « Il y a eu trop de changements qui se sont produits trop vite, ces derniers temps ; trop d'hommes congédiés, d'autres qui ont vu leur salaire réduit à cause de leur âge ; trop de nouvelles recrues qui essayent de découvrir leur place dans l'ordre des choses. Il faudra du temps avant que tous ces hommes se sentent faire partie du même équipage.

— Si cela arrive jamais, fit Vivacia d'un ton où ne perçait guère d'espoir. D'un côté, il y a l'ancien équipage d'Ephron Vestrit, et de l'autre celui de Kyle, plus les nouvelles recrues ; c'est du moins ainsi qu'ils se voient les uns les autres, et ils se conduisent en conséquence. Je me sens... divisée. J'ai du mal à faire confiance, à me laisser aller et à laisser la direction au... capitaine. » Elle hésita sur le titre, comme si elle ne reconnaissait pas complètement la position de Kyle.

Hiémain hocha la tête encore une fois. Ces tensions dont elle parlait, il les avait lui-même perçues. Certains des hommes que Kyle avait laissés à quai avaient tenu des propos venimeux sur le nouveau commandant, et deux autres anciens de la *Vivacia* avaient démissionné en signe de protestation ; le plus récent indice de ce malaise datait du jour où Kyle avait exigé qu'un des doyens des marins démissionnaires lui restitue la boucle d'oreille que le capitaine Vestrit lui avait donnée en remerciement de son long service à bord de la *Vivacia* ; le bijou représentait la figure de proue du navire et désignait l'homme comme un membre estimé de l'équipage. Le vieux marin avait préféré le jeter à l'eau plutôt que le remettre à Kyle ; là-dessus, il s'était éloigné sur le quai d'un pas digne, son sac de mer sur sa maigre épaule. Hiémain se doutait bien qu'il n'avait guère d'avenir : il aurait du mal à faire ses preuves à bord d'un nouveau bâtiment en face de matelots plus jeunes et plus agiles que lui.

« Il n'a pas jeté la boucle d'oreille à la mer. » La voix de Vivacia n'était guère qu'un murmure.

La curiosité de Hiémain s'éveilla aussitôt. « Vraiment ? Comment le sais-tu ? » Il se leva et s'approcha du bastingage pour regarder la figure de proue. Elle leva les yeux vers lui et sourit.

« Il est revenu plus tard, ce même soir, et il me l'a donnée. Nous avions vécu si longtemps ensemble, m'a-t-il dit, que, s'il ne pouvait mourir sur mes ponts, il tenait au moins à me laisser un souvenir de son temps avec moi. »

Hiémain se sentit soudain profondément ému. Le vieux marin avait remis au navire un objet qui avait sûrement de la valeur, ne fût-ce que par son poids en or. Il le lui avait donné de son plein gré.

« Qu'en as-tu fait ? »

Elle eut l'air un peu gênée. « J'ignorais qu'en faire, mais il m'a demandé de l'avaler. Beaucoup de vivenefs ont cette coutume, d'après lui ; pas pour n'importe quoi, mais pour des objets chargés de symboles. Elles les avalent et deviennent ainsi dépositaires, pour le restant de leur existence, de la mémoire de ceux qui les leur ont donnés. » Elle sourit devant la mine stupéfaite de Hiémain. « J'ai donc obéi. Ça n'a pas été difficile, bien que ça m'ait fait une impression étrange. Et je... je suis consciente de la présence de cette boucle en moi, d'une façon que je ne saurais décrire. Mais je devais faire ce geste, je le sentais.

— Je le crois aussi », répondit Hiémain, en se demandant d'où lui venait une telle certitude.

*
**

La brise nocturne était bienvenue après la chaleur du jour. Même les bateaux ordinaires paraissaient murmurer entre eux le long des quais au rythme de leurs légers craquements. Le ciel dégagé annonçait une belle journée pour le lendemain. Althéa se tenait immobile et silencieuse dans l'ombre de Vivacia. Fallait-elle qu'elle soit folle pour se fixer un but impossible et se fonder en plus sur les paroles d'un homme en fureur pour l'atteindre ! Mais que lui restait-il d'autre ? Elle n'avait que la promesse de Kyle, faite sur un coup de tête, et le sens de l'équité de son neveu. Seule une idiote pourrait croire que cela suffirait à lui rendre un avenir. Sa mère avait essayé de la retrouver par le biais de Vivacia ; peut-être cela signifiait-il qu'Althéa avait une alliée chez elle. Peut-être ; mais elle n'y comptait pas.

Elle appliqua la main sur la coque argentée de Vivacia. « Sa, par pitié », fit-elle, puis les mots lui manquèrent. Elle n'avait jamais beaucoup prié ; il n'était pas dans sa nature de dépendre des autres pour obtenir ce qu'elle désirait ; la grande Mère de tout et de tous entendrait-elle seulement la supplique de quelqu'un qui ne lui prêtait d'ordinaire nulle attention ? Par la paume de sa main, elle sentit soudain une douce chaleur émaner de Vivacia, et elle se demanda si c'était bien à Sa qu'elle avait adressé sa prière. Comme la plupart des marins qu'elle connaissait, peut-être croyait-elle davantage dans son navire que dans la providence divine.

« Il arrive », la prévint Vivacia dans un murmure.

Althéa recula dans l'ombre de son navire.

Être obligée de se dissimuler ainsi ! Ces rendez-vous furtifs, clandestins, avec Vivacia lui faisaient horreur, mais c'était son seul espoir de réussite. Si Kyle avait vent de ses projets, il ferait sûrement tout ce qui serait en son pouvoir pour les contrecarrer ; et pourtant, elle était là, prête à tout dire à Hiémain, et cela en se fondant sur un unique regard échangé avec lui, parce que l'espace d'un instant elle avait reconnu dans ses yeux le sens de l'honneur d'Ephron Vestrit. Elle allait maintenant tout jouer sur la confiance qu'elle lui prêtait.

« N'oublie pas que je t'ai à l'œil, morveux ! » La voix hargneuse de Torg éclata dans la nuit sereine comme un coup de tonnerre. Seul le silence accueillit sa déclaration. « Réponds-moi, morveux ! aboya l'homme.

— Vous ne m'avez pas posé de question », fit Hiémain d'un ton calme. En contrebas, sur le quai, Althéa félicita l'enfant pour son courage, sinon pour sa sagesse.

« Si jamais tu essayes de quitter le bord cette nuit, je te botte le cul jusqu'à ce que tu aies de la purée à la place des vertèbres ! reprit Torg. Tu m'as compris ?

— J'ai compris », répondit la voix flûtée de Hiémain avec lassitude. On eût cru un tout jeune enfant fatigué. Althéa entendit le frottement de pieds nus sur le pont, puis le bruit sourd de quelqu'un qui s'assoit lourdement. « Je suis trop épuisé pour réfléchir, et plus encore pour discuter, ajouta l'adolescent.

— Et pour écouter ? » demanda le navire avec douceur.

Althéa perçut un bâillement indistinct. « Si ça ne te dérange pas que je risque de m'endormir au milieu de ce que tu veux me dire.

— Ce n'est pas moi qui souhaite te parler, murmura Vivacia. Althéa Vestrit se trouve sur le quai, en dessous de toi. C'est elle qui a quelque chose à te dire.

— Ma tante Althéa ? » fit Hiémain avec surprise, et la jeune fille vit sa tête apparaître au-dessus du bastingage qui la surplombait. Elle sortit sans bruit de l'ombre pour le regarder, mais son visage restait invisible : elle ne vit qu'une silhouette obscure sur le fond du ciel nocturne. « On prétend partout que vous avez disparu, remarqua-t-il à mi-voix.

— C'est exact. » Prenant une longue inspiration, elle se jeta à l'eau. « Hiémain, si je t'expose franchement mon plan, sauras-tu le garder pour toi ? »

En bon prêtre, il répondit par une question : « Projetez-vous quelque chose de... mal ? »

Le ton qu'il avait employé faillit la faire éclater de rire. « Non ; je n'ai pas l'intention d'assassiner ton père ni de prendre de risque aussi inconsidéré. » Elle hésita, mesurant le peu qu'elle savait de cet enfant ; Vivacia l'avait assurée qu'il était digne de confiance, et Althéa espérait qu'elle ne s'était pas trompée. « Je vais essayer de le prendre à son propre jeu, mais ça ne marchera pas s'il est au courant de ce que je mijote. Je devrai donc te demander de conserver le secret.

— Mais pourquoi ne pas le garder pour vous ? Un secret est mieux protégé si une seule personne le connaît. »

C'était là, naturellement, le nœud de l'affaire. Althéa s'arma de courage. « Parce que tu es essentiel à mon plan. Sans ta promesse de m'assister, je suis pieds et poings liés. »

Le jeune garçon se tut un moment. « Ce que vous avez vu, le jour où il m'a frappé, vous a peut-être donné à croire que je le déteste ou que je souhaite sa ruine, mais il n'en est rien. Je désire seulement qu'il tienne sa promesse.

— C'est exactement ce que je veux, moi aussi, répondit vivement Althéa. Je ne te demande pas de faire quelque chose de mal, Hiémain, je te le jure. Mais, avant d'en dire davantage, il me faut ta promesse de garder le secret. »

L'adolescent réfléchit pendant ce qui parut une éternité à la jeune fille. Tous les prêtres faisaient-ils toujours preuve d'autant de circonspection en toute circonstance ? « Je garderai votre secret », déclara-t-il enfin. Cette réponse plut à Althéa : pas de grands serments mais une parole librement offerte. Sous sa main, elle sentit la *Vivacia* se réjouir de son jugement. Curieux, pour un navire, d'y attacher de l'importance.

« Merci », murmura-t-elle ; puis elle prit son courage à deux mains en espérant que Hiémain n'allait pas la croire folle. « Te souviens-tu clairement du jour où il t'a donné un coup de poing dans la salle à manger ?

— Pour la plus grande partie, oui, répondit le jeune garçon. Du moins, lorsque j'étais conscient.

— Te rappelles-tu ce qu'a dit ton père ? Il a juré sur Sa que, si un capitaine de bonne réputation se portait garant de mes qualités de marin, il me rendrait mon bateau. Te le rappelles-tu ? » Et elle retint son souffle.

« Oui », fit Hiémain à mi-voix.

Althéa posa les deux mains sur la coque du navire. « Et serais-tu prêt à jurer sur Sa que tu l'as entendu prononcer ces mots ?

— Non. »

Les fragiles fondations du rêve d'Althéa s'effondrèrent. Elle aurait dû s'en douter : comment avait-elle pu croire que Hiémain se dresserait contre son père dans une affaire de cette importance ? Comment avait-elle pu être stupide à ce point ?

« Je serais prêt à témoigner que je l'ai entendu les prononcer, poursuivit l'adolescent, mais pas à jurer : un prêtre de Sa ne jure pas sur Sa. »

Le cœur d'Althéa se gonfla de soulagement : cela suffirait ! Il fallait que cela suffise ! « Tu serais prêt à donner ta parole, ta parole d'homme, qu'il les a prononcés ? insista-t-elle.

— Naturellement. C'est la vérité, rien de plus. Mais, fit-il en secouant la tête, je ne pense pas que ça vous mène très loin : si mon père refuse de tenir la promesse qu'il a faite à Sa de me rendre à la prêtrise, pourquoi obéirait-il à un serment fait sous le coup de la colère ? Après tout, le navire a beaucoup plus de valeur que moi à ses yeux. Je regrette de vous parler ainsi, Althéa, mais, à mon sens, votre espoir de récupérer votre navire par ce moyen est infondé.

— Laisse-moi m'en préoccuper seule », répondit-elle d'une voix tremblante. Le soulagement l'avait envahie : elle avait un témoin et elle pouvait compter sur lui. Elle ne parlerait pas à son neveu du Conseil des Marchands et du pouvoir qu'il détenait ; elle lui avait déjà confié assez de son plan, elle ne tenait pas à alourdir son fardeau... « Du moment que tu es prêt à attester que ton père a bien prononcé ces paroles, je garde espoir. »

Hiémain ne réagit pas à cette déclaration, et, pendant un moment, Althéa resta immobile, les mains plaquées sur la coque du navire silencieux ; elle avait presque la sensation de percevoir le jeune garçon à travers le bateau, de capter son affliction et sa solitude.

« Nous partons demain, dit-il enfin d'un ton sans joie.

— Je t'envie, répondit Althéa.

— Je sais. J'échangerais volontiers ma place contre la vôtre.

— J'aimerais que ce soit aussi simple. » Althéa s'efforça de faire taire sa jalousie. « Hiémain, aie confiance en Vivacia. Elle te protégera et tu la protégeras ; je compte sur vous deux pour garder l'œil l'un sur l'autre. » Elle s'entendit avec horreur prendre ce qu'elle appelait le ton de « vieille radoteuse » et qu'elle détestait quand elle était plus jeune. Maîtrisant mieux sa voix, elle s'adressa à Hiémain comme à un jeune garçon en partance pour son premier voyage : « Je pense que tu finiras par adorer cette existence et ce navire. C'est dans ton sang. Et si ça se produit » – ces mots-là avaient plus de mal à sortir – « si ça se produit et que tu te montres fidèle à notre navire, il y aura toujours une place pour toi à son bord quand j'en aurai pris le commandement. Je t'en fais la promesse.

— Je doute de vous demander un jour de la tenir. Ce n'est pas que je n'aime pas ce navire, mais je n'arrive pas à imaginer que...

— À qui tu parles, morveux ? » intervint Torg d'un ton mordant. Il traversa le pont de sa démarche pesante tandis qu'Althéa se fondait à nouveau dans les ombres en retenant son souffle. Hiémain ne mentirait pas à Torg, elle savait déjà cela de lui ; et, pas plus qu'elle ne pourrait rester les bras ballants pendant que l'enfant se ferait rosser à cause d'elle, elle ne pouvait pas courir le risque de se faire prendre par Torg et amener devant Kyle.

« C'est mon heure seule en compagnie de Hiémain, il me semble, fit Vivacia d'un ton cassant. À qui croyez-vous donc qu'il pourrait parler ?

— Il y a quelqu'un sur le quai ? » demanda Torg avec insistance. Sa tête hirsute apparut au-dessus du bastingage, mais l'ombre profonde et la courbe de la coque de Vivacia cachaient Althéa. Elle n'osait plus respirer.

« Pourquoi n'allez-vous pas y traîner vos grosses fesses pour vérifier vous-même ? » répondit Vivacia, acerbe. Althéa entendit clairement le hoquet de stupéfaction qu'émit Hiémain ; pour sa part, c'est tout juste si elle n'éclata pas de rire. On aurait cru entendre Clément, le mousse du bord, dans une de ses humeurs les plus effrontées.

« Ah, c'est comme ça ? Eh bien, je vais peut-être bien aller vérifier, en effet !

— Faites attention où vous mettez les pieds dans le noir, l'avertit Vivacia d'un ton mielleux. Ce serait trop triste si vous tombiez par-dessus bord et vous noyiez juste au ras des quais ! » Et le doux balancement de la vivenef s'accrut légèrement ; alors, Althéa vit soudain les moqueries gamines du navire à l'encontre de Torg sous un aspect plus sinistre qui fit se dresser les poils sur sa nuque.

« Navire du démon ! s'exclama Torg. Tu ne me fais pas peur ! Je descends voir qui est là ! » Althéa entendit le choc de ses pas sur le pont, mais ne parvint pas déterminer s'il se dirigeait vers la passerelle ou s'il s'éloignait simplement de la figure de proue.

« Sauve-toi, vite ! lui murmura Vivacia.

— Je m'en vais. Bonne chance ! Mon cœur t'accompagne ! » La jeune fille avait prononcé ces mots dans un souffle à peine audible, mais elle savait que le navire l'entendait tant que ses mains touchaient sa coque. Elle s'éclipsa en s'efforçant d'emprunter les ombres les plus profondes du quai. « Que Sa les protège, et surtout d'eux-mêmes », murmura-t-elle, et, cette fois, elle sut qu'elle avait vraiment prié.

*
**

Ronica Vestrit était seule dans la cuisine. Dehors, la nuit était tombée, les insectes de l'été chantaient et les étoiles scintillaient entre les branches des arbres. Le gong du bord du champ n'allait pas tarder à retentir. Elle avait l'estomac serré à l'idée du rendez-vous qui l'attendait.

Elle avait donné congé aux domestiques pour la nuit et avait dû dire clairement à Rache qu'elle souhaitait rester seule ; l'esclave manifestait à Ronica une telle gratitude, ces derniers temps, qu'il était difficile, devant ces yeux de chien battu, de la forcer à s'éloigner. Sur les ordres de Keffria, elle apprenait à Malta à danser, à tenir un éventail et même à bavarder avec les hommes. Ronica était consternée de voir confier à une relative inconnue l'apprentissage de sa petite-fille dans ces domaines, mais elle savait aussi que Keffria et Malta n'étaient pas dans les meilleurs termes ; elle ne connaissait pas tous les détails de leur différend, et espérait avec ferveur ne jamais les apprendre. Elle avait assez de problèmes de son côté, de vrais, de graves problèmes, sans avoir en plus à intervenir dans les chamailleries entre sa fille et sa petite-fille. Au moins, l'éducation mondaine de Malta tenait Rache occupée, ce qui déchargeait Ronica de sa présence – la plupart du temps.

À deux reprises, dernièrement, Davad avait laissé entendre qu'il aimerait récupérer l'esclave ; à chaque fois, Keffria l'avait remercié avec tant de profusion de l'aide de Rache, en s'exclamant qu'elle ignorait comment elle ferait sans elle, que l'homme s'était retrouvé dans l'impossibilité de demander simplement et avec élégance qu'on la lui rende. Ronica s'interrogeait : combien de temps cette tactique resterait-elle efficace, et que ferait-elle quand elle ne suffirait plus ? Achèterait-elle la jeune femme ? Deviendrait-elle propriétaire d'esclaves elle aussi ? Cette idée lui donnait la nausée ; mais le problème était encore aggravé par le fait que la malheureuse s'était excessivement attachée à elle. Dès qu'elle avait un instant de libre, Rache venait rôder non loin de Ronica, à l'affût de la moindre occasion de lui rendre service. Ronica priait le ciel que la jeune femme trouve enfin une existence à part entière – une vie qui remplace celle dont l'asservissement l'avait dépouillée ? se demandait-elle amèrement.

Au loin, un gong sonna, doux comme un carillon.

Elle se leva craintivement, fit le tour de la cuisine, puis revint auprès de la table. Elle l'avait dressée et arrangée elle-même, avec deux grandes chandelles blanches de la cire la plus pure en l'honneur de son hôte. Deux couverts de la meilleure porcelaine et de l'argent le plus fin étaient disposés sur une nappe de dentelle couleur crème ; sur des plateaux, des tartes délicates côtoyaient des assiettes d'huîtres légèrement fumées et de salade fraîche assaisonnée de sauce aigre. Une bouteille de vin vieux complétait l'ensemble. La qualité du repas avait pour but d'exprimer le respect de Ronica pour son hôte, tandis que le décor de la cuisine et le secret qui entourait le rendez-vous devaient rappeler aux deux convives les anciens accords de protection et de défense mutuelles qui les liaient. Tendue, Ronica revérifia la disposition des cuillers d'argent. C'était stupide, elle le savait : ce n'était pas la première fois qu'elle recevait un délégué des Marchands du Désert des Pluies ; il en était venu un deux fois par an pendant tout le temps de son mariage avec Ephron. Mais c'était la première fois qu'elle organisait la réception depuis la mort de son époux, et la première fois aussi qu'elle n'avait pas réussi à réunir toute la somme due.

Il manquait deux mesures d'or dans la petite mais pesante cassette. Deux mesures. Ronica avait l'intention de l'avouer dès l'abord, avant que son hôte commence à poser des questions gênantes, puis de proposer une augmentation des intérêts sur le paiement suivant. Que pouvait-elle faire d'autre, en définitive ? Et le délégué, donc ? Un versement partiel valait mieux que rien, et les gens du Désert des Pluies avaient besoin de son or bien davantage que de tout ce qu'elle pouvait leur offrir en remplacement. Du moins l'espérait-elle.

Bien qu'elle s'y fût attendue, le coup léger à la porte la fit sursauter. « Bienvenue ! » fit-elle sans faire un mouvement pour aller ouvrir. Vivement, elle souffla les bougies du chandelier qui éclairait la pièce, sauf une qu'elle n'éteignit qu'après s'en être servie pour allumer les deux grandes chandelles de la table, sur chacune desquelles elle enfila un fourreau décoratif en cuivre martelé percé de formes ornementales ; la pièce était désormais éclairée par des taches de lumière en forme de feuilles. Ronica eut un hochement de tête satisfait, puis alla ouvrir la porte.

« Je vous souhaite la bienvenue chez moi. Entrez, et que cette maison soit aussi la vôtre. » La phrase était une vieille formule de politesse, mais Ronica la prononça avec une sincérité non feinte.

« Merci », répondit l'envoyée du Désert des Pluies. Elle pénétra dans la cuisine, vérifia d'un coup d'œil l'absence de tiers et hocha la tête d'un air approbateur en voyant les lumières tamisées ; puis elle ôta ses gants de cuir souple, les tendit à Ronica, et repoussa sur sa nuque la capuche qui dissimulait ses traits. Ronica ne broncha pas et rendit son regard à la visiteuse sans changer d'expression.

« Je vous ai préparé une collation pour vous remettre de votre long voyage. Voulez-vous partager ma table ?

— Très volontiers », répondit son hôte.

Les deux femmes se firent la révérence. « Moi, Ronica Vestrit de la famille Vestrit des Marchands de Terrilville, je vous reçois à ma table et dans ma maison. Je n'ai pas oublié les serments anciens qui lient Terrilville au Désert des Pluies, ni notre accord particulier concernant la vivenef *Vivacia*, produit de nos deux familles.

— Moi, Caoloun Festrée de la famille Festrée des Marchands du Désert des Pluies, j'accepte votre hospitalité, dans votre maison et à votre table. Je n'ai pas oublié les serments anciens qui lient le Désert des Pluies à Terrilville, ni notre accord particulier concernant la vivenef *Vivacia*, produit de nos deux familles. »

Elles se redressèrent et Caoloun poussa un soupir, feignant d'être soulagée d'en avoir fini avec les formalités. Ronica, pour sa part, se réjouissait secrètement que la tradition eût été maintenue : sans ce cérémonial, elle n'aurait jamais reconnu Caoloun. « Vous avez préparé une table ravissante, Ronica ; mais il est vrai qu'il en a toujours été ainsi au cours des années passées.

— Merci, Caoloun. » Elle hésita, puis se jeta à l'eau : ne pas poser la question eût été faire preuve d'une discrétion mal placée. « Je pensais recevoir Nelyn, cette année.

— Ma fille n'est plus, répondit Caoloun à mi-voix.

— Je suis navrée de l'apprendre. » La sympathie de Ronica n'était pas feinte.

« La vie dans le Désert des Pluies est dure pour les femmes. Elle ne l'est d'ailleurs pas moins pour les hommes.

— Survivre à sa propre fille... quelle douleur !

— En effet. Cependant, Nelyn nous a donné trois enfants avant de s'en aller ; pour cela, son souvenir perdurera et sera longtemps honoré. »

Ronica hocha lentement la tête. Nelyn était fille unique ; la plupart des femmes du Désert des Pluies s'estimaient heureuses si elles donnaient naissance à un enfant vivant ; en avoir eu trois assurait en effet à Nelyn de ne pas tomber dans l'oubli. « J'avais sorti le vin pour elle, dit Ronica. Vous, si j'ai bonne mémoire, préférez la tisane. Je vais mettre la bouilloire sur le feu et garder le vin pour que vous l'emportiez en repartant.

— C'est très aimable à vous.

— Non, pas du tout. Quand vous le boirez, demandez à ceux qui le partageront de se rappeler Nelyn et son amour du bon vin. »

Caoloun baissa brusquement la tête, faisant danser les excroissances qui pendaient de son visage, mais Ronica ne vit que les larmes qui scintillaient soudain dans ses yeux violets. La femme poussa un long soupir. « Pour beaucoup, Ronica, les relations s'arrêtent aux formules de politesse ; l'accueil est contraint, l'hospitalité forcée. Mais vous, depuis que vous êtes devenue une Vestrit et que vous assumez les devoirs de la visite, vous nous donnez le sentiment d'être vraiment les bienvenus. Comment puis-je vous en remercier ? »

Une autre que Ronica aurait pu être tentée de saisir l'occasion pour apprendre à Caoloun qu'il manquait deux mesures d'or au versement ; une autre que Ronica aurait pu ne pas croire au caractère sacré des promesses et des pactes anciens. Mais pas elle. « Il est inutile de me remercier, dit-elle. Je ne vous donne que ce qui vous est dû. » Puis, comme sa réponse pouvait paraître froide, elle ajouta : « Mais, avec ou sans cérémonial, avec ou sans accord entre nos familles, je suis persuadée que nous aurions pu être amies, vous et moi.

— Moi aussi.

— Eh bien, je vais mettre l'eau à chauffer, dans ce cas. » Ronica se leva et se sentit aussitôt plus à l'aise en accomplissant cette petite tâche simple et familière. Tout en remplissant la bouilloire et en soufflant sur les braises de l'âtre, elle reprit : « Ne m'attendez pas. Dites-moi ce que vous pensez des huîtres fumées ; je les ai achetées chez Slek, comme toujours, mais il a confié le fumage à son fils, cette année. Il s'est montré très critique à l'égard du travail de son garçon mais, personnellement, je trouve ces huîtres meilleures que d'habitude. »

Caoloun en goûta une et tomba d'accord avec son hôtesse. Ronica prépara la tisane, apporta la bouilloire sur la table et sortit deux tasses ; puis elle se rassit et les deux femmes dînèrent en parlant de généralités, de sujets simples comme leurs jardins et le temps qu'il faisait, de sujets plus douloureux et intimes comme la mort d'Ephron et celle de Nelyn, et encore de sujets qui auguraient d'un avenir sombre pour tout le monde, comme les débauches du Gouverneur et le trafic d'esclaves qui allait se développant, à cause, peut-être, de la taxe par tête qu'il avait imposée sur la vente des asservis. Elles évoquèrent longuement et avec tendresse leurs familles, et discutèrent gravement de la *Vivacia* et de son éveil comme elles eussent parlé d'une petite-fille commune. Elles échangèrent leurs sentiments sur l'afflux de nouveaux habitants à Terrilville, sur les terrains qu'ils s'appropriaient et sur leurs efforts pour obtenir des sièges au Conseil, et elles convinrent que ce dernier point recelait une menace non seulement pour les Marchands de Terrilville, mais aussi pour l'ancien pacte entre Terrilville et le Désert des Pluies qui garantissait la sécurité des deux parties.

Ce sujet n'était pas souvent abordé : toujours présent et inévitable comme respirer ou mourir, le pacte n'était pas matière à bavardage. De même, Caoloun ne releva pas les nouvelles rides ni les cheveux blancs de Ronica, marques de son chagrin, pas plus que la chair affaissée de ses joues ni la peau fripée de son cou, marques des années. De son côté, Ronica évitait de regarder trop intensément les excroissances écailleuses qui menaçaient de boucher la vue de Caoloun et la peau grumeleuse visible au niveau de la raie de son épaisse chevelure bronze. La lumière assourdie des chandelles pouvait obscurcir galamment ces cicatrices mais non les faire disparaître ; à l'instar du pacte, elles étaient les stigmates visibles que les habitants du Désert des Pluies portaient simplement à cause de ce qu'ils étaient.

Les deux femmes partagèrent la tisane, puis le repas savoureux. Les lourds couverts d'argent cliquetaient contre la fine porcelaine tandis qu'au-dehors la brise nocturne de l'été faisait tinter les carillons éoliens de Ronica en un doux contrepoint à la conversation. Le temps du dîner, elles furent comme deux voisines passant une soirée de bon ton où se mêlaient cuisine raffinée et propos intelligents. Cela aussi faisait partie du pacte : malgré les lieues et les différences qui séparaient les deux groupes, les Marchands de Terrilville et ceux du Désert des Pluies ne devaient pas oublier qu'ils étaient arrivés ensemble sur les Rivages Maudits, associés, amis et parents tout à la fois, et que la situation n'avait pas changé.

Ce fut donc seulement après la fin du repas, alors que les deux convives partageaient une dernière tasse de tisane tiède et que leur bavardage s'était achevé par un silence naturel et sans contrainte, que le moment vint de parler du but essentiel de la visite de Caoloun. Celle-ci prit son souffle et entonna les formules rituelles de la discussion. Les Marchands de Terrilville avaient découvert depuis bien longtemps que c'était là un bon moyen de séparer les affaires du plaisir. Le changement de langage ne niait pas l'amitié des deux femmes mais signifiait qu'en matière de commerce d'autres règles s'appliquaient, que chacun devait suivre. C'était une sécurité pour une petite société où les agents des deux parties étaient amis et parents. « La vivenef *Vivacia* s'est éveillée. Tient-elle toutes ses promesses ? »

Malgré son récent deuil, Ronica sentit un sourire sincère naître sur ses lèvres. « Elle tient toutes ses promesses et c'est librement que nous le déclarons.

— Alors nous sommes heureux d'accepter ce qui fut promis pour elle.

— Et nous sommes heureux de vous le remettre. » Ronica retint sa respiration et regretta soudain de ne pas avoir annoncé plus tôt que le paiement était incomplet ; mais il n'aurait pas été correct ni juste de faire intervenir les questions d'amitié dans cette affaire. C'était maintenant et non plus tôt qu'elle devait évoquer le problème, si dur que ce fût pour elle. Elle chercha les mots pour affronter cette situation inhabituelle. « Nous déclarons aussi que nous vous devons davantage que nous n'avons pu rassembler. » Ronica se contraignit à rester bien droite sur sa chaise et à regarder l'expression de surprise apparaître dans les yeux lavande de Caoloun. « Il nous manque deux pleines mesures. Nous souhaitons demander que cette somme soit reportée à notre prochaine rencontre, auquel moment je vous assure que nous paierons tout ce que nous devons, plus deux mesures supplémentaires et un quart de mesure à titre d'intérêts. »

Un long silence s'ensuivit pendant lequel Caoloun réfléchit. L'une comme l'autre savait que la loi de Terrilville lui laissait une grande liberté quant à ce qu'elle pouvait exiger en réparation du versement insuffisant. Ronica était prête à l'entendre demander encore deux mesures de plus, et elle espérait pouvoir faire descendre le prix à une, voire une demi-mesure ; elle aurait déjà bien assez de mal à réunir cette somme. Mais la réponse que murmura Caoloun la laissa glacée. « Or ou sang, la dette doit être payée », dit la femme en employant une formule ancienne.

Ronica sentit son cœur se serrer. De qui voulait-elle parler ? Aucune des possibilités qui lui vinrent à l'esprit ne lui plut. Faisant un effort sur elle-même, elle se rappela qu'un marché était un marché, mais qu'on pouvait toujours essayer d'en améliorer les termes. Maîtrisant sa voix pour l'empêcher de trembler, elle choisit la réponse la moins probable. « Je suis veuve de fraîche date, dit-elle, et, même si j'avais le temps d'achever mon deuil, je ne conviens pas pour tenir le serment : je suis trop vieille pour porter des enfants sains, Caoloun. Il y a des années que j'ai renoncé à espérer donner un autre fils à Ephron.

— Vous avez des filles, observa Caoloun d'un ton circonspect.

— L'une mariée, l'autre disparue, répondit Ronica. Comment pourrais-je vous promettre ce dont je n'ai pas la propriété ?

— Althéa a disparu ? »

Ronica hocha la tête en ressentant la douleur qu'elle connaissait bien. Ne pas savoir... la plus grande angoisse que toute famille de marins éprouvait envers ses membres ; songer qu'un jour l'un d'eux pouvait disparaître et que nul à terre ne saurait jamais ce qu'il était advenu de lui...

« Je vais vous poser une question, reprit Caoloun, que mon devoir envers ma famille m'impose : Althéa ne... ne se cacherait pas, ou ne se serait pas enfuie pour éviter d'avoir à tenir les termes de notre marché ?

— Vous deviez poser cette question, et je ne m'en offense donc pas. » Ronica avait eu tout de même du mal à ne pas prendre un ton glacé pour répondre. « Althéa est absolument fidèle à Terrilville, et elle mourrait plutôt que de manquer à la parole de sa famille. Où qu'elle se trouve, si elle est toujours en vie, elle est liée par notre serment et elle le sait. Si vous décidez de récupérer votre dette et qu'elle l'apprenne, elle se présentera pour y répondre.

— Je n'en doutais pas », fit Caoloun avec chaleur. Mais c'est sans pitié qu'elle poursuivit : « Vous avez néanmoins une petite-fille et des petits-fils, et le serment les lie aussi fermement qu'elle. J'ai moi-même trois petits-enfants, deux garçons et une fille, qui seront bientôt en âge de se marier. »

Ronica secoua la tête et partit d'un rire forcé. « Les miens ne sont encore que des enfants, bien loin encore d'être prêts à se marier. Le seul qui en aurait à peu près l'âge est en voyage avec son père, et de plus il est voué à la prêtrise. Je vous l'ai dit : je ne puis vous promettre ce que je ne possède pas.

— Tout à l'heure, vous étiez pourtant prête à me promettre un or que vous ne possédez pas, objecta Caoloun. Or ou sang, avec le temps la dette sera payée, Ronica. Et, si nous acceptons de vous laisser le choix du moment, peut-être devriez-vous accepter de nous laisser décider sous quelle espèce se fera le paiement. »

Ronica voulut boire une gorgée de tisane, mais sa tasse était vide. Elle se leva vivement. « Désirez-vous que je refasse de la tisane ? demanda-t-elle.

— Seulement si l'eau bout rapidement, répondit Caoloun. La nuit n'attendra pas la fin de nos marchandages pour s'achever, Ronica. La question doit être réglée, et vite ; je ne tiens pas à être vue à Terrilville en plein jour. Les rues sont trop pleines d'ignorants indifférents aux anciens serments qui nous lient tous.

— Naturellement. » Ronica se rassit précipitamment. Elle était bouleversée. Une pensée lui vint soudain, pleine de rancœur : c'était Keffria qui aurait dû être à sa place ! De plein droit, le sort de la famille était entre ses mains et non plus entre celles de Ronica. Qu'elle se retrouve dans une telle position et on verrait comment elle s'en tirerait ! À cette idée, un frisson glacé parcourut Ronica : elle craignait de savoir comment Keffria s'en tirerait. Elle s'en remettrait à Kyle, qui ne savait absolument rien des enjeux de la partie ; il ignorait quelles étaient les anciennes conventions et, même si on les lui apprenait, Ronica doutait fort qu'il y adhère. Non : il n'y verrait qu'un froid échange commercial. Il se conduirait comme ceux qui avaient fini par mépriser les habitants du Désert des Pluies et n'entretenaient plus de contacts avec eux que par esprit de lucre, sans se rendre compte de tout ce que Terrilville leur devait. Keffria abandonnerait à Kyle le sort de sa famille, et il se comporterait comme un boutiquier achetant des marchandises.

Dès qu'elle eut pris conscience de ce risque, Ronica franchit une limite – non sans mal, car elle allait devoir sacrifier son honneur ; mais que valait l'honneur quand il s'agissait de protéger sa famille et de tenir sa parole ? S'il fallait user de stratagèmes et proférer des mensonges, il en serait ainsi. Jamais jusque-là elle n'avait décidé aussi froidement d'aller à l'encontre de tous ses principes moraux, mais jamais non plus elle ne s'était trouvée confrontée à des choix aussi terribles. L'espace d'un instant, son âme éperdue implora la présence d'Ephron, de l'homme qui s'était toujours tenu à ses côtés, qui avait soutenu ses décisions et qui, par sa confiance dans son jugement, lui avait donné foi en elle-même. Son appui lui manquait cruellement.

Elle leva les yeux et les planta dans ceux de Caoloun. « Acceptez-vous de me laisser un peu de marge ? » demanda-t-elle avec simplicité. Elle hésita, puis choisit de placer les enjeux assez haut pour tenter son interlocutrice. « Le prochain versement est prévu à la mi-hiver, n'est-ce pas ? »

Caoloun acquiesça.

« Je vous devrai douze mesures d'or pour le paiement habituel. »

La femme acquiesça de nouveau. Ronica usait d'une vieille astuce d'Ephron lorsqu'il passait un marché : on noyait la partie adverse sous une pluie de termes avec lesquels elle ne pouvait qu'être d'accord, et parfois on arrivait à la faire convenir d'une clause avant qu'elle ait le temps d'y réfléchir.

« Je vous devrai aussi les deux mesures d'or qui me manquent cette fois-ci, plus deux autres mesures en dédommagement du retard de paiement. » Ronica s'efforça de conserver un ton calme et détaché en annonçant cette somme princière. Elle sourit à Caoloun.

Son hôte lui rendit son sourire. « Et si le montant n'y est pas, nous nous tiendrons au serment original qui nous lie : en or ou en sang, la dette doit être payée. Vous remettrez une de vos filles ou un de vos petits-enfants à ma famille. »

Cette partie-là n'était pas négociable ; la grand-mère d'Ephron s'y était engagée bien des années plus tôt, et nulle famille de Marchands n'imaginerait seulement de revenir sur la parole d'un ancêtre. Ronica hocha raidement la tête, puis répondit avec circonspection en termes qui liaient à leur tour la visiteuse : « Mais si j'ai à votre disposition les seize mesures d'or, vous les accepterez en paiement. »

Caoloun tendit sa main nue en signe d'agrément, et les protubérances et les barbillons qui en pendaient évoquèrent à Ronica du caoutchouc quand elle la serra pour sceller leur nouvel accord. Puis sa visiteuse se leva.

« Encore une fois, Ronica Vestrit de la famille de Marchands Vestrit, je vous remercie de votre commerce et de votre hospitalité.

— Et, encore une fois, Caoloun de la famille Festrée du Désert des Pluies, je suis heureuse de vous avoir accueillie et d'avoir négocié avec vous, de famille à famille, de sang à sang. Jusqu'au revoir, portez-vous bien.

— De famille à famille, de sang à sang ; puissiez-vous bien vous porter aussi. »

Les formules de courtoisie mirent un terme à la fois aux transactions et à la visite. Caoloun remit le manteau d'été qu'elle avait ôté en entrant et rabattit le capuchon jusqu'à ce que ne fût plus visible que la pâle lueur lavande de ses yeux, devant lesquels elle laissa tomber un voile de dentelle. Alors qu'elle enfilait ses amples gants sur ses mains difformes, elle rompit avec la tradition et dit, les yeux baissés : « Ce ne serait pas un sort aussi terrible que beaucoup le croient, Ronica. Je prendrais grand soin de tout membre de la famille Vestrit qui entrerait dans notre maison, tout comme j'attache la plus grande importance à notre amitié. Je suis née à Terrilville, vous savez, et si je ne suis désormais plus une femme qu'un homme de votre peuple pourrait regarder sans frémir, sachez que je n'ai pas été malheureuse. J'ai eu un époux qui m'a choyée, qui m'a donné une fille, et elle-même a mis au monde trois enfants en bonne santé. Cette chair, ces difformités... certaines femmes de Terrilville paient peut-être un prix encore plus élevé pour avoir une peau douce, des yeux et des cheveux d'une couleur normale. Si tout ne va pas comme vous le souhaitez, si l'hiver prochain je dois prendre quelqu'un de votre sang... sachez qu'il aura droit à tout notre amour et toutes nos attentions, autant parce qu'il sera issu de l'honorable lignée Vestrit qu'à cause du sang neuf qu'il apportera à notre communauté.

— Merci, Caoloun. » Ronica faillit s'étrangler sur ces mots. Sa visiteuse était sans doute sincère, mais concevait-elle à quel point ses paroles étaient glaçantes ? Peut-être, car ses yeux clignèrent deux fois sous le capuchon avant qu'elle se tourne vers la porte et prenne la lourde caisse de bois pleine d'or qui l'attendait près du seuil. Ronica déverrouilla la porte en se gardant de proposer à Caoloun une bougie ou une lanterne : les gens du Désert des Pluies n'avaient nul besoin de lumière par une nuit d'été.

Dans l'encadrement, Ronica regarda sa visiteuse s'éloigner dans l'obscurité. Un homme de son peuple sortit lourdement des ombres pour la rejoindre, prit la cassette d'or et la coinça sans effort sous son bras, puis tous deux firent un dernier adieu de la main à Ronica. Elle leur rendit leur signe. Elle savait qu'une barque les attendait sur la plage, et, plus loin dans le port, un navire éclairé d'une seule lumière. Elle leur souhaita bon vent et bon voyage, et pria Sa avec ferveur de ne jamais devoir se tenir ainsi à sa porte en regardant un des siens s'éloigner dans l'obscurité.

*
**

Dans le noir, Keffria répéta : « Kyle ?

— Hmm ? » Rassasié, il avait la voix grave et chaude.

Elle se colla contre lui. Par contraste avec la chaleur du corps de son époux, elle sentait sa peau se couvrir d'une délicieuse chair de poule là où la brise nocturne qui soufflait par la fenêtre passait sur elle. Il sentait bon l'amour et l'homme, et la solide réalité de ses muscles et de sa force formait un rempart contre toutes les terreurs de la nuit. Pourquoi, demanda-t-elle à Sa en silence, pourquoi tout ne pouvait-il être aussi bon et simple ? Kyle était rentré ce soir-là pour lui faire ses adieux ; ils avaient dîné ensemble, partagé un bon vin, puis la passion et l'amour les avaient amenés dans leur chambre. Demain, il serait parti pour le temps que lui prendrait son circuit commercial. Pourquoi tout gâcher par une nouvelle discussion sur Malta ? Parce que, se dit-elle avec fermeté, la question devait être réglée ; elle devait avoir son accord avant son départ et elle refusait d'agir dans son dos, sous peine d'effriter la confiance qui les avait toujours unis.

Elle prit donc une profonde inspiration et prononça les mots qu'ils étaient tous deux fatigués d'entendre. « En ce qui concerne Malta... » fit-elle.

Il gémit. « Non, je t'en prie, Keffria, non. Je vais devoir me lever pour m'en aller dans quelques heures à peine ; passons ces derniers moments en paix.

— Ce luxe ne nous est pas permis. Malta sait que nous sommes en désaccord à son sujet, et elle va s'en servir à son avantage tout le temps de ton absence ; à chacune de mes interdictions, elle répondra : "Mais papa dit que je suis une femme maintenant..." Ce sera une torture pour moi. »

Avec un soupir d'impatience contenue, Kyle s'écarta de Keffria. Le lit cessa d'être le nid tiède qu'il était et devint inconfortablement froid. « Ainsi, je devrais reprendre la parole que je lui ai donnée uniquement pour t'éviter de te chamailler avec elle ? Allons, Keffria, que penserait-elle de moi ? N'exagères-tu pas la gravité de la situation ? Elle veut aller à cette réception dans une jolie robe, voilà tout.

— Non. » Keffria dut faire appel à tout son courage pour contredire son époux ; mais il ignorait de quoi il parlait, se dit-elle, éperdue. Il ne comprenait pas, et elle-même avait trop attendu : elle n'avait pas le temps de tout lui expliquer cette nuit. Elle devait l'obliger à céder sur ce point. « Il ne s'agit pas seulement de danser avec un homme dans une jolie robe ; ça va beaucoup plus loin. Elle prend déjà des leçons de danse avec Rache, et je veux pouvoir lui dire qu'elle doit s'en contenter pour le moment, qu'elle doit passer au moins une année à apprendre à devenir une femme de la société de Terrilville avant de se présenter comme telle. Et je veux pouvoir lui dire que nous sommes d'accord là-dessus, toi et moi ; que tu as réfléchi et que tu préfères ne pas la laisser sortir.

— Mais ce n'est pas le cas », répondit Kyle avec entêtement. Il était à présent allongé sur le dos, le regard au plafond, les mains derrière la tête. S'il était debout, songea Keffria, il se tiendrait les bras croisés. « Je crois que tu fais une montagne d'une taupinière. Et puis... je ne dis pas ça pour te froisser, mais parce que je le remarque de plus en plus... je crois que tu refuses de lâcher si peu que ce soit la bride à Malta, que tu souhaites la garder dans tes jupes comme une petite fille. Je sens presque de la jalousie chez toi, ma chérie, du fait qu'elle cherche mon attention aussi bien que celle des jeunes gens. J'ai déjà été témoin de ce phénomène : aucune mère n'a envie de se faire éclipser par sa fille ; une adolescente est pour une femme mûre un constant rappel qu'elle n'est plus dans sa prime jeunesse. Mais je trouve ça indigne de toi, Keffria. Laisse ta fille grandir, qu'elle devienne ton ornement et le témoignage de ton mérite. Tu ne peux pas l'obliger à porter des jupes courtes et des tresses toute sa vie. »

Peut-être se méprit-il sur le silence furieux et humilié de son épouse, car il se tourna légèrement vers elle et poursuivit : « Nous devrions remercier le ciel qu'elle ressemble si peu à Hiémain. Voilà un garçon qui a l'air d'un enfant, qui s'exprime comme un enfant, mais qui en outre n'a qu'une envie : rester un enfant. L'autre jour encore, à bord du navire, je l'ai trouvé en train de travailler torse nu en plein soleil. Il avait le dos rouge comme un homard et il boudait comme un gamin de cinq ans, tout ça parce que certains des hommes, par plaisanterie, étaient allés accrocher sa chemise en haut du gréement et qu'il avait peur de monter la récupérer. Je l'ai convoqué dans mes quartiers pour lui expliquer en privé que, s'il n'allait pas la chercher, il passerait pour un poltron aux yeux de l'équipage ; alors, droit comme un i, avec son air de père la vertu, il a rétorqué que ce n'était pas la peur qui l'empêchait d'aller décrocher sa chemise mais la dignité ! Puis, il a continué par un discours moralisateur sur le fait qu'il ne s'agissait chez lui ni de peur ni de lâcheté, mais du simple refus de risquer sa vie pour l'amusement des matelots. Je lui ai répondu qu'il ne courait guère de danger s'il appliquait ce qu'on lui avait appris, mais j'ai eu de nouveau droit à son boniment : personne ne doit exposer la vie d'autrui, si peu que ce soit, par simple divertissement, etc. J'ai fini par perdre patience ; j'ai appelé Torg et je lui ai ordonné de le faire grimper en haut du mât pour qu'il récupère sa chemise. Je crains qu'il n'ait perdu une grande partie du respect de l'équipage à cette occasion...

— Pourquoi laisses-tu tes hommes faire des plaisanteries de gamins alors qu'ils devraient être à leur travail ? » demanda Keffria. Elle sentait son cœur se serrer pour Hiémain, tout en regrettant qu'il n'ait pas eu la simplicité d'aller chercher tout seul sa chemise. S'il avait relevé le défi, l'équipage l'aurait considéré comme l'un des siens, mais, désormais, il passerait pour l'intrus qu'on peut tourmenter à merci. Elle le savait instinctivement et s'étonnait que son fils ne l'eût pas compris.

« Tu as pourri ce gosse en l'envoyant chez les prêtres. » Kyle avait pris un ton presque satisfait, et Keffria se rendit soudain compte qu'il avait complètement dévié le sujet de la conversation.

« Nous ne discutions pas de Hiémain, mais de Malta. » Elle entrevit une nouvelle façon d'aborder la question. « Puisque tu affirmes être le seul à pouvoir donner à notre fils une éducation d'homme, peut-être devrais-tu reconnaître que seule une femme est à même de guider Malta sur le chemin de la féminité. »

Malgré la pénombre, elle vit l'expression de surprise qui s'afficha sur le visage de son époux devant la rudesse de son ton, et elle comprit que son approche n'était pas la meilleure si elle voulait le convaincre de la validité de ses arguments ; mais ce qui était dit était dit et elle se sentit tout à coup trop en colère pour revenir sur ses paroles, pour cajoler Kyle et l'amener à partager son point de vue.

« Si tu étais une autre, je te concéderais peut-être ce droit, répondit-il d'un ton glacé. Mais je n'ai pas oublié ce que tu étais avant notre mariage, ni le fait que ta mère te retenait dans ses jupes, exactement comme tu cherches à restreindre Malta. Rappelle-toi le temps qu'il m'a fallu pour t'éveiller à ta sensualité de femme ; tous les hommes n'ont pas cette patience, et je ne tiens pas à voir Malta, une fois adulte, aussi timide et complexée que toi. »

La cruauté de ces mots coupa le souffle à Keffria. La cour circonspecte que lui avait faite Kyle, l'espoir délicieux qui avait peu à peu grandi en elle, puis la certitude de son intérêt pour elle, tout cela faisait partie des souvenirs qu'elle chérissait le plus. Il venait de l'en dépouiller en une phrase par laquelle les mois d'espérance réservée qu'elle avait vécus s'avéraient avoir été pour lui un fastidieux exercice de patience, l'éveil de ses sens un devoir éducatif qu'il avait accompli pour lui rendre service. Elle dévisagea l'inconnu qui se trouvait soudain dans son lit. Elle aurait voulu nier qu'il avait prononcé de telles paroles, se persuader qu'elles n'exprimaient pas ses véritables sentiments mais seulement une sorte de rancœur. Elle se sentit soudain devenir de marbre : rancœur ou vrai fond de sa pensée, le résultat n'était-il pas le même ? Kyle n'était pas l'homme pour lequel elle l'avait toujours pris ; depuis des années, elle était mariée à une illusion. Elle s'était inventé un époux, un homme tendre, affectueux, rieur, qui ne s'absentait des mois durant que par devoir, et elle avait plaqué le visage de Kyle sur cette création. Il n'était pas difficile de négliger ou d'excuser quelques défauts chez lui, voire beaucoup, lors de ses brèves haltes chez lui ; Keffria avait toujours su alors se convaincre qu'il était fatigué, que le voyage avait été long et dur, qu'ils étaient simplement en train de se réadapter l'un à l'autre. Malgré son comportement depuis la mort de son père, elle avait persisté à le traiter et à réagir à lui comme s'il était l'homme qu'elle avait créé dans sa tête, mais elle voyait maintenant la vérité : Kyle n'avait jamais été le personnage romantique qu'elle avait imaginé. Ce n'était qu'un homme comme les autres. Non : plus borné que la plupart.

Borné au point de la croire obligée de lui obéir, même quand elle avait raison et lui tort, même quand il n'était pas là pour se dresser contre elle. Elle eut l'impression d'ouvrir les yeux pour la première fois et de voir le soleil levant. Comment avait-elle pu être aussi aveugle ?

Il sentit peut-être qu'il avait été trop loin, car il se tourna vers elle et tendit la main par-dessus les draps glacés pour lui toucher l'épaule. « Viens, dit-il d'un ton apaisant. Ne boude pas ; c'est ma dernière nuit à la maison. Fais-moi confiance : si ce voyage se déroule comme prévu, je pourrai rester plus longtemps à mon retour ; je serai là et je te déchargerai de toutes ces responsabilités, Malta, Selden, le navire, les propriétés… Je mettrai de l'ordre dans tout ça et je m'en occuperai comme on aurait toujours dû s'en occuper. Toi, tu as toujours été timide, réservée… Ce n'est pas un reproche, tu n'y peux rien. Je tiens seulement à ce que tu le saches : j'ai bien conscience des efforts que tu as faits pour affronter la situation malgré tes défauts. Si quelqu'un est coupable, c'est moi, de t'avoir laissé la charge de ces soucis pendant des années. »

Paralysée, elle le laissa l'attirer et la serrer contre lui pour dormir. Son corps tiède et accueillant n'était plus qu'une masse lourde et encombrante près d'elle, et les promesses qu'il voulait rassurantes éveillaient des échos menaçants dans son esprit.

*
**

Dans la chambre ténébreuse, Ronica Vestrit ouvrit les yeux. Elle n'avait pas fermé sa fenêtre et la brise nocturne agitait doucement les rideaux diaphanes. *Je dors comme les vieux, maintenant, par à-coups*, se dit-elle. *Ce n'est pas dormir, ce n'est pas être éveillée, et ce n'est pas du repos.* Elle laissa retomber ses paupières. Peut-être était-ce dû aux longs mois passés au chevet d'Ephron, où elle n'osait pas s'assoupir trop profondément, où elle retrouvait toute sa vigilance au moindre de ses mouvements. Peut-être, à mesure que s'écouleraient de nouveaux mois, vides et solitaires ceux-là, perdrait-elle cette habitude et réapprendrait-elle à bien dormir, mais elle en doutait.

« Maman… »

Un murmure plus léger que le soupir d'un spectre. « Oui, mon chéri, maman est là », répondit Ronica d'une voix aussi basse, sans ouvrir les yeux. Elle connaissait ces voix, elle les entendait depuis des années ; ses petits garçons venaient parfois l'appeler dans l'obscurité. Ces illusions ravivaient de vieilles douleurs, mais elle refusait d'ouvrir les yeux pour les chasser ; on se raccroche aux souvenirs qu'on a, même s'ils ont des arêtes tranchantes.

« Maman, j'ai besoin de ton aide. »

Ronica ouvrit lentement les paupières. « Althéa ? » souffla-t-elle dans le noir. Voyait-elle vraiment une silhouette à la fenêtre, derrière les rideaux gonflés, ou bien était-ce le fruit de ses rêveries nocturnes ?

Une main se tendit pour écarter le rideau, et le buste d'Althéa se pencha par-dessus l'appuie-fenêtre.

« Oh, Sa merci, tu vas bien ! »

Ronica se leva précipitamment, mais Althéa recula. « Si tu appelles Kyle, je ne reviendrai plus jamais », dit-elle d'une voix basse et rauque.

Sa mère s'approcha de la fenêtre. « Je n'y songeais même pas, chuchota-t-elle. Entre, il faut que nous parlions. Tout va mal, rien ne se passe comme nous l'avions prévu.

— Ça ne me surprend pas », marmonna la jeune fille d'un ton sombre. Elle revint près de la fenêtre. Ronica croisa son regard et eut un instant l'impression de contempler une plaie à vif avant qu'Althéa détourne les yeux. « Maman... je suis peut-être folle de te demander ça, mais il le faut, je dois savoir avant de me lancer : te rappelles-tu ce qu'a dit Kyle, quand... enfin, la dernière fois que nous étions tous ensemble ? » Elle avait un ton étrangement pressant.

Ronica poussa un long soupir. « Kyle a dit beaucoup de choses, dont je préférerais oublier la plupart, mais qui semblent s'être gravées dans ma mémoire. De laquelle parles-tu ?

— Il a juré devant Sa que, si un capitaine de bonne réputation se portait garant de ma compétence de marin, il me rendrait mon navire. Tu t'en souviens ?

— Oui, répondit Ronica ; mais il ne le pensait sûrement pas. Il est comme ça ; quand il est en colère, il fait des déclarations à l'emporte-pièce, sans réfléchir.

— Mais tu te souviens qu'il a dit ça ? insista Althéa.

— Oui, oui, je m'en souviens. Althéa, il y a des questions beaucoup plus graves dont nous devons discuter. Je t'en prie, entre. Reviens à la maison, nous avons besoin de...

— Non. Rien n'est plus important que ce que je viens de te demander. Maman, je ne t'ai jamais entendue mentir sur des sujets sérieux. Un jour viendra où je compterai sur toi pour dire la vérité. » À la stupéfaction de Ronica, Althéa jeta ces derniers mots par-dessus son épaule en s'éloignant dans le jardin, et, l'espace d'un instant effrayant, sa mère crut voir la silhouette de son époux jeune homme ; Althéa portait la même chemise rayée et le même pantalon noir, uniforme des marins à terre, la même longue queue-de-cheval qui lui descendait dans le dos, et elle avait jusqu'à sa démarche chaloupée.

« Attends ! » lui cria Ronica. Elle s'assit sur l'appuie-fenêtre et passa les jambes côté jardin. « Althéa, attends ! » Elle sauta et se reçut douloureusement, pieds nus sur l'allée caillouteuse qui longeait sa chambre. Elle faillit tomber, se rattrapa tant bien que mal et traversa en courant la pelouse jusqu'à l'épaisse haie de laurier qui la bordait. Althéa avait déjà disparu. Ronica tenta de se frayer un chemin à travers la dense barrière feuillue, mais elle parvint à peine à s'y enfoncer et n'y gagna que des égratignures. Les feuilles étaient humides de serein.

Elle recula et balaya du regard le jardin enténébré. Pas un mouvement, pas un bruit. Sa fille avait de nouveau disparu – si elle était jamais revenue.

*
**

Ce fut Sessuréa que le nœud choisit pour affronter Maulkin. Shriver éprouva de la colère et de la peine en constatant que les autres s'étaient concertés entre eux. Si l'un d'eux nourrissait un doute, pourquoi n'avait-il pas été en parler franchement à Maulkin au lieu de répandre ses idées délétères dans le groupe ? À présent, tous divaguaient comme s'ils avaient mangé de la mauvaise viande, et la folie était la plus forte chez Sessuréa qui se cabrait en position de défi face à Maulkin, sa crinière orange déjà dressée émettant un nuage toxique.

« Tu nous mènes de travers ! trompeta-t-il. Chaque jour, le Plein devient moins profond et plus chaud, et ses sels plus étranges ! Tu nous conduis là où le gibier est rare et tu nous laisses à peine le temps de nous nourrir ! Je ne sens la présence d'aucun autre nœud car aucun ne vient par ici. Tu nous mènes, non à la renaissance, mais à la mort ! »

Shriver s'ébroua pour faire jaillir sa collerette en courbant le cou pour en relâcher le poison : si les autres attaquaient Maulkin, elle se faisait la promesse qu'il ne combattrait pas seul. Mais Maulkin ne dressa même pas sa crinière ; d'un mouvement aussi paresseux que les algues dans la marée, il dessina une lente figure dans le Plein ; ses lents déplacements le firent passer au-dessus, puis en dessous de Sessuréa qui dut se tordre le cou pour ne pas le quitter des yeux. Devant tout le nœud rassemblé, Maulkin transforma le défi de Sessuréa en une danse gracieuse dont il était le meneur.

Et c'est avec une sagesse aussi envoûtante que ses propres mouvements qu'il répondit à Sessuréa : « Si tu ne relèves l'odeur d'aucun autre nœud, c'est parce que je traque celle de ceux qui sont passés ici il y a une éternité. Mais si tu ouvrais grandes tes ouïes, toi aussi tu percevrais cette odeur ancienne, et pas très loin devant nous. Tu crains la tiédeur de ce Plein, et pourtant tu faisais partie de ceux qui ont d'abord protesté quand je vous ai conduits de la tiédeur au frais. Tu goûtes l'étrangeté des sels et crois que nous nous sommes trompés de route. Serpent stupide ! Si tout restait familier autour de nous, nous serions en train de nager dans hier. Suis-moi et n'aie plus de doutes, car je vous mène, non dans votre hier familier, mais vers demain, l'hier de vos ancêtres. Ne doute plus et avale ma vérité ! »

Sessuréa se trouvait si près de Maulkin qui exécutait sa danse de vérité que, quand l'ancien hérissa sa crinière et relâcha ses toxines, il ne put que les aspirer. Ses grands yeux verts vacillèrent quand il goûta l'écho de mort et de vérité qui se cache dans le produit ; son long corps en position de défense trembla, puis s'amollit, et il aurait coulé au fond si Maulkin ne s'était pas enroulé autour de lui. Pourtant, alors même que l'ancien le soutenait, le nœud poussa un cri d'angoisse, car au-dessus du Plein et pourtant dedans, sous le Manque et pourtant dedans, une grande ombre se déplaçait. Son obscurité passa sur eux sans autre bruit que celui des tourbillons créés par son corps sans nageoires.

Cependant, alors que le nœud s'apprêtait à fuir dans les profondeurs, Maulkin, tenant toujours Sessuréa dans ses anneaux, se mit à la poursuite de la silhouette. « Venez ! trompeta-t-il à ses compagnons. Suivez-moi ! Suivez-moi sans crainte, et je vous promets nourriture et renaissance quand l'heure du rassemblement aura sonné pour nous ! »

Shriver dut faire appel à toute la fidélité qu'elle ressentait envers Maulkin pour surmonter sa peur. De tout le nœud, elle fut la première à se dérouler pour se lancer dans le Plein et suivre leur chef. Elle vit la conscience revenir dans un frémissement à Sessuréa et remarqua la douceur avec laquelle il se détacha de Maulkin. « J'ai vu ! cria-t-il aux autres serpents qui restaient en arrière, hésitants. C'est vrai, Maulkin a raison ! J'ai vu dans ses souvenirs et ce que nous vivons, nous l'avons déjà vécu ! Venez, venez ! »

Au même instant, de la nourriture sortit de la forme sombre, des proies qui ne nageaient pas ni ne se débattaient mais coulaient lentement, prêtes à se faire saisir et dévorer par tous.

« Nous ne mourrons pas de faim, assura Maulkin avec douceur. Et nous ne serons pas obligés de retarder notre pèlerinage pour pêcher. Rejetez vos doutes et fouillez vos plus anciens souvenirs. Suivez-moi. »

AUTOMNE

4

NOUVEAUX RÔLES

Le navire parvint au sommet de la vague, la proue levée comme s'il voulait monter dans le ciel tourmenté. Sa le savait, il pleuvait presque assez pour mettre un bâtiment à flot. Pendant un instant qui parut durer une éternité, Althéa ne vit plus que le ciel, puis le navire piqua du nez et se rua dans une longue pente vers un creux profond ; on eût dit qu'il allait plonger dans le mur d'eau qui se dressait devant lui, et il s'y précipita en effet ; l'eau verte s'abattit sur son pont, l'impact ébranla le mât en même temps que la vergue à laquelle Althéa s'accrochait ; ses doigts engourdis glissèrent sur la toile froide et trempée, elle entortilla ses pieds dans la ralingue de voilure sur laquelle elle avait pris appui et assura sa prise. À cet instant, avec un frémissement de toute sa membrure, le navire s'ébroua de l'eau accumulée sur son pont et se lança à l'assaut de la montagne suivante.

« Ath ! Bouge-toi un peu ! » La voix venait d'en dessous d'elle. Debout sur les enfléchures, Reller la regardait d'un air peu engageant, les yeux plissés contre le vent et la pluie. « Tu as des ennuis, petit ?

— Non. J'arrive ! » répondit-elle en criant pour couvrir le bruit de la tempête. Elle dégoulinait d'eau, elle avait froid et elle était complètement épuisée. Les autres marins avaient achevé leurs tâches et fui le gréement ; Althéa, elle, s'était arrêtée un instant afin de prendre des forces avant d'entamer la descente. Au début de son quart, quand on avait signalé l'arrivée de la tempête, le capitaine avait ordonné d'affaler et de carguer les voiles. La pluie s'était mise à tomber, suivie par un vent qui paraissait décidé à arracher les marins du gréement, mais, à peine avaient-ils exécuté l'ordre du capitaine et regagné le pont, qu'instruction avait été donnée de prendre deux ris dans les huniers et de serrer les autres voiles. Comme en réaction aux efforts de l'équipage, la tempête avait empiré. La bordée d'Althéa n'avait cessé d'arpenter le gréage comme des fourmis un débris flottant, carguant, prenant des ris et serrant la voilure en réponse aux ordres qui se succédaient, jusqu'à ce que la jeune fille cessât de penser et se contentât d'obéir aux instructions données à pleine voix depuis le pont. Elle n'avait pas oublié ce qu'elle faisait dans le haubanage mais ses mains avaient serré et fixé la toile trempée comme de leur propre volonté. Il était stupéfiant de constater ce dont le corps était capable même quand la fatigue et la peur paralysaient l'esprit. Ses mains et ses pieds agissaient comme des animaux bien dressés qui s'efforçaient de la maintenir en vie bien qu'elle ne fût plus certaine elle-même d'en avoir encore envie.

Elle descendit lentement et prit pied sur le pont bonne dernière, comme d'habitude. Les autres l'avaient dépassée et se trouvaient sans doute déjà à l'abri dans l'entrepont. Le fait que Reller eût pris la peine de lui demander si elle avait des ennuis indiquait chez lui une prévenance qui ne se retrouvait pas chez ses camarades de bord. Elle ignorait pourquoi il faisait particulièrement attention à elle, mais elle s'en sentait à la fois heureuse et humiliée.

Quand elle était entrée dans l'équipage, elle brûlait de se distinguer et s'était obligée à en faire toujours plus, plus vite et mieux que les autres. Quel plaisir de se trouver à nouveau sur un pont ! Les repas répétitifs, les vivres mal préservés, les quartiers exigus et puants, même la grossièreté de ceux qu'elle devait bien appeler ses camarades de bord, tout cela lui avait paru supportable les premiers jours : elle avait repris la mer, elle ne restait pas inactive, et, à la fin de son voyage, elle aurait un brevet de marin à mettre sous le nez de Kyle ! Il allait voir ce qu'il allait voir ! Elle récupérerait *Vivacia*, elle se l'était promis, et c'est avec une solide résolution qu'elle s'était attelée à apprendre le maniement du navire sur lequel elle s'était engagée.

Mais, malgré tous ses efforts, elle s'était trouvée confrontée à son inexpérience sur ce genre de bâtiment, inexpérience aggravée par sa petite taille ; elle était à bord d'un navire-abattoir, pas d'un marchand ; l'objectif du capitaine n'était pas de se rendre le plus vite possible d'un port à l'autre pour effectuer des livraisons mais de suivre un trajet en zigzag à la recherche de proies. L'équipage était beaucoup plus considérable qu'à bord d'un bateau marchand car, en plus d'assurer les manœuvres, les hommes devaient être assez nombreux pour chasser les proies, les débiter, stocker la viande et fondre la graisse ; le navire était donc beaucoup plus bondé et sale que ce dont Althéa avait l'habitude. Elle s'était tenue à sa résolution d'apprendre vite et bien, mais la volonté seule ne pouvait faire d'elle le meilleur matelot de ce pestilentiel charnier flottant. Tout au fond d'elle-même, elle se rendait vaguement compte qu'elle avait beaucoup gagné en savoir-faire et en vigueur depuis qu'elle s'était enrôlée sur le *Moissonneur*, mais, elle ne l'ignorait pas, ce qu'elle avait acquis jusque-là ne suffisait pas pour faire d'elle ce que son père appelait « un petit gars doué », et sa détermination s'était peu à peu muée en désespoir. Aujourd'hui, même le désespoir avait disparu et elle vivait au jour le jour sans guère penser au lendemain.

Elle faisait partie des trois mousses du navire-abattoir. Les deux autres, jeunes garçons de la famille du capitaine, n'effectuaient que les tâches les moins pénibles : ils servaient à la table du commandant et du second, ce qui leur permettait souvent de profiter des reliefs de bons repas ; ils aidaient aussi fréquemment le coq, qui leur faisait préparer les rations de l'équipage. C'était cette corvée qu'Althéa leur enviait le plus car ils restaient ainsi sous le pont, non seulement à l'abri des grains mais près de la chaleur du fourneau de la coquerie. À elle revenaient les travaux les plus durs d'un mousse : le gros nettoyage, le transport de seaux remplis de graisse et de goudron, et toutes les tâches des marins qui requéraient une paire de mains en plus. Elle n'avait jamais trimé si dur de toute sa vie.

Elle se retint au mât le temps de laisser passer une vague qui balaya le pont, puis elle se dirigea vers le refuge du coqueron avant, courant un instant, puis restant un moment accrochée, haletante, à un cordage ou au bastingage pour éviter de se faire éjecter du navire qui dansait sur les vagues, avant de reprendre la manœuvre. Il y avait trois jours que le mauvais temps durait, et, avant l'arrivée de la tempête, Althéa avait cru, dans sa naïveté, que la situation ne pouvait pas être pire. Les marins expérimentés paraissaient considérer ce violent coup de tabac comme un élément normal d'une saison à l'Extérieur. Ils le maudissaient, demandaient à Sa d'y mettre fin, mais finissaient toujours par échanger des histoires de tempêtes encore pires qu'ils avaient traversées sur des navires qui tenaient moins bien la mer.

« Dis donc, Ath, tu as intérêt à te magner si tu veux ta ration ce soir, et surtout si tu as envie de manger avant qu'elle soit complètement froide ! »

Reller avait pris un ton menaçant, mais le vieux marin demeura sur le pont jusqu'à ce qu'elle fût arrivée près de lui. Ils descendirent ensemble et refermèrent le panneau derrière eux. Althéa fit une pause sur une marche pour s'essuyer le visage et les bras, puis essorer son épaisse queue-de-cheval, et enfin elle suivit l'homme dans le ventre du navire.

Quelques mois plus tôt, elle aurait considéré cet espace comme froid, humide et puant ; à présent, elle y voyait, sinon un foyer, du moins un refuge où la pluie, chassée par un vent violent, ne risquait pas de la faire tremper. La lumière jaune des lanternes était presque accueillante. Au claquement d'une louche en bois contre le bord d'une marmite, elle comprit qu'on servait le repas et se dépêcha d'aller chercher sa portion.

À bord du *Moissonneur*, les quartiers d'équipage n'existaient pas ; chacun trouvait un coin pour dormir et se l'appropriait, et les plus enviés devaient périodiquement être défendus à grand renfort de coups de poing et de jurons. Au milieu de la cale où s'entassait la cargaison se trouvait une petite zone dont les hommes s'étaient fait une sorte de tanière ; les mousses y apportaient la marmite et chacun, une fois son quart terminé, venait y prendre sa ration, mesurée en louchées. Il n'y avait pas de table, et rien sur quoi s'asseoir, sauf si on disposait d'un coffre personnel ; on s'installait par terre ou bien on s'appuyait à un tonneau d'huile. En guise d'assiette, des tranchoirs de bois qu'on nettoyait du bout des doigts ou à l'aide d'un morceau de pain quand on en avait ; mais le plus souvent il fallait se contenter de biscuits de mer, et, par une pareille tempête, il ne fallait guère espérer que le coq eût essayé de faire du pain. Althéa se fraya un chemin dans une jungle de vêtements suspendus. Des habits trempés pendaient partout dans la cale, accrochés à des chevilles et à des crochets dans le vain espoir de les faire sécher. Althéa ôta son ciré, qu'elle avait gagné la semaine précédente en jouant avec Oyo, et le suspendit à la cheville qu'elle s'était appropriée.

La menace de Reller n'avait pas été faite en l'air : il était en train de se servir quand Althéa s'approcha de la marmite, et, comme tous les hommes du bord, il prenait une ration aussi copieuse que possible sans se préoccuper des autres. Althéa se saisit d'une assiette vide et attendit impatiemment qu'il lui laissât la place ; elle sentit qu'il prenait son temps pour la pousser à se plaindre mais elle avait appris à la dure à s'en garder. N'importe quel marin avait le droit de flanquer une taloche au mousse sans avoir besoin du moindre prétexte pour cela ; mieux valait se taire et avoir droit à une demi-louche de soupe que se plaindre et n'obtenir qu'une calotte pour tout dîner. Penché sur la marmite, Reller continuait à emplir son assiette avec le peu qui restait dans le fond.

Voyant qu'Althéa refusait de récriminer, il faillit sourire, puis lui dit : « Tiens, garçon, il te reste quelques morceaux. Nettoie bien la marmite, puis cours la rapporter au coq. »

Dans un sens, c'était une fleur qu'il lui faisait : il aurait pu tout prendre, ne lui laisser que le récipient à racler et nul n'aurait même songé à soulever la moindre protestation. C'est donc avec satisfaction qu'Althéa prit la marmite et se retira dans son coin pour la finir.

Elle s'était trouvé un bon emplacement, tout bien considéré. Ses maigres biens étaient entassés dans un angle formé par la rencontre du pont et de la courbure de la coque, ce qui interdisait de s'y tenir debout ; mais elle y avait accroché son hamac, et personne d'autre qu'elle n'aurait été assez petit pour s'y rouler en boule et dormir à l'aise. En outre, l'espace était si exigu que nul ne venait la déranger pendant qu'elle dormait, nul ne la frôlait avec un ciré trempé. Elle emporta donc la marmite dans son réduit et s'installa pour manger.

À l'aide de sa chope, elle récupéra ce qui restait de soupe et l'engloutit. Le liquide n'était plus chaud

– à tel point que la graisse s'était figée en petits paquets –, mais il était tout de même moins froid que la pluie qui tombait au-dehors, et la graisse avait bon goût. De plus, Reller n'avait pas menti : il restait bel et bien des morceaux ; ce pouvait être de la pomme de terre, du navet ou peut-être simplement des blocs farineux de boulettes de pâte mal cuites ; Althéa n'en avait cure. Elle les prit avec les doigts et les porta à sa bouche, puis elle gratta les derniers restes de nourriture accrochés à la paroi de la marmite à l'aide d'un biscuit de mer.

Elle venait d'avaler sa dernière bouchée quand une grande lassitude la prit. Elle était gelée, elle était trempée, elle avait mal partout et n'avait plus qu'une envie : prendre sa couverture, s'y enrouler et fermer les yeux ; mais Reller lui avait dit de rapporter la marmite à la coquerie, et elle était trop avisée pour attendre d'avoir dormi pour exécuter l'ordre : cela aurait été considéré comme un manquement à son devoir. Certes, il n'était pas impossible que Reller ferme les yeux, mais si ce n'était pas le cas, ou bien si le cuisinier se plaignait, elle risquait fort de passer à la garcette, et elle ne pouvait pas se le permettre. Avec un petit bruit de gorge qui aurait pu être un gémissement, elle sortit à croupetons de son coin, la marmite au creux du bras.

Elle dut à nouveau affronter la tempête qui balayait le pont pour atteindre la coquerie ; elle s'y prit en deux fois, courant à chaque reprise d'un abri relatif à un autre, en s'accrochant aussi fermement à la marmite qu'au navire lui-même : si elle laissait passer un tel ustensile par-dessus bord, elle savait qu'on lui ferait regretter de ne pas l'avoir suivi. Quand elle parvint à la cuisine, elle dut cogner du poing et des pieds à la porte que cet imbécile de coq avait verrouillée de l'intérieur, et, quand il ouvrit enfin, c'est la mine mécontente qu'il l'accueillit. Sans un mot, elle lui tendit la marmite en s'efforçant de ne pas laisser ses yeux se porter avec envie sur le feu qui brûlait dans sa boîte derrière l'homme. Si on avait les faveurs du cuisinier, on pouvait rester assez longtemps pour se réchauffer, et, quand on était vraiment privilégié, on était même autorisé à suspendre une chemise ou un pantalon dans la coquerie, où ils séchaient pour de bon. Althéa, elle, n'était dans aucun de ces cas, et le cuisinier lui fit signe de prendre la porte dès qu'elle eut déposé la marmite.

Au retour, elle fut victime de sa mauvaise estimation du temps dont elle disposait, et elle en fit ultérieurement le reproche au cuisinier qui l'avait trop promptement jetée hors de sa cambuse. Elle s'élança pour faire le trajet d'une seule traite, mais à cet instant le navire parut plonger droit dans le flanc d'une montagne d'eau. Éperdue, elle sentit ses doigts frôler le cordage vers lequel elle s'était précipitée mais elle ne put assurer sa prise ; la déferlante lui fit perdre pied et traverser le pont sur le ventre. Elle se débattit violemment en essayant de s'agripper aux planches du bout des ongles, mais l'eau qui pénétrait dans sa bouche et dans son nez l'aveuglait et l'empêchait d'appeler à l'aide. Une éternité plus tard, sa tête heurta brutalement le bastingage à l'oblique ; le choc lui obscurcit momentanément l'esprit et faillit lui arracher l'oreille, et, l'espace d'un instant, par pur réflexe, elle ne put que se raccrocher des deux mains à la lisse, à plat ventre sur le pont inondé. Autour d'elle, l'eau se ruait par-dessus bord. Althéa se maintint agrippée, sentant les vagues passer en trombe sur elle mais incapable de lever la tête assez haut pour reprendre son souffle ; elle savait cependant que, si elle attendait que l'eau se fût complètement écoulée pour se remettre debout, la déferlante suivante s'abattrait sur elle. Si elle ne parvenait pas à se redresser tout de suite, elle ne se relèverait plus jamais. Elle tenta de prendre appui sur le pont mais ses jambes étaient comme du coton.

Une main la saisit par le col de sa chemise et la hissa ; elle se retrouva à genoux, hoquetante. « Tu bouches les dalots ! » s'exclama une voix furieuse. La main la tenait toujours par le col et elle pendait, inerte, comme un chaton noyé. Enfin, elle sentait de l'air sur son visage, un vent mêlé de pluie, mais avant de pouvoir reprendre sa respiration, elle dut recracher l'eau qui avait pénétré dans sa bouche et ses narines. « Accroche-toi ! » cria l'homme ; elle lui entoura aussitôt les mollets des bras et des jambes, puis parvint à inspirer une goulée d'air gargouillante avant que la vague ne les frappe tous deux.

Elle sentit l'homme vaciller sous l'impact et se dit qu'ils allaient sûrement se faire emporter tous les deux, mais l'instant suivant, alors que l'eau se retirait, il lui appliqua une taloche sur la tête qui la força à relâcher sa prise sur lui, puis le pont se mit à se déplacer sous elle : l'homme la traînait derrière lui, l'ayant saisie d'une seule poigne par le col et la queue-de-cheval. Arrivé au pied d'un mât, il se mit à grimper en forçant Althéa à l'imiter ; dès qu'elle sentit sous ses pieds et ses mains le cordage familier, elle s'y accrocha et s'y hissa de son propre chef, et la déferlante suivante passa sous elle sans la toucher. Prise de haut-le-cœur, elle vomit toute l'eau de mer qu'elle avait ingurgitée, puis elle se moucha dans ses doigts qu'elle agita ensuite sous la pluie pour les nettoyer. Enfin, elle prit une profonde inspiration et dit à son sauveur : « Merci.

— Espèce de petit crétin de rat d'entrepont ! On a bien failli crever tous les deux à cause de toi ! » Dans la voix de l'homme, la colère le disputait à la peur.

« Je sais. Je m'excuse. » Sa réponse fut tout juste audible dans le vacarme de la tempête.

« Tu t'excuses ? Tu vas voir comment je vais t'excuser, moi ! Je vais te botter le cul jusqu'à ce que tu pisses le sang par le nez ! »

Il leva le poing et Althéa se raidit dans l'attente du

coup. Elle le savait, d'après les critères du bord, elle l'avait mérité. Mais, le choc ne venant pas, elle finit par rouvrir les yeux.

Dans la pénombre, Brashen la dévisageait. Il paraissait encore plus suffoqué que quand il l'avait tirée de l'eau. « Par tous les démons ! Je ne vous avais même pas reconnue ! »

Elle eut un petit mouvement qui aurait pu être un haussement d'épaules, et elle détourna le regard.

Une vague passa sur le navire qui entama lourdement une nouvelle ascension.

« Eh bien, comment allez-vous ? » Brashen avait baissé le ton, comme s'il craignait qu'on surprît leur conversation. Il était en dessous de la condition d'un lieutenant de bavarder à bâtons rompus avec un mousse et, depuis qu'il avait découvert la présence d'Althéa sur le navire, il avait évité tout contact avec elle.

« Comme vous pouvez vous en rendre compte », répondit-elle à mi-voix. Elle se sentait humiliée, et elle en voulut soudain à Brashen, non à cause d'un geste de sa part, mais parce qu'il la voyait ainsi, réduite à un personnage qui était moins que la poussière sous ses semelles. « Je me débrouille, je survis.

— Je vous aiderais si j'en avais les moyens. » Il paraissait en colère contre elle. « Mais vous savez que c'est impossible. Si je manifeste le moindre intérêt envers vous, ça éveillera des soupçons. J'ai déjà dit clairement à plusieurs membres d'équipage que je n'avais aucune attirance pour... les autres hommes. » Il s'exprimait soudain d'un ton gêné, et une partie de l'esprit d'Althéa savoura l'ironie de la situation : accroché au gréement d'un sabot au milieu d'une tempête, après s'être apprêté à lui botter les fesses, Brashen n'arrivait pas à lui parler de sexualité par peur d'offenser sa dignité ! « Sur un bateau comme celui-ci, on ne verrait qu'une seule façon d'interpréter le moindre signe de gentillesse de ma part envers vous ; alors, quelqu'un d'autre se mettrait à avoir envie de vous, et, une fois qu'on aurait découvert que vous êtes une femme... »

Althéa l'interrompit.

« Inutile de m'expliquer ce qui se passerait ; je ne suis pas idiote ! » Ignorait-il qu'elle aussi vivait à bord de ce rafiot plein de rebuts d'humanité ?

« Ah non ? Alors que faites-vous sur ce navire ? » Et, sur cette question mordante, il se laissa tomber sur le pont. Agile comme un chat, vif comme un singe, il gagna rapidement la proue du bateau en laissant Althéa le regarder s'éloigner, toujours agrippée au gréement.

« La même chose que vous », répondit-elle hargneusement, quoique tardivement, sans se soucier qu'il ne l'entendît plus. Lorsque le pont fut à nouveau temporairement dégagé, elle suivit l'exemple de Brashen, mais avec une grâce et un savoir-faire considérablement moindres ; quelques instants plus tard, elle se trouvait sous le pont et entendait la ruée de l'eau tout autour d'elle. Le *Moissonneur* se déplaçait sur les vagues comme une barrique. Althéa poussa un grand soupir et, une fois de plus, secoua la tête et les bras pour en faire tomber les gouttes qui les couvraient ; elle essora sa queue-de-cheval et agita ses pieds mouillés comme un chat avant de se rendre dans son coin. Sur sa peau, ses vêtements étaient trempés, et elle tremblait de froid ; elle les changea rapidement contre d'autres qui n'étaient qu'humides, puis les tordit pour en exprimer l'excès d'eau, les déplia, pendit sa chemise et son pantalon à une cheville et tira sa couverture de sa cachette. Elle aussi était humide et elle sentait le moisi, mais c'était de la laine : humide ou non, elle retiendrait la chaleur du corps d'Althéa – la seule dont elle disposât. Elle s'enroula dans la couverture, puis se coucha en chien de fusil dans le noir. Au temps pour la gentillesse de Reller : à cause de lui, elle s'était à moitié noyée et avait perdu une demi-heure de sommeil. Elle ferma les yeux et se prépara à s'endormir.

Mais le sommeil la trahit. Elle avait beau être épuisée, l'inconscience refusait de s'emparer d'elle. Elle essaya de se détendre mais ne parvint pas à se rappeler comment relâcher les muscles de son front plissé. C'était à cause de son entretien avec Brashen, se dit-elle, qui lui avait remis toute sa situation en mémoire. Des jours s'écoulaient souvent sans qu'elle aperçoive le lieutenant ; ils n'étaient pas du même quart, leurs vies et leurs tâches se croisaient rarement. Quand rien ne venait lui rappeler son existence précédente, Althéa pouvait simplement vivre au jour le jour et faire son travail pour assurer sa survie ; elle pouvait concentrer son attention à n'être que le mousse du navire sans voir plus loin que le quart suivant.

Le visage de Brashen, ses yeux, étaient le plus cruel des miroirs : il avait pitié d'elle. Il était incapable de la regarder sans trahir par son expression l'horreur que lui inspirait ce qu'elle était devenue et, pire encore, ce qu'elle n'avait jamais été. Le plus affreux, peut-être, était de le voir reconnaître, comme Althéa elle-même, que Kyle avait eu raison : elle avait effectivement été l'enfant gâtée de son père et n'avait jamais rien fait d'autre que jouer au marin. Honteuse, elle se rappelait encore l'orgueil qu'elle tirait de la rapidité avec laquelle elle parcourait le gréement de la *Vivacia* ; mais elle n'y montait en général que par beau temps et, quand les tâches qu'elle y accomplissait la fatiguaient ou l'ennuyaient, elle pouvait toujours descendre sur le pont à la recherche d'une activité plus amusante ; une heure ou deux passées à épisser un cordage ou à recoudre une voile n'avaient aucune commune mesure avec six heures de travail frénétique sur une toile déchirée qu'il fallait réparer le plus vite possible. Qu'aurait dit sa mère, qui se chagrinait déjà de ses mains rêches et calleuses, en voyant ses paumes désormais aussi dures et cornées que la plante de ses pieds, elle-même noire de crasse et craquelée de gerçures !

C'était le pire aspect de son existence : n'être qu'un marin passable. Elle avait beau s'endurcir, elle n'était pas aussi forte que les gaillards du navire. Elle s'était fait passer pour un garçon de quatorze ans pour obtenir son poste à bord du *Moissonneur*, mais, même si elle avait souhaité demeurer sur ce sabot-abattoir, on aurait fini par s'apercevoir au bout d'un an ou deux qu'elle ne grandissait pas et qu'elle ne gagnait pas en force, et on ne l'aurait pas gardée. Elle se serait retrouvée dans un port à l'étranger sans aucune perspective d'avenir.

Elle ouvrit les yeux dans l'obscurité. À la fin du voyage, elle avait eu l'intention de demander son brevet de marin, qu'elle obtiendrait sans doute ; mais serait-ce suffisant ? Oh, bien sûr, elle aurait ainsi l'aval d'un capitaine et elle pourrait peut-être s'en servir pour obliger Kyle à tenir le serment qu'il avait prononcé sans réfléchir ; mais elle craignait qu'il ne s'agît là que d'une victoire sans substance. Ce qu'elle désirait à l'origine, ce n'était pas un morceau de cuir estampé qui témoignerait qu'elle avait survécu au voyage ; elle voulait faire valoir ses aptitudes, prouver à tous et pas seulement à Kyle qu'elle était douée pour la vie qu'elle avait choisie, qu'elle était un bon capitaine, et par conséquent un marin compétent. Aujourd'hui, lors des rares fois où elle y songeait, elle avait l'impression d'avoir démontré le contraire ; son aventure, qui lui avait paru audacieuse et intrépide quand elle l'avait commencée à Terrilville, lui semblait désormais puérile et sotte.

Elle s'était précipitée vers la mer, habillée en garçon, et avait accepté le premier poste qu'on lui avait offert. Pourquoi ? Pourquoi ne s'était-elle pas présentée à une autre vivenef et n'avait-elle pas demandé à y être embarquée comme matelot ? L'aurait-on refusée ainsi que l'avait prédit Brashen ? Ou bien pourrait-elle, en cet instant même, être en train de dormir à bord d'un marchand traversant le Passage Intérieur, assurée d'un salaire et d'une recommandation à la fin de son voyage ? Pourquoi lui avait-il paru si important de se faire engager de façon anonyme, de prouver sa valeur sans compter sur son nom ni sur la réputation de son père ? Cette perspective l'avait enthousiasmée pendant les longues soirées d'été qu'elle avait passées, assise en tailleur, dans l'arrière-salle du magasin d'Ambre à recoudre ses pantalons de marin ; aujourd'hui, ce point de vue lui semblait tout simplement infantile.

Car Ambre l'avait aidée. Sans elle, sans ses travaux de couture et ses repas qu'elle avait volontiers partagés avec Althéa, la jeune fille ne serait arrivée à rien. La soudaine amitié d'Ambre avait toujours laissé Althéa perplexe, mais elle se demandait à présent si cette femme n'avait pas eu pour but de la propulser dans le danger. Lentement, sa main remonta pour caresser l'Œuf de Serpent, la perle qu'elle portait accrochée à une lanière de cuir autour du cou. Son contact lui réchauffa presque le bout des doigts et elle secoua la tête. Non : Ambre était son amie, une des rares qu'elle avait ; elle l'avait hébergée pendant le plein été et lui avait prêté la main pour couper et coudre ses vêtements de garçon. Mieux encore : Ambre elle-même avait enfilé des habits masculins et appris à la jeune fille à se mouvoir, à marcher et à se tenir assise comme un homme. Elle avait été comédienne dans une petite troupe de théâtre, avait-elle expliqué, dans laquelle elle avait tenu de nombreux rôles des deux sexes.

« Poussez votre voix d'ici, lui avait-elle dit en tapant du doigt l'abdomen d'Althéa, juste sous les côtes. Du moins si vous devez absolument parler ; mais abstenez-vous-en le plus possible. Vous aurez ainsi moins de chances de vous trahir et vous serez plus facilement acceptée. Quelqu'un qui sait écouter est une rareté ; si on vous croit de cette espèce, on vous passera tous vos autres défauts. » Ambre lui avait aussi montré comment aplatir sa poitrine de telle façon que le bandage ressemble à un vêtement porté sous la chemise ; elle lui avait appris comment utiliser des chaussettes de couleur foncée comme tissu pour ses règles. « Des chaussettes sales, ça s'explique toujours, avait-elle dit. Cultivez une personnalité méticuleuse ; faites votre lessive deux fois plus que les autres et, au bout d'un moment, personne n'y prêtera plus attention. Astreignez-vous aussi à dormir moins, car vous devrez vous lever avant tout le monde ou vous coucher plus tard afin de préserver le secret de votre anatomie. Et voici mon avertissement le plus important : ne confiez ce secret à personne ; un homme serait incapable de le garder. Si un seul à bord apprend que vous êtes une femme, tous le sauront bientôt. »

C'était l'unique domaine où Ambre s'était peut-être trompée, car Brashen savait qu'Althéa était une femme et il ne l'avait pas trahie. Du moins, pas jusque-là. Une pensée ironique vint soudain à la jeune fille et elle eut un sourire amer. *À ma façon, j'ai suivi votre conseil, Brashen : je me suis débrouillée pour renaître dans la peau d'un garçon, un garçon qui ne s'appelle pas Vestrit.*

*
**

Brashen, étendu sur sa couchette, contemplait la paroi en face de lui ; la distance qui l'en séparait n'était pas grande. Il fut un temps, songea-t-il lugubrement, où je n'aurais même pas voulu de cette cabine pour y ranger mes vêtements. À présent, il se rendait compte du luxe qu'un espace privé, même aussi réduit, pouvait représenter. Certes, il n'avait guère de place pour se retourner, mais il disposait d'une couchette personnelle et nul autre que lui n'y dormait ; il y avait des patères pour ses habits et un coin dans lequel son coffre de marin entrait tout juste. Sur la couchette, il pouvait se coller contre le rebord qui le coinçait et dormir presque sans risque lorsqu'il n'était pas de quart. Les cabines du capitaine et du second étaient nettement plus vastes et mieux équipées, même sur un tel rafiot, mais, d'un autre côté, à bord de bien d'autres navires, le lieutenant n'était pas mieux loti que l'équipage. Aussi Brashen appréciait-il ce petit recoin de tranquillité, même s'il n'y avait accédé qu'à la suite de la mort de trois hommes.

Il s'était embarqué comme simple matelot et avait passé la première partie du voyage à gronder et à jouer des coudes dans le gaillard d'avant en compagnie de ses camarades de quart. Très tôt, il s'était rendu compte qu'il avait non seulement plus d'expérience mais aussi plus de volonté pour faire bien son travail que le reste de ses compagnons. Le *Moissonneur* était un navire-abattoir de Chandelle, loin dans le sud, à la frontière nord de Jamaillia ; lorsqu'il avait quitté le port plusieurs mois plus tôt, au printemps, son équipage était surtout composé de conscrits ; une poignée de marins professionnels en formaient l'épine dorsale et avaient pour charge de faire des nouveaux des matelots, à coups de trique. Parmi les conscrits, certains se trouvaient là pour dettes, enrôlés de force par leurs créanciers qui vendaient leur travail afin de récupérer l'argent prêté ; d'autres étaient de simples criminels achetés dans les prisons du Gouverneur. Les voleurs, à la tire ou non, avaient rapidement cessé leurs activités à bord, ou bien ils étaient morts : la promiscuité sur un navire-abattoir n'encourageait pas à la tolérance envers ce genre de délit. En résumé, l'équipage ne travaillait pas de bon gré, et ses membres avaient peu de chances de survivre aux rigueurs du voyage.

Le temps que le *Moissonneur* arrive à Terrilville, il avait perdu un tiers de ses hommes, que ce soit à cause des maladies, des accidents ou de la violence qui régnait à son bord. Les deux tiers restants avaient envie de vivre ; ils avaient appris à manœuvrer un navire, à pourchasser les lentes tortues et les baleines dites « noires » des îlots et des lagons de la côte méridionale. Leur savoir-faire n'avait naturellement rien à voir avec la technique des chasseurs et des dépeceurs professionnels qui jouissaient à bord du luxe relatif d'une salle commune au sec et de jours entiers d'oisiveté : la dizaine qu'ils étaient ne touchaient jamais à un cordage et ne participaient à aucun quart ; ils se tournaient les pouces en attendant l'heure du massacre et du sang. Alors, ils travaillaient avec fureur et restaient parfois plusieurs jours sans dormir tant que la moisson était bonne. Mais ils n'étaient pas marins et ils ne faisaient pas partie de l'équipage ; ils ne risquaient pas de perdre la vie, sauf si le bateau sombrait ou si une de leurs proies se retournait contre eux.

Le bateau avait suivi la route du Nord par l'extérieur des Îles des Pirates sans cesser de chasser, de massacrer et de fondre la graisse de ses victimes. À Terrilville, le *Moissonneur* avait fait relâche pour se ravitailler en eau et en vivres, et effectuer les réparations qu'il avait les moyens de payer. Le second avait aussi activement recruté de nouveaux hommes en prévision du voyage dans les Îles Mortes ; son bâtiment était presque le seul à embaucher dans le port.

Les tempêtes qui sévissaient entre Terrilville et les Mortes-Terres étaient aussi célèbres que la multitude de mammifères marins qui s'ébattaient dans ces eaux, juste avant la migration d'hiver. Ils étaient alors bien gras de leur pacage estival et la fourrure luisante des jeunes était de la bonne taille pour le dépeçage, sans être encore marquée par les cicatrices des combats pour la reproduction ou la nourriture. De telles prises valaient de braver les tempêtes d'automne pour récupérer des fourrures douces, d'épaisses couches de graisse et, en dessous, une chair maigre, d'un rouge sombre, dont le goût évoquait à la fois la mer et la terre. Les barils de sel qui emplissaient la cale au départ de Chandelle seraient bientôt pleins de tranches salées de cette viande si recherchée ; les barriques déborderaient d'huile clarifiée alors que les peaux grattées seraient elles aussi salées, puis roulées serré en attendant d'être tannées.

Ce serait une cargaison assez profitable pour faire danser de joie les propriétaires du *Moissonneur*, tandis que les conscrits qui auraient survécu jusqu'à Chandelle sortiraient libres de leur épreuve ; les chasseurs et les dépeceurs prendraient leur pourcentage sur la recette totale et commenceraient à lancer les enchères sur leurs services pour la saison suivante, enchères fondées sur leurs récents résultats ; quant aux vrais marins qui avaient manœuvré le navire sur tout le trajet et l'avaient ramené à bon port, ils descendraient à quai les poches pleines de pièces sonnantes et trébuchantes, en quantité suffisante pour leur permettre de boire et de s'offrir des femmes jusqu'au moment où il serait temps de reprendre la route des Mortes-Terres.

C'était la belle vie, se disait Brashen avec un sourire forcé. Il s'était trouvé une bonne place, et cela ne lui avait guère coûté : il n'avait eu qu'à obéir promptement aux ordres pour se faire remarquer du second, puis du capitaine ; il avait été aidé dans son ascension par la tempête qui avait emporté deux hommes et estropié un troisième, ceux qui constituaient les meilleurs candidats à la fonction de lieutenant.

Ce n'était pourtant pas le remords d'avoir dû passer sur des cadavres pour obtenir son poste et les responsabilités qu'il comportait qui le tourmentait ce soir-là. Non, c'était la pensée d'Althéa Vestrit, la fille de son bienfaiteur, roulée en boule, misérable, dans la cale, au milieu de la lie qui y habitait. « Je n'y peux rien. » Il avait prononcé la phrase tout haut, comme si, en la confiant à l'air, il pouvait apaiser sa conscience. Il n'avait pas vu Althéa monter à bord à Terrilville, et, dans le cas contraire, il aurait eu du mal à la reconnaître : elle avait pris de façon convaincante l'apparence d'un jeune mousse, il devait lui rendre cette justice.

La première fois qu'il avait eu le soupçon de sa présence à bord, ce n'avait pas été en la voyant : il avait aperçu le « mousse » à plusieurs reprises sans se rendre compte de rien ; son déguisement était parfait, avec son bonnet plat rabattu sur son front et ses vêtements de garçon. Mais, le jour où il avait repéré un cordage fixé à un crochet par un double nœud de croc au lieu d'un nœud de cabestan, il avait tiqué ; ce n'était pas un système d'attache très rare, mais le nœud de cabestan était le plus couramment employé, alors que le capitaine Vestrit avait toujours préféré le croc. Brashen n'y avait guère accordé d'attention à l'époque ; cependant, le lendemain dans la journée, au moment où il sortait sur le pont avant son quart, il avait entendu un sifflement familier dans le gréement ; il avait levé les yeux et il l'avait vue agiter le bras en essayant d'attirer l'attention de la vigie pour lui transmettre un message ; il l'avait aussitôt reconnue. « Tiens, Althéa ! » s'était-il dit calmement, puis il avait sursauté un instant plus tard en prenant conscience de la situation. Incrédule, il l'avait regardée, bouche bée : pas d'erreur, c'était bien elle ; on ne pouvait se tromper sur sa façon de courir sur les bordures de voile. Elle avait jeté un coup d'œil vers lui et, à sa façon de détourner vivement le visage, il comprit qu'elle attendait ce moment depuis longtemps tout en le redoutant.

Il avait inventé un prétexte pour demeurer au pied du mât jusqu'à ce qu'elle en redescende, mais elle était passée devant lui, à moins d'une longueur de bras, en lui adressant seulement un regard implorant. Il avait serré les dents sans rien dire et ne lui avait pas parlé jusqu'à ce soir. Une fois qu'il l'avait reconnue, il avait vécu dans les affres d'une certitude : elle ne survivrait pas au voyage. Jour après jour, il s'était attendu à ce qu'elle trahisse sa condition de femme ou à ce qu'elle commette une erreur minime qui permettrait à la mer de l'emporter ; ce n'était qu'une question de temps. Le mieux qu'il avait pu espérer pour elle était une mort rapide.

Il semblait à présent que tel ne devait pas être le cas, et Brashen s'autorisa un petit sourire caustique. Cette fille savait se débrouiller. Naturellement, elle n'avait pas les muscles nécessaires pour accomplir les corvées qu'on lui confiait – du moins pas aussi vite que le désirait le second. Brashen réfléchit : le problème ne venait pas de son manque de force ou de carrure ; elle était capable en réalité de bien exécuter ses tâches, mais elle ne pouvait pas rivaliser avec les hommes aux côtés desquels elle travaillait. Quelques pouces d'envergure en plus, quatre ou cinq livres à rajouter quand il fallait manœuvrer un palan pouvaient faire toute la différence. Elle était comme un cheval attelé avec un bœuf : elle n'était pas incapable de travailler, elle était seulement mal appariée.

En outre, elle était passée d'une vivenef à un bateau en simple bois – la vivenef de sa famille, en plus ! S'était-elle seulement doutée que se mesurer à du bois mort pouvait être tellement plus difficile que piloter un navire qui se prêtait à la manœuvre ? Même si la *Vivacia* ne s'était pas éveillée alors qu'il se trouvait encore à son bord, Brashen avait senti une conscience sous-jacente dès la première fois où il avait touché un de ses cordages. La *Vivacia* était loin de se diriger seule, mais il avait toujours semblé à Brashen que les incidents stupides qui se produisent souvent à bord des autres navires n'arrivaient jamais sur elle. Sur un rafiot comme le *Moissonneur*, le travail était toujours à tiroirs : une tâche simple comme remplacer un gond devenait un labeur éprouvant une fois qu'on s'était rendu compte que le gond défectueux avait été fixé sur un montant à demi pourri et désaligné. Rien, songea-t-il avec un soupir, rien n'était aisé à bord du *Moissonneur.*

Comme en réponse à ses réflexions, on frappa sèchement à sa porte. Ce n'était pas l'heure de son quart, par conséquent c'était qu'il y avait un ennui. « J'arrive ! » répondit-il. En un clin d'œil, il quitta sa couchette et ouvrit la porte. Mais celui qui se tenait là n'était pas le second venu lui confier des tâches supplémentaires à cause de la tempête : c'était Reller, qui entra d'un air hésitant. Ses cheveux et son visage dégoulinaient encore.

« Eh bien ? » demanda Brashen d'un ton peu engageant.

Un pli vertical barra le front large de l'homme. « J'ai mal à l'épaule », répondit-il.

Les devoirs de Brashen comprenaient le soin de la pharmacie du bord. Au début du voyage, il y avait un médecin sur le navire, lui avait-on dit, mais il était tombé à la mer au cours d'un coup de tabac, une nuit. Quand on s'était aperçu que Brashen était en mesure de déchiffrer les pattes-de-mouche des étiquettes sur les bouteilles et les boîtes de médicaments, on lui avait confié la charge de ce qui restait de fournitures médicales. Personnellement, il avait des doutes quant à l'efficacité de beaucoup, mais il les employait selon les instructions des étiquettes.

Il se tourna donc vers la pharmacie qui occupait presque autant de place que son coffre de marin et passa la main sous sa chemise pour prendre la clé accrochée autour de son cou. Il déverrouilla le coffret, en examina un moment le contenu, les sourcils froncés, puis saisit une fiole marron décorée d'une étiquette verte couverte de fioritures. Les yeux plissés, il lut ce qui y était inscrit à la lueur vacillante de la lanterne. « Je crois que je vous ai déjà donné ce produit la dernière fois », dit-il avant de soumettre le flacon à l'inspection de Reller.

Le marin scruta l'objet comme si, à force de les regarder, les lettres lui deviendraient intelligibles. Pour finir, il haussa les épaules. « L'étiquette était verte aussi, fit-il. C'est sans doute la même chose. »

Non sans mal, Brashen extirpa le gros bouchon de l'épais goulot et fit tomber dans le creux de sa main une demi-douzaine de pilules verdâtres ; il songea qu'elles ressemblaient à des déjections de cerf – et il n'aurait été qu'à moitié surpris d'apprendre que c'en était. Il en refit glisser trois dans le flacon et donna les trois autres à Reller. « Prenez-les toutes. Dites au coq que j'ai donné l'ordre de vous remettre une demi-mesure de rhum pour les faire descendre et de vous permettre de rester au chaud dans la coquerie le temps qu'elles agissent. »

Le visage de l'homme s'illumina aussitôt. Le capitaine Sichel n'était pas généreux avec l'alcool, et ce serait sans doute la première fois que Reller goûterait au rhum du bord depuis leur départ de Terrilville. À la perspective d'un coup à boire et d'un coin chaud où s'asseoir un moment, les traits de l'homme prirent une expression de gratitude. Brashen, pour sa part, nourrissait quelques doutes sur l'efficacité des pilules ; mais il était sûr que le rhum de basse qualité qu'on achetait pour l'équipage aiderait l'homme à dormir en attendant que sa douleur passe.

Comme Reller s'apprêtait à sortir, Brashen fit un effort et posa la question qui lui brûlait les lèvres : « Le petit de mon cousin... celui sur lequel je vous ai demandé de garder l'œil. Comment se débrouille-t-il ? »

L'homme haussa les épaules en faisant rouler les pilules dans sa main gauche. « Oh, il s'en tire bien, lieutenant, très bien. Il a de la bonne volonté. » Il posa la main sur la poignée, visiblement pressé de s'en aller. Le rhum promis l'appelait.

« Ainsi, poursuivit Brashen à sa propre surprise, il connaît son travail et le fait intelligemment ?

— Ah, ça, oui, ça, oui, lieutenant ! C'est un bon petit gars, je vous l'ai dit. Je garderai l'œil sur Athel et je veillerai à ce qu'il ne lui arrive pas de mal.

— Très bien. Très bien. Mon cousin sera fier de lui. » Il hésita. « Attention, je ne veux pas que le petit soit au courant qu'on le surveille. Il ne s'agirait pas qu'il s'imagine avoir droit à un traitement particulier.

— Oui, lieutenant. Non, lieutenant. Bonne nuit, lieutenant. » Et Reller sortit en fermant résolument la porte derrière lui.

Paupières closes, Brashen respira profondément. Il ne pouvait faire davantage pour Althéa que de demander à un homme de confiance comme Reller de veiller sur elle. Il s'assura que le verrou de sa porte était en place, puis referma à clé le coffret aux médicaments. Il remonta à quatre pattes sur sa couchette exiguë et poussa un grand soupir. Impossible de faire mieux pour Althéa. Impossible, vraiment.

Enfin, il parvint à s'endormir.

*
**

Hiémain n'aimait pas monter dans les gréements. Il avait fait de son mieux pour dissimuler le fait à Torg, mais l'homme possédait le flair infaillible des brutes et, une dizaine de fois par jour, il inventait un prétexte pour envoyer le jeune garçon en haut du mât. Quand il s'était aperçu que la répétition émoussait la crainte de Hiémain, il avait compliqué ses tâches en lui donnant des objets à transporter jusqu'au nid-de-pie, que l'enfant devait remonter chercher aussitôt qu'il avait repris contact avec le pont. Selon les derniers ordres de Torg, il devait non seulement grimper dans le gréement, mais aussi se rendre à l'extrémité des espars et y rester suspendu, le cœur au bord des lèvres, jusqu'à ce que le second lui crie de revenir. C'était de la simple brimade, de l'espèce la plus stupide et la plus prévisible qui soit. Hiémain n'en attendait pas moins de Torg ; il avait plus de mal à comprendre que le reste de l'équipage accepte comme normal qu'on le tourmente ainsi : quand ils prêtaient attention aux abjections auxquelles le soumettait Torg, les hommes s'en amusaient, en général, et nul ne s'interposait.

Et pourtant, se disait Hiémain accroché à son espar en regardant le pont, si loin en dessous de lui, le second lui avait en réalité rendu service. Le vent le giflait et gonflait la toile, et la tige à laquelle il était agrippé chantait sous la tension. La hauteur du mât exagérait les mouvements du navire sur les vagues et transformait le moindre roulis en un vaste arc de cercle. Hiémain n'appréciait toujours pas de se trouver si haut, mais il ne pouvait nier en ressentir une certaine exaltation qui n'avait rien à voir avec le plaisir : il avait affronté un défi et vaincu l'obstacle. De lui-même, il n'aurait jamais cherché à prendre sa propre mesure de cette façon. Il plissa les yeux face au vent qui lui hurlait aux oreilles, et, l'espace d'un instant, joua avec l'idée que peut-être sa place était là, sur un navire, que tout au fond du prêtre battait peut-être le cœur d'un marin.

Un petit bruit inattendu attira son attention : une vibration métallique. Une garniture était-elle en train de céder ? Son cœur se mit à battre un peu plus vite, et il entreprit de suivre lentement la ralingue pour déterminer la source du bruit. Le vent moqueur le lui apportait puis l'emportait brusquement. Hiémain l'entendit à plusieurs reprises avant de remarquer des variations de ton et de rythme dans ce son qui défiait la course du vent. Arrivé au nid-de-pie, il s'accrocha au rebord.

À l'intérieur se trouvait Clément. Le jeune matelot s'était trouvé une position confortable, accroupi, le dos appuyé à la paroi ; ses yeux n'étaient que des fentes et il tenait une petite harpe de bouche contre sa joue. Il en jouait d'une seule main, à la façon des marins, en se servant de sa bouche comme caisse de résonance tandis que ses doigts dansaient sur les lamelles de métal qui constituaient les cordes de l'instrument. Ses oreilles n'écoutaient que sa musique tandis que son regard surveillait l'horizon.

Hiémain crut que Clément avait conscience de sa présence jusqu'au moment où le jeune garçon lui jeta un brusque coup d'œil. Ses doigts se figèrent. « Qu'est-ce qu'il y a ? demanda-t-il en gardant l'instrument contre sa joue.

— Rien. Tu es de quart ?

— Si on veut. Il n'y a pas grand-chose à guetter.

— Des pirates, peut-être ? » fit Hiémain.

Clément eut un grognement de mépris. « Ils n'embêtent pas les vivenefs, d'habitude. Ah, bien sûr, j'ai entendu des rumeurs là d'où on vient, en Chalcède, comme quoi une ou deux s'étaient fait pourchasser, mais en général ils nous fichent la paix : la plupart des vivenefs sont capables de distancer n'importe quel bateau en bois, à moins qu'elles n'aient un équipage avec un très mauvais esprit. Et puis les pirates savent que, même s'ils rattrapent une vivenef, ils vont avoir droit au combat de leur vie ; et, même s'ils gagnent, qu'est-ce qu'ils ont obtenu ? Un bateau qui refuse de naviguer pour eux. Tiens, tu crois que Vivacia accepterait à son bord des étrangers qui voudraient la diriger ? Ça m'étonnerait !

— Moi aussi », dit Hiémain. Il était agréablement surpris, à la fois par l'affection et l'orgueil évidents que Clément éprouvait pour le navire et par le fait qu'il consente à bavarder avec lui. Clément paraissait flatté de l'attention captivée de son compagnon. « Pour moi, les pirates sont en train de nous rendre un fier service. »

Hiémain mordit complaisamment à l'hameçon. « Comment ça ?

— Eh bien... comment t'expliquer ? Tu n'es pas descendu à terre en Chalcède, hein ? À ce qu'on nous a dit là-bas, certains pirates se sont mis d'un seul coup à traquer les transports d'esclaves ; ils en ont pris au moins un, et la rumeur parle d'autres qui auraient été menacés. Bon, c'est la fin de l'automne, mais au printemps Chalcède a besoin d'un gros paquet d'esclaves pour les semailles et les plantations ; si les pirates éliminent les transports habituels, le temps qu'on arrive en Chalcède avec une cargaison de premier choix, on n'aura plus qu'à fixer nous-mêmes nos prix. On tirera tellement de notre fret qu'on pourra sans doute rentrer directement à Terrilville ! »

Avec un sourire radieux, Clément hocha la tête comme si le mérite du bon prix que Kyle obtiendrait de ses esclaves allait en partie rejaillir sur lui. Il ne faisait sans doute que répéter les discours des anciens de l'équipage. Sans rien dire, Hiémain contempla l'horizon par-delà la mer houleuse ; il se sentait une profonde envie de vomir qui n'avait rien à voir avec le mal de mer. Chaque fois qu'il pensait à Jamaillia et au fait que son père allait bel et bien y acheter des esclaves, une tristesse effrayante montait en lui, comme s'il éprouvait les remords et la douleur d'un événement honteux avant qu'il ait eu lieu. Au bout d'un moment, Clément reprit son bavardage.

« Alors, comme ça, Torg t'a obligé à monter une fois de plus ?

— Eh oui ! » À sa propre surprise, Hiémain s'étira, puis s'adossa avec insouciance au bord du nid-de-pie. « Ça ne me gêne plus autant qu'avant.

— C'est ce que je vois. C'est bien à ça que ça sert. » Hiémain leva les sourcils, étonné, et Clément lui répondit par un sourire entendu. « Ah, tu croyais que c'était une torture qui t'était réservée ? Non. Torg aime bien te faire endêver, mais, par les couilles de Sa, il aime faire enrager tout le monde – s'il est sûr que ça ne lui retombe pas sur le nez. Mais faire cavaler le mousse du haut en bas du mât est une tradition. Quand je suis arrivé à bord, j'étais révolté ; c'était

Brashen le second, à l'époque, et je le considérais comme le fils d'une truie : le jour où il s'était rendu compte que j'avais la trouille de monter ici, il avait ordonné que tous mes repas y soient servis. "Si tu veux manger, va chercher ta ration", qu'il me disait, et j'étais obligé de grimper au mât et de tâtonner à quatre pattes jusqu'à ce que je trouve le seau qui contenait mon repas. Ce que je pouvais le détester ! J'avais tellement peur et je montais si lentement que tout était déjà froid quand j'arrivais, et la moitié du temps il avait plu dedans ! Mais, comme toi, j'ai appris à ne plus y faire attention au bout d'un moment. »

Hiémain se tut, songeur. Les doigts de Clément reprirent leur danse sur les cordes, jouant un petit air entraînant. « Ainsi, Torg ne me déteste pas ? Il s'agit simplement d'une forme d'entraînement ? »

Clément cessa de jouer avec un air amusé. « Oh, non ! Torg te déteste, ne t'inquiète pas ; il déteste tous ceux qu'il croit plus intelligents que lui, c'est-à-dire la plupart des hommes à bord. Mais il connaît aussi son boulot, et il sait que, s'il veut le conserver, il doit faire de toi un marin. Alors il t'apprend. Il le fait de la façon la plus dure et la plus désagréable possible, mais il t'apprend.

— Si c'est quelqu'un d'aussi odieux, pourquoi mon... le capitaine le garde-t-il comme lieutenant ? »

Clément haussa les épaules. « Demande à ton papa ! » jeta-t-il cruellement. Puis il eut un sourire complice, qui transforma presque sa réponse en plaisanterie. « Il paraît que Torg est avec lui depuis un bon moment, et qu'il était là pendant un voyage qui s'est très mal passé sur le navire où ils étaient. Alors, quand le capitaine a pris le commandement de la *Vivacia*, il a amené Torg avec lui. Le lieutenant ne trouvait peut-être d'embauche nulle part et ton père se sentait une espèce d'obligation envers lui. Ou bien Torg a un joli petit cul bien serré. »

Hiémain en resta bouche bée. Mais Clément avait retrouvé son sourire complice. « Hé, c'est pour rigoler ! Pas étonnant que tout le monde adore te taquiner : comme cible, on ne fait pas mieux !

— Mais c'est de mon père qu'il s'agit ! protesta Hiémain.

— Non, m'sieur, pas quand tu sers à bord de son bateau ; à ce moment-là, c'est ton capitaine et rien d'autre. Et ce n'est pas un mauvais commandant ; il n'est pas aussi bon qu'Ephron, et certains d'entre nous pensent toujours que c'est Brashen qui aurait dû prendre la suite quand le cap'taine Vestrit a raccroché. Mais celui-ci n'est pas mauvais.

— Alors pourquoi dire... ce que tu as dit sur lui ? » Hiémain n'y comprenait plus rien.

« Parce que c'est le capitaine, expliqua Clément d'un ton patient. C'est une tradition chez les marins, même si on respecte son commandant, parce qu'on sait qu'il peut te caguer dessus quand l'envie lui en prend. Tu veux savoir un truc ? Quand on a appris que le cap'taine Vestrit rendait sa veste et qu'il mettait quelqu'un à sa place, tu sais ce qu'a fait Confret ?

— Non, quoi ?

— Il est allé dans la coquerie prendre la chope à café du capitaine et il a passé sa queue bien partout à l'intérieur ! » Les yeux gris de Clément rayonnaient de ravissement ; il attendait avec impatience la réaction de Hiémain.

« Tu te moques encore de moi ! » Malgré lui, il sentit un sourire horrifié apparaître sur ses lèvres. C'était dégoûtant et dégradant ! C'était trop indigne pour être vrai ! Qu'un homme traite ainsi un autre homme qu'il ne connaissait même pas, simplement parce que ce nouveau venu allait détenir l'autorité... c'était incroyable ! Et pourtant... pourtant... c'était comique ! À cet instant, Hiémain eut un éclair de compréhension : jouer un tel tour à quelqu'un qu'on connaît serait cruel et pervers ; mais infliger cela à un capitaine anonyme, pouvoir regarder un homme qui avait pouvoir de vie et de mort sur soi et l'imaginer en train de boire du café au goût de... Il détourna le regard de Clément en percevant, incrédule, le sourire de connivence qui s'élargissait sur ses propres lèvres. Confret avait fait ça à son père !

« C'est normal que l'équipage fasse deux-trois trucs comme ça au cap'taine et au second ; il ne faudrait tout de même pas qu'ils se prennent pour des dieux et nous pour de la merde.

— Dans ce cas... tu crois qu'ils sont au courant de ce genre de pratique ? »

Clément sourit largement. « Si tu restes assez longtemps dans la marine, tu finis par l'apprendre. » Il joua quelques notes sur son instrument, puis haussa ostensiblement les épaules. « Ils pensent sans doute que ça ne leur arrive jamais, à eux, tout bêtement.

— Donc, personne ne les avertit. » Hiémain avait pensé tout haut pour clarifier sa réflexion

« Bien sûr que non ! Qui irait les prévenir ? » Quelques notes plus tard, Clément cessa brusquement de jouer. « Tu ne nous dénoncerais pas, hein ? Même s'il s'agit de ton père et que... » Il laissa sa phrase en suspens en se rendant compte qu'il en avait peut-être trop dit.

« Non, je ne vous dénoncerais pas », dit Hiémain à sa propre surprise. Et il ajouta malicieusement avec un sourire idiot : « Surtout parce qu'il s'agit de mon père !

— Garçon ? Garçon, ramène tes fesses par ici ! » C'était Torg qui braillait depuis le pont.

Hiémain poussa un soupir. « Je te jure, cet homme a un sens spécial pour savoir quand je ne suis pas malheureux, et il prend alors toujours les mesures nécessaires pour y remédier. »

Il entama la longue descente. Clément se pencha légèrement pour l'observer et lui cria : « Tu fais des phrases trop longues ! Dis simplement qu'il te colle au cul comme une couche de peinture !

— En effet, l'image est aussi bonne, convint Hiémain.

— Grouille-toi, garçon ! » beugla Torg, et le jeune mousse porta toute son attention à la descente du mât.

Beaucoup plus tard, ce soir-là, alors qu'il méditait sur le pardon du jour, il se posa des questions. N'avait-il pas ri d'un acte cruel, n'avait-il pas, par son sourire, été complice de la dégradation d'un être humain ? Que devenait Sa, dans tout cela ? Le remords l'envahit, mais il le repoussa : le sentiment de culpabilité n'avait guère d'intérêt pour un véritable prêtre de Sa et ne faisait qu'obscurcir son jugement ; si un homme se sentait indigne, il devait chercher ce qui le troublait et en éliminer la cause. Souffrir les affres du remords n'indiquait pas qu'on s'était amélioré, mais simplement qu'on se soupçonnait de dissimuler une faute. Étendu dans le noir, immobile, il réfléchit à ce qui l'avait fait rire et pour quelle raison ; et, pour la première fois depuis bien des années, il se demanda si sa conscience n'était pas trop sensible, si elle n'était pas devenue un obstacle entre ses semblables et lui-même. « Ce qui sépare ne relève pas de Sa », se dit-il tout bas ; mais il s'endormit avant de pouvoir retrouver la source de la citation, ou même de savoir si elle provenait d'un texte sacré.

*
**

Les Mortes-Terres apparurent par un matin froid et clair. Le voyage vers le Nord-Est avait fait passer le navire et son équipage de l'automne à l'hiver, d'un temps doux et clair à un brouillard et une bruine perpétuels. Les Mortes-Terres s'étendaient bas sur l'horizon. On ne voyait pas d'îles, seulement des emplacements où les vagues se brisaient soudain en écume blanche et en embruns. Les terres étaient au ras de l'eau, plates, constituées principalement de grèves rocheuses et de plaines de sable qui se hissaient par hasard au-dessus de la ligne de haute marée. Dans les ports, Althéa avait entendu dire qu'on y trouvait une végétation buissonnante et guère plus, et elle n'avait aucune idée de ce qui poussait les ours de mer à s'y rendre pour se battre, s'accoupler et élever leurs petits, d'autant plus que, chaque année à la même époque, les navires-abattoirs venaient chasser et tuer des centaines d'entre eux. Les yeux plissés à cause des embruns salés, elle se demanda quel instinct de mort les ramenait sur ces îles tous les ans malgré leurs souvenirs de sang et de boucherie.

Vers midi, le *Moissonneur* s'approcha sous le vent d'un groupe d'îles et s'aperçut qu'un de ses rivaux s'était déjà installé dans le meilleur mouillage. Le capitaine Sichel se mit à jurer, comme si c'était la faute de ses hommes et de son navire si le *Karlay* était arrivé sur place avant eux. Les ancres furent jetées et les chasseurs tirés de la stupeur de leur inactivité. Althéa avait entendu dire que, quelques jours plus tôt, ils s'étaient disputés entre eux à propos d'un de leurs paris et qu'ils avaient bien failli tuer l'un des leurs qu'ils soupçonnaient de tricher. Cela l'avait laissée indifférente : ils avaient un langage ordurier et des manières déplaisantes chaque fois qu'obéissant à ses devoirs de mousse elle allait les chercher, et elle ne s'était pas étonnée qu'ils se sautent à la gorge dans leurs quartiers exigus à force d'oisiveté. Les torts qu'ils s'infligeaient entre eux ne la regardaient pas.

C'est du moins ce qu'elle croyait. Ce fut une fois le navire bien ancré, alors qu'elle s'attendait à jouir de sa première journée de calme relatif depuis des semaines, qu'elle découvrit brutalement combien c'était faux. Officiellement, elle n'était pas de service ; la plupart des hommes de sa bordée dormaient, mais elle avait décidé de profiter du jour et du temps comparativement calme pour ravauder certains de ses vêtements. Effectuer des travaux minutieux à la lumière d'une lanterne commençait à lui faire mal aux yeux, et l'air avait une odeur de renfermé sous les ponts. Elle s'était trouvé un coin tranquille sous le vent du rouf ; elle était à l'abri des rafales et, par miracle, le soleil brillait malgré le mordant de l'hiver qu'on sentait dans l'air. Elle venait de commencer à découper des carrés de tissu de ses pantalons les plus usés pour rapiécer les autres quand elle entendit le second crier son nom.

« Athel ! rugit-il, et elle se dressa d'un bond.

— Présent, lieutenant ! répondit-elle sans prêter attention à son ouvrage qui avait glissé de ses genoux.

— Pare à te rendre à terre. Tu vas aider les dépeceurs, il leur manque un homme. Et que ça saute !

— Oui, lieutenant. » Elle ne pouvait répondre autre chose, mais l'accablement la saisit. Cependant, elle réagit avec célérité : elle prit son ouvrage et le descendit dans la cale où elle le mit de côté pour l'achever un jour indéterminé, puis elle enfila des chaussettes feutrées et d'épaisses bottes afin de se protéger des rochers couverts de bernacles. Elle enfonça son bonnet de tricot sur ses oreilles et remonta en vitesse sur le pont ; il n'était que temps, car les bossoirs soulevaient déjà les canots. Elle se jeta dans l'une des embarcations et prit place à une rame.

Les marins en firent autant tandis que les chasseurs courbaient le dos sous les rafales et les embruns glacés en échangeant des sourires ravis de plaisir anticipé. Ils tenaient haut, à l'écart de tout contact avec les vagues, leurs arcs favoris, alors que des sacs huilés remplis de flèches roulaient dans l'eau qui clapotait au fond de l'esquif. Althéa s'escrimait sur son aviron en s'efforçant de soutenir l'allure de ses compagnons. Les canots du *Moissonneur* s'approchaient ensemble des grèves rocailleuses des îles, chacun équipé de chasseurs, de dépeceurs et de marins ; Althéa observa presque sans y faire attention que Brashen tirait l'aviron sur une autre embarcation ; c'est donc lui qui commanderait les marins à terre, songea-t-elle. Elle résolut de ne pas se faire remarquer de lui ; de toute façon, elle travaillerait avec les chasseurs et les dépeceurs ; leurs chemins n'avaient donc pas de raison de se croiser. Un instant, elle se demanda quelle tâche on allait lui attribuer, puis écarta cette question de son esprit : c'était une vaine curiosité, puisqu'on le lui apprendrait bientôt.

Tout comme le bâtiment rival s'était emparé du meilleur mouillage, ses chasseurs avaient pris la plus grande île ; or, par tradition, les uns n'empiétaient pas sur le territoire des autres ; l'expérience avait enseigné qu'on n'y gagnait que des morts et des profits moindres pour tout le monde. L'île où Althéa et ses compagnons mirent le pied était donc vierge d'humains. Les plages caillouteuses étaient désertes, en dehors de quelques vieilles ourses de mer qui se reposaient dans les hauts-fonds ; les mâles adultes étaient déjà partis pour entamer la migration qui les ramenait à leur point d'hivernage. Althéa savait que, sur les plaines sableuses de l'intérieur, on trouverait les jeunes femelles et les petits de l'année, demeurés là pour se nourrir des dernières remontes de poisson, se constituer une couche de graisse et prendre des forces avant leur long voyage.

Les chasseurs et les dépeceurs restèrent à bord des canots pendant que les rameurs sautaient dans l'eau peu profonde, saisissaient les plats-bords et tiraient les embarcations à terre. Ils minutèrent l'opération afin de profiter d'une vague pour les aider à franchir les écueils. Althéa gagna la plage en compagnie des autres marins avec la sensation que ses jambes et ses bottes trempées aspiraient en elles le froid de l'air.

Une fois à terre, elle découvrit promptement en quoi consistaient ses devoirs, qui étaient apparemment d'accomplir toutes les tâches dont les chasseurs et les dépeceurs ne voulaient pas. Elle se retrouva bientôt chargée comme un baudet de tous les arcs, flèches, couteaux et pierres à affûter qu'ils avaient apportés en supplément, et, les bras pleins, elle suivit les chasseurs vers l'intérieur des terres. Elle s'étonna qu'ils marchent à si grands pas et parlent si fort entre eux ; elle s'attendait, pour une chasse, à une attitude plus discrète.

Au sommet de la première côte, l'intérieur doucement vallonné de l'île se révéla devant elle. Les ours de mer dormaient, vautrés en groupes sur le sable et parmi les buissons. Comme les hommes franchissaient la colline, les énormes créatures daignèrent à peine remarquer leur présence ; celles qui ouvrirent les yeux observèrent leur approche avec aussi peu d'intérêt que les activités des oiseaux-bousiers qui partageaient leur territoire.

Les chasseurs choisirent leurs positions ; Althéa se vit rapidement déchargée des sacs de flèches qu'elle avait portés jusque-là, et elle se tint à l'écart tandis qu'ils tendaient la corde de leurs arcs et sélectionnaient leurs cibles ; puis la pluie mortelle des flèches s'abattit. Les animaux touchés se mirent à beugler et certains à tourner maladroitement en rond avant de mourir, mais le troupeau ne parut pas faire le rapprochement entre ces morts et les hommes qui se tenaient sur la colline au-dessus de lui. Le massacre se fit posément, les chasseurs choisissant leurs cibles et les tirant aussitôt. Ils visaient de préférence la gorge, là où les flèches à large tête ouvraient largement veines et artères. Le sang coulait à flots. Saigner les animaux à blanc était la méthode recherchée, car elle laissait les fourrures intactes et permettait de récupérer une viande qui n'était pas trop chargée en sang. La mort des créatures n'était ni rapide ni sans douleur. Althéa n'avait pas souvent été témoin de chasses, encore moins de massacres à une telle échelle ; elle était révulsée, mais elle faisait l'effort de rester et de regarder le spectacle comme l'aurait fait, elle en était sûre, un vrai garçon, et elle s'efforçait de ne pas laisser paraître sa répulsion.

Les chasseurs exécutaient leur métier en professionnels : dès qu'ils avaient épuisé leur stock de flèches, ils descendaient arracher celles qui pointaient des cadavres, tandis que les dépeceurs arrivaient derrière eux comme des corbeaux sur un champ de bataille. Le gros des animaux vivants s'était déplacé, gêné par l'agitation et les meuglements des mourants. Il n'éprouvait encore aucun affolement, apparemment, rien que de la contrariété à cause des bouffonneries étranges de certains des siens qui dérangeaient sa sieste. Le chef des chasseurs jeta un regard agacé à Althéa. « Va voir pourquoi ils n'arrivent pas avec le sel ! » lui ordonna-t-il d'un ton cassant, comme si elle avait dû savoir que cette corvée lui incomberait et l'avait négligée. Elle obéit promptement, soulagée de quitter la scène d'horreur : les dépeceurs étaient déjà à l'œuvre, arrachant la peau de chaque bête, récupérant la langue, le cœur et le foie avant de repousser les entrailles de côté et de laisser à la créature sa graisse et sa viande à nu sur sa propre peau. Toujours bien informées, les mouettes arrivaient déjà pour le festin.

Althéa avait à peine dépassé le sommet de la colline qu'elle vit venir vers elle un marin qui roulait un baril de sel devant lui. Il était suivi de toute une file de ses compagnons occupés à la même tâche, et Althéa prit alors conscience de l'envergure du travail. Des tonneaux et des tonneaux de sel étaient acheminés sur le terrain d'abattage, tandis qu'un radeau constitué de barriques vides était amené à terre par une nouvelle équipe de marins. La même activité régnait partout sur l'île ; le *Moissonneur* était solidement ancré, occupé par un équipage minimal ; tous les autres hommes travaillaient à la vaste tâche du débarquement, puis du transport des tonneaux, tant pleins de sel que vides, jusqu'à terre ; il faudrait ensuite rapporter ces mêmes tonneaux, mais remplis de viande ou de peaux salées. Le navire poursuivrait sa moisson tant qu'il resterait des animaux vivants et des barriques vides.

« Ils ont besoin du sel tout de suite », dit Althéa au marin qui poussait le premier baril. Il ne se donna pas la peine de répondre, et elle regagna le groupe des chasseurs au pas de course. Ils semaient déjà la mort dans une nouvelle aile du vaste troupeau, alors que les dépeceurs avaient déjà terminé de traiter une bonne moitié des premiers animaux abattus.

Ce fut le début d'une des journées sanglantes et apparemment sans fin qui suivirent. Althéa écopait des tâches que les autres se jugeaient trop occupés pour exécuter : elle transportait les cœurs et les langues jusqu'à une barrique centrale et salait chaque organe avant de l'ajouter dans le récipient. Peu à peu, ses vêtements devinrent à la fois gluants et raides de sang, d'un brun sombre, en quoi elle ne différait pas de ses voisins : les matelots débutants jetés en prison pour dettes à Jamaillia avaient rapidement appris à se faire bouchers. Les paquets de graisse jaunâtre étaient détachés de la chair et entassés dans des barriques propres en attendant d'être rapportés sur le navire ; les carcasses étaient désossées pour ne pas prendre trop de place dans les tonneaux ; les tranches de viande rouge sombre étaient soigneusement salées avant d'être étendues à plat, puis recouvertes d'une couche de sel avant qu'on ne ferme les barils. On grattait les peaux pour en ôter toutes les traces de graisse ou les lanières de viande que les dépeceurs auraient pu laisser, puis on les étendait et on répandait une épaisse couche de sel sur le côté extérieur ; après une journée de ce séchage, on les secouait pour en faire tomber le sel, on les roulait, les liait et on les emportait en paquets au navire. À mesure que les équipes de bouchers avançaient, elles laissaient derrière elles des os striés de rouge et des tas de viscères, et les oiseaux de mer fondaient sur ce banquet, ajoutant leurs voix à celles des tueurs et des tués.

Althéa avait espéré acquérir une certaine insensibilité à ce travail sanglant mais, à chaque journée qui passait, sa tâche lui paraissait à la fois un peu plus monstrueuse et routinière. Elle s'efforça de concevoir que ce massacre général d'animaux se répétait tous les ans, mais n'y parvint pas ; même les ossements blanchis et emmêlés des terrains de boucherie n'arrivèrent pas à la convaincre que l'année précédente avait connu une tuerie de la même ampleur. Elle finit par renoncer à y songer et se contenta d'exécuter les ordres.

Un camp rudimentaire avait été installé sur l'île, sur le même site que celui de l'année précédente, sous le vent d'une formation rocheuse connue sous le nom de Dragon. La tente n'était guère qu'un carré de toile tendu pour couper le vent et les feux n'étaient là que pour leur chaleur et la cuisine ; cependant on avait tout de même un abri. Les rafales qui assaillaient les hommes transportaient une odeur à la fois douceâtre et épaisse de sang et de boucherie, mais cela changeait au moins de l'air confiné des quartiers du bord. Les marins firent des feux fumeux avec les branches résineuses des buissons qui poussaient sur l'île et les rares bouts de bois que rejetaient les marées ; ils firent griller des foies d'ours de mer, et Althéa se joignit au banquet, aussi soulagée que les autres de ce changement de régime et de cette occasion de manger à nouveau de la viande fraîche.

En un sens, son nouveau statut lui convenait bien : elle travaillait désormais pour les chasseurs et les dépeceurs, et ses devoirs étaient à part de ceux du reste de l'équipage. Elle n'enviait à personne la rude ascension de la colline en poussant devant soi une barrique pleine, puis la traversée de la grève rocheuse, le transport jusqu'au navire, le levage à bord et le rangement dans les cales. C'était une besogne éreintante et qui ne requérait aucune intelligence ; des corvées ingrates comme celle-là n'avaient guère de rapport avec le métier de marin, et pourtant personne, parmi l'équipage du *Moissonneur*, n'y échappait. Les tâches d'Althéa, elles, évoluaient au gré des besoins des chasseurs et des dépeceurs : elle aiguisait les couteaux, récupérait les flèches sur les cadavres, salait et embarillait cœurs et langues, étendait les peaux, les salait, les secouait, les roulait et les rangeait dans des tonneaux ; elle enrobait de sel les tranches de viande et les empilait dans des barils. Le mélange constant de sang et de sel lui aurait gercé les mains si elles n'avaient été constamment enduites de graisse animale.

Le temps s'était montré clément, venteux et froid mais sans aucun signe de ces pluies violentes qui risquaient d'abîmer définitivement les peaux et la viande. Mais, un après-midi, les nuages envahirent soudain le ciel en bouillonnant, apparaissant tout d'abord à l'horizon, puis grignotant rapidement le ciel bleu ; le vent lui-même devint plus mordant. Les chasseurs continuèrent toutefois à tuer en jetant à peine un regard de temps en temps aux nuages qui s'épaississaient au loin, grands et noirs comme des montagnes ; ce ne fut que quand la première bruine commença de tomber qu'ils renoncèrent à leur propre pluie mortelle et se mirent à crier d'un ton mécontent aux dépeceurs et aux embarilleurs de se dépêcher avant que la viande, la graisse et les peaux ne soient perdues. Althéa ne voyait pas bien ce qu'on pouvait faire contre la tempête à venir, mais elle l'apprit rapidement : les peaux furent roulées autour d'une épaisse couche de sel, et tout le monde fut embauché comme dépeceur, boucher et embarilleur. Elle se retrouva un couteau à découper entre les mains, penchée sur une carcasse encore chaude, en train d'ouvrir un ours de mer de l'œsophage jusqu'à l'orifice anal.

Elle avait si souvent assisté à l'opération qu'elle n'en ressentait presque plus de haut-le-cœur ; néanmoins, une sensation de nausée grouilla un instant en elle lorsqu'elle arracha la peau tendre de l'épaisse couche de graisse. La bête était chaude et flasque sous ses mains et, à l'ouverture, le cadavre exhala une odeur de mort et d'entrailles. Althéa se gendarma, et la large lame plate de son couteau à dépecer glissa sans mal sur la graisse, décollant la peau du corps tandis que sa main libre maintenait une traction constante sur la fourrure douce. Elle perfora la peau en deux endroits lors de son premier essai en voulant aller trop vite, mais, quand elle se détendit et s'efforça de penser moins à ce qu'elle faisait qu'à le faire bien, elle dépeça la bête suivante aussi facilement qu'elle aurait pelé une orange de Jamaillia. Il suffisait, se dit-elle, de réfléchir à l'anatomie de l'animal et d'imaginer l'endroit où la peau devait être épaisse ou fine, la graisse présente ou absente.

À son quatrième animal, elle se rendit compte que, non seulement elle trouvait le travail facile, mais aussi qu'elle y était douée. Elle se mit à passer rapidement de cadavre en cadavre, tout à coup insensible au sang et à la puanteur ; le long coup de lame pour ouvrir la bête, le dépeçage rapide, suivi de l'éviscération tout aussi rapide ; le cœur et le foie étaient détachés en deux coups de couteau, le reste des entrailles repoussé à l'écart de la carcasse et de la peau. Le découpage de la langue était à son avis la partie la plus difficile, car il fallait ouvrir la gueule de l'animal, y glisser la main pour attraper l'organe humide et encore chaud, puis le trancher à la base ; s'il ne s'était pas agi d'un mets aussi délicat, elle aurait fort été tentée de passer outre à l'opération.

Au bout d'un moment, elle leva la tête pour jeter un coup d'œil autour d'elle à travers la neige fondue chassée par le vent. La pluie glacée tambourinait sur son dos et dégoulinait dans ses yeux mais, jusqu'à cet instant, elle s'en était à peine rendu compte. Elle s'aperçut que, derrière elle, rien de moins que trois équipes de bouchers s'efforçaient de suivre sa cadence. Elle avait laissé une large piste de carcasses dépecées. Au loin, un des chasseurs paraissait parler au second ; il fit un vague geste dans la direction d'Althéa et elle eut alors la conviction qu'elle était le sujet de leur conversation. Elle revint à son travail, son couteau s'agitant plus vite que jamais tandis qu'elle battait des paupières pour chasser la pluie froide qui lui coulait dans les yeux et dégouttait du bout de son nez. Une petite flamme d'orgueil commença de brasiller au fond d'elle : c'était un travail sale, dégoûtant, à une échelle où on ne pouvait même plus parler d'avidité, mais elle y avait du talent. Il y avait si longtemps qu'elle n'avait pu se voir ainsi que la prise de conscience de ce manque la laissa bouleversée.

Puis vint un moment où elle promena son regard autour d'elle et ne découvrit plus d'animaux à écorcher. Elle se redressa lentement en faisant rouler ses épaules endolories, essuya son couteau sur son pantalon couvert de sang, puis tendit ses mains à la pluie glacée et la laissa nettoyer le sang et les petits bouts de graisse qui y étaient collés. Elle les frotta ensuite sur le devant de sa chemise, puis repoussa ses cheveux trempés de son visage. Derrière elle, des hommes se courbaient encore sur les carcasses dépecées qu'elle avait laissées dans son sillage. Un marin faisait rouler un baril de sel dans sa direction, tandis qu'un autre suivait avec un tonneau vide. Quelqu'un s'arrêta près d'elle, redressa sa barrique et leva les yeux vers les siens. C'était Brashen. Elle lui sourit avec fierté. « Bon boulot, hein ? »

Il essuya son visage ruisselant de pluie et répondit à mi-voix : « À votre place, j'en ferais le moins possible pour attirer l'attention sur moi. Votre déguisement ne résistera pas à un examen minutieux. »

Sa rebuffade l'irrita. « Peut-être que, si je deviens vraiment douée pour ce travail, je n'aurai plus besoin de déguisement ! »

Une expression à la fois incrédule et horrifiée passa sur les traits de Brashen. Il défonça le dessus du tonneau de sel, puis se mit à faire des gestes comme s'il ordonnait à Althéa de s'occuper des peaux ; mais son discours fut tout autre. « Si ces animaux dressés sur leurs pattes de derrière que vous côtoyez toute la journée soupçonnaient le moins du monde que vous êtes une femme, ils vous sauteraient tous dessus jusqu'au dernier avec encore moins de scrupules qu'ils n'en ont à participer à cette boucherie. Quelle que soit votre valeur à leurs yeux en tant que dépeceuse, ils ne verraient aucune raison de ne pas se servir de vous comme putain ; et, pour eux, votre simple présence parmi eux signifierait que vous vous y attendiez et y consentiez. »

Sa voix basse et son ton grave glacèrent Althéa davantage que la pluie. Il y avait une telle conviction dans ses paroles que, ne songeant pas un instant à discuter, elle partit d'un pas vif à la rencontre de l'homme au tonneau, les bras chargés de la langue et du cœur de la dernière bête qu'elle avait décarcassée. Elle poursuivit cette tâche en gardant la tête baissée comme pour empêcher la pluie de tomber dans ses yeux et en s'efforçant de vider sa tête de toute pensée. Si elle avait pris un moment pour se rendre compte à quel point cet exercice lui était devenu facile, elle en aurait été effrayée.

Ce soir-là, en retournant au camp, elle comprit enfin d'où venait le surnom du rocher qui l'abritait. Par un jeu de la lumière oblique du soleil à travers les nuages, les détails du Dragon apparaissaient avec une affreuse netteté ; elle ne les avait pas remarqués jusque-là parce qu'elle ne s'attendait pas à le voir écroulé sur le dos, les pattes avant crispées sur son poitrail, ses ailes ouvertes submergées par la terre. La torsion du corps immense laissait pressentir une mort atroce. Althéa s'arrêta, horrifiée, sur la petite colline d'où elle regardait la scène. Qui avait bien pu sculpter une telle statue, et pourquoi diable avait-on installé le camp à ses pieds ? La lumière changea subtilement, et tout à coup le rocher érodé jailli de la mince couche de terre ne fut plus qu'un gros caillou aux formes étranges dont les contours évoquaient vaguement un animal couché. Althéa relâcha son souffle.

« Ça te flanque un coup, la première fois que tu le vois, hein ? » fit Reller juste à côté d'elle.

La surprise la fit sursauter. « Un peu, oui, reconnut-elle avant de hausser les épaules avec la feinte bravoure d'un adolescent. Mais ce n'est quand même qu'un rocher. »

Reller baissa le ton. « Tu en es sûr ? Tu devrais grimper sur sa poitrine un jour, histoire de voir. Cette partie-là, qui ressemble à des pattes de devant... elles sont agrippées à une flèche, ou du moins ce qui en reste. Non, petit gars, c'est la carcasse d'un dragon vrai de vrai, abattu quand le temps était plus jeune qu'un œuf et qu'il pourrit depuis un peu plus chaque jour. »

Althéa s'esclaffa devant ce qu'elle prenait pour une taquinerie.

« Les dragons, ça n'existe pas !

— Ah non ? Ne viens pas me dire ça à moi, ni à aucun autre marin qui se trouvait au large des côtes des Six-Duchés il y a quelques années ! On en a vu, des dragons, et pas seulement un ou deux : des armées entières, qui volaient comme des oies sauvages, et de toutes les formes et toutes les couleurs qu'on peut imaginer ! Et ça s'est produit deux fois ! Pas une : deux fois ! Il y en a qui disent que c'est eux qui ont attiré les serpents, mais ça, c'est pas vrai, parce que, des serpents, j'en avais déjà vu des années avant, loin dans le sud. Évidemment, aujourd'hui, on en voit beaucoup plus, alors les gens croient à leur existence. Mais quand tu auras navigué aussi longtemps et aussi loin que moi, tu sauras qu'il y a plein de choses qui sont vraies mais que peu de gens ont vues. »

Althéa lui adressa un sourire sceptique. « C'est ça, Reller, prends-moi pour une pomme, il y en a encore plein l'arbre !

— Saleté de mioche ! répondit l'homme, apparemment vexé pour de bon. Parce que ça sait se servir d'un couteau d'écorcheur, ça se croit le droit d'être insolent avec ses supérieurs ! » Et il se mit à descendre de la colline d'un air digne.

Althéa le suivit plus lentement. Elle se disait qu'elle aurait dû se montrer plus crédule : après tout, elle jouait le rôle d'un garçon de quatorze ans en route pour son premier long voyage. Mieux valait ne pas gâcher le plaisir de Reller si elle voulait rester dans ses petits papiers ; bon, la prochaine fois qu'il raconterait une histoire de marin, elle l'écouterait et jouerait le jeu. En définitive, Reller était ce qui se rapprochait le plus d'un ami à bord du *Moissonneur*.

*
**

La *Vivacia* entra dans son quatrième port un soir, en fin d'automne. Le soleil éclairait la ville, tombant en biais à travers un banc de nuages. Hiémain, sur le gaillard d'avant, passait son heure vespérale et obligatoire auprès de Vivacia. Appuyé au bastingage près de la figure de proue, il contemplait la cité aux flèches blanches nichée dans le creux du petit port. Il se taisait comme souvent, mais depuis quelque temps on sentait dans son silence plus d'amitié que de détresse, et Vivacia en remerciait Clément de tout son cœur : depuis qu'il s'était lié avec Hiémain, ce dernier retrouvait le goût de vivre.

Sans se montrer d'une gaieté sans bornes, il acquérait au moins un peu de l'effronterie habituelle des mousses. À l'époque où il occupait cette fonction, Clément était audacieux et plein de vie, toujours à mijoter un mauvais tour quand il ne faisait pas le bouffon pour qui avait un moment de libre à passer en sa compagnie. Quand il avait pris le statut de matelot, son attitude envers le travail s'était assagie, comme il se devait ; mais la comparaison avait largement joué au détriment de Hiémain : il n'était que trop évident qu'il n'accomplissait pas ses devoirs avec tout son cœur, il ne prêtait pas attention aux tentatives des marins de plaisanter avec lui, ou bien il les comprenait de travers, et son humeur sombre rebutait toutes les bonnes volontés qui auraient été prêtes à passer quelque temps avec lui. À présent qu'il commençait à sourire, même si ce n'était que de temps en temps, et à riposter avec bonhomie aux piques, il se faisait peu à peu accepter sur le navire. Les marins étaient plus susceptibles de lui donner un conseil ou un avertissement pour lui éviter de commettre des erreurs et de multiplier sa charge de travail. Il tirait profit de chacune de ses petites réussites et maîtrisait les tâches qu'on lui confiait avec la rapidité d'un esprit formé à bien apprendre. Un compliment ou un mot gentil çà et là commençait à éveiller en lui le sentiment de faire partie de l'équipage, et certains s'apercevaient maintenant que sa nature docile et son caractère méditatif n'étaient pas des faiblesses. Peu à peu, Vivacia se mettait à nourrir des espoirs pour lui.

Elle lui jeta un coup d'œil. Des mèches de ses cheveux noirs s'étaient échappées de sa queue-de-cheval et lui tombaient dans les yeux, et, avec un coup au cœur, Vivacia vit à sa place un fantôme, un écho d'Ephron Vestrit au même âge. Elle tourna le torse, le bras tendu. « Prends ma main », lui demanda-t-elle à mi-voix, et, à son grand étonnement, il obéit. Il éprouvait toujours à son égard, elle le savait, une méfiance fondamentale, ignorant si elle était une créature de Sa ou non. Mais quand il posa sa main aux cals récents dans le creux de la sienne et qu'elle referma ses doigts géants sur les siens, ils ne firent soudain plus qu'un.

Il voyait désormais par les yeux de son grand-père. Ephron aimait ce port et les gens de cette île ; les flèches et les dômes d'une blancheur éclatante étaient d'autant plus surprenants que la ville était réduite. Plus loin, sous les frondaisons de la forêt, vivaient la plupart des Caymariens ; leurs habitations étaient petites, vertes et humbles, et eux-mêmes ne labouraient pas, n'éventraient pas le sol : c'étaient tous des chasseurs. Nulle route pavée ne quittait la ville, rien que des pistes sinueuses praticables par les marcheurs et les carrioles à bras. Ces gens auraient pu passer pour primitifs sans la petite cité de l'île de la Griffe ; là, ils donnaient libre cours à leur instinct de constructeurs. L'agglomération ne comptait pas moins de trente édifices, sans parler de la profusion d'échoppes qui bordaient la rue marchande ni des bâtiments en bois brut qui s'alignaient devant le front de mer et servaient à des fins commerciales ; mais chacune des structures qui composaient le cœur blanc de la ville était un prodige d'architecture et de sculpture. Le grand-père de Hiémain s'était toujours accordé le temps de se promener dans le centre de marbre de la ville pour admirer les visages des héros, les frises où se déployaient les légendes et les arches sur lesquelles grimpaient des plantes, aussi bien vivantes que taillées dans la pierre.

« Et la plus grande partie de ce placage de marbre, dit Hiémain, c'est vous qui l'avez apporté. Sans lui et toi... ah, je vois ! C'est presque comme mes vitraux : la lumière les traverse pour illuminer l'œuvre de mes mains. À travers ton travail, la lumière de Sa brille dans cette beauté... »

Il parlait si bas que Vivacia avait du mal à l'entendre ; pourtant, elle était encore plus déroutée par l'émotion qu'il partageait avec elle : ce qu'il appréciait en ce lieu était un sentiment qu'il plaçait au-dessus de tous les autres, celui d'un mouvement vers l'unité. Pour lui, les façades aux sculptures complexes n'étaient pas des œuvres d'art destinées au plaisir de l'œil : elles étaient l'expression d'un phénomène qu'elle ne comprenait pas bien, la convergence de navires, de marchands et de négociants, dont le résultat était non seulement une beauté physique mais aussi... *arcforia-Sa.* Elle ne connaissait pas ce terme et ne pouvait qu'essayer d'en saisir le concept : la joie incarnée, le meilleur de l'homme et celui de la nature alliés en une expression permanente, la justification de tout ce que Sa avait donné avec tant de générosité au monde. Elle sentit monter en Hiémain une euphorie spirituelle qu'elle n'avait jamais perçue chez personne d'autre de son espèce, et elle s'aperçut que c'était cela qui manquait si fort au jeune garçon. Les prêtres lui avaient enseigné à voir le monde par ces yeux-là, avaient délicatement éveillé en lui le besoin d'une beauté et d'une bonté sans mélange. Il était convaincu que son destin était de les chercher, de les trouver et de les exalter sous toutes leurs formes. Il devait croire en elles.

Vivacia avait voulu communier avec lui et se faire son professeur ; au lieu de cela, c'est elle qui avait reçu et appris. À sa propre surprise, elle se retira de Hiémain et rompit le contact parfait qu'elle avait cherché. Elle avait besoin de réfléchir, et peut-être y parviendrait-elle mieux seule.

Dans cette pensée, elle reconnut encore tout l'impact de Hiémain sur elle.

*
**

On lui accorda une virée à terre. Il savait que cette décision ne venait ni de son père ni de Torg : le capitaine était descendu au port des heures plus tôt pour entamer les négociations commerciales, et il avait emmené son lieutenant. Par conséquent, cette autorisation de mettre pied à terre en même temps que les autres devait avoir été donnée par Gantri, le second, et elle laissa Hiémain perplexe. Le second avait la responsabilité de tous les hommes à bord du navire, et seule la parole du commandant avait préséance sur la sienne ; pourtant, il n'avait jamais donné l'impression d'être tout à fait conscient de l'existence de Hiémain et ne lui avait presque jamais adressé la parole directement depuis qu'il se trouvait sur la *Vivacia.* Néanmoins, le jeune garçon entendit son nom dans la liste, annoncée à haute voix, du premier groupe d'hommes autorisés à descendre à terre, et il sentit les battements de son cœur s'accélérer : l'occasion était trop belle ! Chaque fois qu'ils avaient jeté l'ancre ou s'étaient amarrés en Chalcède, il avait regardé la terre avec nostalgie mais il lui avait toujours été défendu de quitter le navire ; à l'idée de fouler un sol stable, de regarder des spectacles qu'il n'avait encore jamais vus, il fut pris d'un vertige extatique. Comme les autres chanceux qui faisaient partie de la première équipe à descendre, il se rua sous le pont pour enfiler ses vêtements de port, se passer un coup de peigne dans les cheveux et retresser sa queue-de-cheval. Il eut un moment d'indécision quant au choix de ses habits.

C'est Torg qui avait eu pour charge d'acheter le trousseau de Hiémain avant qu'ils quittent Terrilville : son père avait refusé de lui allouer l'argent et le temps nécessaires pour faire l'emplette des vêtements et des fournitures dont il aurait besoin pour le voyage. Hiémain s'était retrouvé avec deux ensembles de toile pour le travail du bord, tous deux de qualité médiocre, et il avait soupçonné Torg d'avoir fait un bon profit sur la marge entre l'argent que son père lui avait remis et ce qu'il avait réellement dépensé. Le lieutenant avait également fourni à Hiémain un habit de port typique : une chemise tissée à larges rayures et un pantalon noir en toile grossière, d'aussi mauvaise façon que ses ensembles de pont. Ils ne lui allaient même pas très bien, car Torg n'avait pas été particulièrement regardant sur la taille ; la chemise, surtout, était trop longue. À la place, il pouvait mettre sa bure marron de prêtre. Aujourd'hui tachée et usée, elle avait été ravaudée en de nombreux endroits, et raccourcie pour résoudre le problème de l'effilochage et fournir du tissu pour des pièces. S'il l'enfilait, il proclamerait à nouveau à tous qu'il restait un prêtre, qu'il n'était pas marin, et il perdrait le peu de terrain gagné auprès de ses camarades de bord.

Tout en mettant la chemise rayée et le pantalon noir, il se dit que, ce faisant, il ne démentait pas son état de prêtre mais prenait une décision d'ordre pratique : s'il s'était présenté aux gens de cette ville inconnue vêtu comme un ministre de Sa, on l'aurait certainement reçu avec toute la générosité due à un prêtre errant ; or il aurait été malhonnête de sa part de rechercher ou d'accepter une telle hospitalité alors qu'il n'était en réalité qu'un matelot en visite. Il chassa fermement de son esprit l'idée gênante et tenace qu'il faisait un peu trop de compromis ces derniers temps, que sa morale devenait un peu trop élastique, et il se dépêcha de se joindre au groupe qui débarquait.

Ils étaient cinq, y compris Hiémain et Clément ; l'un des trois autres était Confret, et Hiémain s'aperçut qu'il n'arrivait pas à détacher les yeux de lui, mais était aussi incapable de soutenir son regard : devant lui se tenait l'homme qui avait proféré une obscénité sur la chope à café de son père, et le jeune garçon ne parvenait pas à savoir s'il devait en éprouver de l'horreur ou de l'amusement. Confret paraissait d'un naturel enjoué, lançant une plaisanterie après l'autre à ses voisins qui maniaient les rames ; il portait un bonnet rouge et mangé de trous, orné d'amulettes bon marché en bronze, et il manquait une dent à son sourire. Ayant fini par se rendre compte des regards dérobés que Hiémain lui jetait, il lui fit un clin d'œil et lui demanda bien fort s'il aimerait l'accompagner au bordel. « Je parie que les filles te feront payer moitié prix ! Les jeunots comme toi, ça leur titille l'imagination, à ce qu'il paraît ! » Et, malgré son embarras, Hiémain ne put s'empêcher de sourire tandis que les hommes autour de lui éclataient de rire. Il comprit soudain que, derrière beaucoup de taquineries, se cachait de la simple bonhomie.

Ils tirèrent le canot sur la plage bien au-delà de la ligne de marée. Ils n'avaient quartier libre que jusqu'au coucher du soleil, et deux des hommes se plaignaient déjà que c'était seulement après qu'on commençait à trouver du bon vin et des filles convenables. « Les écoute pas, Hiémain, dit Confret d'un ton rassurant. On peut trouver plein de trucs à Cresson à toute heure ; ces deux-là préfèrent le noir pour leurs plaisirs, c'est tout. Faut dire qu'avec des têtes pareilles, il vaut mieux qu'ils restent dans l'ombre même pour convaincre une pute de les prendre ! Viens avec moi, je te promets que tu vas bien t'amuser avant qu'on doive retourner au navire.

— J'ai quelques visites à faire avant le coucher du soleil, s'excusa Hiémain. Je voudrais voir les sculptures du palais Idishi et les frises du Mur des Héros. »

Ses compagnons le regardèrent avec curiosité, mais seul Clément demanda : « Comment tu connais tous ces trucs ? Tu es déjà venu à Cresson ? »

Hiémain secoua la tête avec un mélange d'orgueil et de timidité. « Moi, non, mais le navire, si. C'est Vivacia qui m'a parlé de ces ornements, que mon grand-père trouvait très beaux ; je me suis dit que c'était l'occasion d'aller les voir par moi-même. »

Un silence absolu tomba, et un des marins fit un petit mouvement de l'auriculaire gauche, peut-être pour invoquer la protection de Sa contre la magie noire. Une fois encore, ce fut Clément qui relança la discussion : « Le navire sait vraiment ce que savait le cap'taine Vestrit ? »

Hiémain haussa vaguement les épaules. « Je l'ignore. Tout ce que je peux te dire, c'est que ce qu'il choisit de partager avec moi est très... réaliste, presque comme s'il s'agissait de mes propres souvenirs. » Il se tut, soudain mal à l'aise : il n'avait pas envie d'évoquer ce sujet ; il venait de découvrir que le lien qui l'unissait à la *Vivacia* était d'une nature privée – non, plus encore : intime. Un silence gêné retomba sur le groupe. Cette fois, ce fut Confret qui vint à la rescousse. « Bon, les gars, je ne sais pas pour vous mais, moi, je n'ai pas souvent droit à une virée à terre. Je vais en ville, dans une certaine rue où les fleurs et les femmes sentent bon. » Il jeta un coup d'œil à Clément. « Veille à ce que Hiémain et toi soyez de retour au canot à l'heure. J'ai pas envie de vous chercher partout.

— Mais je ne vais pas avec Hiémain ! protesta Clément. J'ai beaucoup mieux à faire que de regarder des murs !

— Et je n'ai pas besoin qu'on me surveille », renchérit Hiémain. Il avait décidé d'énoncer tout haut ce qui gênait peut-être les hommes. « Je n'essaierai pas de me sauver. Je vous donne ma parole que je serai de retour au canot bien avant le coucher du soleil. »

L'air surpris de ses compagnons lui apprit que cette idée ne les avait pas effleurés. « Ça, c'est sûr, remarqua sèchement Confret. On est sur une île, pour commencer, et en plus les Caymariens n'aiment pas franchement les étrangers. On ne s'inquiétait pas que tu te sauves, Hiémain, mais ça peut être dangereux à Cresson pour un marin tout seul – et pas seulement pour un mousse : pour n'importe quel marin. Tu devrais l'accompagner, Clément ; de toute manière, combien de temps il lui faut pour regarder un mur ? »

Clément prit une mine extrêmement mécontente. Confret ne lui avait pas donné d'ordre : il n'en avait pas l'autorité ; mais si Clément passait outre à sa suggestion et que Hiémain ait des ennuis...

« Tout ira bien pour moi, insista Hiémain. Ce ne sera pas la première fois que je visiterai une ville que je ne connais pas. Je sais me débrouiller. Ne perdons pas notre temps à discuter ; je vous retrouverai tous ici bien avant le coucher du soleil, je vous le promets.

— Tu as intérêt, dit Confret d'un ton menaçant, avant d'ajouter avec un soudain entrain : Rejoins-nous à la Promenade des Marins dès que tu en auras fini avec ton mur, et pas à la dernière minute ; maintenant que tu commences à te conduire en vrai matelot à bord, il est temps qu'on voie que tu fais partie de notre équipage. » Confret tapota du doigt le tatouage au dessin complexe qui ornait son bras, et Hiémain secoua la tête avec un sourire d'excuse. Le marin lui fit un pied de nez. « Bon, eh bien, sois quand même à l'heure. »

Le jeune garçon savait que, désormais, s'il lui arrivait quoi que ce soit, tous pourraient jurer qu'il avait exigé de s'en aller de son côté et qu'ils n'avaient rien pu y changer. Les voir l'abandonner si vite le laissa un peu déconcerté ; il faisait encore partie du groupe tant qu'ils suivirent la plage mais, en arrivant aux quais commerciaux, ils virèrent comme un vol d'oies sauvages en direction des bars et des bordels du front de mer. Hiémain hésita un instant, les regardant s'éloigner avec un étrange sentiment de regret : ils riaient fort, ces marins en goguette, et ils se bousculaient amicalement en échangeant des gestes évocateurs de leurs projets pour l'après-midi. Clément courait de l'un à l'autre comme un chien amical, et Hiémain comprit soudain qu'il venait tout juste d'être accepté dans cette confrérie, qu'il devait cette récente promotion au seul fait qu'il était venu prendre sa place à l'échelon le plus bas de cette hiérarchie du bord.

Bah, cela ne le dérangeait pas – du moins, pas vraiment. Il en savait assez long sur le caractère humain pour comprendre que l'envie de Clément d'appartenir au groupe et de tout faire pour cela était naturelle. Et, songea Hiémain avec sévérité, il en savait assez sur la nature de Sa pour savoir qu'en certaines occasions il fallait s'écarter du groupe pour son propre bien. Il était déjà bien assez grave qu'il n'ait pas prononcé le moindre mot à l'encontre de leurs projets pour l'après-midi. Il tenta d'en découvrir les raisons, comprit qu'il ne trouverait que des excuses et mit la question de côté ; il avait fait ce qu'il avait fait, et ce soir il méditerait sur le sujet dans l'espoir d'y voir plus clair. Pour l'instant, il avait toute une ville à visiter en l'espace de quelques heures.

Il avait pour se guider les souvenirs qu'avait gardés son grand-père de la disposition du port. Hiémain avait presque la curieuse sensation que le vieux capitaine déambulait à ses côtés, car il remarquait les changements qui s'étaient produits depuis la dernière visite d'Ephron ; une fois, lorsqu'un boutiquier sortit tendre sa banne au-dessus de ses empilements de paniers de fruits, Hiémain le reconnut et faillit le saluer par son nom ; il se rattrapa à temps et se contenta de le regarder en souriant et en songeant que son ventre s'était un peu arrondi au cours des dernières années. L'homme lui répondit par un regard mauvais et le toisa comme si le jeune garçon l'avait insulté. Hiémain supposa que son sourire était trop familier et se hâta de passer son chemin pour se diriger vers le cœur de la ville.

Arrivé sur la place du Puits, il s'arrêta, le souffle coupé. L'approvisionnement en eau de Cresson se faisait grâce à un puits artésien : le précieux liquide surgissait au milieu d'un vaste bassin de pierre avec une force telle que l'eau formait un monticule en son centre, comme si une énorme bulle d'air s'efforçait de remonter des profondeurs. De la cuvette principale, des canaux l'acheminaient vers d'autres, certains réservés à la lessive, d'autres à la consommation et d'autres encore à l'abreuvage des animaux. Chaque bassin était orné de décorations fantaisistes mais qui ne laissaient pas de doute sur son usage. Le surplus d'eau disparaissait par un système de récupération qui aboutissait probablement dans la baie. L'espace entre les divers bassins était planté de fleurs et de buissons.

De jeunes femmes, certaines accompagnées de petits enfants qui jouaient près d'elles, profitaient de l'après-midi clair et tiède pour laver du linge. Hiémain s'arrêta pour contempler le tableau qu'elles composaient. Certaines des plus jeunes étaient entrées dans le bassin, les jupes retroussées et lacées autour des cuisses, et, avec les pieds, elles tapaient et frottaient les vêtements, puis les essoraient contre leurs jambes, tout en en riant et en échangeant des plaisanteries. Les jeunes mères étaient assises au bord du bassin et faisaient leur lessive tout en gardant un œil sur les bébés à quatre pattes et ceux qui tenaient tout juste debout et qui jouaient près de l'eau. Des paniers étaient posés çà et là, pleins de linge mouillé ou sec selon les cas. Il se dégageait tant de simplicité et néanmoins tant de profondeur de cette scène que Hiémain sentit les larmes lui monter aux yeux : depuis qu'il avait quitté le monastère, il n'avait plus vu de gens si harmonieusement engagés dans le travail et la vie. Le soleil brillait sur l'eau et les cheveux lisses des Caymariennes et luisait sur la peau nue de leurs bras et de leurs jambes ; il regardait la scène avec avidité, la sentant comme un baume sur son esprit meurtri.

« Tu es perdu ? »

Il se retourna rapidement. La question aurait pu être aimable, mais ce n'était pas le cas, et l'expression des deux gardiens municipaux ne laissait aucun doute sur leur hostilité. Celui qui avait parlé était un vétéran barbu avec une longue cicatrice qui lui remontait de la joue jusqu'au cuir chevelu, où ses cheveux, par ailleurs sombres, étaient blancs ; son compagnon était plus jeune et solidement bâti. Avant de laisser à Hiémain le temps de répondre, il déclara : « Le front de mer, c'est par là. C'est là que tu trouveras ce que tu cherches. » Et, de sa matraque, il indiqua le chemin par lequel le jeune garçon était venu.

« Ce que je cherche... ? » répéta Hiémain d'un air égaré. Il regarda chaque gardien en essayant de déchiffrer l'expression de son visage fermé et de ses yeux froids. Qu'avait-il donc fait de mal ? « Je voulais voir la frise des Héros et les sculptures du palais Idishi.

— Et, en chemin, fit le premier gardien avec une lourde ironie, tu t'es dit que tu pourrais t'arrêter pour zyeuter des jeunes femmes mouillées dans une fontaine. »

Que répondre à cela ? « Les fontaines elles-mêmes sont des objets d'art, dit-il.

— Et on sait que les marins s'intéressent beaucoup aux objets d'art. » Le gardien avait insisté sur les trois derniers mots avec un ton sarcastique. « Pourquoi tu ne vas pas te payer un “objet d'art” au Foulard au Vent ? Dis que tu viens de la part de Kentel ; j'aurai peut-être droit à une commission. »

Hiémain baissa les yeux, démonté. « Ce n'est pas ce que je voulais dire. Je désire vraiment prendre le temps d'admirer les frises et les sculptures. » Comme aucun des deux hommes ne répondait, il ajouta, sur la défensive : « Je vous le promets, je ne ferai d'ennuis à personne ; de toute manière, il faut que j'aie regagné mon bateau avant le coucher du soleil. Je souhaitais seulement visiter un peu la ville. »

Le plus âgé des deux gardiens se suçota brièvement une dent creuse, et, l'espace d'un instant, Hiémain crut que ses propos avaient porté. « Eh bien, nous, on pense “vraiment” que tu devrais retourner à ta place, près des quais, là où les marins “visitent notre ville”. La rue pour les gars de ton espèce est facile à trouver ; on l'appelle la Promenade des Marins. Il y a tout ce qu'il faut pour t'amuser. Et si tu n'y vas pas tout de suite, petit, je te promets que tu vas avoir des ennuis – avec nous. »

Hiémain entendait son cœur battre la chamade comme un roulement de tonnerre étouffé dans ses oreilles. Il ignorait quelle émotion était la plus forte mais, quand il répondit, ce fut la colère et non la peur qu'il perçut dans son propre ton. « Je m'en vais », dit-il sèchement ; pourtant, même si c'était la colère qui l'emportait en lui, tourner le dos à ces hommes restait difficile. Il sentit un picotement à la nuque, s'attendant à demi à recevoir un coup de matraque à cet endroit. Il tendit l'oreille pour détecter des bruits de pas derrière lui ; ce qu'il entendit fut pire : un éclat de rire moqueur et un commentaire ironique fait à mi-voix par le plus jeune des gardiens. Il ne se retourna pas et ne pressa pas non plus le pas, mais il sentit les muscles de son cou et de ses épaules se nouer sous l'effet de la fureur. Mes vêtements ! se dit-il. Ce n'est pas moi qu'ils ont jugé, mais mes vêtements ! Je dois rester insensible à leurs insultes. Laisse aller, laisse aller, laisse aller, se répéta-t-il tout bas, et, au bout d'un moment, il se calma effectivement. Il tourna au croisement suivant et prit un itinéraire différent pour gagner le sommet de la colline. Il voulait bien ne pas prendre ombrage de leurs paroles mais il ne se laisserait pas vaincre par leur attitude : il verrait le palais Idishi.

Il erra un moment, privé des souvenirs de son grand-père qui n'avait jamais suivi ce trajet. Il fut arrêté deux fois en route, la première par un jeune garçon qui voulait lui vendre des herbes à fumer, et la seconde, plus pénible, par une femme qui proposait de se vendre à lui. Jamais personne n'avait ainsi abordé Hiémain, et cette façon de faire le rebuta plus encore que les ulcères révélateurs d'une maladie de la peau autour de la bouche de la malheureuse. Par un effort de volonté, il refusa poliment les deux premières fois, mais comme elle insistait, baissant ses prix et lui proposant « tout ce qu'il voulait, tous ses rêves les plus fous », il se résolut à parler clairement. « Je n'ai nul désir de partager votre corps ni votre maladie », dit-il, en se rendant compte avec un pincement au cœur à quel point sa sincérité pouvait être cruelle. Il s'apprêtait à s'excuser mais elle ne lui en laissa pas le temps : elle lui cracha au visage et s'en alla brusquement dans un mouvement de dignité blessée. Hiémain, poursuivant sa route, prit conscience que cette rencontre l'avait plus effrayé que celle des deux gardiens.

Enfin, il parvint au cœur de la ville proprement dit. Là, les rues étaient pavées et chaque édifice portait à son fronton quelque décoration ou ornement qui réjouissait l'œil. Il s'agissait manifestement des bâtiments publics de Cresson, où on édictait les lois, où on rendait la justice et où étaient menées les plus hautes affaires municipales. Hiémain marchait lentement, le regard s'attardant sur tous les détails, et s'arrêtait souvent pour reculer afin de voir l'ensemble d'une architecture. Les arches de pierre faisaient partie des ouvrages les plus extraordinaires qu'il lui eût été donné d'admirer.

Il arriva devant un petit temple consacré à Odava, le dieu-serpent, avec les portes et les fenêtres arrondies, formes traditionnelles dans cette religion. Il n'avait jamais particulièrement apprécié cette manifestation de Sa, et n'avait jamais rencontré d'adorateur d'Odava prêt à reconnaître que le dieu-serpent n'était qu'une des facettes de ce joyau qu'était le visage de Sa ; cependant, le gracieux édifice évoquait tout de même le divin et les nombreux chemins qu'empruntent ceux qui le cherchent. La pierre en était si finement ouvrée que, quand il la caressa, il sentit à peine les joints. Il resta un moment immobile, l'esprit tendu ainsi qu'on le lui avait enseigné pour percevoir la structure et les forces internes du bâtiment ; il découvrit une puissante unité, presque organique dans son harmonie. Il secoua la tête, stupéfait, sans presque remarquer le groupe d'hommes en robes blanches striées de vert et de gris qui étaient sortis par une porte de derrière et passaient près de lui avec des regards agacés.

Il finit par revenir à lui et s'aperçut que l'après-midi s'enfuyait plus vite qu'il ne l'avait prévu. Il n'avait plus de temps à perdre ; il arrêta une femme d'âge mûr pour lui demander poliment le chemin du palais Idishi. Elle recula de plusieurs pas avant de répondre, et encore ne fût-ce que d'un mouvement de la main qui indiquait une direction générale ; il la remercia néanmoins et reprit sa route à pas pressés.

La circulation piétonnière était plus dense dans cette partie de la ville, et, à plusieurs reprises, il surprit des regards étonnés posés sur lui. Sans doute ses vêtements le désignaient-ils comme un étranger. Il répondit aux curieux par des sourires et des hochements de tête, mais continua de se hâter, trop pressé pour se montrer plus sociable.

Le site où était bâti le palais Idishi faisait comme un écrin à l'édifice, niché dans un creux de la colline comme dans la paume d'une main accueillante. Hiémain avait une vue plongeante sur l'ensemble : la forêt verdoyante en arrière-plan faisait ressortir le blanc luisant des piliers et du dôme, et le contraste entre la folle végétation luxuriante et les lignes précises du palais lui coupa le souffle. Il resta pétrifié : c'était une image qu'il souhaitait conserver en lui-même à jamais. Des gens entraient dans le palais et en sortaient, pour la plupart vêtus de robes gracieusement drapées aux fraîches teintes bleues et vertes. Le spectacle n'aurait pas pu être plus ravissant s'il avait été mis en scène. Hiémain déconcentra son regard et respira profondément à plusieurs reprises, se préparant à absorber le tableau dans le plus complet recueillement.

Une main s'abattit lourdement sur son épaule. « On dirait que le petit marin s'est encore perdu », fit le garde municipal. Alors qu'il tournait la tête vers lui, Hiémain se sentit poussé brutalement et s'étala sur le pavé. Le plus vieux des deux gardiens le regarda de tout son haut et secoua le chef d'un air presque de regret.

« J'ai l'impression qu'on va devoir le reconduire nous-mêmes, cette fois », dit-il tandis que son collègue musclé s'avançait vers Hiémain. Son ton mielleux glaça le cœur du jeune garçon, mais plus glaçant encore fut pour lui de voir trois personnes qui s'étaient arrêtées pour observer l'altercation : aucune d'entre elles ne faisait le plus petit effort pour intervenir. Du regard, Hiémain implora leur aide, mais elles ne manifestèrent pas le moindre remords de conscience, seulement de l'intérêt pour la suite des événements.

Il se redressa précipitamment et se mit à reculer. « Je n'ai rien fait de mal ! protesta-t-il. Je voulais simplement voir le palais Idishi. Mon grand-père l'a vu et...

— On n'aime pas que les rats des quais viennent se balader dans nos rues à reluquer les gens. Ici, à Cresson, on agit avant que les ennuis commencent. » Hiémain n'écoutait pas l'homme ; il pivota sur lui-même pour s'enfuir mais, d'un seul bond, le gardien le plus solide l'attrapa rudement par le col, l'étranglant à demi, et se mit à le secouer. Étourdi, Hiémain se sentit soulevé du sol, puis brusquement propulsé en avant. L'élan le fit bouler sur le sol, et un pavé exhaussé lui heurta les côtes flottantes, mais ne lui brisa heureusement aucun os. Il se releva d'un mouvement presque fluide, mais pas assez vite cependant pour éviter le plus jeune des gardiens, qui se saisit à nouveau de lui, le secoua et le projeta dans la direction générale du front de mer.

Cette fois, il se cogna contre l'angle d'un bâtiment. Il s'écorcha l'épaule mais parvint à rester debout ; il se mit à courir d'un pas vacillant, impitoyablement pourchassé par le gardien qui arborait un sourire méchamment satisfait. Derrière lui, son collègue les suivait tout en continuant son sermon. Hiémain eut l'impression que ses paroles ne s'adressaient pas à lui, mais aux badauds, afin de leur rappeler qu'ils faisaient seulement leur travail. « On n'a rien contre les marins tant qu'ils restent avec leur vermine sur les quais, là où est leur place. On n'a pas voulu être méchants avec toi la première fois, petit, parce que tu n'es qu'un gosse. Si tu étais allé à la Promenade des Marins, tu te serais aperçu que tu y étais bien, j'en suis sûr. Maintenant, tu y vas, mais de force ; tu aurais pu nous épargner beaucoup d'efforts et à toi beaucoup de bleus si tu nous avais écoutés. »

Le ton calme et raisonnable du vieux soldat était presque plus horrifiant que le plaisir efficace de l'autre gardien à exécuter sa tâche. Le plus jeune était aussi vif qu'un serpent ; il avait une fois de plus réussi à saisir Hiémain par le col, et, cette fois, il le projeta de côté comme un chien le fait d'un rat et l'envoya heurter violemment un mur. Hiémain sentit son crâne heurter la pierre et un éclair de ténèbres traversa son esprit. Il perçut le goût du sang dans sa bouche. « Je ne suis pas marin, bredouilla-t-il malgré lui. Je suis prêtre. Prêtre de Sa. »

Le jeune gardien s'esclaffa tandis que son collègue secouait la tête d'un air de feint regret. « Ho ho ! Alors, te voilà hérétique en plus de rebut des quais. Tu ne sais donc pas que les adorateurs d'Odava n'apprécient pas ceux qui veulent faire du dieu-serpent une simple partie de leur dieu à eux ? J'allais dire à Flav que tu avais eu ton compte, mais je crois qu'un ou deux petits coups en plus pourraient accélérer ton illumination. »

L'autre avait refermé le poing sur le col de Hiémain et s'en servait pour le remettre sur pied. Éperdu, le jeune garçon se laissa glisser de la chemise trop grande pour lui et retomba par terre, torse nu. Aiguillonné par la terreur, il se releva tant bien que mal et s'enfuit à toutes jambes, sous l'éclat de rire général des spectateurs. Il entr'aperçut l'expression de surprise de son tourmenteur et la barbe de son collègue fendue par un large sourire amusé. Avec, dans les oreilles, le rire de l'un et le cri furieux de l'autre, Hiémain se sauvait à toute allure ; les ravissantes maçonneries qui l'avaient laissé béat d'admiration quelques minutes plus tôt n'étaient plus que des éléments d'un décor qu'il devait quitter au plus vite pour retrouver la sécurité du navire. Les larges avenues toutes droites, si ouvertes et accueillantes à l'aller, paraissaient à présent conçues dans le seul but de faciliter sa poursuite ; il zigzaguait entre les piétons qui s'écartaient de lui puis le regardaient avec curiosité s'éloigner ventre à terre. Il tournait dès qu'il le pouvait, trop inquiet de se voir pourchassé pour jeter le moindre coup d'œil en arrière.

Quand les rues s'étrécirent et se mirent à sinuer entre des rangées d'entrepôts en bois, d'auberges et de bordels délabrés, il ralentit sa course à présent titubante et regarda ce qui l'entourait : un atelier de tatouage, une chandellerie qui ne payait pas de mine, une taverne, une autre taverne. Il arriva devant l'entrée d'une ruelle et y pénétra sans prêter attention aux immondices qu'il foulait ; à mi-longueur de la venelle, il s'adossa à un encadrement de porte pour reprendre son souffle. Son dos et son épaule lui cuisaient, là où la pierre les avait écorchés ; il palpa ses lèvres avec précaution : elles commençaient déjà à enfler ; une grosse bosse se formait sur sa tête. L'espace d'une seconde, il se demanda avec horreur jusqu'où le gardien comptait aller : lui aurait-il fendu le crâne, aurait-il continué à le rouer de coups jusqu'à ce que mort s'ensuive s'il ne s'était pas enfui ? Il avait entendu parler de marins et d'étrangers qui s'étaient fait « dresser les côtes » par la garde municipale, même à Terrilville. Était-ce ce qu'il venait de subir qu'on désignait par là ? Mais il croyait que cela n'arrivait qu'aux ivrognes, à ceux qui se tenaient mal ou qui avaient une conduite délictueuse !

Pourtant, cela lui était arrivé, à lui, ce jour même ! Pourquoi ? « Parce que je portais un costume de marin », se dit-il tout bas, et, pendant un instant effrayant, il songea que c'était peut-être la punition de Sa pour n'avoir pas mis sa robe de prêtre ; il avait renié Sa et, en retour, Sa lui avait retiré sa protection. Il repoussa cette pensée indigne : c'étaient les enfants et les superstitieux qui parlaient ainsi de Sa, comme si ce n'était qu'un homme, plus grand et plus vindicatif que les autres, et non le dieu de tout et de tous. Non ; telle n'était pas la leçon à tirer de son aventure. Qu'était-ce donc, alors ? À présent que le danger était passé, il cherchait refuge dans cet exercice familier. Il y avait toujours à apprendre de toute expérience, si terrible soit-elle ; tant qu'on n'oubliait pas cette vérité, l'esprit pouvait venir à bout de tous les obstacles. C'était seulement lorsqu'on baissait les bras et qu'on se mettait à croire que l'univers n'est qu'un ramassis chaotique d'événements malheureux ou cruels que l'esprit pouvait être vaincu.

Il respirait plus aisément ; sa bouche et sa gorge étaient sèches, mais il ne se sentait pas encore prêt à chercher de l'eau. Il repoussa la sensation au fond de sa conscience et se tendit vers le centre serein de son être ; il prit quelques profondes inspirations pour s'apaiser et s'ouvrit pour capter la leçon, en interdisant à son esprit et à ses émotions de la modeler. Qu'y avait-il à apprendre de ce qu'il avait vécu ? Que devait-il en retenir ?

La pensée qui vint flotter dans son esprit le choqua. Avec une grande clarté, il vit sa propre crédulité : il avait vu la beauté de la ville, et il en avait déduit qu'elle était habitée de beaux esprits ; il était venu en s'attendant à être accueilli dans la lumière de Sa. Son préjugé était si fort qu'il n'avait prêté attention à aucun des avertissements à présent si évidents : ses compagnons de bord l'avaient prévenu, l'hostilité des gardiens municipaux était une autre mise en garde, ainsi que les regards noirs des habitants... Il s'était conduit comme un enfant trop confiant qui s'approche d'un chien grondant. C'était sa faute s'il s'était fait mordre.

Une vague d'affliction déferla sur lui, plus puissante que tout ce qu'il avait ressenti jusque-là. Il ne s'y attendait pas et se laissa submerger, perdant son équilibre intérieur. Il n'y avait aucun espoir, aucun ; il ne reverrait jamais son monastère, il ne retrouverait jamais l'existence méditative qui lui manquait tant ! Il allait devenir comme tant de gens qu'il avait croisés, convaincu que tout le monde était son ennemi personnel et que seul l'argent donnait accès à l'amitié ou à l'amour. Combien de fois n'avait-il pas entendu des gens se moquer de l'idéal de Sa selon lequel les hommes avaient été créés pour devenir des êtres bons et beaux ! Où était, se demanda-t-il avec amertume, la bonté chez ce jeune gardien qui avait tant pris plaisir à le rosser ? Où était la beauté chez cette femme aux lèvres ulcéreuses prête à coucher avec lui pour de l'argent ? Il se sentit soudain très jeune et très bête, prêt à croire n'importe quoi. Quel imbécile ! Quel triste imbécile ! La douleur de son âme était aussi réelle que celle de ses meurtrissures et son cœur était lourd dans sa poitrine. Il ferma les yeux, les paupières plissées, et forma le vœu de se trouver ailleurs, d'être quelqu'un d'autre, quelqu'un qui n'éprouverait pas ce qu'il éprouvait.

Au bout d'un moment, il rouvrit les yeux et se redressa. Le pire était qu'il devait encore regagner le navire. L'expérience aurait déjà été assez rude s'il avait pu se réfugier dans la paix et la sécurité du monastère, mais retrouver les querelles stupides qui faisaient l'ordinaire à bord de la *Vivacia*, la brutalité de Torg et le plaisir pervers qu'il y prenait, l'attitude méprisante de son père, c'était presque plus que n'en pouvait supporter son cœur. Pourtant quel autre choix avait-il ? Se cacher et rester à Cresson pour y devenir un vagabond sans le sou en proie au dédain de tous ? Il poussa un grand soupir, mais son cœur ne fit que s'alourdir. Pataugeant dans les ordures en décomposition, il gagna l'entrée de la ruelle et regarda le soleil dans le ciel occidental. L'après-midi qui lui avait paru si court pour visiter la ville s'allongeait à présent démesurément avant la tombée du soir. Il décida de se mettre à la recherche du reste du groupe de la *Vivacia.* Il ne voyait plus quoi faire d'autre à Cresson.

Torse nu, il se mit à errer à pas lourds dans les rues, sans prêter attention aux regards amusés des passants devant ses bleus et ses écorchures. Il finit par rencontrer une troupe de marins qui faisaient manifestement partie de l'équipage d'un autre bateau et qui étaient eux aussi en permission à terre ; tous avaient le front ceint d'un bandeau qui avait autrefois été blanc et décoré d'un oiseau noir sur le devant. En riant et en échangeant des insultes amicales, ils sortaient d'un bordel et se dirigeaient vers une taverne quand ils aperçurent Hiémain. « Oh, le pauvre petit ! s'exclama l'un d'eux avec une feinte compassion. Elle t'a viré, hein ? Et en plus elle t'a piqué ta chemise ? » Ce trait d'esprit déclencha un éclat de rire général. Hiémain passa son chemin.

Il tourna un coin de rue et sut qu'il avait enfin trouvé la Promenade des Marins : non seulement on y voyait l'enseigne du Foulard au Vent, représentant une femme uniquement vêtue d'un foulard qui flottait dans la brise, mais également d'autres, au fronton d'anciennes tavernes, tout aussi évocatrices. Les images signalaient avec crudité les spécialités de la maison : manifestement, ceux qui les avaient conçues ne se faisaient guère d'illusions sur l'aptitude des marins à lire et à écrire.

D'autres distractions, moins onéreuses, étaient proposées dans la rue : un éventaire vendait des porte-bonheur, des potions et des amulettes : coiffes de nouveau-nés séchées pour protéger de la noyade, morceaux de corne pour assurer la virilité, huiles magiques réputées capables d'apaiser une tempête. Hiémain passa devant l'échoppe avec un regard de pitié pour les crédules qui achetaient ce genre d'articles. Plus loin, sur un carré marqué au sol à la craie, un montreur d'ours offrait aux badauds l'occasion d'un combat contre son animal pour le prix d'une bourse d'or. Muselé et les griffes rognées, l'ours n'en conservait pas moins l'air redoutable ; une courte chaîne lui entravait les pattes arrière tandis qu'une autre, plus grosse, partait de son collier pour s'arrêter dans le poing de son maître. Il ne cessait de s'agiter, semblable à une montagne impatiente et nerveuse, tout en scrutant la foule de ses petits yeux. Hiémain se demanda qui serait assez demeuré pour se laisser convaincre de relever un tel défi ; soudain, son cœur se serra : il venait d'apercevoir Confret qui, appuyé sur un de ses compagnons, discutait avec le dresseur, un sourire béat sur les lèvres. Une petite assemblée de spectateurs, des marins pour la plupart, prenait fiévreusement des paris.

Le jeune garçon s'apprêtait à poursuivre sa route à la recherche de Clément quand il l'entrevit parmi les parieurs. Avec un soupir, il alla le rejoindre. Clément le reconnut et lui lança un sourire ravi. « Hé, arrive, Hiémain, tu as de la chance ! Confret va se battre avec l'ours ! Allonge ta mise, tu vas pouvoir la doubler ! » Il se rapprocha de son ami. « C'est du tout cuit : on vient de voir quelqu'un gagner ; il n'a eu qu'à grimper sur le dos de l'ours et la bestiole a tout de suite flanché. Après ça, le dompteur ne voulait plus laisser personne se battre avec elle, mais Confret a insisté. » Clément ouvrit soudain de grands yeux. « Hé, où est passée ta chemise ?

— Je l'ai perdue en me bagarrant avec des gardiens municipaux. » Hiémain se réjouit de constater qu'il parvenait presque à prendre l'affaire à la plaisanterie, et il commençait à se vexer un peu de la facilité avec laquelle Clément se laissait convaincre de la véracité de ses dires quand il remarqua l'haleine de son interlocuteur ; quelques instants plus tard, il le vit déplacer quelque chose dans sa bouche : de la cindine. Le stimulant faisait vaciller son regard. Hiémain s'inquiéta : c'était une drogue interdite à bord du navire ; s'il mettait seulement le pied sur le pont alors qu'il était encore sous son influence, il aurait des ennuis. L'optimisme irréfléchi qu'elle induisait était incompatible avec la prudence nécessaire au marin. Hiémain songea qu'il devait intervenir, suggérer à son jeune camarade de faire attention, mais les mots lui manquèrent. « Je voulais seulement vous prévenir que je vous attendrai au canot. J'ai fini de visiter la ville et je retourne à la plage.

— Non, non, ne t'en va pas ! » Clément le saisit par le bras. « Reste pour le spectacle ! Tu le regretteras toute ta vie si tu ne vois pas ça ! Tu es sûr que tu ne veux pas miser une pièce ou deux ? La cote ne vaut pas mieux que ça, et l'ours est fatigué, c'est obligé : il s'est déjà battu cinq ou six fois.

— Et le dernier adversaire a remporté le combat ? » Hiémain se sentait gagné par la curiosité.

« Ouais, mon gars. Une fois qu'il a réussi à monter sur le dos de l'ours, la bête s'est repliée comme un chat qui dort. Tu peux me croire, le montreur l'avait mauvaise en remettant la bourse d'or au type. » Clément passa son bras sous le coude de Hiémain. « J'ai parié mes cinq dernières pièces de cuivre. Évidemment, Confret a placé davantage ; il s'est bien débrouillé à la table de jeu, tout à l'heure. » Clément lui jeta de nouveau un regard scrutateur. « Tu es sûr que tu ne veux pas miser sur lui ? Tout l'équipage parie sur lui.

— Je n'ai pas la moindre pièce sur moi – ni même une chemise, répondit Hiémain.

— Ah oui, c'est vrai ! C'est vrai ! Bon, t'inquiète pas, c'est... Ça y est, il y va ! »

Le sourire aux lèvres, en saluant de la main ses compagnons de bord, Confret pénétra dans le carré. À peine eut-il franchi la ligne que l'ours se dressa sur ses pattes de derrière ; ses chaînes l'empêchant de faire de trop grands pas, il se dirigea lourdement vers l'homme qui partit d'un côté, puis de l'autre, pour se faufiler derrière la bête.

Mais il n'y parvint pas. Comme s'il s'était exercé cent fois à exécuter ce mouvement, l'ours pivota et gifla le marin. Ses puissantes pattes avant avaient une portée bien supérieure à ce qu'aurait cru Hiémain, et, sous la force du coup, Confret fut projeté par terre à plat ventre.

« Debout ! Relève-toi ! » hurlèrent ses camarades et, à sa propre surprise, Hiémain les imita. L'ours, retombé à quatre pattes, poursuivit sa danse impatiente. Confret releva le visage de la rue poussiéreuse ; du sang coulait de son nez, mais les acclamations de ses amis parurent lui redonner courage. D'un bond, il se remit sur pied et se précipita pour contourner l'ours.

Mais la bête se dressa de nouveau, haute et inébranlable comme une muraille, et tendit une patte pour cueillir l'homme au passage. Cette fois, le marin fut jeté sur le dos et son crâne rebondit contre la terre dure. Hiémain fit la grimace et détourna les yeux avec un gémissement. « Il est fichu, dit-il à Clément. On ferait mieux de le ramener au navire.

— Non, non ! Il va se relever ! Allez, Confret, ce n'est qu'un gros ours sans cervelle ! Debout, mon gars, debout ! » Les autres marins de la *Vivacia* criaient eux aussi et, tout à coup, Hiémain reconnut parmi les cris la voix rauque de Torg ; manifestement, le capitaine lui avait donné congé afin qu'il s'amuse un peu. Hiémain eut brusquement la certitude que le lieutenant allait trouver quelque saillie devant sa chemise disparue, et il regretta d'avoir quitté le navire. La journée n'avait été décidément qu'une longue série de catastrophes.

« Je retourne au canot, annonça-t-il à nouveau à Clément, mais celui-ci, sans prêter attention à ses propos, resserra sa prise sur son bras.

— Non, regarde, il se relève ! Je te l'avais bien dit ! C'est ça, Confret, vas-y, mon gars, tu peux y arriver ! »

Hiémain doutait que l'homme entendît un seul des mots que criait Clément : il paraissait encore étourdi du coup reçu, comme si seul l'instinct l'obligeait à se redresser et à s'éloigner de l'ours. Mais, à l'instant où il fit mine de bouger, l'animal fut de nouveau sur lui et le prit entre ses pattes avant. Le tableau était comique mais Confret se mit à hurler d'une façon qui laissait à penser que l'étreinte lui brisait les côtes.

« Tu abandonnes ? cria le montreur d'ours au marin, et Confret acquiesça violemment de la tête, incapable d'inspirer pour répondre autrement.

— Lâche-le, Soleil. Lâche-le ! » ordonna le dresseur, sur quoi l'ours laissa tomber Confret et s'éloigna à pas lents. Il s'assit docilement dans un coin du carré et hocha la tête comme pour remercier la foule de ses acclamations.

Sauf qu'il n'y avait pas d'acclamations. « J'avais misé tout mon fric sur lui ! » s'écria un marin, en marmonnant ensuite un commentaire sur la virilité de Confret qui ne semblait pas offrir de rapport étroit avec la lutte contre un ours. « Le combat n'était pas loyal ! » s'exclama un autre qui parut réunir le consensus de tous les parieurs, dont aucun ne présenta cependant d'argument pour fonder cette accusation, comme Hiémain le remarqua ; il avait lui-même des doutes mais ne vit aucun motif de les exprimer, et il préféra aller aider Confret à se remettre debout : Clément et les autres étaient trop occupés à s'apitoyer sur leurs pertes. « Confret, espèce d'imbécile ! cria Torg de l'autre bout du carré. T'es même pas fichu de passer derrière un ours entravé ! » D'autres remarques d'une aigreur égale confirmèrent que c'était l'expression de l'opinion générale. Les hommes de la *Vivacia* n'étaient pas les seuls à avoir perdu leurs mises.

Confret finit de se relever en toussant, puis il se courba pour cracher du sang. Il reconnut enfin Hiémain. « J'ai bien failli l'avoir, fit-il en haletant. Ouais, j'ai bien failli l'avoir ! J'ai perdu tout ce que j'avais gagné dans l'après-midi ; me voilà fauché comme les blés. Zut ! Si seulement j'avais été un peu plus rapide... » Il toussa de nouveau, puis émit un rot qui sentait la bière. « J'ai failli gagner.

— Je ne pense pas », dit Hiémain à mi-voix, plus pour lui-même que pour Confret. Mais l'homme l'entendit.

« Si, je te jure, j'ai failli l'avoir, petit. Si j'avais été un peu plus petit et un peu plus vif, on serait tous rentrés au navire les poches pleines. » Du dos de la main, il essuya le sang qui lui maculait la bouche.

« Je ne pense pas », répéta Hiémain. Pour consoler Confret de sa perte, il ajouta : « À mon avis, le combat était truqué ; l'homme qui a remporté le précédent était sans doute de mèche avec le montreur d'ours. On te montre un moyen de gagner, mais en réalité l'ours est dressé, et, quand tu essayes le même moyen, il s'y attend et il te coince. Ne te fais pas de reproches, Confret, ce n'était pas ta faute. C'était une escroquerie. Allons, viens, on va te ramener au bateau. » Et il passa le bras autour de la taille de l'homme.

Mais Confret s'éloigna brusquement de lui. « Eh ! Eh, vous, le montreur d'ours ! Vous avez triché ! Vous nous avez trompés, mes amis et moi ! » Dans le silence choqué qui suivit, Confret s'exclama : « Je veux récupérer mon argent ! »

Le dresseur était en train de réunir ses gains avant de s'en aller. Sans répondre, il prit la chaîne de son animal et, malgré les protestations de Confret, il serait parti si plusieurs matelots d'un autre navire ne s'étaient pas placés sur son chemin. « C'est vrai ? demanda l'un d'eux. Vous avez triché ? Le combat était truqué ? »

L'homme promena son regard sur les spectateurs en colère. « Bien sûr que non ! répondit-il d'un ton moqueur. Comment ce serait possible ? Vous avez vu le type, vous avez vu l'ours, il n'y avait qu'eux deux dans le carré. Il a payé pour avoir la chance de combattre l'ours et il a perdu. Ce n'est pas plus compliqué ! »

En un sens, ce qu'il disait était exact, et Hiémain s'attendit que les marins l'admettent, fût-ce à contrecœur. C'était oublier tout ce qu'ils avaient bu et tout ce qu'ils avaient perdu. Une fois portée l'accusation de tricherie, un simple démenti ne pouvait pas suffire à les calmer. L'un d'eux, un peu plus vif d'esprit que les autres, s'écria soudain : « Hé ! Il est parti où, le gars qui avait gagné avant ? C'est ton copain ? L'ours le connaît ?

— Qu'est-ce que tu veux que j'en sache ? rétorqua le maître de l'animal. Il est sans doute allé dépenser l'argent qu'il m'a pris. » Une fugace expression d'inquiétude était passée sur les traits de l'homme qui se mit à scruter la foule, comme s'il cherchait quelqu'un des yeux.

« Eh bien, moi, je pense que l'ours est dressé », déclara un marin d'un ton furieux. Dans le contexte, Hiémain jugea l'affirmation des plus évidentes et des plus stupides.

« Le combat n'était pas loyal ! Je veux qu'on me rende mon fric ! » s'exclama un autre, et, presque aussitôt, le cri fut repris par le reste de la foule. Une fois de plus, le montreur d'ours parut chercher quelqu'un des yeux, mais ne trouva aucun allié.

« Hé, on te dit qu'on veut récupérer notre pognon ! » lui dit Torg. Il s'avança en carrant les épaules jusqu'à ce que son visage touche presque celui de l'homme. « Confret, l'est du même navire que moi. Tu crois qu'on va rester les bras croisés à le regarder se faire massacrer et nous faire perdre tout l'argent qu'on a trimé pour gagner ? Tu t'es foutu de notre copain et, par les couilles de Sa, on ne va pas se laisser faire ! » Comme nombre de brutes, il savait trouver la corde sensible qui lui rallierait les suffrages. Il jeta un coup d'œil sur les hommes qui le regardaient, puis se retourna vers le dresseur d'ours. « Tu crois qu'on arrivera pas à reprendre notre pognon si tu veux pas nous le rendre de bon gré ? » Un grondement d'acquiescement monta de la foule.

L'homme comprit qu'il n'aurait pas le dessus. Hiémain eut presque l'impression de le voir chercher un compromis. « Je vais vous dire, fit-il brusquement : je n'ai pas triché, mon ours non plus, et la plupart d'entre vous le savent bien, je pense. Mais je veux me montrer loyal et plus que loyal, même ! Je suis prêt à laisser celui d'entre vous qui le voudra se battre contre mon ours gratuitement ! S'il gagne, je vous paye toutes vos mises comme si c'était votre copain, là, qui avait gagné ; s'il perd, je garde l'argent. C'est assez loyal comme ça ? Je vous offre l'occasion de récupérer votre argent pour rien ! » Après un bref silence, la foule donna son accord dans un marmonnement général. Hiémain se demanda quel serait le prochain fou à tâter de la force de l'ours.

« Tiens, Hiém, vas-y, toi ! » s'exclama Confret. Il poussa le jeune garçon en avant. « Tu es petit et vif ; t'as qu'à passer derrière lui et lui monter sur le dos !

— Non. Non, merci. » Aussi vite que Confret l'avait fait avancer, Hiémain recula, mais certains avaient entendu le marin, et un homme d'un autre navire reprit la proposition.

« Ouais, leur mousse n'a qu'à essayer. Il est petit et rapide. Je parie qu'il est capable de passer derrière l'ours et de nous récupérer nos mises !

— Non ! » répéta Hiémain plus fort, mais sa voix se

perdit dans le chœur qui acquiesçait aux paroles du matelot. Ce n'étaient pas seulement ses compagnons de bord qui le pressaient d'accepter, mais la foule dans son ensemble.

Torg s'approcha de lui d'un air digne et le toisa. Il sentait la bière. « Alors, fit-il d'un ton railleur, tu crois que tu peux récupérer notre fric ? Moi, ça m'étonnerait, mais tu peux toujours essayer, petit. » Il saisit Hiémain par le bras et le traîna en direction du carré. « Notre mousse voudrait tenter le coup.

— Non ! C'est faux ! » s'insurgea Hiémain.

Torg lui jeta un regard menaçant. « T'as qu'à passer derrière lui et à lui grimper sur le dos, expliqua-t-il d'un ton patient. Ça devrait pas être difficile pour une petite fouine comme toi !

— Non, je refuse », déclara Hiémain d'une voix nette. Un éclat de rire général accueillit cette déclaration, et Torg rougit de gêne et de rage.

« Que si, tu vas y aller !

— Le gamin veut pas risquer le coup. L'a pas de cran », dit quelqu'un près de Hiémain.

Le dresseur avait ramené son animal dans le carré. « Alors, il essaye ou non, votre mousse ?

— Non ! » répondit Hiémain tandis que Torg déclarait fermement : « Oui. Laissez-lui une minute. » Et il se tourna vers le jeune garçon d'un air mauvais. « Écoute voir, fit-il d'une voix sifflante. Tu nous fais honte à tous ! Tu fais honte à ton navire ! Rentre là-dedans et récupère notre pognon ! »

Hiémain secoua la tête. « Faites-le vous-même ; moi, je ne suis pas stupide au point de me mesurer à un ours. Même si j'arrivais à le contourner et à lui monter sur le dos, rien ne garantit qu'il abandonne le combat. Ce n'est pas parce que c'est arrivé une fois que...

— Moi, j'y vais ! » s'exclama Clément. Le défi faisait briller ses yeux.

« Non ! dit Hiémain. Ne fais pas ça, Clément ! C'est

complètement idiot. Si tu n'étais pas plein de cindine jusqu'aux yeux, tu t'en rendrais compte toi aussi ! Si Torg y tient tant que ça, qu'il le fasse lui-même !

— Je suis trop bourré, répondit l'intéressé sans vergogne. Allez, vas-y, Hiémain ! Montre-nous que t'as du cran ! Prouve que t'es un homme ! »

Le jeune garçon jeta un coup d'œil à l'ours. Il faudrait être fou pour s'attaquer à lui, il le savait parfaitement. Avait-il quoi que ce soit à prouver, et à Torg, par-dessus le marché ? « Non. » Il s'exprimait d'une voix forte et catégorique. « Je refuse d'essayer.

— Bon, votre mousse ne veut pas essayer et, moi, je ne vais pas passer la journée ici. L'argent est à moi, les gars. » Avec un haussement d'épaules marqué, le dresseur lança un sourire à la cantonade.

On entendit dans la foule une remarque peu flatteuse sur l'équipage de la *Vivacia*.

« Hé ! Hé, moi je veux bien ! » C'était Clément, avec un sourire béat.

« Non, Clément ! fit Hiémain d'un ton suppliant.

— Peuh, j'ai pas peur ! Et il faut bien récupérer notre pognon ! » Il ne tenait pas en place. « On peut pas partir d'ici en laissant croire que les gars de la *Vivacia* ont rien dans le ventre !

— Ne fais pas ça, Clément ! Tu vas te faire blesser ! »

Torg secoua violemment Hiémain par le bras. « La ferme ! » Il rota. « La ferme ! répéta-t-il plus clairement. Clément, il a pas peur, lui ! Il peut y arriver s'il veut ! À moins que tu veuilles prendre sa place ? Grouille, décide-toi ! Il faut que l'un de vous deux récupère notre fric. Il est presque l'heure de rentrer ! »

Hiémain baissa la tête, anéanti : comment en était-on arrivé là ? À ce seul choix possible : Clément ou lui qui pénétrait dans un carré pour y affronter un ours, afin de récupérer l'argent perdu par d'autres dans un combat truqué ! C'était ridicule ! Il parcourut la foule des yeux dans l'espoir d'y trouver un visage à l'expression rationnelle, quelqu'un qui pût se rallier à son point de vue. Un homme croisa son regard. « Alors, qui c'est qui y va ? » demanda-t-il d'une voix tendue. Hiémain secoua la tête sans un mot.

« Moi ! » s'exclama Clément en souriant aux anges et en sautillant sur place ; il entra dans le carré et le dresseur lâcha la chaîne de l'ours.

Plus tard, Hiémain devait se demander si l'homme n'avait pas passé son temps, en attendant le combat, à exciter discrètement son animal, car l'ours, loin de s'avancer lentement vers Clément ou, dressé sur ses pattes arrière entravées, de cheminer à petits pas vers lui, se précipita sur lui d'un bond, le heurta en pleine poitrine de sa lourde tête, puis l'étreignit entre ses énormes pattes. Il se dressa sur celles de derrière sans lâcher Clément qui se débattait en hurlant, et, de ses griffes, pourtant rognées, il déchira la chemise du jeune matelot jusqu'à ce qu'un cri de son maître l'oblige à rejeter sa proie. Clément s'écrasa au sol en dehors du carré. « Relève-toi ! » cria quelqu'un, mais Clément ne bougea pas. Même le propriétaire de l'ours paraissait effaré par la violence du combat ; saisissant la chaîne, il la tira brutalement à lui pour convaincre l'animal qu'il le maîtrisait.

« C'est terminé ! déclara-t-il. C'était à la loyale, vous l'avez tous vu ! C'est l'ours qui a gagné, le gosse est hors des limites ! Et l'argent reste à moi ! »

Quelques grommellements accueillirent cette affirmation, mais cette fois nul n'interpella l'homme quand il s'en alla, l'ours sur les talons. Un marin jeta un coup d'œil à Clément qui gisait toujours dans la poussière, puis il cracha. « Rien dans le ventre, tous autant qu'ils sont », déclara-t-il en dévisageant Hiémain avec dégoût. Le jeune garçon soutint un moment son regard, puis alla s'agenouiller près de Clément. Il respirait encore ; il avait la bouche à demi ouverte et il inhalait de la poussière à chaque inspiration. Il avait heurté le sol si durement, la poitrine la première, qu'il serait miraculeux s'il n'avait pas au moins des côtes cassées.

« Il faut le ramener au navire », dit-il en levant les yeux vers Confret.

L'intéressé lui jeta un regard écœuré, puis détourna le visage comme s'il n'existait plus. « Allez, les gars, c'est l'heure de rentrer à bord. » Et, sans égard pour les éventuelles blessures de Clément, il saisit le garçon par le bras et le tira jusqu'à ce qu'il soit debout. Clément commença de retomber, inerte comme une poupée de chiffon, et Confret le prit à bras-le-corps et le jeta sur son épaule. Les deux autres marins de la *Vivacia* lui emboîtèrent le pas sans daigner prêter la moindre attention à Hiémain.

« Ce n'est pas ma faute ! s'exclama le jeune garçon – tout en se demandant si c'était bien le cas.

— Si, rétorqua Torg. Il était bourré à la cindine, et tu le savais. Il n'aurait pas dû entrer là-dedans, mais il a été obligé parce que t'es qu'un lâche. Eh bien, ajouta-t-il avec un sourire de satisfaction méchante, maintenant tout le monde sait ce que tu vaux. Avant, j'étais le seul à savoir que tu étais qu'un cul-mouillé ! » Torg cracha dans la poussière de la rue et s'éloigna.

Hiémain resta un moment seul à regarder les coins à demi effacés du carré. Il savait avoir fait le bon choix, mais la terrible impression d'avoir laissé passer une occasion commençait à l'envahir : il venait de perdre la chance d'être enfin accepté à part entière à bord de la *Vivacia*, d'être considéré comme un homme parmi d'autres hommes. Il jeta un coup d'œil au soleil couchant, puis se hâta de rattraper les marins qui le méprisaient désormais.

5

LA PUTAIN DE KENNIT

À la suite des pluies d'automne, Partage était presque propre. Le niveau du lagon était plus élevé, les chenaux plus profonds et, alors que la *Marietta* approchait de son port d'attache, le cœur de ses occupants plus léger que jamais. Pourtant, cette humeur n'avait rien à voir avec la cale pleine de fret volé : c'était un butin honorable mais ils avaient bien souvent fait mieux.

« C'est qu'on nous respecte, maintenant, quand on arrive dans un port. Les gens nous reconnaissent et ils viennent nous accueillir. Je vous ai dit qu'à Petit-port Mme Rampe nous avait réservé toute sa maison, pendant tout un quart, et gratis ? Et les filles, elles faisaient pas qu'obéir aux ordres de la mère maquerelle : elles y allaient de bon cœur, par Sa ! Tout ce qu'on voulait... » Sorcor laissa sa phrase en suspens, encore stupéfait de leur bonne fortune.

Kennit retint un soupir. Il n'avait entendu l'anecdote qu'une vingtaine de fois auparavant. « Toutes ces maladies, gratis », fit-il à mi-voix, mais Sorcor prit sa réflexion pour une plaisanterie et sourit avec affection à son capitaine. Kennit détourna la tête et cracha pardessus bord. En revenant à Sorcor, il parvint à se composer un sourire. « Avertis les hommes : rares sont les prophètes qui sont bien traités dans leur pays. »

Le second plissa le front, perplexe.

Encore une fois, Kennit retint un soupir. « Écoute : même si certains, ailleurs, considèrent que libérer des esclaves et les équiper pour la piraterie, avec en plus une part de notre territoire, est un acte de philanthropie, d'autres ici n'y verront que la création de nouveaux rivaux – et ils estimeront de leur devoir de mettre un frein à nos ambitions.

— Vous voulez dire qu'ils vont être jaloux et qu'ils vont nous piétiner dès qu'ils en auront l'occasion, c'est ça ? »

Kennit réfléchit un instant. « C'est ça. »

Un sourire apparut lentement sur le visage couturé de cicatrices de Sorcor. « Mais, cap'taine, c'est justement de ça que les hommes ont envie : qu'on essaye de les remettre à leur place.

— Ah !

— Et aussi, cap'taine...

— Oui, Sorcor ?

— Les hommes ont comme qui dirait voté, cap'taine, et ils ont persuadé ceux qu'étaient pas d'accord de changer d'avis : chacun prendra une part d'argent cette fois et ils vous laisseront vendre toute la cargaison. » Sorcor se gratta vigoureusement la joue. « C'est moi qui ai eu l'idée que ce serait peut-être pas mal d'annoncer à Partage qu'ils avaient tous confiance dans leur cap'taine. Attention, ils ont pas tous promis d'accepter à chaque fois ; mais, pour ce coup-ci, c'est à vous de jouer.

— Sorcor ! s'exclama Kennit, et son sourire s'élargit imperceptiblement. Toutes mes félicitations !

— Merci, cap'taine. Je pensais bien que ça vous ferait plaisir. »

Les deux hommes restèrent ensuite un moment sans rien dire, à regarder la côte approcher. La pluie violente de la veille avait arraché les dernières feuilles brunissantes des arbres caducs, qui n'étaient d'ailleurs pas la majorité : l'essence dominante des collines qui entouraient Partage était un persistant aux feuilles larges et sombres ; plus près de la mer, les terres littorales étaient la propriété de la vigne-méduse, de la liane-racine, et d'un immense cèdre qui mettait au défi ses propres drageons envasés de pousser à son pied. Dans la fraîcheur apportée par la pluie, Partage paraissait presque accueillante ; de la fumée montait des cheminées, mêlant son odeur à celle d'iode des algues et de l'eau saumâtre. À la maison... Kennit prononça mentalement l'expression. Non, cela n'allait pas. Au port.

Sorcor s'écarta brusquement en invectivant un matelot qui ne s'activait pas assez à son gré. Tous le savaient, le second se montrait extrêmement tatillon quand le navire entrait dans un port ; il ne lui suffisait pas qu'il soit bien amarré, il fallait en plus que ses voiles soient serrées avec élégance, comme s'il se donnait en spectacle pour les flâneurs de la plage – ce qui était le cas cette fois.

Kennit passa en revue leurs captures depuis leur dernier départ de Partage : sept navires dans la poche, dont quatre esclavagistes ; à cinq reprises, ils avaient pourchassé des vivenefs mais, dans ce domaine, la réussite restait un but très lointain, et Kennit était presque résigné à renoncer à cette partie de son projet. Peut-être parviendrait-il au même résultat simplement en s'appropriant suffisamment de transports d'esclaves. Un soir précédent, Sorcor et lui s'étaient livrés à quelques opérations d'arithmétique accompagnées d'une ou deux chopes de rhum. Ce n'était que spéculation, naturellement, mais le bilan était toujours plaisant : qu'ils se débrouillent bien ou mal, les quatre navires pirates reverseraient la moitié de leurs prises à la *Marietta*. Kennit avait confié le commandement de chaque navire capturé à un de ses hommes les plus amarinés, ce qui s'avérait un coup de génie car, désormais, ceux qui demeuraient à bord de la *Marietta* se démenaient afin de se distinguer assez pour mériter un bateau. Le seul inconvénient était que ce système risquait à long terme de priver son équipage de ses meilleurs éléments, mais il chassa ce souci de son esprit : à ce moment-là, il posséderait une flottille, non, une flotte de navires pirates, tous liés à lui non seulement par l'argent mais aussi par la gratitude.

Sorcor et lui les avaient soigneusement répartis dans l'Intérieur, en passant de longues heures à discuter des emplacements où leurs équipages seraient le mieux acceptés en tant que citoyens et où les prises seraient les plus faciles pour un vaisseau sans expérience. Leurs décisions étaient bonnes, il en était convaincu ; même ceux des esclaves libérés qui avaient choisi de ne pas le suivre dans une existence de piraterie devaient penser à lui avec reconnaissance et n'en dire que du bien autour d'eux, et il ne doutait pas que, lorsque le moment viendrait d'exprimer où allait leur fidélité, ils se rappelleraient qu'il les avait sauvés. Il hocha la tête d'un air avisé. Roi des Îles des Pirates... Oui, c'était réalisable.

Les trois navires marchands dont ils s'étaient emparés n'avaient rien de remarquable. L'un d'eux ne tenait même pas bien la mer et, quand les incendies s'étaient intensifiés à son bord, on l'avait laissé sombrer après avoir récupéré la cargaison facilement revendable. Les deux autres bateaux et leurs équipages avaient fait l'objet d'une rançon, par le biais des agents habituels de Kennit. À ce souvenir, il secoua la tête : prenait-il trop d'assurance ? Il devait se déplacer davantage, employer plus de gens, sans quoi, sous peu, des marchands allaient se liguer pour essayer de se venger de lui. Le capitaine du dernier navire était un gaillard hargneux qui avait continué à ruer et à essayer de donner des coups longtemps après avoir été solidement ligoté. Il avait maudit Kennit et l'avait averti que des récompenses étaient à présent offertes pour sa capture, non seulement à Jamaillia mais jusqu'à Terrilville même. Kennit l'avait remercié et l'avait laissé poursuivre son voyage vers la Chalcède assis dans l'eau de sa propre cale, enchaîné comme un esclave ; le prisonnier avait retrouvé une certaine politesse quand Kennit l'avait fait finalement hisser sur le pont, et le capitaine pirate avait songé qu'il avait toujours sous-estimé les effets de l'obscurité, de l'humidité et des chaînes sur la vaillance d'un homme ; enfin, il n'était jamais trop tard pour apprendre.

Ils pénétrèrent dans le port de Partage en bon ordre, et les hommes débarquèrent comme des personnages royaux en visite, les poches tintant de pièces sonnantes et trébuchantes. Kennit et Sorcor les suivirent peu après en laissant à bord une poignée de marins triés sur le volet, qui obtiendraient une belle prime pour avoir accepté de remettre leurs plaisirs à plus tard. Tandis qu'il longeait les quais sans prêter attention aux propositions criardes des maquereaux, des putains et des vendeurs de drogue, Kennit se dit que, quel que soit l'œil qui les examinerait, Sorcor et lui, l'un d'eux au moins paraîtrait avoir du goût. Comme toujours, son second portait toute sorte de vêtements fins aux couleurs éclatantes ; l'écharpe de soie blanche qui lui ceignait la taille drapait autrefois les épaules grasses et blanches d'une aristocrate qu'ils avaient rançonnée ; la dague ornée de pierres précieuses qui s'y enfonçait appartenait au fils de cette même femme, jeune homme courageux qui n'avait pas senti quand il fallait se rendre, et la chemise de soie jaune avait été taillée sur mesure en Chalcède. Étant donné la corpulence de Sorcor, ses épaules musclées, son poitrail de taureau, et la vaste surface de tissu flottant qui le couvrait, le second évoquait à Kennit un navire sous pleines voiles. Par contraste, le capitaine avait choisi des couleurs sobres, comptant davantage sur la coupe et la qualité de ses vêtements pour attirer l'œil.

Rares à Partage ceux qui sauraient apprécier l'excellence de la dentelle abondante dont débordaient ses poignets et son col, mais, malgré leur ignorance, les passants ne pourraient faire autrement que l'admirer ; ses bottes noires qui lui montaient à mi-cuisses brillaient au soleil, tandis que le pantalon serré, le gilet et la veste bleus mettaient en valeur sa musculature et sa minceur tout à la fois. Le fait que le tailleur de ces vêtements eût été un esclave libéré qui ne lui avait rien demandé en échange du privilège de le servir ne faisait que rendre Kennit encore plus satisfait de son aspect.

Sincure Faldin avait déjà acheté des cargaisons à Kennit, mais jamais il ne lui avait fait autant de platitudes. Comme le capitaine pirate s'en doutait, la rumeur des esclaves affranchis et des navires au pavillon du Corbeau qui naviguaient désormais pour son compte avait atteint Partage des semaines plus tôt. L'homme qui les accueillit à la porte de Faldin les conduisit, non à son bureau, mais à son petit salon, pièce exiguë où régnait une atmosphère étouffante et qui ne devait guère servir, comme le constata Kennit après avoir tâté le tissu raide des fauteuils rembourrés. Ils attendirent un moment, Sorcor tambourinant nerveusement du bout des doigts sur ses cuisses, avant qu'une femme souriante ne leur apporte sur un plateau du vin et de petits biscuits sucrés. Si Kennit ne se trompait pas, il s'agissait de la propre épouse de Faldin ; elle leur fit la révérence sans rien dire et se retira promptement. Quand Faldin lui-même apparut quelques instants après, le parfum trop fort qui l'accompagnait et le lissé de ses cheveux attestaient d'une toilette récente. Comme beaucoup de natifs de Durja, il avait un faible pour les couleurs vives et les broderies extravagantes, et sa considérable circonférence ainsi parée évoqua une tapisserie murale à Kennit ; les boucles d'oreilles qu'il arborait étaient un complexe entrelacs de fils d'or et d'argent. Mentalement, le capitaine ajouta cinq pour cent à ce qu'il comptait tirer de leur fret.

« Vous honorez mon établissement, capitaine Kennit, en venant d'abord faire affaire chez nous, déclara Faldin en guise de formule d'accueil. Et n'est-ce pas là votre second, sincure Sorcor, sur qui j'ai entendu tant de belles histoires ?

— En effet », fit Kennit, coupant la parole à Sorcor qui commençait à bredouiller une réponse. Il sourit pour remercier son hôte de sa courtoisie. Puis, soudain sec, il demanda : « Vous dites que nous honorons votre établissement ; comment se fait-il, sincure Faldin ? N'avons-nous pas déjà fait affaire par le passé ? »

L'homme eut un sourire qui allait au-devant des reproches. « Ah, mais alors, si vous me permettez, vous n'étiez qu'un pirate parmi tant d'autres ! Aujourd'hui, s'il faut en croire ce qui se raconte, vous êtes Kennit le Libérateur – et le copropriétaire, en outre, de quatre navires de plus que la dernière fois que je vous ai vu. »

Kennit inclina gracieusement la tête. Il constatait avec plaisir que Sorcor avait l'intelligence de se taire et d'observer comment se conduisait ce genre d'affaires. Pour sa part, il attendit sans mot dire l'offre qui n'allait sûrement pas tarder – en quoi il ne se trompait pas. Sincure Faldin prit un moment pour s'installer au fond d'un fauteuil en face des deux marins, puis il s'empara de la bouteille de vin, se versa une généreuse rasade et remplit les verres de ses invités. Il inspira longuement, puis déclara :

« Avant que nous n'ouvrions les négociations pour une simple cargaison de plus, je vous propose de réfléchir aux bénéfices que nous retirerions tous deux d'une offre que je vous fais : celle d'être toujours votre premier client pour de nombreux frets.

— Je vois bien le profit pour vous, si vous étiez assuré d'avoir le premier choix de notre butin, mais j'avoue ne voir guère d'intérêt pour nous dans un tel arrangement. »

Sincure Faldin croisa les doigts sur son ventre à la parure extravagante et sourit d'un air bonhomme. « Vous ne voyez pas l'intérêt d'avoir un associé toujours prêt à vous débarrasser de tout ce que vous apporterez ? Vous ne voyez pas l'intérêt d'obtenir toujours le meilleur prix pour vos cargaisons, qu'elles soient considérables ou modestes ? Avec un associé à terre, vous ne seriez plus obligé de tout vendre en l'espace d'un jour ou deux ; il assurerait l'entreposage de vos marchandises, qu'il ne vendrait qu'au moment où le marché serait le plus haut. Voyez-vous, capitaine Kennit, quand vous mouillez dans un port et vendez cent tonnelets de rhum de première qualité d'un seul coup, eh bien, la quantité même du produit en rend la qualité subitement courante ; un associé à terre disposant d'un entrepôt pourrait garder ces mêmes tonnelets de côté et ne les vendre que petit à petit, ce qui augmenterait leur rareté et par là même leur prix. De plus, un associé à terre ne les négocierait pas tous à Partage. Non, avec un petit bateau, il pourrait desservir aussi les îles et les villages proches et vous ouvrir ainsi de nouveaux marchés. Et, une ou deux fois l'an, ce même bateau pourrait se rendre jusqu'à, disons, Terrilville ou Jamaillia pour y vendre les articles les plus raffinés de vos prises à des marchands en mesure de vous les payer au meilleur prix. »

Sorcor paraissait un peu trop impressionné ; mais Kennit se retint de lui donner un petit coup de botte : il aurait eu en plus l'air surpris et perplexe. Le capitaine préféra se laissa aller contre le dossier de son inconfortable fauteuil, comme s'il se détendait. « C'est de l'économie de base, dit-il d'un ton désinvolte. Vos propositions n'ont rien d'exceptionnel, sincure Faldin. »

L'homme hocha la tête sans se démonter. « Comme beaucoup de grandes idées. Elles ne deviennent exceptionnelles que quand leurs auteurs ont les moyens de les appliquer. » Il se tut un instant pour réfléchir à ce qu'il allait dire. « On raconte dans Partage que vous avez des ambitions – ambitions, ajouterais-je, qui n'ont rien d'exceptionnel. Vous désirez prendre le pouvoir parmi nous ; certains prononcent le mot de "roi" en souriant sous cape. Ce n'est pas mon cas. Je n'ai pas employé une seule fois ce terme dans ma proposition d'affaire ; cependant, si nous travaillons avec application, l'un de nous pourrait toucher au pouvoir, à la fortune et à l'autorité que ce terme désigne, avec ou sans le titre de "roi" ; ce genre de mot a tendance à déconcerter les braves gens. Toutefois, je pense que ce n'est pas au titre que vous aspirez mais à l'état. »

Faldin se radossa, son discours achevé. Le regard de Sorcor se braqua aussitôt sur Kennit ; ses yeux écarquillés exprimaient le plus grand effarement. Entendre son capitaine parler de son désir de pouvoir était une chose, découvrir qu'un marchand respecté prenait ses propos au sérieux en était une autre.

Kennit se passa la langue sur les lèvres et, baissant les yeux, vit son amulette lui adresser un regard ironique. Le petit visage malicieux lui fit un clin d'œil, puis plissa la bouche comme pour lui enjoindre de se taire. Kennit dut faire un effort sur lui-même pour s'empêcher de le regarder trop fixement, et s'aperçut à cette occasion qu'il s'était redressé sur son siège. Il se composa une expression impassible et détourna les yeux du bracelet en bois-sorcier pour les porter sur Faldin. « Votre proposition va beaucoup plus loin que de simples négociations commerciales. "Associé", avez-vous dit à plus d'une reprise ; "associé", mon cher sincure Faldin, est un mot pour lequel mon second et moi éprouvons un respect particulier. Jusqu'ici, je ne l'ai étendu qu'à Sorcor et réciproquement, et nous en avons tous deux mesuré la profondeur. L'argent seul ne permet pas d'acheter un associé. » Il espérait que Sorcor ne passerait pas à côté de ce petit rappel à leur fidélité mutuelle. Faldin, lui, paraissait un peu inquiet, et Kennit lui sourit. « Mais nos oreilles vous sont toujours ouvertes », dit-il avant de se laisser aller contre le dossier de son fauteuil.

Le marchand reprit son souffle et son regard passa tour à tour sur les deux hommes, comme s'il essayait de les jauger. « Je saisis votre plan, messieurs. Vous accumulez non seulement l'argent mais aussi l'influence, qui est beaucoup plus puissante que la loyauté des hommes et le pouvoir des navires. Mais ce que je vous offre ne s'amasse pas aussi facilement, et seul le temps permet de l'asseoir. » Il fit une pause théâtrale. « Je parle de la respectabilité. »

Sorcor jeta un regard perplexe à Kennit, qui répondit par un geste infime de la main. *Ne bouge pas*, lui disait-il. *Ne laisse rien paraître.* « La respectabilité ? » répéta-t-il avec un soupçon de raillerie dans la voix.

Faldin avala sa salive, puis se jeta à l'eau. « Pour obtenir ce que vous désirez, monsieur, vous devez donner des assurances aux gens ; or rien n'assure la considération d'une communauté comme la respectabilité. Si vous me permettez cette audace, je vous ferai remarquer que vous n'avez pas de véritables liens à Partage, ni maisons, ni terres, ni femme, ni famille, aucun lien de sang avec les habitants de cette ville. Autrefois, ces points n'avaient guère d'importance ; qu'étions-nous, tous autant que nous étions, sinon des parias, des proscrits, des esclaves en fuite, de petits délinquants cherchant à échapper à la justice, des gibiers de prison pour dettes, insoumission ou vagabondage ? » Il attendit que les deux hommes hochent la tête pour marquer leur approbation. « Mais cela se passait il y a une génération ou deux, capitaine Kennit et sincure Sorcor ! » Il s'échauffait sur son sujet. « Je suis sûr, messieurs, que vous l'avez constaté aussi bien que moi : le temps nous change.

J'habite dans cette ville depuis vingt ans, mon épouse y est née, tout comme mes enfants. Si une société digne de ce nom peut s'élever de la boue et des cahutes de Partage, nous en sommes les pierres angulaires ; nous et d'autres comme nous, ainsi que ceux qui se seront ralliés à nos familles. »

S'il avait donné un signal, il avait échappé à Kennit ; cependant, la coïncidence était trop belle pour être vraie : à l'instant où l'homme se tut, sincura Faldin entra, accompagnée de deux jeunes femmes qui portaient des plateaux de fruits, de pain, de viande fumée et de fromage. On distinguait nettement sur leur visage une version féminisée des traits de Faldin : c'étaient ses filles, ses jetons négociables, ses laissez-passer pour la respectabilité. Ce n'étaient pas des putains de Partage, et aucune n'osa regarder Kennit dans les yeux ; mais l'une d'elles adressa un sourire timide à Sorcor, accompagné d'un coup d'œil à travers ses cils baissés. Elles étaient sans doute vierges, songea Kennit, et n'avaient pas le droit de mettre le pied dans les rues de Partage si maman n'était pas là pour veiller sur elles ; ce n'étaient d'ailleurs pas des laiderons : le sang de Durja se retrouvait dans leur peau blanche et leurs cheveux couleur de miel, mais elles avaient les yeux brun clair, en forme d'amandes. Avec leurs bras ronds et laiteux, on eût dit deux fruits mûrs et potelés. Elles disposèrent les mets et les boissons pour chacun des hommes et pour leur mère.

Sorcor regardait son assiette, mais se suçotait la lèvre inférieure d'un air pensif. Soudain, il releva les yeux et dévisagea franchement une des sœurs, qui rougit aussitôt sans soutenir son regard, mais sans non plus se détourner. La plus jeune des deux filles ne devait pas avoir plus de quinze ans et sa sœur dix-sept. Leur peau douce et unie faisait d'elles le rêve de beaucoup d'hommes qui se verraient transportés dans un monde de douceur où les femmes étaient dociles, savaient se taire et répondaient obligeamment aux besoins de leur mari. Sorcor partageait sans doute ce rêve, se dit Kennit : quelle récompense pouvait être plus inaccessible pour le pirate couturé de cicatrices et couvert de tatouages que l'étreinte empressée d'une vierge à la peau laiteuse ? Ce qui était le plus impossible à atteindre était toujours le plus désirable.

Faldin feignit de ne pas remarquer le coup d'œil appuyé du second à sa fille et s'exclama : « Ah, des rafraîchissements ! Laissons un moment de côté nos affaires. Messieurs, je vous offre l'hospitalité de ma maison ; vous connaissez déjà, je crois, sincura Faldin. Ces deux jeunes demoiselles sont mes filles, Alysse et Nérine. » Chacune salua les invités de la tête, puis alla prendre place entre son père et sa mère.

Et ces deux demoiselles, songea Kennit, n'étaient que la première offre que leur faisait Partage – et pas obligatoirement la meilleure ; quant à la « respectabilité », Partage n'était pas seule à pouvoir la fournir. Il existait d'autres villes pirates sur d'autres îles, et des marchands plus riches que Faldin. Inutile de choisir trop vite. Inutile de se presser.

Le soleil avait traversé une grande partie du ciel quand Kennit et Sorcor sortirent de la résidence de sincure Faldin. Le capitaine avait vendu sa cargaison avec profit ; mieux encore, il y était parvenu sans tout à fait s'engager dans une alliance définitive avec Faldin. Après le départ des filles et de l'épouse du financier, Kennit avait adopté comme position que, si on ne pouvait douter de la valeur d'une association commerciale avec Faldin, on ne pouvait pas non plus se montrer insensible au point de précipiter les autres aspects d'une telle « alliance ». Il avait laissé Faldin avec une impression de sécurité relative : le financier aurait le droit de manifester sa bonne volonté en proposant la première enchère sur toutes les marchandises que le *Marietta* rapporterait à Partage. L'homme connaissait assez son métier pour ne pas ignorer qu'il s'agissait là d'une mauvaise offre, mais il était assez avisé pour comprendre qu'il n'obtiendrait pas mieux pour le moment ; il l'avait donc acceptée avec un sourire pincé.

« On aurait cru l'entendre compter sur son abaque : de combien devrait-il surpayer nos trois prochaines cargaisons pour nous assurer de sa bonne volonté ? plaisanta Kennit avec un sourire tors.

— La plus jeune... c'était Alysse ou Nérine ? demanda Sorcor d'un ton circonspect.

— Ne t'en fais pas pour ça, répondit Kennit durement. Si son nom ne te plaît pas, je suis sûr que Faldin t'autorisera à le changer. Tiens. » Il tendit à Sorcor les bâtons à encoche qu'ils avaient négociés si facilement. « Je te les confie ; n'accepte pas moins d'argent que promis avant de donner l'ordre de déchargement. Tu prends le quart ce soir ?

— Bien sûr », fit le second d'un ton distrait.

Kennit se demanda s'il devait sourire ou froncer les sourcils. Avec quelle aisance Sorcor pouvait se laisser acheter par une offre de chair vierge ! Kennit se gratta le menton en regardant l'homme s'éloigner à pas pesants sur les quais, dans le crépuscule automnal, puis il secoua légèrement la tête. « Ah ! les prostituées ! se dit-il à mi-voix en se félicitant intérieurement. Avec elles, tout est tellement plus simple ! » Le vent s'était levé. L'hiver n'était plus qu'à une nouvelle lune de là, ou à quelques jours de voyage en mer vers le Nord. « Je n'ai jamais aimé le froid, fit-il pour lui-même.

— Comme tout le monde, dit une petite voix compatissante. Y compris les putains. »

Lentement, comme si l'amulette était un insecte qui risquait de s'envoler s'il lui faisait peur, Kennit leva son poignet à hauteur de ses yeux. Il jeta un coup d'œil à gauche et à droite dans la rue, puis feignit de renouer un lien de manche. « Pourquoi t'adresser subitement à moi ?

— Pardon. » Le petit visage était aussi moqueur que celui de Kennit. « Je croyais que tu me parlais, et je te faisais part de mon assentiment.

— Il ne faut donc pas chercher de sens particulier à tes paroles ? »

Le masque de bois-sorcier pinça les lèvres comme s'il réfléchissait. « Pas plus que dans les tiennes », dit-il enfin. Il lança à l'homme un regard apitoyé. « Je n'en sais pas plus que toi, mon maître ; la seule différence entre nous, c'est que j'avoue plus facilement que toi mon savoir. Essaye donc ! Dis tout fort : "Mais, à long terme, une putain peut revenir plus cher que l'épouse la plus dépensière."

— Quoi ?

— Hein ? » Un vieil homme qui passait se retourna. « Vous m'avez parlé ?

— Non. Ce n'est rien. »

Le vieillard l'observa de plus près. « Z'êtes le cap'taine Kennit, non ? De la *Marietta* ? Celui qui libère des esclaves et qui leur dit de devenir pirates ? » Son manteau était élimé aux poignets et la couture d'une de ses bottes avait lâché, mais il se tenait comme un personnage important.

Kennit avait acquiescé aux deux premières questions ; à la troisième, il répondit : « C'est ce que certains racontent sur moi, en effet. »

L'homme fut pris d'une toux sifflante, puis il cracha de côté. « Eh bien, y en a aussi qui disent qu'ils aiment pas ça. Ils disent que vous êtes un prétentieux. Trop de pirates, c'est du butin en moins, et trop de pirates qui s'attaquent aux transports d'esclaves, ça peut agacer le Gouverneur, qui risquerait bien de nous envoyer ses galères. Retourner les gros marchands, c'est une chose, mon gars, mais le Gouverneur touche sur les ventes d'esclaves. On n'a pas intérêt à gratter au fond des poches d'un type qui place son fric dans des navires de guerre, si vous voyez ce que je veux dire.

— Je vois », répondit Kennit d'un ton guindé. Allait-il le tuer ou non ?

Le vieux prit une inspiration sifflante et cracha de nouveau. « Mais, moi, ce que j'en pense, reprit-il d'une voix encore plus fêlée, c'est que ça vous fait du pouvoir en plus. Continuez à le titiller, mon gars, et rajoutez-y un ou deux coups pour moi. L'est temps qu'on lui montre qu'un homme avec de l'encre bleue sur la figure reste un homme. Je dirais pas ça à n'importe qui dans le coin, hein ? Y en a qui penseraient qu'il faut me fermer le clapet, si jamais ils m'entendaient parler comme ça. Mais, comme c'est vous, j'ai eu envie de vous le dire : tous ceux qui se taisent sont pas contre vous. C'est tout. C'est tout. » Il fut repris d'une quinte de toux. À l'évidence, c'était douloureux.

Avec amusement, Kennit se surprit à fouiller dans sa poche. Il en sortit une pièce d'argent qu'il remit à l'homme. « Essayez de faire passer cette toux avec un peu d'eau-de-vie, monsieur. Et bonne soirée. »

Le vieillard regarda la pièce avec stupéfaction, puis il la leva et l'agita derrière Kennit qui s'en allait à grandes enjambées. « Je vais boire à votre santé, monsieur, promis !

— À ma santé », répéta Kennit à mi-voix. À présent qu'il avait commencé à se parler à lui-même, il n'avait plus moyen de s'arrêter, apparemment ; peut-être était-ce un effet secondaire de la philanthropie à la sauvette. Les crises de folie ne se produisaient-elles pas par paires ? Il repoussa cette idée : abuser de la réflexion ne débouchait que sur la mélancolie et le désespoir. Mieux valait ne pas réfléchir, ressembler à Sorcor qui rêvait sans doute en cet instant même d'une vierge rougissante dans son lit. Il ferait mieux de se payer une femme capable de rougir et de pousser de petits cris gênés de façon convaincante, si c'était tout ce qui l'intéressait !

Ainsi songeant, c'est d'un pas distrait qu'il arriva au bordel de Bettel. Il remarqua pourtant le nombre, inattendu pour une soirée aussi froide, de flâneurs devant la porte. Deux d'entre eux étaient les videurs habituels de l'établissement, l'air crâne, un sourire méprisant aux lèvres ; un jour, il se le promit, il ferait de ces sourires des rictus, définitivement. L'un des deux hommes poussa la hardiesse jusqu'à lui adresser un « 'Soir, cap'taine Kennit » d'un ton mou.

« Bonsoir. » Il mit dans sa réponse un sens très différent qui fit s'esclaffer un des flâneurs, d'un rire qui puait l'alcool et qui déclencha les ricanements des autres traînards. Tas de crétins ! Kennit monta les marches d'un pas vif en notant que la musique paraissait plus forte que d'habitude, et comme plus sèche aussi. À l'intérieur, il supporta les attentions du garçon de service et lui fit négligemment signe qu'il était satisfait avant de pénétrer dans la salle principale.

Là, enfin, la quantité de détails sortant de l'ordinaire le poussa à poser une main légère sur la garde de son épée. Il y avait trop de monde : les clients ne s'attardaient pas dans cette salle, en général ; Bettel ne le permettait pas. Si un homme venait s'offrir une prostituée, il pouvait l'emmener dans une chambre privée pour en profiter à loisir. On n'était pas dans un lupanar à matelots ; on ne pouvait pas tripoter la marchandise à titre d'essai avant de l'acheter. Bettel dirigeait une maison convenable, discrète et digne.

Pourtant, ce soir-là, l'odeur de la cindine imprégnait l'air et des hommes se vautraient avec insolence dans les fauteuils où les putains exhibaient d'habitude leurs charmes ; celles qui se trouvaient là étaient debout, ou assises sur des genoux masculins ; leurs sourires paraissaient plus fragiles que d'ordinaire, leurs rires plus forcés, et Kennit observa que leurs regards se tournaient promptement vers Bettel. Cette fois, la tenancière portait ses cheveux noirs tressés d'anneaux métalliques qui raidissaient sa chevelure et la faisaient scintiller sous les lampes. Malgré les couches de poudre que portait son visage, une buée de transpiration était visible sur son front et sa lèvre supérieure, et son haleine sentait la cindine plus fort que de coutume.

« Capitaine Kennit, mon cher ! » s'exclama-t-elle avec sa feinte affection habituelle. Elle se dirigea vers lui, les bras ouverts comme pour le serrer contre elle, mais, au dernier moment, elle les baissa pour joindre les mains devant elle d'un air joyeux. Ses ongles étaient dorés. « Attendez donc de voir ce que j'ai pour vous !

— J'aimerais autant ne pas attendre », répliqua-t-il d'un ton irrité. Il parcourut la salle des yeux.

« Car je savais que vous veniez, voyez-vous ? poursuivit-elle comme s'il n'avait rien dit. Ah, quand la *Marietta* s'amarre à quai, nous sommes tout de suite au courant ! Et ici, à Partage, nous avons entendu tous les récits de vos aventures – mais nous serions naturellement ravies si vous nous faisiez la faveur de nous les raconter vous-même ! » Elle le regarda en battant de ses cils surchargés et ses seins tendirent le tissu de sa robe en dansant.

« Vous connaissez mes dispositions habituelles », dit Kennit, mais elle s'était déjà saisie de sa main et menaçait de l'engloutir dans les profondeurs de sa poitrine en la serrant affectueusement contre elle.

« Ah, vos dispositions habituelles ! s'exclama-t-elle gaiement. Faisons fi de l'habituel, mon cher capitaine Kennit ! Ce n'est pas pour l'habituel qu'un homme entre chez Bettel. Non, accompagnez-moi plutôt et voyez ce que je vous ai gardé en réserve ! »

Trois hommes au moins dans la salle prêtaient à leur conversation une attention plus soutenue que ne le permettait la bonne éducation. Kennit remarqua qu'aucun d'entre eux ne paraissait particulièrement réjoui de voir Bettel l'entraîner vers une alcôve éclairée à la bougie, à l'écart de la pièce principale. Prudent mais curieux, il jeta un coup d'œil à l'intérieur.

Ou bien c'était une nouvelle venue, ou bien elle était occupée lors de ses précédentes visites ; en tout cas, extrêmement attirante, si l'on aimait les femmes menues et à la peau blanche, avec ses grands yeux bleus dans un visage en forme de cœur et aux joues maquillées de rose, sa petite bouche pulpeuse peinte en rouge et ses courts cheveux blonds tout bouclés. Bettel l'avait vêtue de bleu pastel et parée de bijoux dorés. La jeune fille se leva des coussins à glands sur lesquels elle était assise et adressa au capitaine un sourire exquis – inquiet mais exquis. On lui avait peint les mamelons en rose pour les faire mieux ressortir sous la gaze de sa robe.

« Pour vous, capitaine Kennit, ronronna Bettel. Douce comme le miel et jolie comme une poupée. Et notre plus grande chambre, aussi. Voulez-vous qu'on vous serve d'abord votre repas, comme d'habitude ? »

Il sourit à la tenancière. « Oui, s'il vous plaît. Et dans ma chambre habituelle, avec ma fille habituelle. Je ne joue pas à la poupée ; cela ne m'amuse pas. »

Il tourna les talons et se dirigea vers l'escalier. Pardessus son épaule, il jeta : « Qu'Etta prenne d'abord un bain ; et n'oubliez pas, Bettel : je veux un vin de qualité !

— Mais, capitaine Kennit ! » protesta la femme. Sa voix jusque-là inquiète avait pris la stridence de l'effroi. « Je vous en prie ! Essayez au moins Avoretta ! Si elle ne vous plaît pas, vous n'aurez rien à payer ! »

Kennit s'était engagé sur les marches. « Elle ne me plaît pas, je n'ai donc rien à payer. » Il se sentait une tension douloureuse dans les reins. Il avait vu une lueur réjouie s'allumer dans l'œil des hommes quand il avait commencé à gravir les degrés. Il atteignit le palier et ouvrit la porte qui donnait sur une nouvelle volée d'escalier, plus étroite ; il la franchit et la referma derrière lui, puis, en quelques longues enjambées, parvint au deuxième palier où brûlait une lanterne solitaire. Là, l'escalier montait en colimaçon. Kennit resta quelques instants immobile, l'oreille tendue, puis, sans bruit, il dégaina son épée et son poignard. Il entendit la porte du bas s'ouvrir et se refermer discrètement ; au son des pas prudents, il compta au moins trois hommes qui s'étaient engagés à sa suite dans les marches. Il eut un sourire sinistre. Mieux valait que cela se passe ici, dans un espace exigu où il se trouverait en position surélevée, que dans la noirceur des rues. Avec un peu de chance, il en éliminerait au moins un par surprise.

Il n'eut pas longtemps à attendre. Ils étaient trop pressés. À l'instant où le premier passa l'angle de l'escalier, le bout de l'épée de Kennit virevolta sur sa gorge. Ce n'était pas plus compliqué que cela. Kennit le poussa énergiquement en arrière et l'homme s'effondra en gargouillant sur ses acolytes ; alors qu'ils reculaient en trébuchant dans les marches, Kennit les suivit, éteignit la lanterne au passage et la projeta sur eux, les criblant de gouttes d'huile et de bouts de verre brûlants. Ils se mirent à jurer dans le noir, obligés de reculer sous le poids de leur camarade agonisant. Kennit porta plusieurs coups d'épée au petit bonheur pour encourager leur retraite, en espérant que le mourant se trouvait au sol, au niveau de leurs jambes : le toucher une deuxième fois serait du gaspillage ; aussi frappa-t-il plus haut, ce qui lui valut la satisfaction d'entendre deux cris de douleur. Il espéra que la cage d'escalier et la porte close les étoufferaient : d'autres hommes l'attendaient dans la chambre, il en était sûr, et il ne voulait pas gâcher leur plaisir. Il entendit ses trois adversaires heurter la porte du bas et il bondit alors sur eux, enfonçant sa dague et son épée dans tout ce qu'elles rencontraient. Il avait l'avantage, car tout autre que lui-même était un ennemi, alors que ses opposants avaient autant de chances, dans l'espace restreint et sombre des marches, de le frapper que de toucher un allié. Un des hommes, éperdu, cherchait la poignée à tâtons en poussant force jurons. Il finit par la trouver, ouvrit la porte et ses deux camarades agonisants et lui-même s'effondrèrent sur le palier. Au bas des degrés, dans le salon, Bettel levait des yeux horrifiés vers le spectacle.

« Des rats ! » lui dit Kennit. D'un coup vif du bout de l'épée, il s'assura que le dernier homme resterait définitivement à terre. « Il y a de sales petites bêtes dans vos escaliers ; vous devriez y mettre bon ordre, Bettel.

— Ils m'ont forcée ! Ils m'ont forcée ! J'ai essayé de vous empêcher de monter, vous le comprenez, maintenant ! » Il retourna vers les marches, suivi par la voix plaintive de la femme, et ferma la porte derrière lui en espérant qu'elle n'avait pas été audible de la chambre du haut. À pas légers, tel un félin, il remonta les degrés obscurs, l'épée tendue devant lui, et s'arrêta au deuxième palier. Si ceux qui l'attendaient étaient un tant soit peu alarmés – non, s'ils étaient un tant soit peu rusés –, ils avaient posté un homme devant la chambre. Il souleva doucement le loquet, reprit ses armes bien en main, puis ouvrit la porte de l'épaule et entra aussi discrètement et en se tenant aussi ramassé que possible. Personne.

La porte de sa chambre habituelle était fermée, et on entendait derrière des voix murmurantes, des voix d'hommes. Ils étaient donc au moins deux. L'impatience perçait dans leur ton ; ils avaient sans doute vu Kennit entrer chez Bettel. Pourquoi ne lui avaient-ils pas tendu un piège en haut des escaliers ? Parce qu'ils s'attendaient à ce que leurs acolytes le maîtrisent et le leur apportent sur un plateau ?

Il resta songeur un moment, puis frappa du poing à la porte. « On l'a eu ! » cria-t-il d'une voix rauque ; sans réfléchir, un des hommes lui ouvrit. Kennit lui enfonça son poignard dans le ventre, puis tira l'arme vers le haut de toutes ses forces. Elle n'occasionna pas autant de dégâts qu'il l'avait espéré ; pire, elle se prit dans l'ample chemise de sa victime, et Kennit dut la laisser où elle était. Il poussa l'homme en arrière, puis bondit à sa suite pour affronter l'épée de son complice. L'homme engagea le fer sans hésiter, détourna la botte de Kennit, puis porta un coup d'estoc. Il se bat comme un gentilhomme, se dit Kennit en écartant l'arme de sa gorge. À voir le style de son adversaire, il éprouvait l'impression d'un sens du maintien et de la mise en scène, tout à fait inopportun en l'occurrence.

Le pirate jeta un coup d'œil sur le reste de la pièce. Un troisième homme était assis, avec une pose étudiée, dans son fauteuil devant le feu. D'une main, il tenait un verre de vin rouge, mais avait conservé assez de prudence pour garder l'autre sur son épée posée sur ses genoux. Etta gisait nue sur le lit. La femme et la literie étaient éclaboussées de sang. « Ah ! Le roi Kennit est venu rendre visite à sa dame », fit l'homme assis d'un ton languide. De son verre, il désigna la prostituée. « Je ne crois pas qu'elle pourra vous recevoir tout de suite. Nos divertissements l'ont laissée un peu... indisposée. »

Le discours avait pour but de distraire Kennit et faillit y réussir. Le capitaine se sentit pénétré de douleur... Non : il était furieux ! Cette chambre propre et accueillante, la sécurité relative de l'établissement de Bettel, tout cela lui avait été arraché ! Plus jamais il ne pourrait se détendre dans cette pièce ! Les salauds !

Une partie de son esprit enregistrait des cris qui montaient de la rue, toujours plus nombreux. Il lui fallait en terminer rapidement avec son adversaire et engager le combat avec le troisième ; mais, alors qu'il s'apprêtait à utiliser l'avantage que lui conférait sa meilleure allonge, le railleur quitta le fauteuil et se dirigea vers Kennit, l'épée au clair. Celui-là, au moins, n'avait pas la stupidité de mélanger assassinat et belle escrime, et Kennit, lui, n'avait pas la stupidité de se croire la moindre chance contre deux épées. Il regretta le poignard qu'il avait laissé planté dans le premier homme.

C'est trop bête de mourir maintenant ! se dit-il en repoussant une lame du fer de son arme et en parant l'autre du bras, tout en remerciant le ciel de l'épais tissu de sa manche qui absorba la plus grande partie de l'impact. Voyant qu'il ne pouvait plus que se défendre, ses assaillants se mirent à lui porter des coups de taille plutôt que d'estoc, et Kennit battit en retraite, sans cesse harcelé par les deux épées, sans avoir le temps de faire d'autres mouvements que de parade et d'esquive. Les deux hommes échangeaient en riant des plaisanteries où il était question de rois, d'esclaves et de putains, mais Kennit ne les écoutait pas. Il n'en avait pas le loisir : à la moindre distraction, il était mort. Toute son attention était concentrée sur les deux lames et les deux hommes qui les maniaient. L'heure est venue de choisir, se dit-il lugubrement : vais-je les obliger à me tuer sur-le-champ, ou bien combattre jusqu'à ce que je sois incapable de me défendre efficacement, et les laisser alors jouer au chat et à la souris avec moi ?

Tout comme ses adversaires, il demeura saisi quand le couvre-pieds du lit se souleva brusquement et retomba sur un des deux hommes. Tandis qu'il se débattait, le reste de la literie suivit rapidement, épais oreillers pleins de duvet, draps ondoyants qui se prirent dans les lames des assaillants et leur entravèrent les jambes ; l'un d'eux recouvrit un des hommes comme un suaire. Très opportun, se dit Kennit en souriant ; il enfonça son épée dans la toile de lin, la retira, et une grande fleur rouge s'épanouit sur le tissu. Etta, jurant et hurlant à tue-tête, prit à pleins bras le matelas de plume et, ainsi munie, se jeta sur le dernier homme. Kennit acheva rapidement l'adversaire qu'il venait de poindre et se retourna ; Etta avait attrapé l'autre par les cheveux et lui cognait la tête sur le plancher. Les cris de sa victime étaient étouffés par les couvertures et les draps dont elle tentait en vain de se dégager. Désinvolte, Kennit lui passa son épée à travers le corps à plusieurs reprises, puis, à court de souffle, il la planta là où il estimait que le cœur devait se trouver. Le paquet tressautant sous les couvertures cessa de bouger, mais Etta continua de marteler le plancher avec sa tête.

« Je pense que tu peux cesser, maintenant », fit Kennit. Elle obéit aussitôt, mais le bruit de coups persista.

Tous deux se tournèrent vers les escaliers où l'on entendait des pas précipités. Etta, nue comme la main, accroupie au-dessus de sa victime, avait l'air d'un chat sauvage avec ses dents inconsciemment dénudées. Kennit franchit literie et cadavres mélangés pour aller fermer la porte ; il voulut la claquer mais le corps du premier homme l'en empêcha. Il se pencha pour le tirer, mais, avant qu'il pût repousser la porte, elle s'ouvrit si violemment qu'elle rebondit contre le mur. Kennit la retint avant qu'elle ne heurte Sorcor en plein visage. Le second était rouge d'avoir couru, tout comme les hommes qui se ruèrent dans la chambre à sa suite. « Un vieux... fit-il en haletant. Venu à bord... Disait que vous risquiez des ennuis ici.

— Un bon placement, que tu as fait avec cette pièce d'argent », fit une petite voix. Sorcor se tourna vers Etta, croyant que c'était elle qui avait parlé, puis, gêné, il baissa les yeux devant la femme nue et meurtrie. Elle se redressa en titubant, jeta un coup d'œil aux hommes qui la dévisageaient, puis se courba et, à gestes maladroits, saisit le coin d'une couverture pour s'en vêtir. Elle révéla ainsi la main et le bras inertes d'un des assaillants.

« Des ennuis, oui, fit Kennit d'un ton sec. Quelques-uns. » Il rengaina son arme et indiqua un corps à terre. « Passe-moi mon poignard, je te prie. »

Sorcor s'accroupit pour retirer la dague du cadavre. « Vous aviez raison, observa-t-il, bien que ce fût évident. Certains disent du mal de nous dans la ville, et il y en a même qui n'aiment pas du tout ce que nous faisons. Ce n'est pas Rey, de la *Renarde des Mers* ?

— Je l'ignore, répondit Kennit. Il n'a pas eu le temps de se présenter. » Il se baissa et dévoila les autres morts.

« Si, c'était Rey, intervint Etta ; sa voix n'était qu'un murmure entre ses lèvres meurtries. Je le connaissais assez bien. » Elle reprit son souffle. « C'étaient tous des hommes de la *Renarde des Mers.* » Du doigt, elle désigna celui dont elle avait cogné la tête sur le plancher. « Ça, c'était leur capitaine, Skelt. » Dans un chuchotement, elle ajouta : « Ils répétaient qu'ils allaient te montrer qu'un pirate est son propre roi, qu'ils n'avaient pas besoin de toi et que jamais tu ne les dirigerais.

— Ça fait six cadavres en tout, dit un des marins de Kennit. Le cap'taine a liquidé six hommes à lui tout seul !

— Combien y en avait-il dehors ? demanda Kennit en rengainant le poignard que lui avait remis Sorcor.

— Quatre. Ils étaient à dix contre un. Courageux, les bougres, non ? » fit le second avec une lourde ironie.

Kennit haussa les épaules. « Si je voulais être sûr de la mort de quelqu'un, je ferais la même chose. » Il adressa un petit sourire à Sorcor. « Ça ne les a pas empêchés de rater leur coup. Dix hommes... Faut-il que je fasse peur pour qu'on emploie de tels moyens contre moi ! » Son sourire s'élargit. « Le pouvoir, Sorcor ! On nous voit l'accumuler, et cette tentative d'assassinat est simplement la preuve que nous approchons du but ! » Il prit conscience du regard de ses hommes posé sur lui. « Et notre équipage avec nous ! » ajouta-t-il d'un ton rassurant en hochant la tête dans leur direction. Les cinq pirates qui accompagnaient Sorcor lui rendirent son sourire.

Le second rengaina son arme à son tour. « Bon, et maintenant ? » demanda-t-il.

Kennit réfléchit un instant, puis désigna deux hommes. « Toi et toi, faites ensemble le tour des tavernes et des bordels, trouvez nos compagnons de bord et prévenez-les de ce qui s'est passé – mais discrètement. Je pense plus sage que tous dorment sur le *Marietta* cette nuit, avec une veille solide ; c'est en tout cas ce que nous ferons, Sorcor et moi, mais seulement après nous être montrés en ville, vivants et en bonne santé. Et je vous avertis tous : je ne veux pas entendre une seule fanfaronnade sur cette histoire. Ce n'était rien, compris ? Pas de quoi fouetter un chat. Que d'autres se chargent de raconter l'anecdote ; elle grossira plus vite ainsi. » Les hommes hochèrent la tête en échangeant des sourires appréciateurs. « Toi et toi, vous nous suivrez, Sorcor et moi, pendant que nous nous montrerons en public, mais de loin. C'est clair ? Vous surveillerez nos arrières et vous prêterez l'oreille à ce qu'on dira sur nous aux tables voisines. Écoutez et n'oubliez rien, car je vous demanderai un compte rendu complet. »

Les deux hommes acquiescèrent. Kennit parcourut la chambre du regard : il lui semblait oublier un détail, une question qu'il avait eu l'intention de régler, mais quoi ? Ses yeux tombèrent sur Etta qui le regardait sans rien dire. Un petit rubis scintillait à son oreille. « Ah ! Et toi, dit-il en désignant le dernier matelot, occupe-toi de ma compagne. »

L'homme rougit, puis pâlit. « Oui, cap'taine. Euh... comment, cap'taine ? »

Kennit secoua la tête, agacé. Il avait à faire, et on le tracassait avec des riens ! « Eh bien, emmène-la au navire et installe-la dans ma cabine pour plus tard. » Si en ville on considérait Etta comme sa compagne, il fallait la mettre en lieu sûr ; Kennit devait apparaître invulnérable. Il fronça les sourcils : était-ce tout ? Oui.

Etta dégagea le drap du dernier cadavre et, droite comme une reine, elle s'entoura les épaules du tissu ensanglanté. Une dernière fois, Kennit parcourut la pièce du regard et remarqua les sourires à la fois fiers et incrédules de ses hommes. Même Sorcor avait l'air réjoui. Pourquoi ? Ah ! La femme ! Ils s'attendaient à ce qu'un tel carnage coupe les appétits charnels de leur capitaine, bien que cela n'eût en rien amoindri sa virilité à leurs yeux. Ce n'était pas la concupiscence qui le poussait à la protéger : une femme couverte d'ecchymoses ne l'excitait pas ; pourtant, c'était cette insatiabilité qu'ils admiraient en lui. Eh bien, qu'ils croient ce qu'ils veulent. Il reporta son regard sur le matelot toujours pâlissant. « Veille à ce qu'on lui fournisse de l'eau chaude pour se baigner, ainsi que de quoi manger. Et de quoi se vêtir aussi. » Il devrait sans doute la garder enfermée dans ses quartiers ; dans ce cas, qu'elle soit propre, au moins.

Il se tourna vers Sorcor. « Bon, vous avez vos ordres, dit le second d'un ton bourru aux marins égayés. Alors, exécution ! »

Il y eut une série de « Oui, lieutenant ! », et les deux coursiers dégringolèrent les escaliers. L'homme à qui Etta avait été confiée traversa la chambre, hésita, l'air embarrassé, puis la prit dans ses bras comme un enfant ; à la grande surprise de Kennit, elle se laissa aller contre sa poitrine avec soulagement. Le capitaine, Sorcor et leurs deux gardes s'engagèrent dans les marches, avec sur leurs talons le marin portant Etta. Bettel les attendait sur le palier ; les mains virevoltant devant elle, elle s'écria : « Ah, vous êtes vivant !

— Oui », répondit Kennit.

Son souffle à peine repris, elle s'exclama d'un ton furieux : « Vous ne comptez tout de même pas m'enlever Etta ?

— Si, lança Kennit par-dessus son épaule.

— Et tous ces cadavres ? lui cria-t-elle d'une voix stridente alors que les hommes s'apprêtaient à sortir dans la rue.

— Eux, vous pouvez les garder », répliqua Kennit.

Etta saisit la poignée au passage et claqua bruyamment la porte derrière elle.

6

MALTA

Tout se serait parfaitement bien passé sans ce gros imbécile de Davad Restart.

Malta avait trouvé l'argent sous son oreiller le matin où son père avait repris la mer. Elle avait reconnu les pattes-de-mouche des missives que sa mère recevait de temps en temps quand il était en voyage. « *Pour ma fille qui n'est plus si petite que cela*, avait écrit papa. *De la soie verte lui irait à merveille.* » Il y avait quatre pièces d'or dans la petite bourse ; Malta ignorait ce qu'elles valaient exactement, car c'étaient des monnaies étrangères venues d'un des pays qu'il avait visités pendant ses expéditions commerciales ; en revanche, ce dont elle avait été aussitôt certaine, c'est qu'elles suffiraient pour la robe la plus somptueuse qu'on eût jamais vue à Terrilville.

Les jours suivants, dès que le doute la saisissait, elle relisait le petit mot pour s'assurer qu'elle avait bien la permission de son père – non seulement la permission mais le soutien aussi : l'argent en était la preuve tangible. Plus tard, d'un ton lugubre, sa mère devait parler de connivence.

Qu'elle était prévisible, sa mère ! Comme sa grand-mère, qui avait refusé de participer à l'Offrande des Moissons sous prétexte qu'elle portait le deuil de grand-père ; sa mère avait évidemment sauté sur l'occasion pour lui annoncer qu'aucun membre de la famille Vestrit n'irait au bal cette année et qu'en conséquence il n'y avait plus à discuter de toilettes ni de robes, qu'elles soient d'enfant ou de femme. Elle lui faisait donner des cours de danse par Rache, et on lui cherchait un bon professeur de maintien ; en attendant, Rache s'occuperait de ce domaine aussi, et c'était plus que suffisant pour une jeune fille de son âge.

Le ton sévère de sa mère avait étonné Malta. Quand elle avait trouvé le courage de répondre : « Mais papa a dit... », Keffria s'était avancée vers elle avec dans les yeux comme de la fureur.

« Ton père n'est pas ici, avait-elle déclaré d'un ton glacial ; moi, si ; je sais ce qui convient à une jeune fille de Terrilville, et tu devrais le savoir aussi. Malta, tu as tout le temps de devenir une femme. Il est naturel que tu sois curieuse de ces choses et que tu rêves de superbes robes, de merveilleuses soirées passées à danser avec de beaux jeunes gens. Mais par excès de curiosité ou de hâte... tu pourrais bien te retrouver sur la même pente que ta tante Althéa. Alors fais-moi confiance. Quand le temps sera venu, je te le dirai. De plus, le bal des Moissons, ce ne sont pas seulement de jolies robes et des jeunes hommes aux yeux brillants. Je suis une habitante de Terrilville, je fais partie des Marchands de Terrilville, et je connais le dessous des cartes. Pas ton père. Aussi, reste calme à ce sujet ou tu risques de perdre tout ce que tu as acquis. »

Là-dessus, sa mère était sortie à grands pas de la salle du petit déjeuner sans même laisser à Malta le temps de discuter ; la jeune fille s'en serait d'ailleurs bien gardée : cela aurait été inutile et n'aurait servi qu'à éveiller chez sa mère suspicion et vigilance. Pas la peine de se compliquer la tâche.

Son père avait suggéré de la soie verte ; or, par bonheur, il y en avait toute une réserve dans le coffre de marin de tante Althéa. Malta mourait d'envie de savoir ce qui s'y cachait depuis qu'on l'avait livré à la maison, mais sa mère lui avait dit d'un ton las que cela ne la regardait pas. Cependant, le coffre n'était pas fermé à clé – tante Althéa oubliait toujours de tout verrouiller – et, comme elle ne s'en servirait sûrement jamais, Malta ne voyait pas l'intérêt de laisser ce tissu se faner dans sa boîte. Et puis, en l'utilisant, elle aurait davantage d'argent pour s'offrir une meilleure couturière. Elle se montrait économe, tout simplement ; son père ne lui avait-il pas répété que c'était une qualité chez une femme ?

Auprès de Delo Trell, elle avait obtenu le nom d'une bonne faiseuse. Elle avait eu un peu honte de devoir s'adresser à son amie, mais, même dans un domaine aussi important, sa mère et sa grand-mère étaient d'un démodé ! Leurs robes étaient presque toutes faites à la maison par Nounou, qui s'occupait des mesures, des essayages et de la couture, avec parfois même l'aide de maman et de grand-mère qui cousaient et ourlaient de leurs propres mains ! Évidemment, rien de ce qu'elles portaient n'était du dernier cri à Jamaillia, ça non ! Ah, bien sûr, quand elles voyaient une robe qui leur plaisait au bal ou à la Présentation, elles la copiaient, mais cela ne restait toujours qu'une imitation. Nul n'était jamais surpris par ce que portaient les femmes de la famille Vestrit lors d'une réception, nul ne ragotait sur elles, nul ne se penchait vers sa voisine pour échanger à leur propos des commentaires envieux derrière un éventail. Elles étaient trop respectables, et surtout trop ternes.

Eh bien, Malta n'avait pas l'intention de devenir rassise comme sa mère vieillie avant l'âge, ni hommasse comme ce cheval échappé de tante Althéa. Non, elle se voulait mystérieuse, magique, farouche, réservée, énigmatique, et néanmoins audacieuse et extravagante. Il n'avait pas été simple d'expliquer tout cela à Fayla, la couturière, femme malheureusement âgée qui avait émis un claquement de langue désapprobateur devant la soie verte que lui apportait Malta. « Ça va vous donner un teint plombé, avait-elle déclaré en secouant sa tête aux cheveux gris. Rose, rouge et orange, voilà vos couleurs. » Avec son fort accent de Durja, on eût dit qu'elle venait de rendre un jugement définitif. Malta avait pincé les lèvres sans répondre. Son père était un marchand qui avait vu le vaste monde ; il savait sûrement quelles teintes allaient le mieux à une femme !

Ensuite, Fayla avait passé un temps interminable à prendre ses mesures tout en marmonnant, la bouche pleine d'épingles. Elle avait découpé des patrons qu'elle avait piqués partout sur Malta, sans prêter la moindre attention aux protestations de la jeune fille qui trouvait le col trop montant et le bas trop court. La troisième fois que Malta s'était plainte, Fayla Carriole avait craché ses épingles dans le creux de sa main et l'avait foudroyée du regard. « Vous voulez avoir l'air d'une catin ? D'une catin à la peau jaunâtre ? » avait-elle fait d'un ton sec.

Malta avait secoué la tête : une catin ? C'était une plante, non ? Elle essaya en vain de se rappeler à quoi ressemblaient ses fleurs.

« Alors, écoutez-moi. Je vais vous fabriquer une jolie robe, une robe que votre maman et votre papa me paieront avec plaisir. D'accord ?

— Mais... j'ai apporté l'argent. C'est mon argent à moi ! Et je veux une robe de femme, pas un sarrau pour les enfants ! » Malta gagnait en hardiesse à chaque mot qu'elle prononçait.

Fayla Carriole s'était lentement redressée en se massant le dos. « Une robe de femme ? Et qui va la porter ? Vous ou une femme ?

— Moi. » Malta avait fait un effort pour conserver un ton ferme.

Fayla s'était gratté le menton ; un poil y poussait sur un grain de beauté qui ressemblait à une verrue. Elle avait secoué la tête : « Non. Vous êtes trop jeune. Vous aurez l'air ridicule, là-dedans. Si vous m'écoutez, je vous ferai une jolie robe comme aucune autre petite fille n'en aura ; elles n'auront d'yeux que pour vous et elles parleront de vous à l'oreille de leurs mamans. »

Sans prévenir, Malta avait arraché le patron de papier épinglé sur elle. « Ce n'est pas le regard des petites filles que je veux attirer ! avait-elle dit d'un ton hautain. Je vous souhaite le bonjour. »

Et elle avait quitté la boutique, sa soie verte sous le bras ; elle avait descendu la rue à la recherche d'une autre couturière, qui l'écouterait, celle-là. À contrecœur, elle se demanda si Delo Trell avait fait exprès de l'envoyer chez cette affreuse vieille, si Delo ne pensait pas qu'elle était trop gamine pour porter autre chose que des jupes d'enfant. Ces derniers temps, son amie s'était mise à prendre de grands airs, à sous-entendre avec condescendance qu'il y avait bien des aspects de son existence que Malta, la petite Malta, n'était pas en mesure de comprendre ; alors qu'elles jouaient ensemble depuis qu'elles avaient l'âge de marcher !

Territel, la jeune faiseuse choisie par Malta, créait ses propres jupes et les portait comme s'il s'agissait de voiles de soie qui collaient à ses jambes tout en les dénudant. Sans chipoter sur la couleur du tissu ni chercher à étouffer la jeune fille sous des patrons en papier, elle avait rapidement pris ses mesures tout en parlant de manches papillon et de l'effet flatteur de volants de dentelle sur une gorge encore juvénile. Malta avait su alors qu'elle avait tiré le bon numéro, et c'est d'un pas presque bondissant qu'elle était rentrée chez elle, où, pour excuser son retard, elle avait prétendu ne pas avoir trouvé de cabriolet libre.

De cette seule décision de dénicher une couturière par ses propres moyens avait découlé toute sa bonne fortune. Territel avait un cousin qui fabriquait des escarpins ; elle avait envoyé Malta chez lui quand la jeune fille était venue la voir pour le second essayage. Puis elle lui avait fait remarquer qu'elle aurait aussi besoin de bijoux, tout en soulignant que leur authenticité comptait moins que leur scintillement et leur éclat : du verre taillé ferait aussi bien l'affaire que de véritables pierres précieuses, et la somme dont elle disposait lui permettrait de s'offrir des pièces plus grosses et plus brillantes. Elle avait également une cousine dans cette branche, qui avait présenté sa marchandise à Malta lors du troisième essayage, et, quand la jeune fille était venue essayer sa robe une dernière fois, escarpins et bijoux étaient là, prêts à être emportés eux aussi. Enfin, Territel lui avait aimablement appris à se maquiller à la dernière mode, et lui avait même vendu certains de ses fards et poudres personnels. On n'aurait pas pu se montrer plus serviable. « Je ne regrette pas mon argent : vous m'avez permis de réaliser mon rêve point par point », lui avait déclaré Malta avec gratitude en lui remettant la bourse d'or que son père lui avait laissée. Cela se passait deux jours à peine avant le bal des Moissons.

Accomplissant un exploit de hardiesse et d'invention, elle avait réussi à rentrer chez elle avec la robe empaquetée sans se faire voir ni de sa mère ni de Nounou. La vieille femme n'avait plus assez à faire : depuis que Selden était en âge d'avoir des précepteurs et n'avait plus besoin qu'on le surveille constamment, Malta avait l'impression que Nounou passait son temps à la tenir à l'œil. Quand elle prétendait « ranger » sa chambre, c'était en réalité pour fouiller ses affaires ; et elle lui posait sans cesse des questions sur des sujets qui ne regardaient pas une vieille domestique : « Où avez-vous trouvé ce parfum ? Votre mère sait-elle que vous portez ces boucles d'oreilles en ville ? »

Pour finir, Malta avait trouvé une solution toute simple : elle avait ordonné à Rache de cacher robe, bijoux et escarpins chez elle. Sa grand-mère venait de l'installer dans une petite maison qui donnait sur le jardin aux bassins. Malta ignorait ce que Rache avait fait pour mériter cet espace privé, mais cela lui était bien utile. Nul ne voyait rien à redire à ce qu'elle passât du temps en sa compagnie : après tout, Rache ne lui enseignait-elle pas la danse et le maintien ? Naturellement, il était comique qu'une esclave connût ces choses, et Delo et Malta en riaient souvent lors de leurs brèves rencontres – du moins, avant que Delo se crût trop grande pour perdre son temps avec une petite comme Malta. Eh bien, cela changerait dès que Malta se présenterait au bal de l'Offrande des Moissons !

C'était aussi Rache qui l'avait aidée à s'habiller le soir du bal. Malta ne l'avait pas prévenue à l'avance, de peur que l'esclave ne réfléchisse, puis coure tout raconter à sa mère ou sa grand-mère. Non, elle s'était simplement rendue chez elle, avait demandé son paquet, puis ordonné à Rache de lui donner la main pour se vêtir, et la femme avait obéi, un étrange sourire sur les lèvres. C'est alors que Malta avait pris la pleine mesure de l'utilité d'une esclave docile. Une fois bien serrée dans sa robe, elle s'était assise devant le petit miroir de Rache pour fixer ses bijoux l'un après l'autre, puis se maquiller avec soin les yeux et les lèvres ; comme la couturière le lui avait montré, elle avait souligné le contour de ses oreilles d'un trait de la même couleur que celui de ses yeux. L'effet était à la fois spectaculaire et séduisant. L'esclave avait paru complètement sidérée : elle était sans doute stupéfaite que Malta possédât les talents d'une femme adulte.

Quand le cabriolet commandé par Malta un peu plus tôt dans la journée était arrivé à sa porte, Rache avait paru à peine troublée. Où se rendait donc sa jeune dame ? À une soirée chez Harette Shuyev, avait répondu Malta ; son père et sa mère avaient fait venir un montreur de marionnettes pour les divertir, son petit frère et elle, pendant qu'ils seraient au bal des Moissons. Tout le monde savait qu'Harette souffrait encore de la cheville à la suite de sa chute de poney, et Malta s'en allait lui remonter le moral. Si elles devaient toutes deux manquer le bal, autant le faire ensemble.

Malta avait menti avec une désinvolture et une assurance absolues, et Rache l'avait crue ; elle avait hoché la tête en souriant et répondu que, sans nul doute, Harette se divertirait fort. Le seul point noir avait été la sombre cape d'hiver que Malta avait dû porter par-dessus sa robe pour se rendre au bal : elle n'allait pas avec une tenue aussi raffinée ; mais la jeune fille ne voulait pas salir sa robe en chemin, et elle ne souhaitait pas qu'on la vît avant qu'elle n'arrivât à la réception. Un cabriolet n'était pas le moyen de transport traditionnel pour se rendre au bal ; chacun aurait pris sa voiture personnelle ou se présenterait sur sa plus belle monture ; mais elle n'y pouvait rien : sa plus belle monture était le gros poney qu'elle partageait avec Selden. En vain avait-elle supplié d'avoir un cheval à elle : comme d'habitude, sa mère avait refusé en prétextant que, si elle tenait à monter convenablement, elle n'avait qu'à apprendre sur la jument de sa grand-mère – laquelle jument était plus vieille que Malta ! Et même si elle avait accepté de se servir de cette haridelle hors d'âge, il n'aurait pas été possible de la sortir de l'écurie à une heure aussi tardive sans que sa mère soit mise au courant ; en outre, il n'aurait sans doute pas été bienséant de chevaucher avec une robe aussi légère.

Mais, malgré tout, malgré la lourde cape qui, par cette nuit douce, faisait perler la transpiration sur son front, malgré la chansonnette grossière que le cocher paraissait trouver comique, malgré la fureur à venir de sa mère, elle exultait. « J'y suis ! se répétait-elle tout bas. J'y suis ! » Avec une enivrante impression de pouvoir, elle avait senti qu'elle avait enfin pris en main les rênes de son existence. Elle ne s'était pas rendu compte jusque-là combien il lui pesait de rester à la maison et de jouer les petites filles modèles. Sa mère était si réfléchie, si encroûtée, si pleine d'habitudes ! Elle ne faisait jamais rien d'inattendu.

Tout au long de l'année passée, pendant l'agonie de grand-père, la maison avait été d'un ennuyeux ! Elle n'avait d'ailleurs jamais rien eu de passionnant. Ce n'était pas comme chez d'autres : certains Marchands donnaient des réceptions, où ils ne recevaient pas que des Marchands : quelques-uns accueillaient les nouveaux venus et leurs familles. Une fois, les Beckert avaient passé une soirée à s'amuser comme des fous grâce à une troupe de jongleurs invitée par un nouveau venu. Polia Beckert avait tout raconté à Malta le lendemain : les jeunes hommes vêtus d'un simple bout de tissu autour des reins, leurs jongleries avec des bâtons enflammés, des couteaux et des boules de verre. Rien de tel n'arrivait jamais chez les Vestrit. Naguère, grand-mère invitait de temps en temps quelques vieilles Marchandes, mais elles s'asseyaient simplement dans le salon pour broder toutes ensemble en buvant du vin à petites gorgées et en évoquant un temps où tout allait mieux. Aujourd'hui, même ces vieilles dames ne venaient plus : quand la maladie de grand-père s'était aggravée, grand-mère avait cessé d'inviter quiconque à la maison, et, pendant presque un an, il n'y avait plus eu le moindre bruit, le moindre mouvement, dans les pièces aux volets mi-clos. Maman avait même renoncé à jouer de la harpe le soir – ce qui ne manquait guère à Malta : chaque fois, elle essayait d'enseigner la musique à sa fille, alors que rester assise à pincer des cordes n'était pas l'idée que Malta se faisait d'une soirée réussie.

« Arrêtez-vous ici ! avait-elle chuchoté au cocher,

puis plus fort : Non ! Ici ! Arrêtez-vous ici ! J'irai à pied jusqu'à la porte. À pied, crétin ! »

Il avait presque atteint le cercle de lumière que projetaient les torches quand il avait freiné le cabriolet, et il avait eu en plus l'effronterie de rire de la colère de Malta. Elle lui avait donné ce qu'elle lui devait pour le trajet et pas un sou de plus. Voilà qui devrait rabattre son caquet ! Il s'était alors vengé en ne lui présentant pas sa main pour l'aider à descendre. Bah, elle n'en avait pas besoin : elle était jeune et vive, elle n'avait rien d'une vieille dame infirme. Elle avait marché sur l'ourlet de sa robe, mais n'avait ni trébuché ni déchiré le tissu. « Revenez me prendre à minuit », avait-elle ordonné au cocher d'un ton impérieux. C'était tôt pour le bal des Moissons, mais, même si elle ne se l'avouait qu'à contrecœur, elle ne tenait pas à pousser le bouchon trop loin, au risque d'encourir les foudres de sa grand-mère en plus de celles de sa mère. En outre, la présentation avait toujours lieu peu après minuit ; or Malta n'avait jamais aimé cette partie de la soirée : elle lui donnait la chair de poule. Une fois, alors que Malta n'avait que sept ans, le représentant du Désert des Pluies avait ôté son masque à cette occasion, et la petite fille était restée abasourdie devant son aspect. On eût dit un homme qui aurait commencé par être un enfant comme les autres, puis qui, en grandissant, aurait dépassé les proportions habituelles du corps humain en acquérant des os en plus, une taille supérieure à la normale et des poches de chair qui auraient pu contenir des organes inconnus. Béante d'effroi, elle avait vu son grand-père lui toucher la main en l'appelant « frère », puis lui confier la présentation de la famille Vestrit. Par la suite, lors des nombreuses nuits où l'image du représentant du Désert des Pluies lui avait donné des cauchemars, elle s'était rassurée en songeant au courage de son grand-père. Elle n'avait rien à redouter de tels monstres. Néanmoins... « Minuit sonnant », avait-elle répété.

Le cocher avait jeté un coup d'œil plein de sous-entendus aux quelques pièces qu'il tenait au creux de sa main. « Oh, certainement, jeune maîtresse ! » avait-il fait d'un ton ironique en faisant avancer son cheval. Comme le claquement des sabots s'éloignait dans la nuit, Malta s'était sentie un instant inquiète : et s'il ne revenait pas ? Elle ne se voyait pas rentrer chez elle à pied, en pleine nuit, surtout en robe longue et en escarpins. Mais elle avait repoussé fermement cette idée : rien ne ferait obstacle au plaisir de cette soirée !

Des voitures s'arrêtaient devant la Salle des Marchands. Malta y était déjà entrée, mais cette fois l'édifice lui paraissait plus vaste et plus imposant. À la lueur des torches, le marbre luisait d'une teinte presque ambrée. De chaque véhicule sortaient des Marchands, en couple ou en famille, tous sur leur trente et un. Les robes somptueuses des femmes balayaient le pavé, les jeunes filles avaient paré leurs cheveux des dernières fleurs de l'année et les petits garçons avaient été toilettés et s'étaient sans doute fait dûment sermonner, car ils faisaient preuve d'une politesse bien improbable à leur âge. Quant aux hommes... Malta était restée un moment dans l'ombre à les guetter d'un regard presque avide alors qu'ils descendaient de voiture ou de cheval. Elle avait promptement écarté les pères et les grands-pères pour suivre des yeux les jeunes mariés et les hommes qui étalaient leur statut de célibataires de façon flamboyante.

Elle les avait observés en se demandant comment une femme savait lequel choisir. Il y en avait de toutes sortes, mais, dans toute une existence, on ne pouvait en posséder qu'un, ou deux à la rigueur, si le mari mourait jeune et qu'on se retrouvait veuve à l'âge où on peut encore concevoir. Cependant, s'était dit Malta, si on aimait vraiment son époux, c'était là un espoir qu'on ne devait pas nourrir, quelle que fût la curiosité qu'on éprouvait. N'empêche, ce n'était pas juste. Là, sur le cheval noir, tirant si brusquement sur les rênes que les sabots de la bête avaient claqué sur le pavé, c'était Roed Caern. Ses cheveux tombaient sur son dos en un torrent obscur, aussi luisants et libres que la crinière de sa monture. Ses épaules gonflaient le tissu de son manteau taillé sur mesure. Il avait le nez aquilin, des lèvres minces, et Delo frissonnait en parlant de lui : « C'est un homme cruel », avait-elle dit un jour d'un air entendu, et puis elle avait levé les yeux au ciel quand Malta lui avait demandé ce que cela signifiait.

Malta s'était sentie rongée de jalousie : Delo savait tant de choses, et elle rien ! Le frère de Delo invitait souvent ses amis à dîner chez lui, et Roed en faisait partie. Ah, pourquoi n'avait-elle pas un frère comme Cerwin, qui montait à cheval, allait à la chasse et avait de beaux amis, au lieu de cette niquedouille de Hiémain, avec ses robes marron et sans forme et son menton sans poils ? Elle avait suivi des yeux Roed qui se dirigeait à grands pas vers l'entrée et avait remarqué la façon dont il s'était brusquement écarté de son chemin en s'inclinant profondément pour laisser une jeune femme le précéder dans la salle. Le mari n'avait pas eu l'air de beaucoup apprécier cette galanterie.

Cependant, une nouvelle voiture s'était arrêtée, celle des Trentor, comme le proclamaient les armoiries sur la portière. Les chevaux blancs portaient de grandes plumes sur la têtière. Malta avait regardé la famille descendre, les parents sagement vêtus de gris gorge-de-pigeon, suivis de leurs trois filles encore à marier, toutes habillées dans les tons gerbe d'or et se tenant la main, comme si elles craignaient qu'un homme vînt essayer de les séparer. Malta émit tout bas un grognement de mépris devant cette attitude timorée. Krion apparut le dernier ; il était vêtu de gris comme son père, mais le foulard qui lui ceignait la gorge était d'un or plus profond que les robes de ses sœurs, et il portait des gants blancs. Krion allait toujours ganté pour dissimuler les affreuses cicatrices qu'il gardait d'une chute dans un feu alors qu'il était enfant. Il avait honte de ses mains et, de même, il restait modeste quant aux poèmes qu'il écrivait ; il n'en lisait jamais en public et laissait cette tâche à ses sœurs dévouées. Il avait les cheveux châtain cuivré et, quand il était petit, son visage était couvert de taches de rousseur comme un œuf ; ses yeux étaient verts. Delo avait confié à Malta qu'elle pensait être amoureuse de lui ; un jour, avait-elle dit, elle espérait se tenir devant son petit cercle d'initiés pour lire tout haut ses derniers poèmes. Il avait l'âme si noble ! avait-elle murmuré avant de pousser un grand soupir.

Malta avait regardé le jeune homme gravir les marches et poussé elle-même un soupir : elle aurait tant voulu être amoureuse elle aussi ! Elle mourait d'envie d'en savoir davantage sur les hommes, d'être capable de parler en connaissance de cause de celui-ci ou de celui-là, de rougir à la mention d'un nom ou de froncer les sourcils d'un air sévère devant le regard d'une paire d'yeux noirs. Sa mère avait tort quand elle prétendait qu'elle avait le temps, qu'elle devait attendre d'être une femme : les années où une femme avait le choix étaient bien trop courtes. Bien assez vite, elle se mariait et devenait grosse des œuvres de son mari. Malta, elle, ne rêvait pas d'un époux solide ni d'un berceau rempli. C'était de ceci qu'elle avait envie, de ces soirées dans les ombres, de ces faims de l'âme, et de l'attention d'hommes qui ne pouvaient prétendre la posséder.

Eh bien, rien de tout cela ne lui arriverait si elle restait dissimulée ! D'un geste résolu, elle avait ôté sa cape, l'avait roulée en boule et fourrée sous un buisson pour la reprendre en fin de soirée. Elle avait presque souhaité que sa mère et sa grand-mère fussent là, qu'elles arrivent en voiture à cet instant : elle était certaine que sa coiffure n'avait pas été dérangée, que son rouge à lèvres était toujours impeccable. Pendant un petit moment, elle avait vu toute sa famille présente, et son père, séduisant comme toujours, lui donnant le bras pour l'escorter dans la salle ; mais dans cette image était apparu Hiémain, le petit Hiémain aux pieds en dedans, qui trottait derrière tout le monde dans sa robe marron de prêtre, et maman, vêtue d'une robe si chaste qu'elle devait l'étouffer. Malta avait fait la grimace : elle n'avait pas honte des gens de sa famille et elle aurait été ravie de les avoir auprès d'elle s'ils avaient su se tenir et s'habiller convenablement. N'avait-elle pas demandé à plusieurs reprises à sa mère de l'accompagner au bal ? Cela lui avait été refusé. Par conséquent, si elle voulait commencer sa vie de femme, elle devait s'en occuper seule – et elle affronterait cette vie avec courage, en ne laissant transparaître dans son expression qu'une ombre de la tragédie et de la solitude qui étaient les siennes. Oh, certes, elle se montrerait gaie, ce soir, rieuse et charmante ; mais, lors d'un instant de relâchement, peut-être un œil avisé la regarderait-il et percevrait-il le manque d'attention dont elle était victime chez elle, la négligence de sa famille à son égard. Elle prit une grande inspiration et se dirigea vers les torches et les portes grandes ouvertes, prêtes à l'accueillir.

La voiture des Trentor s'était éloignée et une autre avait pris sa place. Malta s'était aperçue, avec un mélange de ravissement et d'effroi, que c'était celle des Trell. Delo devait s'y trouver, ainsi que, malheureusement, ses parents et son grand frère, Cerwin. Si Malta les saluait à leur descente, le père et la mère de Delo ne manqueraient pas de lui demander où étaient maman et grand-mère, et elle ne se sentait pas prête à faire face à des questions gênantes. Pourtant, quel plaisir cela aurait été d'arriver bras dessus bras dessous avec Delo, deux jeunes femmes éblouissantes des Marchands de Terrilville faisant ensemble leur entrée dans la société ! Elle avait avancé d'un pas ; si ses parents et son frère précédaient Delo, Malta aurait peut-être la possibilité de l'appeler d'un sifflement pour lui faire signe de l'attendre.

Comme elle l'avait espéré, les parents de Delo étaient descendus les premiers. Sa mère était splendide : elle portait une robe bleu marine très simple dont la découpe laissait à nu son cou et ses épaules, seulement ornés d'une chaînette d'argent d'où pendaient des pierres à parfum. Ah, que Malta aurait aimé voir sa propre mère apparaître aussi élégamment vêtue, ne serait-ce qu'une fois ! Elle sentait la fragrance entêtante des pierres depuis les ombres où elle se dissimulait. La mère de Delo avait pris son époux par le bras. Il était grand et mince, et le bleu de sa veste et de son pantalon de lin rehaussait la beauté de la robe de sa femme. Ils avaient gravi les degrés qui menaient à la salle de bal comme des personnages sortis d'une légende. Derrière eux, Cerwin attendait avec impatience que Delo eût fini de s'extirper de la voiture. Comme son père, il était vêtu d'une veste et d'un pantalon bleus, avec des bottes d'un noir lustré. Il portait un clou d'oreille en or et ses cheveux pendaient en longues boucles provocantes. Malta, qui le connaissait depuis toujours, avait éprouvé un curieux petit frisson dans le ventre. Jamais elle ne l'avait trouvé aussi beau, et elle mourait soudain d'envie de l'éblouir par son apparence.

Mais c'est elle qui était restée stupéfaite en voyant Delo : la robe de son amie reprenait la couleur de celle de sa mère, mais là s'arrêtait la ressemblance. Ses cheveux tressés étaient montés en couronne piquée de fleurs fraîches, et un volant de dentelle parait sa jupe courte pour l'amener presque jusqu'à mi-mollet. Une dentelle semblable bordait son col montant et ses poignets. Elle ne portait aucun bijou.

Malta n'avait pu se retenir : elle s'était précipitée vers Delo tel un esprit vengeur. « Tu disais que tu allais mettre une robe de grande cette année ! Tu disais que ta mère te l'avait promis ! s'était-elle exclamée. Que s'est-il passé ? »

Delo avait levé son regard vers Malta d'un air pitoyable, puis elle avait écarquillé les yeux et était demeurée bouche bée, muette d'effarement.

Cerwin s'était interposé. « Je ne crois pas que vous puissiez connaître ma sœur, avait-il dit d'un ton hautain.

— Cerwin ! » s'était écriée Malta, agacée. Par-dessus l'épaule du jeune homme, elle s'était adressée à Delo. « Que s'est-il passé ? »

Les yeux de Delo s'étaient encore agrandis. « Malta ? C'est toi ?

— Bien sûr que c'est moi ! Ta maman a changé d'avis ? » Un méchant soupçon était né soudain dans son esprit. « Tu as dû passer à l'essayage, pour ta robe ; tu savais donc que tu n'aurais pas le droit de porter une robe de soirée !

— Je ne pensais pas que tu viendrais ! » avait fait Delo d'une voix plaintive, tandis que Cerwin Trell demandait, incrédule : « Malta ? Malta Vestrit ? » Il l'avait parcourue d'un regard qu'on ne pouvait qualifier que de discourtois. Pourtant, elle avait ressenti le même frisson que précédemment.

« Trell ? » Shukor Kev descendait de son cheval. « Trell, c'est toi ? Ça fait plaisir de te revoir. Et qui est cette personne ? » Ses yeux ébahis étaient allés de Malta à Cerwin. « Tu ne peux pas l'amener au bal des Moissons, mon vieux. Tu sais bien que c'est réservé aux Marchands. » Le ton qu'il avait employé avait mis Malta mal à l'aise.

Une nouvelle voiture s'était arrêtée devant le groupe, et le valet avait du mal à ouvrir la portière dont le loquet s'était manifestement coincé. Malta s'était efforcée de ne pas le regarder s'acharner : cela n'aurait pas été digne d'une grande dame. Mais le valet l'avait aperçue et avait apparemment été si frappé par son aspect qu'il en avait complètement oublié sa tâche. À l'intérieur de la voiture, un homme corpulent avait alors donné un coup d'épaule dans la portière qui s'était brutalement ouverte, manquant Malta de peu ; et Davad Restart, dans sa splendeur bien en chair, avait failli s'écrouler sur le trottoir.

Le valet avait saisi Malta par le bras pour l'empêcher de tomber au moment où elle reculait vivement pour éviter la portière ; s'il ne l'avait pas ainsi tenue, elle aurait pu aisément s'éclipser, et la catastrophe ne se serait pas produite ; mais elle était toujours là quand Davad s'était rattrapé à la portière, et il avait carrément marché sur l'ourlet de sa robe. « Oh, je vous demande pardon ! » avait-il fait d'un ton désolé, et puis les mots lui avaient manqué quand il avait regardé Malta de la tête aux pieds. Transformée comme elle l'était, elle avait eu la certitude qu'il ne la reconnaissait pas ; elle n'avait alors pas pu résister à l'envie de lui sourire.

« Bonsoir, marchand Restart, lui avait-elle dit, et elle lui avait fait la révérence, mouvement que sa robe longue avait rendu plus difficile à réaliser qu'elle ne l'aurait cru. J'espère que vous n'avez pas de mal. »

Mais il avait continué à la dévisager sans répondre, les yeux exorbités. Enfin, il avait ouvert la bouche et réussi à couiner : « Malta ? Malta Vestrit ? »

Une nouvelle voiture avait pris la place de celle des Trell, d'un vert resplendissant mêlé de dorures, couleurs du Désert des Pluies. Il devait s'agir des représentants des familles de là-bas. Le bal commencerait dès qu'ils seraient installés.

Derrière Malta, comme un écho, Shukor avait répété d'un ton incrédule : « Malta Vestrit ? Non, je ne peux pas le croire !

— Et pourtant c'est vrai. » Elle avait souri de nouveau à Davad, ravie de l'air abasourdi avec lequel il regardait son collier, puis la dentelle qui moussait sur sa gorge. Ses yeux s'étaient braqués soudain derrière elle, et elle s'était retournée : il n'y avait plus personne. Zut ! Delo était allée au bal sans elle ! Elle avait reporté son attention sur Davad, mais il jetait des coups d'œil éperdus dans toutes les directions. Alors que la portière de la voiture du Désert des Pluies s'ouvrait, il avait brusquement pris Malta par les épaules et l'avait placée sans ménagement derrière lui, la faisant presque tomber à la renverse dans sa propre voiture. « Silence ! avait-il murmuré d'un ton pressant. Ne dites pas un mot ! »

Puis il s'était retourné pour s'incliner profondément devant les représentants du Désert des Pluies qui sortaient de leur véhicule. Malta avait jeté un regard par-dessus son épaule : ils étaient trois cette année, deux grands et un petit ; leurs manteaux et leurs capuchons empêchaient d'en voir davantage. Le tissu sombre de leurs manteaux lui était inconnu : noir quand ils restaient immobiles, il se mettait tout à coup à chatoyer dès qu'ils bougeaient ; l'étoffe prenait alors de lumineuses teintes vertes, bleues et rouges dans la pénombre.

« Marchand Restart, lui avait dit en guise de salut un des mystérieux personnages – une femme, à en juger par sa voix flûtée.

— Marchande Vintagli, avait-il répondu en s'inclinant encore davantage. Je vous souhaite la bienvenue à Terrilville et au bal des Moissons.

— Eh bien, merci, Davad. Puis-je compter vous retrouver à l'intérieur ?

— Très certainement – dès que j'aurai mis la main sur mes gants. J'ai dû les laisser tomber dans ma voiture.

— Quelle incurie ! » La voix de la femme caressait curieusement les mots. Elle avait poursuivi son chemin à la suite de ses compagnons.

L'odeur de sueur qui avait tout à coup émané de Restart avait empuanti l'air immobile de l'automne. À l'instant où les portes de la salle de bal s'étaient refermées sur la famille du Désert des Pluies, il avait pivoté sur lui-même pour faire face à Malta. Il l'avait saisie par un bras et l'avait secouée comme un prunier.

« Où est votre grand-mère ? » avait-il demandé d'une voix blanche. Puis, avant même qu'elle pût répondre, il avait ajouté sur le même ton : « Où est votre mère ? »

Elle aurait dû mentir ; elle aurait dû répondre qu'elles venaient d'entrer dans la salle, ou bien qu'elle venait elle-même d'en sortir pour prendre l'air. Mais elle avait simplement déclaré : « Je suis venue seule. » Elle avait détourné le regard et, plus bas, d'adulte à adulte, elle avait poursuivi : « Depuis la mort de grand-père, elles sont plus casanières que jamais. C'est d'un triste ! J'ai compris que, si je ne sortais pas, j'allais devenir folle. Vous ne pouvez pas savoir combien la vie est lugubre depuis... »

Elle s'était interrompue avec un hoquet de surprise : il avait resserré sa prise sur son bras et la poussait vers la voiture. « Vite ! Avant que quelqu'un d'autre vous voie... Vous n'avez parlé à personne d'autre, j'espère ?

— Je... non. Rien qu'à Delo et son frère. Je viens seulement d'arriver, et... Mais lâchez-moi donc ! Vous froissez ma robe ! »

La façon dont il l'avait contrainte à monter dans la voiture, puis suivie d'un air résolu, l'avait choquée et terrifiée tout à la fois. Qu'avait-il derrière la tête ? Elle avait entendu des histoires sur certains hommes que la passion et la concupiscence conduisaient à des actes irréfléchis, mais Davad Restart ? C'était un vieux ! Non, c'était trop dégoûtant ! Il avait claqué la portière mais, cette fois, le pêne avait refusé de s'enclencher ; il l'avait tenue fermée d'une main, et il avait crié : « Cocher ! À la résidence des Vestrit, vite ! » Puis il avait dit à Malta : « Asseyez-vous. Je vous ramène chez vous.

— Non ! Laissez-moi descendre ! Je veux aller au

bal ! Vous n'avez pas le droit ! Vous n'êtes pas mon père ! »

Haletant, le Marchand Restart s'accrochait à la poignée de la portière ; la voiture avait démarré brutalement, obligeant Malta à s'asseoir sans douceur.

« Non, je ne suis pas votre père, avait répondu le gros homme d'un ton sec. Et, ce soir, j'en sais gré à Sa, car je vous jure que j'ignore ce que je ferais de vous ! Pauvre Ronica ! Après tout ce qu'elle a déjà subi cette année ! Votre tante disparaît, et voilà que vous vous présentez au bal des Moissons vêtue comme une catin de Jamaillia ! Que va dire votre père ? » Il avait tiré un grand mouchoir de sa manche et en avait tapoté son visage couvert de transpiration. Malta avait remarqué qu'il portait la même veste et le même pantalon bleus que les deux années précédentes, et qu'ils le serraient à la taille ; d'après l'odeur de cèdre qui flottait dans la voiture, il n'avait pas dû les sortir de son coffre avant ce soir – et il osait lui parler de vêtements et de mode !

« J'ai fait faire cette robe sur mesure pour cette soirée, et avec de l'argent que papa m'a donné, dois-je ajouter ; je serais donc fort étonnée qu'il me reproche d'avoir employé cette somme comme il me l'a suggéré. Ce qu'il voudra peut-être savoir, en revanche, c'est dans quel but vous avez enlevé sa fille dans la rue et l'avez emmenée dans votre voiture contre sa volonté. Je ne pense pas qu'il en sera ravi ! »

Elle connaissait Davad Restart depuis des années, et savait qu'il s'aplatissait facilement quand sa grand-mère s'adressait à lui d'un ton cassant ; elle s'était attendue à ce qu'il manifeste, toutes proportions gardées, la même déférence à son égard. Mais, à sa grande surprise, il avait eu un grognement méprisant. « Qu'il vienne donc me poser la question quand il rentrera au port, et je lui répondrai que j'essayais de sauver votre réputation. Malta, vous devriez avoir honte ! Vous, une petite fille, vêtue comme la dernière des...

enfin, passons. Mais oser vous montrer ainsi au bal des Moissons ! Je prie Sa que personne ne vous ait reconnue. Et vous ne me ferez pas croire que votre mère ou votre grand-mère étaient au courant de l'existence de cette robe ou de votre venue au bal, alors qu'une jeune fille convenable porterait encore le deuil de son grand-père. »

Elle aurait pu trouver dix réponses à cette affirmation – et, de fait, une semaine plus tard, elle les avait toutes imaginées, ainsi que le ton sur lequel elle les aurait faites. Mais, sur le moment, rien ne lui était venu à l'esprit, et elle avait gardé le silence, bouillant d'une colère impuissante tandis que la voiture la ramenait chez elle en tanguant.

Quand ils étaient arrivés à destination, elle était passée en trombe devant Davad Restart afin de descendre et d'atteindre la porte de la maison avant lui ; malheureusement, un gland de sa robe s'était pris dans l'encadrement de la portière. Elle avait entendu un bruit de toile qui se déchire et s'était retournée avec une exclamation de désespoir, mais le mal était fait : le gland et un empan de soie vert pastel pendaient au chambranle de la voiture. Davad y avait jeté un coup d'œil, puis avait claqué la portière sur le bout de tissu et dépassé Malta à grandes enjambées pour aller sonner violemment la cloche d'entrée.

C'est Nounou qui avait répondu. Pourquoi avait-il fallu que ce soit elle ? Elle avait posé un œil revêche sur Davad, puis derrière lui sur Malta, qui lui avait rendu son regard d'un air hautain. L'espace d'un instant, Nounou avait eu l'air de quelqu'un qu'on vient d'insulter, puis elle avait eu un hoquet d'horreur et s'était mise à hurler : « Malta ! Non, ce n'est pas vous, ce n'est pas vrai ! Mais qu'avez-vous fait ? Qu'avez-vous fait ? »

Ses cris avaient attiré toute la maisonnée. La mère de Malta était apparue la première, et elle avait mitraillé Davad de questions auxquelles il était incapable de répondre ; puis sa grand-mère, en chemise de nuit et en robe de chambre, les cheveux relevés et tenus par un foulard de nuit, était arrivée pour reprocher à sa fille de susciter un tel remue-ménage à cette heure de la nuit. À la vue de Malta, elle avait subitement blêmi, puis elle avait congédié tous les domestiques, sauf Nounou qu'elle avait envoyée préparer de la tisane. Elle avait saisi fermement Malta par le poignet et l'avait emmenée dans l'ancien bureau de grand-père, puis elle avait attendu que Davad et Keffria les eussent rejointes et que la porte fût fermée pour se tourner vers elle.

« Explique-toi », avait-elle ordonné.

Malta s'était redressée. « Je souhaitais me rendre au bal des Moissons. Papa avait dit que je pouvais y aller, et aussi porter une robe de soirée, comme il sied à une jeune femme. Je n'ai rien fait de répréhensible. » Elle était d'une dignité irréprochable.

Sa grand-mère avait plissé ses lèvres pâles, puis elle avait déclaré d'un ton glacial : « Alors, tu es aussi bête que tu en as l'air. » Elle s'était ensuite détournée de Malta, se désintéressant complètement d'elle. « Ah, Davad, comment pourrai-je jamais vous remercier de l'avoir ramenée discrètement ? J'espère que vous n'avez pas mis votre propre réputation en péril en sauvant la nôtre ! Beaucoup de gens l'ont-ils vue dans cet état ? »

Le Marchand Restart avait eu l'air nettement mal à l'aise. « Pas trop, du moins je le souhaite : Cerwin Trell et sa petite sœur, quelques-uns de ses amis. Je forme le vœu qu'il n'y ait eu personne d'autre. » Il s'était interrompu, comme s'il se demandait s'il devait mentir ou non. « Les Vintagli sont arrivés pour représenter le Désert des Pluies pendant qu'elle était là, mais je ne crois pas qu'ils l'aient vue. Pour une fois, ma corpulence aura peut-être été utile. » Il s'était passé la main sur le ventre d'un air mi-figue mi-raisin. « Je l'ai cachée derrière moi, puis je l'ai fourrée dans ma voiture dès qu'ils ont tourné le dos. Mon valet m'accompagnait, naturellement. » À contrecœur, il avait ajouté : « D'autres familles de Marchands allaient et venaient, mais je pense avoir évité qu'on nous remarque trop. » Une expression troublée était apparue sur ses traits et il avait demandé d'un ton hésitant : « Vous n'étiez au courant de rien, je suppose ?

— À mon grand soulagement ainsi qu'à ma grande honte, je dois avouer que j'ignorais tout de cette affaire », avait répondu Ronica, la mine sévère. Elle avait braqué un regard accusateur sur la mère de Malta. « Keffria, savais-tu ce que manigançait ta fille ? » Puis, sans même attendre de réponse, elle avait poursuivi : « Et, si ce n'était pas le cas, comment se fait-il que tu l'aies ignoré ? »

Malta s'était attendue à ce que sa mère éclate en larmes ; elle pleurait toujours dans ces cas-là. Mais non : Keffria s'en était prise à elle. « Comment as-tu pu me faire ça ? avait-elle demandé. Et pourquoi ? Oh, Malta, pourquoi ? » Un chagrin effrayant perçait dans sa voix. « Ne t'avais-je pas dit qu'il te suffisait d'attendre ? Que, le moment venu, tu aurais droit à une présentation dans les formes ? Mais qu'est-ce qui t'est donc passé par la tête pour... pour faire ça ? » Sa mère avait l'air anéantie.

Un instant, Malta s'était sentie ébranlée. « Je voulais aller au bal des Moissons, je te l'avais dit. Je t'ai suppliée je ne sais combien de fois de m'autoriser à m'y rendre, mais tu ne m'as pas écoutée, même après que papa m'a donné la permission en me promettant de me laisser porter une vraie robe. » Elle s'était interrompue en attendant que sa mère reconnaisse avoir souscrit à cette promesse, mais Keffria s'était contentée de la dévisager d'un air atterré. Alors Malta s'était mise à crier : « Eh bien, si tu es aussi étonnée, ne t'en prends qu'à toi-même ! Je n'ai fait que suivre la promesse de papa ! »

L'expression de sa mère s'était subtilement durcie.

« Si tu savais l'envie que j'ai de te gifler, tu me parlerais sur un autre ton, ma fille. »

Jamais sa mère ne s'était adressée à elle ainsi. « Ma fille », avait-elle dit, comme à une domestique ! « Eh bien, qu'est-ce que tu attends ? avait jeté Malta, furieuse. De toute manière, ma sortie est fichue ! Alors, vas-y, frappe-moi devant tout le monde, ce sera le clou de la soirée ! » Elle avait soudain pris la mesure du drame : tous ses projets étaient à l'eau ! Elle en suffoquait.

Davad Restart avait l'air atterré. « Je dois m'en aller, avait-il dit en se levant précipitamment.

— Oh, Davad, rasseyez-vous, avait répondu grand-mère d'un ton las. La tisane arrive ; nous vous devons au moins cela pour le secours que vous nous avez porté ce soir. Ne vous laissez pas démonter par les talents de tragédienne de ma petite-fille. La battre nous ferait peut-être à tous le plus grand bien, mais nous n'avons jamais eu recours à ce genre d'expédient – jusqu'ici. » Elle avait adressé un sourire triste au Marchand Restart et avait même pris la main du petit homme bedonnant pour le ramener à son fauteuil, où il s'était rassis comme elle le lui demandait. Malta en avait eu la nausée. Ne se rendaient-elles pas compte du personnage répugnant que c'était, avec sa figure et son crâne déplumé tout luisants de sueur et ses vêtements démodés qui ne lui allaient plus ? Pourquoi le remerciaient-elles donc de l'avoir humiliée ?

À cet instant, Nounou était entrée avec la tisane et des tasses sur un plateau ; une bouteille de vin cuit était coincée sous son bras et une serviette drapée sur le même bras. Elle avait déposé plateau et bouteille sur la table, puis avait tendu la serviette à Malta. Le tissu était humide. « Nettoyez-vous le visage », lui avait ordonné la vieille domestique d'un ton brusque. Les adultes avaient tous regardé Malta, puis détourné les yeux ; ils lui accordaient un semblant d'intimité pour obéir, et Malta leur en avait été reconnaissante.

Puis, tout à coup, elle avait pris conscience de ce qu'ils étaient en train de faire : ils la sommaient de s'essuyer la figure comme un enfant malpropre !

« Non ! » avait-elle alors crié en jetant la serviette par terre.

Un long silence s'en était suivi, et puis sa grand-mère lui avait demandé sur le ton de la conversation : « Te rends-tu compte que tu as l'air d'une prostituée ?

— Ce n'est pas vrai ! » avait protesté Malta. Le doute l'avait à nouveau saisie, mais elle l'avait promptement chassé de son esprit. « Cerwin Trell n'avait pas l'air de me trouver repoussante, tout à l'heure ! Ma robe et mon maquillage sont à la dernière mode de Jamaillia !

— Chez les putains, peut-être, avait répondu grand-mère, implacable. Et je n'ai pas dit que tu étais repoussante. Simplement, tu n'es pas séduisante à la façon dont une femme convenable peut l'être. »

Davad Restart, mal à l'aise, avait essayé de placer un mot. « À la vérité... »

Grand-mère avait poursuivi sans lui prêter attention : « Nous ne sommes pas à Jamaillia, et tu n'es pas une putain. Tu es la fille d'une respectable famille de Marchands, où l'on ne s'affiche pas en public à demi nue et le visage peinturluré ; apparemment, ce point t'avait échappé.

— Alors, je voudrais être une putain de Jamaillia ! avait déclaré Malta avec chaleur. Tout plutôt que de continuer à étouffer ici ! Tout plutôt que d'être obligée de m'habiller et de me conduire comme une petite fille alors que je suis une femme presque faite, obligée de toujours me taire, me montrer polie, rester... rester invisible ! Je ne veux pas de cet avenir, je ne veux pas devenir comme toi et maman ! Je veux être... être belle, je veux qu'on me remarque, je veux m'amuser, je veux que les hommes aient envie de m'approcher, qu'ils m'envoient des fleurs et des cadeaux ! Je n'en peux plus de m'habiller à la mode de l'année passée, de rester calme et posée en toute circonstance ! Je veux...

— À la vérité, avait répété Davad d'un ton gêné, une telle, euh... mode existe en effet à Jamaillia, depuis l'année dernière. Une des, euh... Compagnes du Gouverneur est apparue ainsi parée, euh... déguisée en, euh... femme des rues. Ce n'était pas lors d'une cérémonie publique, mais au cours d'une réunion très considérable néanmoins. Elle voulait proclamer par là sa... disons sa dévotion absolue au Gouverneur et à ses désirs ; elle se déclarait prête à, euh... être considérée et traitée comme sa... eh bien... » Davad prit une profonde inspiration. « C'est là un sujet que je n'aborderais jamais avec aucune d'entre vous en d'autres circonstances, précisa-t-il avec embarras, mais les faits se sont produits, et on en a vu, disons, l'écho dans la mode durant le mois suivant ; le maquillage des oreilles, les volants, euh... dégrafables des jupes... » Il avait rougi violemment et s'était tu.

Grand-mère avait secoué la tête avec colère. « Voilà donc où en est arrivé notre Gouverneur ! Il rompt les serments de son grand-père et de son père et réduit les Compagnes de son Cœur au rôle de prostituées consacrées à l'assouvissement de ses appétits charnels ! Il fut un temps où c'était une fierté pour une famille d'avoir une de ses filles nommée Compagne, car c'était une fonction qui exigeait de la sagesse et de la diplomatie. À quoi servent ces femmes, aujourd'hui ? De harem au Gouverneur ? Cela me dégoûte ! Et je refuse que ma petite-fille se pare comme elles, si populaire que soit cette mode !

— Tu veux que je devienne une rombière mal fagotée comme maman et toi ! s'était exclamée Malta. Tu veux que je sois vieille sans même avoir eu le temps d'être jeune ! Eh bien, non ! Ce n'est pas ce que je veux, moi !

— Jamais je ne me suis adressée ainsi à ma mère !

avait fait soudain Keffria. Et je ne tolérerai pas que tu emploies ce ton avec ta grand-mère ! Si...

— Si tu avais haussé la voix devant elle, tu aurais peut-être vécu ! l'avait interrompue Malta. Mais non ! Je parie que tu lui as toujours obéi docilement, sans jamais répondre ! Comme une vache de concours : montrée une année, mariée la suivante, comme une belle vache bien grasse vendue aux enchères ! Une saison pour danser et s'amuser, et puis on te marie pour donner des enfants au premier qui offre la plus grosse somme à tes parents ! » Elle avait promené son regard sur ses auditeurs choqués. « Ce n'est pas ça que je veux, maman. Je veux vivre pour moi-même ; je veux porter de jolies toilettes, voir des endroits merveilleux. Je ne veux pas épouser un gentil petit Marchand que tu auras choisi à ma place. Je veux aller à Jamaillia un jour, je veux aller à la cour du Gouverneur, et pas comme une femme mariée qui traîne derrière elle un chapelet de gosses. Je veux être libre. Je veux...

— Tu veux notre ruine », avait dit grand-mère d'une voix posée. Tout en servant la tisane à gestes calmes et efficaces, elle avait accablé Malta. « Tu veux, répètes-tu, sans accorder la moindre pensée à ce dont nous avons besoin. » Elle avait levé les yeux de sur la bouilloire pour demander : « Tisane ou vin cuit, Davad ?

— Tisane, avait-il répondu, soulagé de changer de sujet. Mais je ne pourrai pas rester longtemps : je dois retourner à la soirée au moins pour la présentation des Offrandes ; vous le savez, je n'ai personne à qui déléguer ma présentation. Et la Marchande Vintagli paraissait désireuse de me parler. On ne vous attendra pas, naturellement, cette année, à cause de votre deuil... » Il avait laissé sa phrase en suspens, embarrassé.

« Tisane ? Très bien », avait fait grand-mère, rompant élégamment le silence gêné. Son regard s'était porté vers la vieille domestique. « Nounou, je m'en veux de vous demander cela, mais pourriez-vous mettre Malta au lit ? Veillez à ce qu'elle se nettoie bien le visage d'abord. Je regrette de vous imposer cette tâche...

— Je vous en prie, maîtresse. C'est ma fonction. »

Et Nounou avait fait son devoir. Grande et implacable comme à l'époque où Malta était enfant, elle avait pris la jeune fille par le poignet et l'avait entraînée dans sa chambre. Malta n'avait pas protesté, non par esprit d'obéissance mais afin de préserver sa propre dignité. Elle n'avait pas résisté quand Nounou l'avait déshabillée, et elle s'était plongée de son plein gré dans le bain fumant que la vieille servante avait fait préparer à son intention ; de fait, elle n'avait pas dit un mot à l'impérieuse bonne d'enfants, pas même pour interrompre son ennuyeux monologue sur la honte qu'elle aurait dû ressentir.

Car Malta n'éprouvait aucune honte, et leur tentative d'intimidation n'avait pas eu prise sur elle : quand son père rentrerait, ils auraient tous à répondre de la façon dont ils l'avaient traitée. Pour l'instant, elle se contenterait de cette perspective.

Et aussi du frémissement que le regard de Cerwin Trell avait suscité en elle. Elle revit les yeux du jeune homme posés sur elle et la même sensation l'envahit. Au moins, Cerwin savait, lui, qu'elle n'était plus une petite fille.

7

TÉMOIGNAGE

« Cela fait-il mal ?

— Tu es capable d'éprouver la douleur ?

— Pas comme les humains, non, mais je comprends le sentiment que vous devez...

— Alors pourquoi me poser la question ? Ce que je répondrais resterait lettre morte pour toi. »

Un long silence suivit ces paroles. Vivacia croisa ses bras lisses sur sa poitrine et braqua le regard droit devant elle, en luttant contre la marée de chagrin et de désespoir qu'elle sentait monter en elle. La situation ne s'arrangeait pas entre Hiémain et elle ; chaque jour qui passait depuis leur départ de Cresson voyait grandir la rancœur du jeune garçon contre elle, et les moments agréables qu'ils auraient pu connaître ensemble n'étaient que de longues heures de torture.

Le vent qui soufflait du Nord les poussait vers des climats plus chauds. Le temps était clément, mais tout le reste allait mal : l'équipage était brouillé avec Hiémain et, par conséquent, avec Vivacia ; en écoutant les conversations, elle avait reconstitué les événements qui s'étaient déroulés à terre, et, à sa façon limitée, elle en avait saisi la portée. Hiémain, elle l'avait lu en lui, pensait toujours que sa décision avait été la bonne, et les mémoires dont elle était dépositaire lui disaient que son grand-père aurait été d'accord avec lui ; mais le fait de savoir que l'équipage le considérait comme un lâche et que son père partageait apparemment cette opinion suffisait à le rendre profondément malheureux, et il n'en fallait pas plus pour qu'elle-même se sente tout aussi misérable.

Pourtant, malgré sa détresse, il n'avait pas baissé les bras, ce qui, selon Vivacia, forçait le respect pour l'esprit qui l'habitait. Repoussé par ses camarades de bord, contraint à une existence qu'il ne pouvait aimer, il persistait néanmoins à travailler dur et à apprendre ; il obéissait aux ordres aussi promptement que les autres marins et s'efforçait d'effectuer chaque jour sa pleine part de corvées. Il était à présent aussi compétent que n'importe quel mousse et il était en passe de maîtriser toutes les tâches d'un matelot expérimenté. Utilisant son cerveau autant que ses muscles, il comparait la façon dont son père manœuvrait les voiles avec la manière de commander de son grand-père. Une partie de son ardeur provenait de sa formation, qui suscitait en lui le besoin constant de profiter de toutes les occasions d'apprendre ; privé de livres et de manuscrits, il s'imprégnait des leçons du vent et des vagues, et il acceptait les durs travaux du bord comme il acceptait naguère au monastère les basses corvées du verger : ces devoirs faisaient partie intégrante de l'existence du matelot et du moine, il fallait les accomplir, et les accomplir bien. Mais, Vivacia le savait, il y avait un autre motif à sa volonté d'apprendre à fond le métier de marin : par ses actes, il s'efforçait de montrer à l'équipage qu'il ne craignait pas de prendre des risques quand ils étaient nécessaires, et qu'il ne méprisait pas le travail du bord. C'était le sang Vestrit qui lui raidissait la nuque et lui permettait de garder la tête droite malgré le dédain de Torg et de ses compagnons. Il ne pouvait pas s'excuser de la décision qu'il avait prise à Cresson puisqu'il ne la voyait pas comme une erreur, mais cela ne l'empêchait pas de souffrir de la déconsidération de l'équipage.

Mais cela, c'était avant l'accident.

Il était assis sur le pont, sa main blessée posée sur ses genoux. Vivacia n'avait pas besoin de le regarder pour savoir que lui aussi contemplait l'horizon lointain. Les îlots devant lesquels ils passaient ne l'intéressaient pas. Par une journée pareille, Althéa aurait été appuyée au bastingage, les yeux avides : il avait plu la veille, et les nombreux ruisseaux des îles, grossis, roulaient comme des torrents ; certains sinuaient sur des terrains faiblement pentus ; d'autres, sur des îles plus escarpées, formaient des cascades d'argent, et tous déversaient de l'eau douce qui formait une couche moins dense sur les flots salés et changeait la couleur de la mer sous l'étrave du navire. Ces îles grouillaient d'oiseaux, espèces marines, littorales ou habitantes des hautes falaises, et tous participaient au chœur général. C'était l'hiver, mais, dans ces îles, c'était un hiver de pluie et de luxuriance végétale. Plus à l'Ouest, les Rivages Maudits se perdaient dans leur manteau de brouillard, habituel en cette saison. Les eaux fumantes des nombreuses rivières issues de cette côte adoucissaient le climat de la région et environnaient de brume les Îles des Pirates, où les chutes de neige restaient inconnues grâce à la tiédeur du Passage Intérieur qui tenait toujours l'hiver en respect. Pourtant, malgré la verdure attirante de ces îles, Hiémain n'avait de pensée que pour un port plus lointain, dans le Sud, et pour le monastère qui ne s'en trouvait qu'à un jour de marche. Peut-être aurait-il supporté plus facilement sa situation s'il avait eu le moindre espoir d'y faire escale ; mais il n'en était pas question : son père n'était pas assez stupide pour lui offrir la plus petite occasion de s'esquiver. Le voyage les mènerait dans bien des ports, mais Moëlle n'en faisait pas partie.

Comme si le jeune garçon percevait les réflexions de Vivacia aussi clairement qu'Althéa naguère, il posa brusquement le front sur ses genoux pliés. Il ne se mit pas à pleurer : il était au-delà des larmes, et il en avait assez, à juste titre, des moqueries cruelles de Torg à la moindre manifestation de faiblesse ; Vivacia et lui se voyaient donc refuser même cet exutoire au désespoir qui grandissait en lui et menaçait de l'anéantir. Au bout d'un moment, il poussa un grand soupir et ouvrit les yeux. Il regarda sa main aux doigts recourbés posée sur ses genoux.

L'accident avait eu lieu trois jours plus tôt. C'était une mésaventure stupide, comme on s'en rendait presque toujours compte rétrospectivement, et très courante à bord d'un navire : quelqu'un avait lâché un cordage alors que Hiémain ne s'y attendait pas. Vivacia ne pensait pas qu'il s'agissait d'un acte volontaire ; l'équipage ne pouvait pas lui en vouloir à ce point ! Non, ce n'était qu'un accident. La corde de chanvre avait entraîné la main de Hiémain dans la gorge d'une poulie. Avec une profonde colère, Vivacia se rappelait les paroles de Torg au jeune garçon roulé en boule sur le pont, sa main sanglante serrée contre sa poitrine : « Ça t'apprendra à faire attention, espèce de sale petit trouillard ! T'as de la chance de n'avoir qu'un doigt d'écrasé et pas toute la main ! Allez, debout et remets-toi au boulot ! Personne viendra te moucher le nez ni t'essuyer les yeux ! » Et il s'était éloigné pendant que Clément, muet de remords, était venu pour panser la blessure de Hiémain avec son mouchoir presque propre et la bander pour maintenir le doigt attaché à la main – Clément, qui avait laissé filer la corde que tenait Hiémain ; Clément, qui portait toujours un pansement autour de la poitrine en attendant que ses côtes se ressoudent.

« Je regrette », dit à voix basse Hiémain à Vivacia. Le silence durait depuis un long moment. « Je ne devrais pas te parler sur ce ton ; tu fais preuve de plus de compréhension envers moi que quiconque à bord... en tout cas, tu essayes de comprendre ce que je ressens. Ce n'est pas ta faute si je suis aussi malheureux ; c'est seulement que je voudrais être ailleurs. Je sais que, si tu étais un autre genre de navire, mon père ne m'obligerait pas à rester ici ; c'est donc toi que j'en rends responsable, alors que tu es ce que tu es et que tu ne peux rien y changer.

— Je sais », répondit Vivacia d'un ton sans énergie. Elle ignorait ce qui était le pire : qu'il lui parle ou qu'il se taise. Il passait une heure avec elle le matin et l'après-midi sur ordre de son père. Pourquoi Kyle le forçait-il à cette proximité avec elle ? Espérait-il qu'un lien allait naître par miracle entre eux ? Non, il n'était sûrement pas stupide à ce point-là ! Du moins, pas au point de croire qu'il pouvait contraindre le jeune garçon à aimer la vivenef. Elle, de son côté, ne pouvait que se sentir unie à lui. Elle se remémora cette nuit qui paraissait si lointaine aujourd'hui, cette nuit de plein été où il était resté à bord avec elle pour la première fois ; ils s'étaient si bien entendus ! Si seulement cette relation avait pu grandir naturellement... Mais ses regrets étaient vains, tout comme ses pensées quand elle les tournait vers Althéa. Comme elle aurait aimé qu'elle fût là ! Son absence lui pesait, et bien plus encore sa disparition et les questions constantes qu'elle se posait sur ce qu'elle était devenue. Vivacia soupira.

« Ne sois pas triste », lui dit Hiémain ; et puis il prit conscience de la stupidité de son conseil et il soupira lui-même. « C'est sans doute aussi dur pour toi que pour moi », dit-il.

Une foule excessive de réponses se pressa dans l'esprit de Vivacia, et elle préféra n'en choisir aucune. L'eau se fendait en murmurant sous sa proue et la brise régulière la poussait en avant. L'homme de barre pilotait avec compétence, ce qui n'avait rien d'étonnant : c'était un des anciens du capitaine Vestrit et il servait à bord depuis près de vingt ans. La soirée était agréable, à faire ainsi voile au Sud en sentant la mer se réchauffer peu à peu ; par contraste, la détresse de Vivacia n'en était que plus douloureuse.

Au cours des jours écoulés, Hiémain lui avait tenu des propos nés de la colère, de la frustration et de la peine, des propos qu'une partie d'elle-même jugeait avec objectivité : c'était contre son sort qu'il se répandait en reproches, pas contre elle. Pourtant, elle n'arrivait pas à les oublier, et ils la fouaillaient comme des harpons chaque fois qu'elle se laissait aller à se les rappeler. La veille au matin, à la suite d'un quart de nuit particulièrement pénible, il l'avait invectivée, lui affirmant que Sa n'avait rien à voir avec ce qu'elle était, qu'elle ne participait pas de sa force divine et ne possédait qu'un simulacre de vie et d'esprit créé par les hommes afin de servir leur soif de gain. Ce discours l'avait choquée, horrifiée, mais elle avait été encore bien plus bouleversée quand Kyle, surgissant derrière le jeune garçon, l'avait jeté sur le pont d'un coup de poing, furieux de l'entendre ainsi injurier la vivenef ; après cela, même les hommes les plus bienveillants parmi l'équipage avaient dénigré Hiémain, soutenant qu'il allait leur porter malheur par ses discours funestes. Kyle n'avait pas eu l'air de se rendre compte que Vivacia ressentirait le coup qu'il avait donné à Hiémain aussi douloureusement que l'enfant lui-même, et il n'avait pas davantage songé que ce n'était peut-être pas le meilleur moyen d'encourager son fils à tisser des liens affectifs avec elle. Non, Kyle avait envoyé le jeune garçon dans la cale exécuter les corvées qu'il détestait le plus, et Vivacia était restée seule à ruminer les propos venimeux de Hiémain en se demandant si, tout compte fait, ils ne reflétaient pas la réalité.

Il l'obligeait à penser. Il la poussait à songer à des choses auxquelles aucun autre Vestrit n'avait jamais accordé la moindre attention sur ses ponts. Il consa crait apparemment la moitié de son temps à réfléchir à la façon dont sa vie s'articulait avec l'existence d'autrui. Elle avait entendu parler de Sa car tous les Vestrit précédents le révéraient eux aussi, mais d'une manière superficielle ; aucun d'entre eux n'avait médité sur la présence du divin ni cherché à voir son reflet dans la vie de tous les jours ; aucun d'entre eux n'avait cru aussi fermement qu'il existait un honneur et une bonté inhérents à chaque homme, ni nourri l'idée que chacun avait une destinée particulière à accomplir, que chaque vie correctement vécue comblait dans le monde un besoin correspondant qu'elle seule pouvait combler. De ce fait, aucun d'entre eux n'avait connu de déception aussi cruelle que Hiémain dans ses relations quotidiennes avec ses semblables.

« Je crois qu'on va devoir m'amputer le doigt. » Il avait parlé à mi-voix, d'un ton hésitant, comme s'il craignait de donner de la substance à sa peur en l'énonçant tout haut.

Vivacia garda le silence. C'était la première fois depuis son accident qu'il prenait l'initiative d'une conversation. Elle comprit soudain la profonde angoisse qui se cachait derrière la dureté des mots qu'il avait eus pour elle. Elle décida d'écouter afin de lui permettre de partager avec elle ce qu'il parviendrait à exprimer.

« Il n'est pas seulement cassé ; je pense que l'articulation a été broyée. » Il employait des termes simples, mais la vivenef percevait la peur glacée qui se lovait en dessous d'eux. Il prit son souffle et affronta la réalité qu'il niait jusque-là. « Je le sais depuis que c'est arrivé, je crois ; pourtant j'espérais toujours... Mais je sens ma main qui enfle depuis ce matin, et j'ai une impression d'humidité à l'intérieur du pansement. » Il baissa encore la voix. « Quel imbécile je fais ! Je me suis occupé de blessures chez les autres, non comme guérisseur, bien sûr, mais je sais nettoyer une plaie et changer un bandage. Mais là, dans le cas de ma propre main... je n'ai pas eu le courage de l'examiner depuis hier soir. » Il se tut et Vivacia l'entendit avaler sa salive.

« N'est-ce pas étrange ? reprit-il d'une voix tendue et plus aiguë. J'étais là quand Sa'Garit a amputé quelqu'un d'une jambe. Il fallait le faire, c'était évident pour tout le monde ; pourtant l'homme répétait : “Non, non, attendons encore un peu, ça va peut-être s'arranger”, alors que son état empirait d'heure en heure. Finalement, sa femme l'a convaincu de nous laisser faire le nécessaire. Je m'étais demandé alors pourquoi il avait tant tergiversé au lieu d'en terminer une bonne fois. Pourquoi s'accrocher à un morceau de chair et d'os pourrissant, simplement parce qu'il a constitué naguère une partie utile de son corps ? »

Sa voix mourut soudain, et il se replia de nouveau sur sa main. Alors, Vivacia perçut la pulsation de sa douleur, le battement qui répercutait le rythme de son cœur.

« Ai-je jamais regardé vraiment mes mains, pensé vraiment à elles ? Des mains de prêtre... on parle toujours des mains des prêtres. Toute ma vie, j'ai eu des mains parfaites. Dix doigts, tous en état de marche, habiles... Je créais des vitraux. Le savais-tu, Vivacia ? Je m'asseyais et je m'absorbais si profondément dans mon œuvre... que mes mains travaillaient de leur propre volonté, aurait-on dit. Et maintenant... »

Il se tut à nouveau. Vivacia prit le risque de parler. « Beaucoup de marins perdent des doigts ; des membres entiers parfois ; cela ne les empêche pas de...

— Je ne suis pas un marin. Je suis un prêtre. Je devais devenir prêtre ! Avant que mon père me condamne à ce sort ! Il me détruit. Il cherche à m'anéantir. Ses hommes et lui tournent ma foi en dérision, ils retournent mes idéaux contre moi quand je tente de m'y tenir ! Je ne peux pas résister contre lui, contre eux tous ! Ils sont en train de détruire...

— Cela n'empêche pas ces marins de rester ce qu'ils sont, amputés ou non, poursuivit Vivacia implacablement. Tu n'es pas un doigt, Hiémain, tu es un homme. Tu te coupes les cheveux, tu te tailles les ongles, et tu demeures quand même Hiémain, un homme. Et, si tu es un prêtre, tu le resteras, que tu aies dix ou neuf doigts. Si tu dois en perdre un, tu le perdras ; mais n'en tire pas prétexte pour renoncer à être ce que tu es. » Elle s'interrompit, savourant presque le silence stupéfait du garçon. « Je ne sais pas grand-chose de ton Sa, Hiémain, mais je connais bien les Vestrit. Ce que tu dois être, tu le deviendras, que ce soit prêtre ou marin, alors reprends-toi et en avant ! Ne laisse pas les autres prendre en main ce que tu es. Façonne-toi toi-même ! Sois ce que tu es et, bon gré, mal gré, les autres finiront par l'accepter. Et si ta volonté est de te façonner à l'image de Sa, fais-le, et sans pleurnicher.

— Vivenef... » Il avait prononcé le mot à mi-voix, mais on eût dit une bénédiction. Il plaça sa main valide à plat sur le vaigrage du navire, puis, après un instant d'hésitation, sa main blessée. Pour la première fois depuis le départ d'Althéa, Vivacia sentit l'un des siens tendre délibérément son esprit vers elle. Hiémain ne s'en rendait sans doute pas compte ; peut-être, la tête courbée, murmurant tout bas, croyait-il prier Sa ; mais, quel que fût celui ou celle à qui il demandait sa force, ce fut la vivenef qui répondit.

« Hiémain, fit-elle doucement quand il eut fini de chuchoter, va voir ton père et dis-lui qu'il faut t'amputer. Exige que l'opération soit exécutée ici, près de moi – et demande-le en mon nom, si on refuse d'accéder à ton désir. »

Elle craignait qu'il hésite, mais non : il se leva d'un mouvement gracieux et, sans un mot, il se rendit aux quartiers du capitaine, à la porte desquels il frappa trois coups vifs de sa main valide.

« Entrez ! » fit Kyle.

Vivacia ne pouvait pas voir tout ce qui se passait à l'intérieur d'elle-même, mais elle en avait conscience d'une façon pour laquelle les humains ne lui avaient pas fourni de terme. Elle percevait le bruit de tonnerre que faisait le cœur de Hiémain, et capta aussi le petit sentiment de triomphe qu'il éprouva quand son père leva les yeux de ses factures et sursauta en le voyant devant lui, l'air digne.

« Qu'est-ce que tu fais ici ? demanda Kyle d'un ton brusque. Tu es le mousse du bord, rien de plus ! Ne viens pas pleurnicher dans ma cabine. »

Hiémain attendit que son père eût terminé sa réprimande, puis il dit d'un ton posé : « Il faut m'amputer de ce doigt. Il a été écrasé, et maintenant l'infection s'installe. Il est évident qu'il ne guérira pas. » Il reprit rapidement son souffle. « J'aimerais qu'on m'opère avant que toute la main soit atteinte. »

La voix de Kyle était voilée et son ton hésitant quand il répondit après un long silence : « Tu en es sûr ? C'est le second qui te l'a dit ? C'est lui qui s'occupe des questions médicales à bord.

— L'avis d'un médecin est inutile. Voyez vous-même. » Et, avec une désinvolture qu'il était loin de ressentir, Vivacia en était sûre, il se mit à défaire le pansement encroûté de sang. Son père émit un son étranglé. « Oui, ça ne sent pas bon, continua Hiémain du même ton détaché. Plus vite vous me le couperez, mieux ça vaudra. »

Kyle se leva et les pieds de son fauteuil raclèrent le bois du pont. « Je vais chercher le second. Assieds-toi, fiston.

— Je préférerais que vous vous en occupiez vous-même, capitaine, si vous n'y voyez pas d'inconvénient. Et sur le pont, près de la figure de proue. » Vivacia perçut presque le regard calculateur que Hiémain promena dans la cabine. « Ce n'est pas la peine de mettre du sang partout dans vos quartiers, ajouta-t-il comme s'il venait seulement d'y penser.

— Je ne peux pas... Je n'ai jamais...

— Je peux vous montrer où trancher, capitaine.

C'est un peu comme découper une volaille pour la marmite : il suffit de trouver l'articulation. On m'a enseigné à le faire au monastère. Je m'étonnais parfois des points communs qui existent entre la cuisine et la médecine : les herbes, la connaissance de... la viande, les couteaux... »

Vivacia comprit que Hiémain lançait une sorte de défi à son père ; elle n'en saisissait pas complètement le sens, et se demandait si le garçon lui-même en avait pleinement conscience. Elle s'efforça d'en suivre la logique : si Kyle refusait d'amputer le doigt infecté de son fils, il perdait. Mais il perdait quoi ? Elle n'avait pas de certitude, mais il devait y avoir un rapport avec le fait de savoir qui dirigeait l'existence de Hiémain. Le jeune garçon essayait peut-être d'obliger son père à endosser la responsabilité de la vie qu'il lui avait imposée, de le forcer à ouvrir les yeux sur sa dureté. Il y avait aussi dans l'attitude de Hiémain l'écho du défi stupide qu'il avait refusé de relever à Cresson, où il aurait été physiquement en danger. Depuis, on le traitait de lâche et on le jugeait incapable d'affronter la douleur ; il allait montrer à tous que ce n'était pas la souffrance qu'il redoutait. Un frisson de fierté le traversa et se transmit à la vivenef. Il était vraiment très différent des autres Vestrit qu'elle avait transportés.

« Je vais appeler le second, déclara Kyle d'un ton ferme.

— Ce n'est pas lui qui doit m'opérer », répondit Hiémain à mi-voix.

Sans l'écouter, Kyle ouvrit la porte et cria : « Gantri ! » Puis, se retournant vers son fils, il dit : « Je suis le capitaine de ce navire, et c'est moi qui décide qui doit faire quoi. C'est le second qui se charge de ce genre de soins, pas moi.

— J'aurais cru que mon père préférerait s'en occuper lui-même, rétorqua Hiémain. Mais je constate que vous n'en avez pas le courage. Très bien, j'attendrai le second sur le gaillard d'avant.

— Ce n'est pas une question de courage ! s'emporta Kyle, et, à cet instant, Vivacia entrevit la manœuvre de Hiémain : d'une affaire entre le mousse et le capitaine, il avait fait un affrontement entre père et fils.

— Alors venez assister à l'opération, père, pour me donner de la force. » Ce n'était pas une supplique, mais une simple prière. Il sortit de la cabine sans attendre que son père le congédie, ni même qu'il lui réponde. Comme il s'éloignait, il croisa Gantri qui répondait à l'appel et entendit Kyle lui ordonner sèchement d'aller chercher sa trousse de chirurgie et de se présenter sur le gaillard d'avant. Sans s'arrêter, Hiémain alla d'un pas mesuré au lieu de rendez-vous.

« Ils arrivent, murmura-t-il à Vivacia ; mon père et le second, pour me couper le doigt. J'espère que j'arriverai à ne pas crier.

— Tu as la volonté nécessaire, assura la vivenef. Pose ta main à plat sur mon pont pendant l'opération. Je serai avec toi. »

Le jeune garçon ne répondit pas. La brise légère qui gonflait les voiles de Vivacia apportait aussi à la nef l'odeur de la transpiration et de la peur de Hiémain. Il s'assit et retira les derniers bouts de pansement de sa main blessée. « Non, dit-il, et on sentait que son jugement était irrévocable. On ne peut pas le sauver ; mieux vaut m'en débarrasser avant qu'il infecte tout mon organisme. » La vivenef le sentit se séparer de son doigt, l'éliminer de la perception de son propre corps. Dans son esprit, l'amputation était déjà effective.

« Les voici, fit doucement Vivacia.

— Je sais. » Il eut un rire inquiet, glaçant à entendre. « Je les sens à travers toi. »

C'était la première fois qu'il reconnaissait le phénomène. Vivacia regretta qu'il ne l'eût pas fait à un autre moment, où ils auraient pu en parler en privé ou simplement être seuls pour explorer ce lien. Mais les deux hommes avaient atteint le gaillard d'avant, et, par réflexe, Hiémain s'était dressé d'un bond face à eux. Il tenait sa main blessée dans le creux de l'autre, comme une offrande.

Kyle le désigna du menton. « Le mousse croit qu'il faut l'amputer du doigt. Qu'en pensez-vous ? »

Hiémain eut la sensation que son cœur cessait un instant de battre. Sans un mot, il tendit la main au second. Gantri la regarda et un rictus de dégoût lui découvrit les dents. « Il a raison. » Il s'était adressé au capitaine, non à Hiémain. Il saisit fermement le poignet droit du garçon et le retourna pour examiner la blessure sous tous les angles, puis il émit un grognement écœuré. « J'aurai deux mots à dire à Torg. Il aurait dû me faire voir cette blessure beaucoup plus tôt. Même si on l'ampute maintenant, le petit va devoir se reposer un jour ou deux : j'ai l'impression que l'infection a gagné le reste de la main.

— Torg connaît son affaire, répondit Kyle. On ne peut pas tout prévoir. »

Gantri soutint le regard de son capitaine et, d'un ton posé, il observa : « Mais Torg a un côté vicieux, qui ressort d'autant plus qu'il croit tenir à sa merci quelqu'un de supérieur à lui. C'est pour ça que Brashen est parti ; c'était un bon matelot, sauf quand Torg le tourmentait. Lorsque Torg choisit un souffre-douleur, il ne sait jamais quand il doit s'arrêter. » Gantri poursuivit avec circonspection : « Je ne fais pas de favoritisme, ne vous inquiétez pas. Je me fiche du nom de ce gosse, capitaine ; pour moi, c'est un membre d'équipage comme les autres, et un navire marche mieux quand tout l'équipage est en état de travailler. » Il s'interrompit, puis répéta : « J'aurai deux mots à dire à Torg. » Cette fois, Kyle ne réagit pas. Gantri se tourna vers Hiémain.

« Tu es prêt. » Ce n'était pas vraiment une question, plutôt l'affirmation que le jeune garçon avait reconnu la nécessité d'intervenir.

« Oui. » La voix de Hiémain était à présent basse et grave. Il mit un genou en terre, comme s'il jurait obéissance à quelqu'un, et posa sa main blessée à plat sur le pont de Vivacia. Elle ferma les yeux et se concentra sur le contact, sur les doigts écartés qui appuyaient sur le planchéiage du gaillard d'avant ; elle était heureuse qu'il fût en bois-sorcier : il était extrêmement rare qu'on employât un matériau aussi onéreux pour cette partie d'une vivenef, et aujourd'hui Vivacia comptait veiller à ce que cette dépense supplémentaire trouve toute son utilité. Elle ajouta sa volonté à celle de Hiémain pour l'empêcher de déplacer sa main.

Le second s'était accroupi à côté de lui et déroulait une trousse de chirurgie en tissu. Les scalpels et les sondes étaient rangés dans des poches, tandis que les aiguilles étaient piquées dans la toile même, certaines déjà pourvues d'un mince filament en boyau de poisson. Comme la trousse achevait de s'ouvrir, les scies apparurent, à voie large ou étroite. Hiémain avala sa salive. Gantri disposa la charpie et les bandages de lin à côté des instruments.

« Il va te falloir de l'eau-de-vie », dit l'homme avec rudesse. Vivacia perçut au fond de lui un tremblement et se réjouit de constater qu'il ne restait pas complètement insensible à la scène.

« Non », répondit Hiémain à mi-voix.

Vivacia prit le risque de le contredire : « Tu en auras peut-être besoin, après. »

Il ne protesta pas.

« Je vais en chercher, fit Kyle d'un ton âpre.

— Non. » Vivacia et Hiémain avaient parlé en même temps. « Je souhaite que vous restiez », continua la vivenef. C'était son droit ; mais, au cas où Kyle ne l'aurait pas su, elle expliqua : « Quand vous entaillez la chair de Hiémain, je saigne. C'est une façon de parler », ajouta-t-elle. Elle maîtrisa sa propre inquiétude avant de poursuivre : « J'ai le droit d'exiger que vous soyez présent, à mes côtés, quand il se produit un événement aussi dérangeant sur mon pont.

— On pourrait descendre le mousse dans la cale, proposa Kyle, bourru.

— Non, répéta-t-elle. Si cette mutilation doit avoir lieu, je souhaite qu'elle se passe ici, où je peux en être témoin. » Elle ne vit pas l'intérêt de lui faire remarquer qu'elle aurait conscience de l'opération où qu'on la pratique, du moment que ce serait à son bord. S'il connaissait si mal sa nature, qu'il continue à croupir dans son ignorance. « Envoyez un de ceux-là. »

Kyle suivit son regard, se retourna et faillit sursauter : la rumeur de l'opération à venir s'était vite répandue et tous les hommes qui n'étaient pas occupés avaient trouvé un prétexte pour s'approcher du gaillard d'avant. Blême, Clément donna l'impression d'être sur le point de s'évanouir quand Kyle le désigna du doigt. « Toi, va chercher l'eau-de-vie et un verre. Vite ! »

Le jeune garçon obéit avec empressement, ses talons nus claquant sur le pont. Les autres marins ne firent pas un geste, et Kyle ne leur prêta pas la moindre attention.

Hiémain prit une profonde inspiration et, sans manifester qu'il eût remarqué l'attroupement, il s'adressa au second en montrant du doigt sa main droite blessée : « Il y a un interstice, là, dans l'articulation... c'est là qu'il faut couper. Vous devrez y insérer... la pointe d'un scalpel... et trancher à tâtons, si je puis dire. Si vous palpez votre propre articulation, vous sentirez le point dont je parle ; de cette façon, vous ne laisserez pas d'esquille... Ensuite, je vous demanderai de rabattre la peau sur le... l'espace libéré, puis de la suturer. » Il s'éclaircit la gorge et parla sans détour. « Mieux vaut être prudent que trop pressé. Je préfère une coupure propre à un coup de tranchoir. »

Entre chaque phrase, Hiémain avait repris son souffle pour calmer sa peur. Sa voix ne tremblait qu'imperceptiblement, de même que le doigt qu'il pointait sur l'index de sa main droite – l'index qui, s'il avait pu le conserver, aurait peut-être porté un jour son anneau votif de prêtre. *Sa, dans ta miséricorde, empêche-moi de crier. Empêche-moi de m'évanouir et de détourner le regard. Si je dois en passer par là, que ce soit avec dignité.*

Le courant des pensées du jeune garçon était si puissant que Vivacia se retrouva liée à lui. Il prit une dernière inspiration, profonde et apaisante, tandis que Gantri choisissait un scalpel et le lui montrait ; c'était un bon instrument, brillant, propre et affûté. Hiémain hocha lentement la tête. Derrière lui, il entendit le bruit des pas de Clément qui revenait en annonçant : « Voilà l'eau-de-vie, cap'taine » ; mais les mots semblaient venir de très loin, aussi ténus et dépourvus de sens que les cris des oiseaux de mer. Vivacia s'aperçut que quelque chose se passait en Hiémain : à chacune de ses inspirations, les muscles de son corps se relâchaient un peu plus ; il s'amenuisait en lui-même, ses pensées se figeaient peu à peu, comme s'il était en train de mourir. Il va perdre connaissance, se dit la vivenef, et elle se sentit prise de compassion pour lui.

Ce qui se produisit ensuite lui fut incompréhensible : il se sépara de lui-même. Il n'avait pas quitté son corps, et pourtant, d'une manière étrange, il s'en était mis à part. Vivacia eut presque l'impression qu'il s'était uni à elle et regardait par ses yeux le mince garçon agenouillé sur le pont, immobile comme une statue. Sa queue-de-cheval s'était défaite et des mèches de cheveux dansaient sur son front, tandis que d'autres y restaient collées par la transpiration ; mais ses yeux noirs étaient calmes et sa bouche détendue alors que le scalpel étincelant descendait vers sa main.

Quelque part naquit une grande douleur, mais Hiémain et Vivacia continuèrent à observer le second qui forçait sur la lame pour l'enfoncer dans la chair du jeune garçon. Du sang jaillit, rouge vif. *Il est sain*, songea Hiémain quelque part. *Un beau rouge profond : la couleur est bonne.* Mais il ne prononça pas un mot, et le bruit que fit le second en avalant sa salive fut presque aussi audible que la respiration hachée de Kyle devant le spectacle du scalpel s'introduisant dans l'articulation. Gantri travaillait bien ; la pointe effilée de l'instrument s'insinua dans le ligament de la phalange et Hiémain sentit physiquement le son qu'elle fit en le tranchant. Ce fut une douleur blanche qui partit de son doigt et remonta, rapide et brûlante, le long de son bras jusqu'à son épine dorsale. Hiémain se donna un ordre farouche : *Ne t'en occupe pas !* Et, par un effort de volonté comme Vivacia n'en avait jamais vu, il obligea les muscles de son bras à demeurer détendus, sans tressaillir ni chercher à s'éloigner de la souffrance. Sa seule concession au terrible élancement fut de saisir son poignet droit de la main gauche et de serrer, comme s'il pouvait ainsi empêcher la sensation de se propager. Le sang coulait à profusion entre son pouce et son majeur, tiède sur le pont de Vivacia ; le bois-sorcier l'absorba et la vivenef savoura son goût de sel et de cuivre, et l'impression d'intimité qu'elle en retira.

Fidèle aux souhaits de Hiémain, le second trancha le reste du cartilage qui céda avec un petit bruit de craquement, puis il coupa soigneusement le dernier bout de peau. Le doigt gisait désormais sur le pont, séparé de son corps, simple morceau de viande. Avec précaution, Hiémain le ramassa et le mit de côté, puis, entre le pouce et l'index de sa main gauche, il referma la peau par-dessus la plaie laissée par l'amputation.

« Suturez, maintenant, dit-il calmement au second tandis que le sang ruisselait entre ses doigts. Pas trop serré : juste assez pour tenir la peau fermée sans que le fil la déchire. Employez votre aiguille la plus petite et votre boyau le plus fin. »

Le père de Hiémain toussota, puis se détourna. Il se dirigea d'un pas raide vers le bastingage où il se perdit dans la contemplation des îles, comme si elles exerçaient soudain une profonde fascination sur lui. Le jeune garçon parut ne s'apercevoir de rien, mais Gantri jeta un coup d'œil à son capitaine ; puis il pinça les lèvres, avala bruyamment sa salive et prit une aiguille. Hiémain tint lui-même sa propre peau tandis que le second la cousait, puis nouait les fils ; ensuite, le jeune garçon prit appui sur le pont de sa main gauche couverte de sang cependant que Gantri fixait un pansement à la place de l'index manquant. Pas un instant il n'eut le moindre mot ni le moindre geste indiquant qu'il ressentait la plus petite douleur. On aurait pu le croire occupé à ravauder de la toile, se dit Vivacia. Et pourtant, non : quelque part, il était conscient de la souffrance. Son corps la sentait, car la sueur avait ruisselé le long de son dos et sa chemise trempée lui collait à la peau. Il éprouvait de la douleur quelque part, mais son esprit s'en était détaché ; ce n'était plus qu'un signal insistant de son organisme lui signalant une anomalie, comme la soif ou la faim, un signal qu'on pouvait négliger quand il le fallait.

Ah, je vois ! Ce n'était pas tout à fait exact, mais elle réagissait à ce qu'elle partageait avec lui. Une fois le pansement terminé, Hiémain se redressa, toujours accroupi, sans chercher à se mettre debout : inutile de tenter le sort. Il avait fait trop de chemin pour tout gâcher en s'évanouissant maintenant. Il accepta le gobelet d'eau-de-vie que Clément lui servit, les mains tremblantes, et l'avala, non d'un trait, mais en trois longues gorgées, comme on boit de l'eau quand on a très soif. Le gobelet était maculé d'empreintes sanglantes quand il le rendit à Clément.

Hiémain promena son regard sur ce qui l'entourait et, lentement, ramena sa conscience dans son corps. Il serra les dents pour résister à la vague blanche de souffrance qui montait de sa main. Des points noirs dansèrent un instant devant ses yeux, et il les chassa en battant des paupières, puis en se concentrant sur les deux traces de main sanglantes qu'il avait laissées sur le pont de la *Vivacia*. Le sang avait imprégné profondément le bois-sorcier, et il comprit, comme la vivenef, qu'aucun ponçage ne ferait jamais disparaître ces marques. Sans hâte, il leva les yeux et regarda autour de lui. Gantri essuyait le scalpel sur un bout de chiffon ; il rendit son regard au jeune garçon, les sourcils froncés mais un petit sourire aux lèvres, et il lui adressa un hochement de tête imperceptible. Clément, toujours livide, écarquillait les yeux. Kyle, debout près du bastingage, contemplait l'horizon.

« Je ne suis pas un lâche. » Hiémain n'avait pas parlé fort, mais sa voix portait. Son père se retourna lentement. « Je ne suis pas un lâche, répéta le garçon en haussant le ton. Je ne suis pas grand, je ne prétends pas être fort, mais je ne suis pas non plus un faible ni un lâche. Je peux supporter la douleur – quand c'est nécessaire. »

Une lueur étrange s'était allumée dans les yeux de Kyle, et les prémices d'un sourire flottaient aux coins de sa bouche. « Tu es un Havre », fit-il avec un orgueil sobre.

Hiémain soutint son regard. Sa réponse fut claire, bien qu'on n'y sentît ni provocation ni volonté de blesser. « Je suis un Vestrit. » Il baissa les yeux sur les empreintes de main sanglantes et sur l'index coupé. « Vous avez fait de moi un Vestrit. » Il eut un sourire sans joie ni moquerie. « Qu'a dit ma grand-mère ? "C'est le sang qui parle." En effet. » Il se baissa et ramassa son propre doigt. Il l'examina soigneusement un moment, puis le tendit à son père. « Cet index ne portera jamais l'anneau de prêtre », dit-il. À l'entendre, on aurait pu le croire ivre, mais Vivacia savait, elle, que c'était le chagrin qui lui brisait la voix. « Le voulez-vous, capitaine ? Comme symbole de votre victoire ? »

Le visage clair de Kyle fonça sous l'effet de la fureur, et Vivacia songea qu'en cet instant il était tout près de haïr sa propre chair et son propre sang. Hiémain s'approcha de lui d'un pas léger, les yeux brillants d'une lumière très étrange. Vivacia tenta de comprendre ce qui se passait : elle sentait un changement chez lui, une force qui s'ouvrait et l'emplissait. Il plongea le regard dans celui de son père, et c'est sans colère ni même affliction qu'il alla se placer hardiment là où le capitaine pouvait le frapper – ou le serrer contre son cœur.

Mais Kyle Havre ne fit pas un geste. Par son immobilité, il refusait tout ce qu'était le jeune garçon, tout ce qu'il faisait, et Hiémain comprit alors que jamais il ne plairait à son père, que Kyle n'avait jamais désiré être fier de lui, mais seulement se montrer plus fort que lui. Et il savait désormais qu'il n'y parviendrait pas.

« Non, capitaine ? Ah, tant pis. » Et, avec une désinvolture qui ne pouvait pas être feinte, Hiémain se rendit à la proue du navire. Pendant un moment, il examina ostensiblement le doigt qu'il tenait, l'ongle cassé, sali par le travail, la chair écrasée, l'os broyé. Puis il jeta l'index par-dessus bord comme si ce n'était rien, comme s'il ne lui avait jamais appartenu, et resta là, non pas appuyé au bastingage, mais debout, bien droit, à côté de Vivacia, les yeux braqués vers un horizon lointain, un avenir qu'on lui avait promis et dont bien davantage que les jours ou la distance le séparaient à présent. Il vacillait imperceptiblement. Nul ne bougeait ni ne parlait. Même le capitaine se taisait, les yeux vrillés sur son fils comme s'ils pouvaient le transpercer. Les muscles de son cou saillaient comme des cordes.

Ce fut Gantri qui rompit le silence. « Clément, emmène-le sous le pont et conduis-le à son cadre. Jette un coup d'œil sur lui à chaque heure, et viens me chercher s'il a de la fièvre ou s'il délire. » Il enroula sa trousse et l'agrafa, puis il ouvrit un coffre et fouilla parmi les fioles et les paquets qu'il renfermait. Sans même lever les yeux, il ajouta d'une voix égale : « Les autres, trouvez de quoi faire, sans quoi c'est moi qui vais vous donner du boulot. »

Il n'eut pas besoin de répéter la menace deux fois : les hommes se dispersèrent aussitôt. L'ordre qu'il avait donné était simple et entrait dans ses attributions de second, mais il n'avait échappé à personne que Gantri, sans avoir l'air de rien, s'était interposé entre le capitaine et son fils. Il s'y était pris avec autant de diplomatie que pour n'importe quel autre homme qui aurait trop brutalement attiré l'attention de son commandant. Ce n'était pas la première fois que cela se produisait : le second avait adopté assez souvent cette attitude lors des débuts de Kyle en tant que capitaine de la *Vivacia* ; mais jamais encore il ne s'était immiscé entre le maître du navire et son fils. Il manifestait par là qu'il acceptait Hiémain comme un membre à part entière de l'équipage et plus seulement comme l'enfant gâté du capitaine, enrôlé pour lui enseigner la discipline.

Clément attendit en se faisant le plus petit possible ; au bout d'un moment, le capitaine Havre s'écarta sans un mot du bastingage et se dirigea vers l'arrière à grandes enjambées. Le jeune marin le regarda s'éloigner, puis détourna brusquement les yeux, comme humilié de voir son commandant battre en retraite dans ses quartiers.

« Hé, Clément, reprit soudain Gantri comme si de rien n'était, aide Hiémain à déménager son barda et ses affaires de couchage dans le poste d'équipage. Il dormira avec les autres. Une fois qu'il sera installé, donne-lui de ceci : pas plus d'une cuillerée, et rapporte-moi le flacon tout de suite après. C'est du laudanum, ajouta-t-il en haussant la voix à l'intention de Hiémain. Je veux qu'il dorme. Ça accélérera sa guérison. » Il remit la grosse fiole marron à Clément, puis se redressa en coinçant son nécessaire médical sous son bras, et, sans un mot de plus, il s'en alla.

« Oui, lieutenant », fit Clément. Timidement, il s'approcha de Hiémain. Comme l'autre ne faisait pas mine de le remarquer, il rassembla son courage et tira sur sa manche. « Tu as entendu le second, lui dit-il d'un ton embarrassé.

— J'aimerais mieux rester ici. » Hiémain avait pris une voix rêveuse, et Vivacia comprit : tôt ou tard, il fallait payer la douleur. Sur le moment, il avait empêché son corps d'y réagir, mais le prix en était à présent un complet épuisement.

« Je m'en doute, répondit Clément presque avec bienveillance, mais c'est un ordre. »

Hiémain poussa un profond soupir et se tourna vers lui. « Je sais. » Et, avec la docilité qu'induit la fatigue, il suivit l'autre garçon sous le pont.

Peu après, Vivacia s'aperçut que Gantri s'était mis à la barre. En général, il faisait cela quand il était troublé et souhaitait avoir le temps de réfléchir. La vivenef songea que ce n'était pas un mauvais second. Brashen était meilleur, mais il avait navigué sur elle plus longtemps. La main de Gantri sur le gouvernail était confiante et ferme, et Vivacia la sentait rassurante, sans méfiance envers elle.

Elle ouvrit sa propre main et y jeta un coup d'œil furtif. Le doigt gisait au creux de sa paume. Elle ne pensait pas que quiconque l'ait vue l'attraper au vol. Elle aurait été bien en peine d'expliquer son geste, sinon pour dire que ce bout de chair avait appartenu à Hiémain et qu'elle répugnait à perdre fût-ce un petit fragment de sa personne. L'index était ridiculement petit à côté de ses propres doigts, plus grands que nature ; c'était un bâtonnet d'os enrobé de chair et de peau, avec, à une extrémité, un ongle finement cannelé. Broyé, couvert de sang, sa délicatesse et ses détails n'en faisaient pas moins pour elle un objet de fascination. Elle le compara avec ses propres doigts et le reste de sa main : son sculpteur avait fait du bon travail et bien rendu les articulations, les ongles et même les tendons, mais on ne voyait pas de fin réseau de follicules sur la peau, pas de petits poils, pas d'empreinte en forme de spirale sur la pulpe des doigts. Elle n'avait, songea-t-elle avec regret, qu'une ressemblance superficielle avec une véritable créature de chair et de sang.

Elle contempla son trésor encore un moment, puis, après un coup d'œil discret vers l'arrière, elle le porta à ses lèvres. Elle ne pouvait pas le jeter à la mer ni le cacher sur elle ; elle le plaça donc dans sa bouche et l'avala. Au goût, elle retrouva l'odeur du sang répandu sur son pont : sel et cuivre, ainsi que, curieusement, une saveur marine. Le doigt faisait désormais partie d'elle, et elle se demanda ce qu'il allait devenir, tout au fond de son œsophage ; à cet instant, elle sentit le bois-sorcier absorber le doigt, de la même façon que les planches du pont s'étaient imprégnées du sang de Hiémain.

Elle n'avait jamais rien ingéré d'organique jusque-là, ne connaissant ni la faim ni la soif ; pourtant, en avalant la chair amputée de Hiémain, elle sentit qu'elle satisfaisait un besoin pour lequel elle ne connaissait pas de nom. « Nous ne sommes plus qu'un, désormais », murmura-t-elle pour elle-même.

Sur sa couchette du quartier d'équipage, Hiémain se tournait et se retournait. Le laudanum atténuait les élancements de sa main, mais ne les calmait pas complètement. Sa chair lui semblait brûlante et sèche, tendue sur les os de son visage et de son bras. « Ne faire qu'un avec Sa », dit-il d'une petite voix fêlée. Le but suprême d'un prêtre. « Je ne ferai qu'un avec Sa, fit-il d'un ton plus ferme. Tel est mon destin. »

Vivacia n'eut pas le cœur de le contredire.

*
**

La pluie tombait, cette pluie battante et sans rémission typique de l'hiver à Terrilville. Elle coulait sur ses boucles sculptées et dégoulinait de sa barbe sur sa poitrine nue. Parangon croisa les bras, puis secoua la tête, faisant voler de grosses gouttes en tous sens. Il faisait froid. Mais, il le savait, c'était une sensation surgie des souvenirs humains qu'il avait engrangés. *Le bois ne peut pas ressentir le froid*, se dit-il. *Je n'ai pas froid*. Non ; ce n'était pas une question de température, seulement l'agaçante impression de l'eau qui dégoulinait sur lui. D'une main, il essuya son front ruisselant.

« Je croyais que vous m'aviez dit qu'il était mort », fit une voix rauque de contralto non loin de lui, le prenant par surprise. C'était encore un des inconvénients de la pluie : son crépitement lui emplissait les oreilles et assourdissait les autres bruits, plus importants, comme celui de pas sur le sable humide.

« Qui est là ? » demanda-t-il d'un ton irrité. Mieux valait paraître en colère qu'inquiet aux yeux des humains : manifester de la peur excitait en général leur audace.

Il n'y eut pas de réponse. Il n'en attendait pas vraiment : le voyant aveugle, l'intruse allait sans doute le contourner discrètement et il ne saurait où elle se trouvait qu'à l'instant où une pierre le frapperait. Il tendit l'oreille pour capter le bruit de ses pas sournois, mais, quand une seconde voix s'éleva, elle était proche de l'emplacement de la première. Il reconnut aussitôt son accent jamaillien : c'était Mingslai.

« Je pensais qu'il l'était. Il n'a pas dit un mot ni fait

un geste la dernière fois que je suis venu. Dav... enfin, mon intermédiaire m'avait assuré qu'il était toujours vivant mais j'en doutais. Eh bien, voici qui donne un nouveau tour à l'affaire. » Il s'éclaircit la gorge. « Je comprends maintenant pourquoi les Ludchance mettaient tant de mauvaise volonté à traiter. Je croyais faire une offre sur du bois mort, et elle était beaucoup trop basse. Il va falloir que je leur propose un marché plus alléchant.

— Je crois que j'ai changé d'avis », dit la femme à mi-voix. Parangon n'arrivait pas à déterminer quelle émotion elle s'efforçait de contenir : le dégoût ? la peur ? Il n'en savait rien. « Je ne tiens pas à être mêlée à tout cela.

— Mais vous aviez l'air intéressée, tout à l'heure, objecta Mingslai. Ne faites pas la fine bouche. La figure de proue est vivante, et alors ? Ça ne fait qu'augmenter nos possibilités.

— Le bois-sorcier m'intéresse, c'est vrai, reconnut-elle à contrecœur. On m'en a fourni un petit morceau à sculpter, un jour. Le client voulait que je lui donne la forme d'un oiseau ; je lui ai répondu, comme je vous le dis aujourd'hui, que mon œuvre est fonction du bois qu'on me procure, pas de mes caprices ni de ceux du client. Il a insisté, mais quand j'ai pris le bout de bois, j'ai ressenti... de la méchanceté. S'il était possible d'imprégner du bois avec une émotion, je dirais que celui-là avait macéré dans de la pure malveillance. Je ne supportais pas de le toucher, encore moins de le sculpter. J'ai demandé au client de le reprendre. »

Mingslai eut un petit rire, comme si la femme venait de lui raconter une histoire drôle. « Je me suis aperçu, dit-il d'un ton condescendant, que le bruit charmant des pièces qu'on empile est le meilleur moyen d'apaiser la sensibilité exacerbée d'un artiste. Je suis sûr que nous trouverons un moyen de contourner vos réticences ; et je vous promets que vous retireriez une somme fabuleuse de ce bateau. Songez à ce que votre travail vous rapporte déjà, alors que vous n'employez que des essences ordinaires. Si vous fabriquiez des perles en bois-sorcier, nous pourrions en demander... ce que nous voudrions. Et je pèse mes mots ! Nous proposerions aux acheteurs des articles qu'on n'a jamais vus ailleurs. Nous formerions à nous deux un cercle unique sur ce marché, nous les étrangers qui aurions su voir ce à côté de quoi les gens du cru sont passés !

— Un cercle unique, à nous deux ? Alors que nous n'arrivons même pas à nous comprendre ! » Le ton de la femme ne laissait pas de place à la discussion, mais Mingslai parut ne pas y prêter attention.

« Regardez-moi ce bois ! fit-il. Ce grain fin et régulier, cette teinte argentée ! Je n'ai pas repéré le moindre nœud sur les planches, pas le moindre ! On peut faire ce qu'on veut d'un bois pareil ! Même si nous détachons la figure de proue et que vous la restauriez pour la vendre à part, il restera suffisamment de bois-sorcier sur cette carcasse pour fonder une industrie, et pas seulement de perles et d'amulettes, comme aujourd'hui : il nous faut voir plus grand. Fauteuils, châlits, tables, magnifiquement sculptés ! Tenez, des berceaux ! Imaginez le succès : endormir son premier-né dans un berceau tout en bois-sorcier ! Ou bien (l'enthousiasme monta encore dans la voix de l'homme) vous pourriez sculpter un visage de femme sur la tête du berceau ; nous découvririons comment l'éveiller, puis nous lui apprendrions à chanter des berceuses, et nous aurions un berceau qui chanterait pour endormir les enfants !

— Rien que d'y penser, j'en ai le sang qui se glace, dit la femme.

— Vous avez donc peur de ce bois ? » Mingslai éclata d'un rire qui évoquait un aboiement. « Ne succombez pas aux superstitions de Terrilville !

— Ce n'est pas du bois que j'ai peur, rétorqua

sèchement la femme, mais des gens comme vous. Vous foncez droit devant vous sans regarder où vous allez. Prenez donc le temps de réfléchir ! Les Marchands de Terrilville sont les négociants les plus astucieux que cette partie du monde ait jamais connus ; il doit bien y avoir une raison pour qu'ils ne fassent pas le commerce de ce bois. Vous l'avez vu de vos propres yeux : cette figure de proue est vivante, mais vous ne vous demandez pas comment ni pourquoi ! Tout ce qui vous vient à l'esprit, c'est de fabriquer des fauteuils et des tables du même matériau ! Et, pardessus le marché, vous vous trouvez devant une créature vivante et vous parlez joyeusement de la débiter pour en faire des meubles ! »

Mingslai poussa un grognement incongru. « Nous n'avons aucune certitude qu'il s'agisse d'un être vivant, dit-il d'un ton patient. Soit, il a bougé et il a parlé, mais une seule fois. Les pantins s'agitent sur leur bout de bois, les marionnettes suspendues à leurs fils aussi, et les perroquets parlent. Faut-il leur accorder à tous le statut d'humain ? demanda-t-il avec amusement.

— Et vous voici prêt à user de n'importe quel argument, aussi stupide soit-il, pour obtenir ce que vous désirez de moi. Je me suis rendue à la muraille nord, là où s'amarrent les vivenefs, et je parie que vous en avez fait autant. Les navires que j'y ai vus sont manifestement vivants ; ce sont de vrais individus, Mingslai. Vous pouvez vous mentir, vous pouvez vous persuader de ce que vous voulez, mais n'espérez pas me voir accepter vos mauvais prétextes et vos demivérités comme excuses pour travailler avec vous. Non, j'ai été intéressée quand vous m'avez dit qu'il y avait ici une vivenef morte dont on pouvait récupérer le bois, mais c'était un mensonge. Je ne vois pas d'intérêt à rester plus longtemps en votre compagnie sous la pluie. Ce que vous proposez est mal, et je n'y prêterai pas la main. »

Parangon entendit la femme s'éloigner à grands pas et Mingslai lui crier : « Vous êtes une sotte ! Vous passez à côté d'une fortune plus grande que vous ne pouvez l'imaginer ! »

Les pas s'arrêtèrent. Parangon tendit l'oreille. Allait-elle rebrousser chemin ? Non : seule sa voix lui parvint, audible sans pourtant être forcée. « Vous faites la confusion entre ce qui est profitable et ce qui est bien. Moi pas. »

Puis elle repartit. Elle marchait comme un homme en colère. La pluie se mit à tomber encore plus dru ; l'impact des gouttes devait être douloureux sur la peau humaine. Parangon entendit Mingslai pousser un grognement mécontent.

« Ah, le tempérament artiste ! s'esclaffa-t-il. Elle va revenir. » Il se tut, puis reprit : « Vivenef ! Eh, vivenef ! Tu es vraiment vivante ? »

Parangon préféra ne pas répondre.

« Ce n'est pas très malin de faire la fière. Tu m'appartiendras un de ces jours ; ce n'est qu'une question de temps. Alors, il serait dans ton intérêt de me dire ce que je veux savoir. Es-tu une pièce rapportée de ce navire ou bien en fais-tu partie intégrante ? »

Parangon, le visage battu par la pluie, se tut.

« Est-ce que tu mourrais si je te détachais de ta coque ? demanda Mingslai d'une voix basse. Parce que c'est mon intention. »

Parangon ignorait la réponse à cette question ; aussi dit-il : « Pourquoi ne t'approches-tu pas pour essayer ? »

Peu après, il entendit l'homme s'en aller.

Il demeura là, sous les bourrasques de pluie, et cette fois, quand il entendit la voix de la femme, il ne fut pas surpris. Il tourna lentement la tête pour mieux percevoir ses paroles.

« Vivenef ! Vivenef, puis-je m'approcher ?

— Je m'appelle Parangon.

— Parangon, puis-je m'approcher ? »

Il réfléchit à la demande. « Ne veux-tu pas me dire ton nom ? » répondit-il enfin.

Il sentit une brève hésitation, puis la femme déclara : « Je m'appelle Ambre.

— Mais ce n'est pas ton nom.

— J'ai porté beaucoup, fit-elle au bout d'un moment. C'est celui qui me convient le mieux, ici et maintenant. »

Elle songea qu'elle aurait pu mentir au navire et lui affirmer que c'était bien son nom, mais elle n'en avait rien fait. Il tendit sa main ouverte dans la direction d'où venait la voix de la femme. « Ambre », dit-il. C'était une forme d'acceptation de sa présence, mais aussi un défi : il savait combien sa main paraissait énorme à côté de celle d'un humain. Une fois qu'il aurait refermé les doigts sur ceux d'Ambre, il pourrait lui arracher le bras d'une simple traction – s'il en décidait ainsi.

Il écouta sa respiration mêlée au bruit de la pluie qui grêlait le sable de la grève. Tout à coup, elle fit deux pas dans sa direction et posa sa main gantée dans la sienne. Ses doigts gigantesques emprisonnèrent ceux, minuscules, d'Ambre. « Parangon, dit-elle, le souffle court.

— Pourquoi es-tu revenue ? »

Elle eut un rire où perçait de la peur. « Comme l'a expliqué Mingslai, je m'intéresse à toi. » Il ne répondit pas et elle poursuivit : « J'ai toujours été plus curieuse qu'avisée ; cependant, ce que j'ai de sagesse, je l'ai acquis grâce à ma curiosité. Je n'ai donc jamais appris à me défaire de ce travers.

— Je comprends. Veux-tu me parler de toi ? Comme tu le vois, je suis aveugle.

— Je ne le vois que trop bien. » Il y avait de la compassion et du regret dans sa voix. « Mingslai t'a qualifié de laid, mais celui qui a sculpté ton front, ta mâchoire, tes lèvres et ton nez était un maître. J'aurais aimé contempler tes yeux. Quel infâme individu a bien pu détruire une telle œuvre d'art ? »

Les paroles d'Ambre émurent Parangon, mais le poussèrent aussi à se rappeler un épisode qu'il ne pouvait pas et ne voulait pas évoquer. D'un ton bourru, il répliqua : « Que de compliments ! Sont-ils destinés à me distraire du fait que tu n'as pas accédé à ma prière ? » Il lâcha la main de la femme.

« Non, pas du tout. Je m'appelle... Ambre. Je sculpte le bois ; j'en fais des bijoux, des perles, des garnitures pour les vêtements, des peignes et des bagues ; parfois de plus grandes pièces aussi, comme des saladiers ou des coupes, voire des fauteuils et des berceaux, mais c'est rare. Mon talent me porte apparemment à fabriquer des objets de petite taille. Puis-je toucher ton visage ? »

La question était venue si abruptement qu'il acquiesça avant d'avoir eu le temps de réfléchir. « Pourquoi ? » demanda-t-il un peu tardivement.

Il la sentit se rapprocher de lui. La faible chaleur de son corps fit écran au froid de la pluie, et ses doigts effleurèrent le bout de sa barbe. Le contact avait été très léger, mais il déclencha un frisson en lui. C'était une réaction trop humaine ; s'il en avait été capable, il se serait écarté.

« Je n'atteins pas ton visage. Peux-tu... aurais-tu la gentillesse de me hisser ? »

La confiance absolue dont elle faisait preuve fit oublier à Parangon qu'elle n'avait pas répondu à sa première question. « Je pourrais t'écraser dans ma paume, lui rappela-t-il.

— Mais tu n'en feras rien, fit-elle avec assurance. Je t'en prie. »

Le ton pressant de sa prière l'effraya. « Pourquoi crois-tu que je n'en ferais rien ? J'ai déjà tué, tu sais ! Des équipages entiers ! Tout Terrilville est au courant. Qui es-tu pour ne pas me redouter ? »

En guise de réponse, elle posa sa main nue et

humide sur son bras et il sentit sa chaleur comme un éclair dans le grain de son bois, de même que la chaleur d'une main féminine sur la cuisse d'un homme peut enflammer le corps tout entier. Et il comprit soudain que la sensation se produisait dans les deux sens : il était dans sa chair autant qu'elle était dans son vaigrage. L'humanité d'Ambre chantait en lui et il baignait dans ses sens. La pluie avait trempé les cheveux et les vêtements de la femme et ils lui collaient au corps ; sa peau était froide, mais son organisme la réchauffait de l'intérieur. Parangon sentait l'air qui entrait dans ses poumons comme autrefois le vent dans ses voiles, le flot du sang dans ses veines presque comme l'eau de la mer qui passait en sifflant le long de sa coque.

« Tu es plus que du bois ! » s'exclama la femme. Parangon sentit la curiosité dans sa voix et il connut soudain la terreur de la trahison : elle était en lui, elle en voyait trop, en apprenait trop ; elle réveillait tout ce qu'il avait chassé de sa conscience. Il l'écarta de lui un peu trop vivement, et elle poussa un cri en atterrissant sur le sable humide de la grève. Il l'entendit reprendre son souffle en haletant tandis que la pluie continuait à tomber sur eux.

« Tu es blessée ? » demanda-t-il d'un ton bourru au bout d'un moment. Le calme revenait en lui.

« Non », répondit-elle à mi-voix. Puis, avant qu'il eût le temps de s'excuser, elle continua : « Je regrette. Je m'attendais malgré tout à ce que tu ne sois que... que du bois. J'ai un don pour le bois : quand je le touche, je le connais, je sais où son fil se tord, où le grain est fin ou grossier. Je pensais qu'en te touchant je sentirais à quoi ressemblaient tes yeux ; je croyais ne trouver que du bois. Je n'aurais pas dû me montrer aussi... Pardonne-moi, je t'en prie.

— Ce n'est pas grave, répondit-il d'un ton posé. Je ne voulais pas te repousser aussi brutalement. Je n'avais pas l'intention de te faire tomber.

— Non, c'était ma faute ; tu as eu raison de me repousser. Je... » Elle s'interrompit et, l'espace de quelques instants, on n'entendit plus que le crépitement de la pluie. Le ressac était plus fort : la marée avait tourné et la mer montait. « Pouvons-nous recommencer, s'il te plaît ? demanda-t-elle tout à coup.

— Si tu veux », répondit-il d'un ton embarrassé. Cette femme... il ne la comprenait pas du tout. Elle lui avait fait confiance si promptement, et voici qu'elle était déjà en train de transformer leur relation en amitié ! Il n'était pas habitué à ce genre de situations, surtout quand elles se produisaient aussi rapidement. Cela l'effrayait – mais l'idée qu'Ambre pût s'en aller pour ne jamais revenir l'effrayait plus encore. Il chercha en lui-même quelque bribe de confiance à lui offrir en échange. « Aimerais-tu entrer te mettre à l'abri de la pluie ? demanda-t-il. Je donne épouvantablement de la bande et il ne fait pas plus chaud à l'intérieur qu'au-dehors, mais au moins tu seras au sec.

— Oui, merci, répondit-elle à mi-voix. Ça me plairait. Ça me plairait beaucoup. »

HIVER

8

LES ENRÔLEURS

Il existait peu de mouillages dans le Passage Extérieur qui méritent le qualificatif de sûrs, mais Recoin en faisait partie. L'abri était difficile d'accès par marée descendante, mais, une fois qu'on y était parvenu, c'était un des rares emplacements de la région où les navires comme les matelots pouvaient se reposer sans crainte une nuit ou deux. La plupart des ports de l'Extérieur étaient régulièrement balayés par les tempêtes hivernales qui soufflaient de la mer Agitée et martelaient les côtes sans merci, parfois des semaines durant. Le capitaine avisé restait au large de la terre quand il faisait route au Sud, car plus son navire se rapprochait des hauts-fonds avancés, plus il avait de chances de se faire drosser et mettre en pièces sur les écueils. En conséquence, si les provisions d'eau n'avaient pas croupi au point que même les marins n'en voulaient plus pour boire, le *Moissonneur* n'aurait jamais pris le risque de se rendre à Recoin.

Mais il y avait fait halte, et l'équipage jouissait d'une soirée de liberté à terre avec des femmes, de la nourriture qui ne nageait pas dans la saumure et de l'eau que ne recouvrait pas une écume verdâtre. Les cales du *Moissonneur* étaient pleines de barils remplis de viande salée, de rouleaux de peaux et de cuves d'huile et de graisse. C'était une belle cargaison, durement gagnée, que l'équipage pouvait s'enorgueillir d'avoir amassée si rapidement, car le navire n'avait quitté son port d'attache de Chandelle que quinze mois plus tôt. Le voyage de retour se faisait beaucoup plus vite que celui d'aller ; les marins professionnels savaient avoir bien mérité les primes qui les attendaient au bout de la route, et chasseurs et dépeceurs avaient déjà fait leurs comptes pour calculer quelles seraient leurs parts respectives ; quant aux enrôlés de force, il leur suffisait de survivre jusqu'à la fin du trajet pour débarquer libres.

Athel, le mousse, s'était distingué en se voyant octroyer une prime de dépeçage en plus de son salaire normal ; du coup, il avait acquis une certaine popularité auprès de ceux qui s'adonnaient aux dés, mais l'enfant, farouche, avait décliné toutes les propositions d'échanger sa prime à venir contre un certificat nominatif ; à la surprise générale, il avait aussi refusé d'emménager chez les chasseurs et les dépeceurs et de devenir l'un d'eux, préférant rester simple membre d'équipage. Quand on le poussait dans ses retranchements, le jeune garçon se contentait de sourire en disant : « J'aime mieux être matelot ; un matelot, ça peut naviguer sur n'importe quel genre de navire, tandis que les chasseurs et les dépeceurs, ils sont obligés de monter au Nord au moins une fois l'an. Moi, c'est la première fois que j'y vais, et ça ne m'a pas beaucoup plu. »

C'était de toute façon la meilleure réponse qu'Althéa pouvait donner à l'offre qu'on lui avait faite. Les chasseurs et les dépeceurs étaient donc restés entre eux, à s'admirer de leur dureté au travail, tandis que les marins avaient approuvé le choix avisé du mousse. Brashen, lui, se demandait si Althéa avait vraiment tenu compte de ces éléments ou bien si elle avait simplement eu la main heureuse en prenant sa décision. Il l'observait à l'autre bout de la taverne ;

elle était assise à l'extrémité d'un banc et tenait contre elle une chope de bière sombre, la même depuis son arrivée dans l'établissement. Elle répondait par des hochements de tête aux bavardages de sa tablée, éclatait de rire quand il le fallait et prenait l'air timide de façon convaincante quand les putains l'approchaient. Elle était enfin devenue un membre à part entière de l'équipage, se disait Brashen.

Ce fameux après-midi sur la plage où le massacre avait eu lieu l'avait changée. Elle s'était prouvé à elle-même qu'elle pouvait faire du bon travail quand la tâche n'exigeait ni de la force brute ni une trop grande taille. Tant qu'ils étaient restés mouillés là-bas, son premier devoir avait été le dépeçage, et, les jours passant, elle n'avait fait que gagner en rapidité ; cette confiance en elle retrouvée, elle l'avait conservée à bord, où elle s'était chargée des corvées pour lesquelles l'agilité et la vivacité comptaient davantage que la puissance. Elle devait encore forcer quand elle travaillait avec les hommes, mais cela ne les étonnait pas chez un enfant ; le fait qu'il eût excellé dans un domaine leur laissait espérer qu'il finirait par se débrouiller dans les autres.

Brashen avala ses deux dernières gorgées de bière et leva sa chope pour qu'on la lui remplisse, tout en observant avec plaisir qu'Althéa avait assez de bon sens pour ne pas s'enivrer avec ses compagnons de bord. Il hocha la tête : il l'avait sous-estimée. Elle survivrait au voyage tant qu'elle s'en tiendrait à cette attitude. Il ne lui restait guère d'années pendant lesquelles se faire passer pour un garçon, mais, pour la présente campagne, elle y arriverait.

Une servante vint remplir sa chope. Il la remercia d'un signe de tête et fit glisser une pièce dans sa direction. La jeune fille lui fit une rapide révérence, puis se précipita vers la table voisine. Joli brin de fille, se dit-il en s'étonnant que son père l'autorise à travailler dans la salle commune. À voir son allure, elle ne faisait manifestement pas partie des prostituées, mais tous les marins s'en apercevraient-ils ? Il la suivit des yeux à travers la pièce et constata que la plupart des matelots la traitaient avec respect. Un homme tenta d'agripper sa manche après qu'elle l'eut servi, mais elle lui échappa d'un mouvement leste. Arrivée près d'Athel, toutefois, elle s'arrêta et interrogea le mousse, un sourire aux lèvres. Althéa regarda ostensiblement au fond de sa chope, puis laissa la jeune fille la remplir. Le sourire que la servante avait adressé au soi-disant garçon était beaucoup plus avenant que ceux qu'elle réservait aux autres clients. Brashen se mit à rire sous cape : Althéa faisait un joli adolescent, et la timidité qu'elle affichait la rendait sans doute plus attirante que bien des hommes faits. Brashen se demanda si les signes d'embarras qu'elle montrait étaient entièrement feints.

Il posa sa chope sur le comptoir devant lui, puis ouvrit son manteau. Il avait trop chaud. Il sourit, envahi de bien-être. Il était au sec dans la salle tiède, le pont restait immobile sous ses pieds, et l'inquiétude, cette compagne constante du marin, pouvait s'apaiser un moment. Le temps qu'ils atteignent Chandelle avec leur cargaison, il aurait gagné assez d'argent pour souffler un peu. Naturellement, il ne ferait pas la bêtise de le claquer d'un coup ; non, cette fois, au moins, il suivrait le conseil du capitaine Vestrit et en mettrait une partie de côté. Il avait même le choix, désormais : il pouvait sans doute rester à bord du *Moissonneur* aussi longtemps qu'il le voudrait, car le commandant désirait le garder dans son équipage, ou bien il pouvait retirer son certificat de bord à Chandelle et séjourner quelque temps dans la ville. Il finirait peut-être par trouver un autre navire un peu supérieur au *Moissonneur*, un peu plus propre et un peu plus rapide, comme un marchand qui naviguerait de port en port sous bonne voilure. Oui...

À l'intérieur de sa lèvre inférieure, il ressentit une

brûlure dont il avait perdu l'habitude et il déplaça promptement la chique de cindine. Il fallait qu'elle fût aussi concentrée que l'avait promis le vendeur pour attaquer si vite la muqueuse. Il prit une gorgée de bière pour apaiser la sensation. Il y avait des années qu'il ne s'était pas laissé aller à prendre de la cindine ; le capitaine Vestrit se comportait en véritable tyran sur ce point : s'il soupçonnait le moins du monde un homme d'en faire usage, à terre ou à bord, il lui inspectait l'intérieur de la bouche et, au plus petit signe de brûlure, il débarquait le fautif au port suivant, sans un sou en poche. Brashen avait gagné la petite chique un peu plus tôt à une table de jeu, autre distraction qu'il ne s'était pas autorisée depuis un certain temps. Mais, crénom, il fallait savoir se détendre, et l'instant présent était aussi propice qu'un autre ! Il ne s'était pas montré téméraire, il n'avait rien parié qu'il ne pût se permettre de perdre. Il avait commencé par miser des dents d'ours de mer qu'il avait sculptées en forme de poisson et d'autres animaux pendant son temps libre, et, presque dès le début du jeu, il avait gagné régulièrement. Certes, il avait bien failli perdre son couteau de pont, ce qui aurait été un rude coup, mais la chance avait tourné et il avait raflé non seulement la chique de cindine mais encore assez d'argent pour se payer de la bière toute la soirée.

Il en éprouvait presque des scrupules : les gars dont il avait pris l'argent et la cindine étaient le second et le cambusier de la *Joyeuse*, un autre navire-abattoir ancré dans le port. Seulement, les cales de la *Joyeuse* étaient vides de toute cargaison et ses barils encore pleins de sel : son équipage était en route pour les territoires de chasse, et, aussi tard dans la saison, il allait avoir du mal à la remplir. Brash n'aurait pas été surpris si elle restait sur place jusqu'à la fin de la saison à courir d'ours de mer en petites baleines. Ça, c'était du travail dangereux et moche, et il était bien content de ne pas en être. Ses gains de ce soir étaient un signe, il en était sûr : sa chance revenait et son existence allait prendre un cours plus droit. Ah, bien sûr, la *Vivacia* lui manquait toujours, et le vieux capitaine Vestrit aussi, que Sa le tienne au creux de ses bras, mais il allait se bâtir une nouvelle vie.

Il termina sa chope de bière, puis se frotta les yeux. Il devait être plus fatigué qu'il ne le croyait pour se sentir soudain aussi ensommeillé. D'ordinaire, la cindine lui donnait plutôt un coup de fouet ; c'était même la signature de cette drogue : on se sentait envahi d'un doux bien-être accompagné d'une forte envie de faire la fête. Mais, cette fois, il avait l'impression que son rêve le plus cher était de s'écrouler dans un lit tiède, moelleux et sec qui ne sentait ni la sueur, ni le moisi, ni l'huile, ni l'étoupe. Et sans punaises.

Il était si absorbé par l'élaboration de cette image paradisiaque qu'il sursauta en découvrant la servante devant lui. Avec un sourire espiègle, elle désigna sa chope du doigt. Elle avait raison : elle était à nouveau vide ; mais il la couvrit de sa main et secoua la tête d'un air de regret. « Désolé, je suis à court d'argent. Et tant mieux, finalement : je veux avoir l'esprit clair quand nous quitterons le port demain.

— Demain ? Avec un coup de tabac pareil ? » fit-elle d'un ton compatissant.

Il hocha la tête, partageant son avis. « Tempête ou non, il faut l'affronter. Le temps et la marée n'attendent personne, du moins c'est ce qu'on dit ; et plus vite nous nous en irons, plus vite nous serons à la maison.

— “À la maison”, répéta-t-elle avec un nouveau sourire. Alors c'est moi qui régale : à un rapide voyage qui vous ramène tous à la maison, votre équipage et vous. »

Lentement, Brashen retira sa main et laissa la servante remplir sa chope. Ah oui, sa chance avait vraiment tourné !

« Vous êtes du même navire que ces hommes-là,

n'est-ce pas ? demanda la jeune fille. Le *Moissonneur* ?

— C'est ça, oui », répondit-il. Il déplaça encore une fois la chique dans sa bouche.

« Alors, vous, vous êtes le second du *Moissonneur*.

— Pas exactement. Je ne suis que deuxième lieutenant.

— Ah ! donc, Brashen, c'est vous ? »

Il acquiesça sans pouvoir empêcher un sourire ravi d'apparaître sur ses lèvres. Qu'une femme connût son nom avant même qu'il se fût présenté, c'était plutôt flatteur.

« Il paraît que le *Moissonneur* a fait le plein de ses cales et qu'il rentre au port. L'équipage doit être bon, non ? » Elle haussait un seul sourcil quand elle posait une question.

« Assez, oui. » La conversation commençait à plaire à Brashen. Mais la servante trahit la véritable raison de sa générosité lorsqu'elle demanda :

« C'est votre mousse, là-bas, à l'autre bout de la salle ? Il ne boit pas beaucoup.

— En effet. Il ne parle pas beaucoup non plus.

— J'avais remarqué », fit-elle avec regret. Elle se tut un instant, puis s'enquit tout à coup : « C'est vrai, ce qu'on raconte sur lui ? Qu'il est capable de dépecer les ours de mer presque aussi vite qu'on les abat ? »

Elle trouvait donc Althéa, ou plutôt Athel, à son goût. Brashen sourit à part lui. « Non, c'est complètement faux, répondit-il d'un ton solennel. Athel est beaucoup plus rapide que les chasseurs. Ça nous a d'ailleurs posé un gros problème, parce qu'il commençait à dépecer les bêtes avant qu'on les ait tuées. Les chasseurs ont passé leur temps à courir après des ours tout nus qu'il avait déjà écorchés. »

Il prit une gorgée de bière. L'espace d'un instant, la servante le dévisagea, les yeux écarquillés. Puis elle le gourmanda : « Vous vous fichez de moi ! » fit-elle en éclatant de rire, et elle lui donna une bourrade enjouée. Détendu comme il l'était, Brashen dut se rattraper au comptoir pour éviter de tomber. « Oh, pardon ! s'exclama la jeune fille en l'agrippant par la manche pour l'aider à se redresser.

— Ce n'est pas grave. Je suis plus fatigué que je ne le croyais, c'est tout.

— Vraiment ? » demanda-t-elle doucement. Elle attendit que le regard de Brashen croise le sien. Elle avait les yeux bleus, plus profonds que la mer. « Il y a une chambre à l'arrière, avec un lit. C'est la mienne. Vous pouvez vous y reposer un moment, si vous avez envie de vous allonger. »

Avant qu'il pût avoir une certitude sur ce qu'elle sous-entendait, elle baissa les yeux et s'éloigna. Il reprit sa chope et, à l'instant où il buvait une gorgée, la servante ajouta par-dessus son épaule : « Prévenez-moi si vous avez envie. » Elle s'immobilisa un moment, la tête tournée vers lui, un sourcil levé d'un air interrogateur – ou bien aguichant ?

Quand la chance tourne, c'est comme quand la marée devient favorable : il faut en profiter tant que ça dure. Brashen termina sa chope et se leva. « Ça me plairait », dit-il à mi-voix, et c'était vrai ; que la jeune fille fût comprise dans la proposition ou non, l'idée de coucher dans un vrai lit était plus que tentante. Qu'avait-il à y perdre ? Il déplaça de nouveau la cindine dans sa bouche. Tout allait vraiment très bien.

*
**

« Encore une tournée, déclara Reller, et ensuite on ferait bien de retourner au navire.

— Ne nous attends pas, rétorqua un matelot avec un petit rire. Vas-y, Reller ; on te rejoindra après. » Et sa tête commença à tomber sur ses bras croisés.

Reller tendit la main en travers de la table et secoua l'homme. « Pas de ça, Jord ! Ne t'endors pas ici ! Une fois qu'on sera revenus au navire, tu pourras t'écrouler sur le pont et ronfler comme un porc autant que tu voudras ; mais pas ici ! »

Le ton qu'il avait employé réveilla l'attention de Jord. Il leva des yeux troubles. « Pourquoi ? »

Reller se pencha vers lui. « Un gars de la *Sterne* m'a prévenu. Tu sais, la *Joyeuse*, qui est amarrée près de nous ? Eh bien, l'équipage a attrapé la nausée rouge, et sept hommes y sont restés. Il y a trois jours que le commandant se balade en ville en essayant de recruter de nouveaux hommes, mais il n'y arrive pas. Il paraît qu'il est prêt à tout : il faut qu'ils aillent sur les territoires de chasse, et, chaque jour qu'ils passent ici, c'est une semaine en plus qu'ils devront rester là-bas. Digit, de la *Sterne*, m'a dit que notre équipage ferait bien de pas se séparer et de dormir à bord ce soir. Un de leurs chasseurs a disparu depuis deux jours, et tu te doutes de ce qui a pu lui arriver. Alors, si on rentre au navire, on y rentre tous ensemble, à moins que t'aies envie de te réveiller sur la *Joyeuse*, en train de cingler vers le Nord.

— Des enrôleurs de force ? fit Jord avec une sorte d'horreur dans la voix. Qui travaillent ici, à Recoin ?

— Tu connais un meilleur endroit ? rétorqua Reller d'un ton grave. Si un homme ne regagne pas son navire à temps, personne n'a envie de rester amarré ici pour le rechercher. C'est pas difficile de se planquer dans une ruelle et de choisir quelques mathurins d'un navire qui rentre à son port d'attache ; quand les pauvres couillons se réveillent, ils sont revenus sur les territoires de chasse. Crois-moi, ici, c'est pas une ville où il fait bon se promener tout seul quand on est marin. »

Jord se leva brusquement. « J'en ai ras le bonnet de ces eaux du Nord ; pas question que je coure le risque d'y retourner ! Allez, les gars, on rembarque ! »

Reller balaya la salle du regard. « Hé, où est passé Brash ? Il était pas assis là-bas ?

— Il est parti avec une fille, je crois. » C'était Althéa qui avait répondu ; elle s'aperçut du ton désapprobateur qu'elle avait pris et vit ses compagnons se tourner vers elle, l'air étonné. « Cette fille, je pensais que c'était moi qu'elle regardait », ajouta-t-elle d'une voix lugubre. Elle saisit sa chope, en but une gorgée, puis la reposa. « Allons-y ; la bière d'ici, on dirait de la pisse, de toute façon.

— Ah, parce que tu sais quel goût ça a, la pisse ? fit Jord d'un ton moqueur.

— Pas la peine. Ce que je sais, c'est que cette lavasse a la même odeur que ta couchette, Jord.

— Allons, bon, on a un renifleur de couchettes à bord, les gars ! » répondit Jord en éclatant d'un rire d'ivrogne. Les autres l'imitèrent et Althéa secoua la tête. À terre ou sur mer, l'humour et les traits d'esprit ne changeaient pas ; pourtant, elle était pressée de retourner au navire : plus vite ils quitteraient ce trou perdu, plus vite ils atteindraient Chandelle. Elle s'écarta de la table, et Jord se pencha en avant pour examiner le contenu de sa chope. « Tu la termines pas ? demanda-t-il.

— Fais comme chez toi », répondit Althéa en se détournant pour sortir de la taverne à la suite des autres. Du coin de l'œil, elle vit Jord vider la chope d'une lampée, puis faire la grimace.

« Pouah ! T'as dû avoir le fond du tonneau ! » Il s'essuya la bouche de sa manche et emboîta le pas au groupe.

À l'extérieur, la tempête faisait rage. Distraite par la fatigue, Althéa se demanda s'il n'en était pas toujours ainsi dans ce port loin de tout. Elle plissa les yeux pour affronter le vent qui chassait la pluie et faisait flotter ses vêtements et ses cheveux, et, en deux pas, elle oublia qu'elle avait été au chaud et au sec. Elle reprenait son existence de mousse.

Elle n'entendit pas le patron de la taverne l'appeler ; c'est seulement quand Reller se retourna et qu'elle suivit son regard qu'elle vit l'homme à la porte de son établissement. « C'est toi, Athel ? » cria-t-il dans le rugissement de la tempête.

Reller secoua la tête et désigna Althéa.

« Brashen te demande ! Il a bu un coup de trop ! Viens l'aider à sortir d'ici !

— Merveilleux ! » fit Althéa d'un ton caustique, tout en se demandant pourquoi Brashen l'avait choisie. Reller lui fit signe de retourner à la taverne.

« Retrouve-nous au navire ! » cria-t-il pour se faire entendre dans le vent, et Althéa hocha la tête. Elle repartit d'un pas fatigué, peu réjouie à l'idée d'affronter la tempête avec Brashen appuyé sur elle de tout son poids ; mais enfin, c'était le genre de corvée qui incombait à un mousse. S'il vomissait en arrivant sur le pont, ce serait aussi à elle de nettoyer derrière lui.

En grommelant, elle monta les marches et entra dans l'établissement. Le patron lui indiqua une porte au fond de la taverne. « Il est là, dit-il d'un air mécontent. Il s'est presque évanoui sur une des filles.

— Je vais l'emmener », promit Althéa, et, dégoulinante de pluie, elle se faufila entre les clients attablés jusqu'à la porte qu'elle ouvrit. Elle se trouva devant une chambre mal éclairée où elle distingua un lit, ainsi que la servante, le corsage défait. À l'entrée d'Althéa, la fille, penchée sur Brashen, leva les yeux et eut un sourire d'impuissance. « Je ne sais pas quoi faire, dit-elle sans cesser de sourire. Vous voulez bien m'aider ? »

Si Althéa avait été un vrai garçon, elle aurait peut-être été distraite par la poitrine dénudée de la servante et serait entrée sans réfléchir davantage ; elle n'aurait sans doute pas contemplé Brashen comme elle le fit, en songeant qu'il n'avait pas l'air évanoui mais évoquait plutôt un homme qui s'est fait assommer et qu'on a étendu sur un lit. Durant cet instant de réflexion, elle perçut du coin de l'œil un mouvement sur sa gauche ; elle recula et le coup tomba, non sur le sommet de son crâne, mais sur le côté, puis le gourdin poursuivit sa course et s'abattit sur son épaule, lui engourdissant le bras jusqu'au bout des doigts. Elle poussa un cri et, sous le choc, elle rentra dans la chambre en trébuchant, tandis que l'homme qui l'avait frappée claquait la porte derrière elle.

La servante faisait partie du complot. Althéa le comprit aussitôt, et, aiguillonnée par la souffrance, elle lui envoya son poing gauche en plein visage, aussi fort qu'elle le put. L'impact ne fut pas très violent, mais la fille parut en ressentir autant de douleur que de surprise ; elle poussa un cri et, les mains sur la figure, elle recula en chancelant alors qu'Althéa se retournait rapidement vers l'homme près de l'entrée. « Espèce de petit salaud ! » fit-il d'une voix sifflante, et il lui décocha un coup de poing. Althéa se baissa pour l'éviter, puis bondit vers la porte qu'elle réussit à entrouvrir. « Des enrôleurs ! » hurla-t-elle à pleins poumons, puis un éclair blanc la jeta par terre.

*
**

Elle entendit d'abord des voix. « Un de la *Sterne*, celui qu'ils cherchent partout. Il était ligoté dans la cave à bière. Un autre du *Carlil*, et ces deux-ci, du *Moissonneur.* À part ça, on dirait qu'il y en a quelques autres derrière la maison, recouverts de terre. On a dû les frapper trop fort. Sale façon de crever, pour un marin. »

Une seconde voix répondit d'un ton fataliste : « Ouais, c'est vrai, mais on n'arrête pas d'en trouver. »

Althéa ouvrit les yeux et vit des tables et des bancs renversés. Sa joue baignait dans une flaque de liquide ; elle souhaita qu'il ne s'agît que de bière. Des jambes bottées passaient devant elle, assez près pour l'écraser. Elle leva la tête et vit des hommes vêtus d'épaisses culottes de cuir pour se protéger du froid. Prenant appui sur le sol, elle se souleva, et, à sa seconde tentative, elle réussit à s'asseoir. Le mouvement fit danser la pièce devant ses yeux.

« Hé, le gamin revient à lui ! fit une voix. Pourquoi t'as frappé la fille à Pag, petit poivrot ?

— C'était l'appât. Elle fait partie de la combine », répondit Althéa en articulant soigneusement. C'était pourtant évident, non ?

« Peut-être bien que oui, peut-être bien que non, dit l'homme d'un ton avisé. Tu peux te mettre debout ?

— Je crois. » S'agrippant à une chaise retournée, elle se leva tant bien que mal. La tête lui tournait et elle avait envie de vomir. Elle se palpa prudemment l'arrière du crâne, puis examina ses doigts rouges de sang. « Je saigne, dit-elle, mais cela ne parut guère intéresser ceux qui l'entouraient.

— Ton copain est encore dans la chambre, lui annonça l'homme aux bottes. Tu ferais bien de l'embarquer et de le ramener à ton navire. Pag est dans une rogne noire que tu aies tapé sur sa fille. On t'a jamais appris à te tenir avec les dames ?

— Pag trempe dans la combine, lui aussi, si ça se passe dans sa chambre et dans sa cave, fit Althéa d'un ton morne.

— Pag ? Ça fait dix ans que je le vois tenir cette taverne ! À ta place, j'éviterais de raconter n'importe quoi. C'est ta faute si toute la salle est sens dessus dessous. On ne veut plus de toi ici. »

Althéa ferma étroitement les paupières, puis les rouvrit. Le plancher s'était apparemment calmé. « Je vois, dit-elle à l'homme. Je vais aller chercher Brashen. » Manifestement, les enrôleurs tenaient la ville et la dirigeaient à leur guise. Elle avait eu de la chance que la taverne eût été pleine de matelots qui ne portaient pas cette engeance dans leur cœur : les deux hommes ne paraissaient guère se soucier de la façon dont Pag gagnait son argent. Elle s'interrogea : si un groupe de marins en colère ne se tenait pas en cet instant même près de la cheminée, Brashen et elle auraient-ils la possibilité de s'en aller librement ? Mieux valait filer tant qu'ils en avaient le loisir.

Elle se dirigea d'un pas chancelant vers la porte du fond et jeta un coup d'œil dans la chambre. Brashen était assis sur le lit, les épaules voûtées, le visage dans les mains. « Brash ? fit-elle d'une voix croassante.

— Althéa ? » répondit-il, l'esprit visiblement embrumé. Il se tourna dans sa direction.

« Je m'appelle Athel ! rétorqua-t-elle d'un ton revêche. Je commence à en avoir marre qu'on se moque de mon prénom ! » Elle s'approcha de lui et le tira en vain par le bras. « Allez, venez ! Il faut retourner au navire !

— Je ne me sens pas bien. Quelque chose dans ma bière », gémit-il. Il se toucha l'arrière du crâne. « Et je me suis fait assommer, en plus, je crois.

— Moi aussi. » Althéa se pencha vers lui et baissa la voix. « Mais il faut nous en aller d'ici tant que c'est encore possible. Les hommes dans la salle d'à côté n'ont pas l'air trop regardants sur la façon dont Pag gagne son argent. Plus vite nous nous en irons, mieux ça vaudra. »

Malgré son état d'hébétude, il comprit rapidement ce qu'elle voulait dire. « Laisse-moi m'appuyer sur ton épaule », ordonna-t-il à voix haute, et il se redressa en titubant. Althéa lui prit le bras et se le passa autour du cou, mais Brashen était trop grand, ou bien elle trop petite, et elle avait du mal à l'aider à se déplacer : elle avait constamment l'impression qu'il s'efforçait de la faire tomber sous son poids. Néanmoins, tout chancelants, ils parvinrent à sortir de la chambre et à traverser la salle commune jusqu'à la porte. Un des marins près de la cheminée leur adressa un hochement de tête d'un air grave, et les deux autochtones les regardèrent s'en aller sans réagir. Brashen manqua une marche alors qu'ils descendaient l'escalier et ils faillirent s'écrouler tous deux dans la fange glacée de la rue.

L'officier leva les yeux vers le ciel d'où tombait la pluie chassée par le vent. « Le temps se refroidit.

— Oui, on aura de la neige fondue cette nuit, prédit Althéa d'un ton lugubre.

— Zut ! Une soirée qui avait si bien commencé ! »

La jeune fille s'engagea dans la rue, Brashen lourdement appuyé sur son épaule. À l'angle d'une boutique aux volets clos, elle s'arrêta pour se repérer. La ville était plongée dans l'obscurité, et la pluie qui ruisselait dans ses yeux n'arrangeait rien.

« Une minute, Althéa. Il faut que je pisse.

— "Athel" », lui rappela-t-elle d'un ton las. Par un reste de pudeur, Brashen s'éloigna en titubant d'un ou deux pas tout en déboutonnant son pantalon.

« Excusez-moi, fit-il d'un ton bourru un moment plus tard.

— De rien, répondit-elle, tolérante. Vous êtes encore ivre.

— Je ne suis pas ivre », rétorqua-t-il. Il posa la main sur son épaule. « On avait drogué ma bière, je pense. Non, j'en suis certain. Sans la cindine, j'aurais sans doute décelé le goût.

— Vous prenez de la cindine ? demanda Althéa, stupéfaite. Vous ?

— De temps en temps, répondit Brashen, sur la défensive. Pas souvent. Et il y avait longtemps que ça ne m'était pas arrivé.

— Mon père affirmait que la cindine tuait davantage de marins que le mauvais temps », dit Althéa d'un ton aigre. La migraine lui martelait la tête.

« Sans doute », acquiesça Brashen. Comme ils arrivaient sur les quais, il reprit : « Vous devriez quand même essayer un jour. Rien ne vaut la cindine pour oublier un moment ses problèmes.

— C'est ça. » Il paraissait tituber davantage ; Althéa

passa son bras autour de sa taille. « Ce n'est plus très loin.

— Je sais. Hé, que s'est-il passé tout à l'heure, dans la taverne ? »

Elle aurait voulu se mettre en colère contre lui, mais elle n'en avait plus l'énergie. Et puis c'était presque comique. « Vous avez failli vous faire enrôler de force. Je vous raconterai tout demain.

— Ah ! » Un long silence suivit. Le vent se calma quelques instants. « Dites donc, je pensais à vous un peu plus tôt, et à votre avenir : vous devriez monter au Nord. »

Elle secoua la tête dans l'obscurité. « Les navires-abattoirs, c'est fini pour moi, si je peux l'éviter.

— Non, non, ce n'est pas ce que je voulais dire. Je parlais de vous rendre beaucoup plus loin au Nord-Ouest, au-delà des États Chalcèdes, dans les Duchés. Là-bas, les navires sont plus petits qu'ici, et on se fiche que vous soyez un homme ou une femme, du moment que vous mettez du cœur à l'ouvrage. C'est en tout cas ce que j'ai entendu raconter. Là-bas, il y a des femmes capitaines, et parfois même les équipages ne sont composés que de femmes.

— Oui, mais ce sont des barbares, répondit Althéa. Ces gens sont plus proches des Outrîliens que de nous et, d'après ce que je sais, ils passent le plus clair de leur temps à essayer de s'exterminer mutuellement. La plupart d'entre eux ne savent même pas lire, Brashen ! Et, Sa nous garde, ils se marient devant des pierres dressées !

— Des pierres-témoins, corrigea-t-il.

— Mon père commerçait là-bas avant que la guerre n'éclate chez eux », poursuivit Althéa sans prêter attention à sa remarque. Ils étaient à présent sur les quais, et le vent forcit brusquement, avec une violence qui faillit jeter la jeune fille à terre. « Il disait, grogna-t-elle en aidant Brashen à rester debout, qu'ils étaient encore plus barbares que les Chalcédiens, et que la moitié de leurs constructions ne possédaient même pas de vitres.

— Il n'avait vu que la côte, rétorqua Brashen, entêté. Il paraît qu'à l'intérieur des terres certaines de leurs villes sont magnifiques.

— Oui, mais moi je vivrais sur la côte, répondit-elle d'un ton maussade. Tenez, voici le *Moissonneur*. Attention où vous mettez les pieds. »

Le navire amarré au quai cognait constamment contre les chameaux de chanvre au rythme du vent et des vagues, et Althéa s'attendait à des difficultés pour faire franchir la passerelle à Brashen, mais il la passa d'un pas étonnamment sûr ; une fois sur le pont, il s'écarta de la jeune fille. « Allons, va dormir un peu, petit. On lève l'ancre tôt demain matin.

— Oui, lieutenant », répondit-elle, soulagée ; elle se sentait toujours nauséeuse et la tête lui tournait encore. À présent qu'elle était revenue à bord, tout près de son lit, sa fatigue s'accrut brusquement. Elle se dirigea d'un pas lourd vers le panneau de cale. Sous le pont, elle trouva certains membres de l'équipage encore éveillés, assis en rond autour d'une lanterne sourde.

Reller l'accueillit en lui demandant : « Qu'est-ce qui t'est arrivé ?

— Des enrôleurs, répondit-elle succinctement. Ils ont essayé de nous embarquer, Brashen et moi, mais on a réussi à leur filer entre les doigts. On a aussi retrouvé le chasseur de la *Sterne*, plus quelques autres, je crois.

— Par les couilles de Sa ! s'exclama l'homme. Le capitaine de la *Joyeuse* était dans le coup ?

— Je n'en sais rien, répondit la jeune fille avec lassitude. Mais, pour Pag, c'est sûr, et pour sa fille aussi. La bière avait été droguée. Je ne remettrai plus jamais les pieds dans cette taverne.

— Tonnerre ! Pas étonnant que Jord ronfle comme un sonneur : il a bu la dose qui t'était destinée. Bon, moi, je vais à bord de la *Sterne* pour entendre ce que le chasseur raconte.

— Moi aussi. »

Et, comme par magie, même les hommes aux trois quarts endormis se réveillèrent et quittèrent la cale pour écouter l'histoire. Althéa leur souhaita qu'elle l'eût enjolivée entre-temps ; pour sa part, elle n'avait qu'une envie : retrouver son hamac en attendant que le navire reprenne la mer.

*
**

Il dut s'y reprendre à quatre fois pour allumer la lanterne. Quand la mèche brûla enfin, il rabaissa délicatement le verre et s'assit sur sa couchette. Il se releva peu après et s'approcha du petit miroir fixé au mur. Il tira sur sa lèvre inférieure pour en examiner l'intérieur. Zut ! Il aurait de la chance si les brûlures ne s'ulcéraient pas ; cet aspect de la cindine lui était sorti de l'esprit. Il se rassit lourdement sur sa couchette et entreprit d'ôter son manteau ; c'est alors qu'il se rendit compte que la manche gauche était trempée non seulement d'eau de pluie mais aussi de sang. Il la regarda fixement un moment, puis, prudemment, se tâta l'arrière du crâne. Non. Il y avait une bosse, mais pas de plaie. Il tapota sa manche du bout des doigts : il les retira humides et rouges de sang encore frais. Althéa ? se demanda-t-il, hébété. Le produit qu'on avait mélangé à sa bière lui embrumait encore les idées. Oui, Althéa. Ne lui avait-elle pas dit qu'elle avait reçu un coup à la tête ? Mais enfin, pourquoi ne pas lui avoir signalé qu'elle saignait ? Avec le soupir d'un homme victime d'une profonde injustice, il remit son manteau et ressortit dans la tempête.

Le poste de l'équipage était aussi obscur et puant qu'il se le rappelait. Il réveilla deux hommes avant d'en trouver un à l'esprit assez clair pour lui indiquer le hamac d'Althéa, dans un coin où un rat n'aurait pas eu la place de se retourner. Il s'y rendit à la lueur d'un tronçon de bougie, puis secoua la jeune fille qui, jurant et protestant, finit par ouvrir les yeux. « Viens dans ma cabine que je te suture la tête, garçon, et arrête de pleurnicher, ordonna-t-il. Je n'ai pas envie que tu restes couché une semaine sans pouvoir travailler à cause de la fièvre. Allons, dépêche ! Je n'ai pas toute la nuit ! »

Pour cacher son anxiété, il s'efforça de prendre l'air mécontent tandis qu'il précédait Althéa hors de la cale : malgré la faible clarté dispensée par la bougie, il avait vu la pâleur de son visage et ses cheveux encroûtés de sang. Comme elle entrait derrière lui dans sa petite cabine, il dit d'un ton hargneux : « Repousse la porte ! Je ne tiens pas à ce que la tempête s'installe chez moi ! » Elle obéit avec une docilité pesante. À l'instant où elle fermait le battant, il se précipita pour le verrouiller, puis il se retourna, saisit Althéa par les épaules et, résistant à l'envie de la secouer comme un prunier, il la contraignit à s'asseoir sur sa couchette. « Vous êtes folle ou quoi ? demanda-t-il en accrochant son manteau à la patère. Pourquoi ne m'avez-vous pas prévenu que vous étiez blessée ? »

Il savait parfaitement qu'elle le lui avait dit et s'attendait à ce qu'elle le souligne, mais elle porta seulement la main à son crâne et répondit d'un ton incertain : « J'étais si fatiguée... »

En maudissant l'exiguïté de sa cabine, il enjamba les pieds d'Althéa pour atteindre son coffre de soins. Il l'ouvrit, y choisit quelques articles et les déposa sur la couchette près de la jeune fille. Il rapprocha la lanterne, mais la lumière resta encore trop faible pour y voir distinctement. Althéa fit une grimace quand il lui palpa le crâne en essayant d'écarter ses cheveux épais et de trouver l'origine de l'hémorragie. Il avait les doigts poisseux : la blessure n'était pas refermée. Bah, les plaies au cuir chevelu saignaient toujours abondamment, il le savait bien ; il n'aurait pas dû s'en inquiéter, mais il ne pouvait s'en empêcher, surtout en voyant le regard vague d'Althéa.

« Je vais devoir vous couper des cheveux, dit-il en s'attendant à de vigoureuses protestations.

— S'il le faut... »

Il l'observa de plus près. « Combien de coups avez-vous reçus ?

— Deux, je crois.

— Dites-m'en davantage. Racontez-moi tout ce que vous vous rappelez de cette soirée. »

Et elle se mit à parler en phrases décousues tandis qu'à l'aide de ciseaux il lui coupait les cheveux ras autour de la blessure. En écoutant l'histoire qu'elle lui narra, il ne se félicita pas de sa présence d'esprit ; ajoutés à ceux qu'il connaissait, les détails apportés par Althéa indiquaient sans erreur possible que la jeune fille et lui avaient été pris pour cibles afin de compléter l'équipage de la *Joyeuse*. C'était pure chance s'il n'était pas actuellement enchaîné dans sa cale.

L'entaille qu'il mit à nu était longue comme son petit doigt et le poids de la queue-de-cheval la faisait bâiller. Même après qu'il l'eut dégagée et eut coupé les mèches encroûtées qui l'entouraient, du sang continua d'en sourdre. Il prit un chiffon pour l'éponger. « Je vais devoir suturer la plaie », déclara-t-il, en s'efforçant de chasser à la fois les brumes de la drogue et la nausée qui le prenait à l'idée de planter une aiguille dans le cuir chevelu d'Althéa. Heureusement, la jeune fille paraissait encore plus hébétée que lui. Il ignorait ce que les enrôleurs avaient mis dans sa bière, mais c'était efficace.

À la lueur vacillante de la lanterne, il fit passer un mince filament de boyau par le chas d'une aiguille courbe ; l'instrument paraissait minuscule et glissant entre ses doigts. Allons, ce ne devait pas être très différent de ravauder des vêtements ou de réparer une voile ! Il effectuait ce genre de travaux depuis des années ! « Ne bougez pas », dit-il à la jeune fille, bien que ce ne fût guère nécessaire. Prudemment, il appuya la pointe de l'aiguille sur sa peau : il allait devoir la pousser à l'oblique pour qu'elle ressorte un peu plus loin. Il exerça une légère pression sur l'ustensile, mais, au lieu de percer la peau, il fit glisser le cuir chevelu sur le crâne. L'aiguille n'arrivait pas à s'enfoncer.

Il appuya un peu plus fort. « Aïe ! s'écria la jeune fille, et elle lui écarta brusquement la main. Mais qu'est-ce que vous fabriquez ? demanda-t-elle d'un ton furieux en le regardant d'un air mauvais.

— Je vous l'ai dit : je dois recoudre votre blessure.

— Ah ! » Un silence. « Je n'écoutais pas. » Elle se frotta les yeux, puis leva la main pour se palper le crâne à gestes précautionneux. « Si vous y êtes obligé... » fit-elle d'un ton lugubre. Elle ferma les yeux, puis les rouvrit. « Je voudrais bien m'évanouir ou me réveiller complètement, mais je n'y arrive pas. J'ai seulement les idées confuses. J'ai horreur de ça.

— Je vais jeter un coup d'œil là-dedans, répondit Brashen en s'agenouillant pour fouiller dans le coffre aux médicaments. Il y a des années qu'on n'a pas refait cette réserve, grommela-t-il tandis qu'Althéa regardait par-dessus son épaule. La moitié des flacons sont vides, les herbes qui devraient être vertes ou brunes sont grisâtres, et certains produits sentent le moisi.

— C'est peut-être leur odeur normale ? fit Althéa.

— Peut-être ; je n'en sais rien, marmonna-t-il.

— Laissez-moi voir. C'est moi qui me chargeais de racheter les médicaments de la *Vivacia* quand nous rentrions au port. » Et elle s'appuya sur Brashen pour se rapprocher du petit coffre coincé entre la cloison et la couchette. Elle examina quelques flacons à la lueur de la lampe, puis les mit de côté ; elle ouvrit un petit pot, plissa le nez d'un air de dégoût en humant l'odeur forte qui s'en dégageait et le referma. « Il n'y a rien d'utile là-dedans, dit-elle finalement en se rasseyant. Je tiendrai les lèvres de la plaie fermées pendant que vous la recoudrez, et j'essaierai de ne pas bouger.

— Une seconde », répondit Brashen à contrecœur. Il avait gardé un bout de la chique de cindine ; ce n'était pas un gros morceau, juste de quoi se remonter le moral à l'avance pendant une journée pénible. Il le sortit de la poche de son manteau et le débarrassa de la peluche qui s'y était collée. Il le montra à la jeune fille, puis le rompit en deux. « De la cindine. Ça devrait vous réveiller et vous remettre un peu d'aplomb. On fait comme ça. » Il plaça la chique dans sa bouche et, du bout de la langue, l'enfonça contre sa lèvre inférieure. Il sentit l'âcreté familière envahir ses papilles. Sans ce goût, se dit-il, lugubre, il aurait peut-être décelé la drogue introduite dans sa bière ; mais il écarta ce vain regret et déplaça la chique qui s'était appliquée sur une de ses précédentes brûlures.

Il prévint Althéa : « C'est très amer au début, à cause de l'armoise, mais ça donne un sacré coup de fouet. »

L'air dubitatif, Althéa fourra la chique entre sa gencive et sa lèvre inférieures. Elle fit une grimace, puis attendit l'effet de la drogue sans quitter Brashen des yeux. Au bout d'un moment, elle demanda : « C'est normal que ça brûle ?

— C'est de la forte, répondit Brashen. Déplacez-la souvent, ne la laissez pas trop longtemps au même endroit. » Il observa que les traits d'Althéa se détendaient lentement, et il sentit un sourire étirer ses propres lèvres. « C'est bon, non ? »

Elle eut un petit rire. « Et rapide aussi.

— Ça part vite et ça s'arrête vite. Personnellement, je n'y ai jamais vu de mal, du moment que l'effet avait cessé quand on prenait son quart. »

Althéa déplaça maladroitement la chique dans sa

bouche. « Mon père disait que les hommes s'y adonnaient alors qu'ils auraient dû dormir, et qu'ils arrivaient pour leur quart déjà fatigués. Et, s'ils étaient encore sous l'influence de la drogue en se mettant au travail, ils avaient trop confiance en eux et prenaient des risques inutiles. » Elle se tut un instant. « "Les téméraires mettent la vie des autres en danger", répétait-il toujours.

— Oui, je m'en souviens, acquiesça gravement Brashen. Je n'ai jamais consommé de cindine à bord de la *Vivacia*, Althéa. J'avais trop de respect pour votre père. »

Le silence régna quelque temps entre eux, puis la jeune fille soupira. « Allons-y, dit-elle.

— D'accord. » Il reprit l'aiguille et Althéa suivit son geste des yeux. Peut-être la cindine l'avait-elle un peu trop réveillée. « On n'a pas la place de travailler ici, fit-il d'un ton agacé. Tenez, allongez-vous sur la couchette, la tête tournée. Oui, comme ça. » Il s'accroupit près d'elle. Oui, c'était mieux ainsi : il arrivait presque à voir ce qu'il faisait. À l'aide de son chiffon, il épongea le sang qui coulait lentement de la plaie, puis il arracha quelques cheveux qui restaient dans la zone où il devait opérer. « À présent, maintenez l'entaille fermée. Non, là, vos doigts me gênent. Là, comme ceci. » Il lui déplaça les mains et ce ne fut pas un accident si elle se retrouva les yeux cachés par un de ses poignets. « Je vais tâcher de faire vite.

— Tâchez plutôt de travailler soigneusement, répliqua-t-elle. Ne cousez pas trop serré : rapprochez les lèvres autant que vous le pourrez sans que la suture forme un bourrelet.

— J'essaierai. Je n'ai jamais pratiqué ce genre d'opération, vous savez ; mais j'y ai assisté plus d'une fois. »

Il la vit déplacer sa chique, ce qui lui rappela d'en faire autant. Il fit la grimace quand le morceau de cindine passa sur une brûlure qu'il s'était faite plus tôt dans la soirée, puis il observa qu'Althéa serrait les dents et il se mit à l'œuvre. S'efforçant de ne pas songer à la douleur qu'il infligeait et de ne penser qu'à faire du bon ouvrage, il réussit à transpercer le cuir chevelu. Il dut maintenir fermement la peau en place pendant qu'il tirait la pointe de l'aiguille incurvée jusqu'à l'autre bord de l'entaille. Le pire fut de tirer le fil à travers la peau : il émit un petit bruit de tissu déchiré qui faillit faire perdre son sang-froid à Brashen. À chaque point, Althéa serra les dents et fut prise d'un frisson convulsif, mais elle ne cria pas une fois.

Quand il eut fini, il fit un dernier nœud et coupa le fil en surplus.

« Et voilà, fit-il en posant son aiguille. Enlevez vos mains que je voie comment je m'en suis tiré. »

Les bras de la jeune fille retombèrent sur la couchette. Son visage était emperlé de sueur. Brashen examina la suture d'un œil critique : ce n'était pas du très joli travail, mais la blessure resterait fermée. Althéa le regardait, et il lui manifesta sa satisfaction d'un hochement de tête.

« Merci, murmura-t-elle.

— Non, c'est moi qui vous remercie. » Il avait enfin trouvé l'occasion. « J'ai une dette envers vous : sans vous, je serais en ce moment à bord de la *Joyeuse*, à fond de cale. » Il se pencha et déposa un baiser sur la joue de la jeune fille. Alors elle leva les bras, lui enserra le cou et tourna ses lèvres vers les siennes. Il perdit l'équilibre et se rattrapa tant bien que mal au cadre de la couchette en réussissant à ne pas interrompre le baiser. La bouche d'Althéa avait le goût de la cindine qu'ils partageaient. Elle lui prit doucement la nuque, et ce contact fut aussi vivifiant que celui de ses lèvres ; il y avait si longtemps que personne ne l'avait touché avec tendresse !

Elle détourna enfin le visage. Il se redressa. « Bon, fit-il d'un ton embarrassé, eh bien, je vais vous mettre un pansement. »

Elle hocha lentement la tête.

Il prit une bande de toile et se pencha de nouveau vers elle. « C'est la cindine, vous savez », dit-il brusquement.

Elle déplaça la chique dans sa bouche. « Sans doute. Et, si c'est vrai, ça m'est égal. » Malgré l'étroitesse de la couchette, elle parvint quand même à se décaler pour y faire de la place. Elle posa sur le flanc de Brashen une main qui lui parut irradier de la chaleur ; il sentit sa peau se couvrir de chair de poule. Pressante, la main l'invitait.

Il émit comme un petit gémissement et fit un dernier effort. « Il ne vaudrait mieux pas. C'est risqué.

— Comme tout en ce bas monde », répondit-elle presque avec tristesse.

Il essaya maladroitement de défaire le laçage de la chemise d'Althéa et, après qu'elle s'en fut débarrassée à force de mouvements d'épaule, il restait encore la barrière de la bande qui lui aplatissait la poitrine. Il la déroula, libérant ses petits seins qu'il embrassa. Qu'elle était maigre ! Et sa peau avait un goût d'eau salée, d'étoupe, et même d'huile animale ; mais elle était tiède, consentante et femme. Il se serra contre elle sur la couchette trop étroite et trop courte. Il essaya de se répéter que c'était sans doute la cindine qui donnait à ses yeux l'aspect d'abîmes sans fond. Curieux qu'une jeune fille à la langue aussi acérée possède des lèvres aussi douces ; même quand elle planta ses dents dans son épaule pour étouffer ses cris inarticulés, la douleur fut exquise. « Althéa... murmura-t-il, la bouche dans ses cheveux, entre la seconde et la troisième fois. Althéa Vestrit... » Il ne désignait pas ainsi seulement la jeune fille mais aussi tout le royaume de sensations qu'elle avait éveillées en lui.

*
**

Brash... Brashen Trell... Une petite part d'elle-même n'arrivait pas à se convaincre de ce qu'elle était en train de faire avec lui. Non, pas ça ! Un observateur minuscule et ironique la regardait, incrédule, se laisser aller à toutes les envies de son corps. Elle n'aurait pu choisir pire partenaire pour cela. Et puis elle se dit : *Trop tard pour les regrets*, et elle l'attira plus profondément en elle tandis qu'elle s'arc-boutait contre lui. C'était bizarre, mais elle était incapable de déterminer quelle part d'elle-même tendait à critiquer ses actes. En dehors de la première fois, elle avait toujours eu le bon sens de maintenir ce genre d'affaire à un niveau impersonnel ; or voici que, non seulement elle cédait à ses propres impulsions et à celles de Brashen avec un abandon qui la laissait pantois, mais encore elle y cédait avec un homme qu'elle connaissait depuis des années ! Et pas qu'une seule fois, au surplus : il s'était à peine écroulé sur elle la première fois qu'elle le pressait de recommencer. Elle était comme une affamée soudain en présence d'un festin. Une grande chaleur brûlait en elle, peut-être due à la cindine ; mais elle éprouvait brusquement un besoin, tout aussi grand et qu'elle reconnaissait enfin, de contact étroit avec un humain, un besoin de toucher, de partager, de retenir. À un moment, elle sentit des larmes lui piquer les yeux et un sanglot lui échappa ; elle l'étouffa contre l'épaule de Brashen, presque effrayée par la démesure de la solitude et des peurs que cet accouplement semblait effacer. Elle s'était montrée forte trop longtemps ; elle ne supportait pas d'étaler sa faiblesse devant quiconque, et surtout pas devant quelqu'un qui la connaissait. Elle s'agrippa farouchement à lui et lui laissa croire que sa réaction provenait de son ardeur.

Elle n'avait pas envie de penser. Pas maintenant : pour l'instant, elle voulait seulement profiter de ce qui s'offrait à elle, égoïstement. Elle caressa les muscles durs des bras et du dos de Brashen. Au niveau de son sternum se trouvait une zone couverte de poils épais et bouclés ; partout ailleurs sur sa poitrine et son ventre, ce n'était qu'un chaume noir, abrasé par le tissu rêche de ses vêtements et le mouvement constant du navire. Il ne cessait de l'embrasser, comme s'il ne pouvait se rassasier d'elle. Sa bouche avait goût de cindine et, quand il posait ses lèvres sur ses mamelons, elle en sentait la piqûre brûlante. Elle glissa la main entre leurs deux corps et toucha doucement sa raideur mouillée alors qu'il allait et venait en elle. Un instant plus tard, elle lui appliqua brutalement la même main sur la bouche pour étouffer son cri tandis qu'il se poussait en elle et les faisait vaciller ensemble au bord de l'éternité.

Pendant quelque temps, son esprit resta vide. Et puis, revenant d'elle ne savait où, elle se retrouva brutalement sur l'étroite couchette trempée de sueur, écrasée par la masse de Brashen, les cheveux coincés sous sa main aux doigts écartés. Elle se rendit compte qu'elle avait froid aux pieds et qu'elle avait une crampe dans le bas du dos. Elle se souleva sous lui. « Laissez-moi me redresser, fit-elle à mi-voix ; puis, comme il ne réagissait pas, elle reprit : Brashen, vous m'empêchez de respirer ! Écartez-vous ! »

Il obéit enfin et elle parvint à s'asseoir tant bien que mal. Il replia les jambes de façon qu'elle se trouve au creux de son corps et leva les yeux vers elle sans tout à fait lui sourire. Du bout du doigt, il traça un cercle autour d'un de ses seins. Un frisson la parcourut. Avec une tendresse qui l'horrifia, il tira la seule couverture de la couchette pour lui en couvrir les épaules. « Althéa... » fit-il.

Elle l'interrompit d'un ton suppliant.

« Ne parlez pas ; ne dites rien. » Elle ignorait pourquoi et comment, mais, s'il évoquait ce qu'ils venaient de faire, cela gagnerait en substance et deviendrait une partie de son existence qu'elle ne pourrait nier plus tard. À présent qu'elle était rassasiée, sa prudence lui revenait. « Ça ne doit pas se reproduire, dit-elle brusquement.

— Je sais. Je sais. » Néanmoins, ses yeux ne quittaient pas ses doigts qui descendaient lentement le long de la gorge d'Althéa jusqu'à son ventre. Il tapota la bague-amulette fixée à son nombril. « C'est... inhabituel, comme bijou. »

À la douce lueur vacillante de la lanterne, la petite tête de mort parut leur faire un clin d'œil. « C'est un cadeau de ma sœur chérie, dit Althéa d'un ton aigre.

— Je... » Il hésita. « Je croyais que c'était réservé aux prostituées, fit-il, embarrassé.

— C'est aussi l'opinion de ma sœur », répondit Althéa, glaciale. Sans prévenir, la vieille blessure se rouvrit en elle.

Elle se roula en boule à côté de Brashen, qui l'enserra dans la courbe de son corps. Sa chaleur était agréable, aussi agréable que le chatouillis léger de son doigt sur son sein. Elle aurait dû repousser sa main, elle le savait ; l'affaire devait en rester là. Le plus sage serait qu'elle se lève, s'habille et regagne les quartiers de l'équipage. Qu'elle se lève dans la cabine glacée et renfile ses vêtements froids et humides... Avec un frisson d'horreur, elle se mussa contre la chaleur de Brashen ; il se déplaça un peu pour passer les deux bras autour de son corps et la serrer contre lui, bien en sécurité.

« Pourquoi vous offrir une amulette en bois-sorcier ? » Elle sentit la répugnance que lui inspirait sa propre curiosité.

« Pour que je ne tombe pas enceinte et que je ne jette pas la honte sur ma famille ; ou bien que je n'attrape pas une maladie qui me laisserait défigurée et me dénoncerait devant tout Terrilville comme la catin que je suis. » Elle avait choisi exprès des mots durs pour se les lancer elle-même à la figure.

Brashen resta un instant figé, puis sa main descendit doucement le long du dos d'Althéa. Il la caressa, puis lui massa doucement les épaules et la nuque jusqu'à ce qu'avec un soupir elle se détende et se laisse aller contre lui. « C'était ma faute, reprit-elle sans l'avoir voulu. Je n'aurais jamais dû lui en parler. Mais je n'avais que quatorze ans et j'avais l'impression qu'il fallait absolument que je l'annonce à quelqu'un. Je ne pouvais rien dire à mon père, puisqu'il venait de débarquer Devon.

— Devon. » Brashen répéta le nom en lui donnant une intonation presque interrogatrice.

Althéa soupira. « C'était avant votre arrivée. Devon était matelot à bord ; il était très beau, et il avait toujours le sourire ou la plaisanterie aux lèvres, même quand tout allait mal. Il n'avait peur de rien ; il était prêt à courir n'importe quel risque. » Sa voix mourut et, pendant un moment, Althéa ne pensa qu'à la main de Brashen qui se déplaçait doucement sur son dos, dénouant ses muscles comme s'il démêlait un cordage.

« C'est là que nous étions d'opinions divergentes, mon père et moi, naturellement. "Ce serait le meilleur élément du navire s'il avait un peu de bon sens, m'avait-il dit un jour. Et il ferait un bon second s'il savait seulement quand il faut avoir peur." Mais ce n'était pas dans la nature de Devon ; à l'écouter, on pouvait mettre toujours plus de voile, et, quand il travaillait dans le gréement, il se montrait toujours le plus rapide. Je comprenais ce que mon père voulait dire : quand, par orgueil, les autres essayaient de soutenir son allure, ils abattaient l'ouvrage plus vite mais moins soigneusement ; ils commettaient des erreurs, et certains se blessaient. Ce n'était jamais rien de grave, mais vous connaissiez mon père : il répétait que les accidents et les morts sont néfastes à une vivenef, parce que les émotions suscitées sont trop fortes.

— Je pense qu'il avait raison », fit Brashen à mi-voix. Il déposa un baiser sur sa nuque.

« Je le sais bien », répondit Althéa, vaguement agacée. Elle poussa un brusque soupir. « Mais j'avais quatorze ans, et Devon était beau comme un dieu, avec ses yeux gris. Après son quart, il s'asseyait sur le pont et me taillait de petits objets en bois en me racontant des anecdotes de ses voyages. J'avais l'impression qu'il avait été partout, qu'il avait tout fait. Il ne critiquait jamais vraiment papa, ni devant moi ni devant le reste de l'équipage, mais son petit sourire dédaigneux au coin des lèvres, quand il pensait que nous naviguions trop prudemment, le disait sans équivoque. Parfois, cette expression mettait mon père en fureur, mais, j'ose à peine l'avouer, je la trouvais adorable : je n'y voyais qu'audace et mépris du danger. » Elle soupira de nouveau. « Je le croyais incapable de faire le moindre mal. Eh oui, j'étais amoureuse !

— Et il en a profité, alors que vous n'aviez que quatorze ans ? fit Brashen d'un ton réprobateur. Sur le navire de votre père ? Ce n'est plus de l'audace, c'est de la stupidité !

— Non, ça ne s'est pas passé ainsi. » Althéa parlait à contrecœur : elle n'avait aucune envie de raconter cet épisode de sa vie à Brashen, mais, elle ignorait pourquoi, elle était incapable de s'arrêter. « Je crois qu'il sentait la passion que je lui portais, et il me faisait parfois la cour, mais en manière de plaisanterie ; j'adorais ce qu'il me disait alors, tout en sachant qu'il n'en pensait pas un mot. » Elle secoua la tête. « Mais un soir l'occasion s'est présentée. Nous étions au port de Lie ; la nuit était calme ; mon père s'était rendu en ville pour affaires et la plupart de l'équipage était en permission de sortie. C'est moi qui tenais le quart. J'étais descendue à terre un peu plus tôt dans la journée et je m'étais acheté, voyons... des boucles d'oreilles, du parfum, un corsage et une longue jupe de soie. Je m'étais parée de tous mes achats pour attirer le regard de Devon quand il rentrerait de sa tournée des tavernes. Et quand je l'ai vu revenir avant tout le monde, seul, mon cœur s'est mis à battre si fort que j'en avais du mal à respirer. J'ai compris que je tenais ma chance.

« Il est monté à bord d'un bond, selon son habitude, il s'est reçu comme un chat sur le pont et il s'est dressé devant moi. » Elle eut un petit rire de dérision. « Vous connaissez la chanson : nous avons dû parler, il a dû dire quelque chose et j'ai dû répondre ; mais je n'en ai aucun souvenir, sinon celui du bonheur que je ressentais à pouvoir enfin lui avouer mon amour, à pouvoir m'exprimer sans contrainte, car nul ne pouvait nous entendre. Et lui, il souriait jusqu'aux oreilles, comme s'il n'arrivait pas à croire en sa bonne fortune. Et puis... il m'a saisie par le bras et il m'a entraînée jusque devant un panneau de cale ; là, il m'a fait me pencher en avant, il a relevé mes jupes, baissé ma culotte... et il m'a prise là, comme ça. Penchée sur un panneau de cale comme un garçon.

— Il vous a violée ? » Brashen était pâle comme la mort.

Althéa ravala un éclat de rire nerveux. « Non. Non, ce n'était pas un viol. Il ne m'a pas forcée. Je n'y connaissais rien, mais j'étais sûre d'être amoureuse. C'est de mon plein gré que je l'ai suivi et que je me suis prêtée à ses envies. Il n'a pas été brutal, mais il m'a tout fait. Tout. Et moi, comme j'ignorais à quoi m'attendre, je ne crois pas avoir été déçue. Après, il m'a regardée avec son adorable sourire et il m'a dit : "J'espère que tu te souviendras de ce soir toute ta vie, Althéa. Moi, je ne l'oublierai pas, je te le promets." » Elle prit une profonde inspiration. « Ensuite, il est descendu aux quartiers de l'équipage, il en est ressorti avec son sac de marin et il a quitté le navire. Je ne l'ai jamais revu. » Elle se tut un long moment. « J'ai guetté son retour, je l'ai attendu jusqu'à ce que nous appareillions deux jours plus tard et que j'apprenne alors que papa lui avait donné son congé à l'instant où nous nous étions amarrés. »

Brashen émit un gémissement sourd. « Oh non ! » Il secoua la tête. « Il s'était vengé de votre père en vous possédant. »

Avec lenteur, Althéa répondit : « Je n'ai jamais considéré l'affaire sous cet angle. Pour moi, c'était un défi qu'il s'était lancé, celui de ne pas se faire attraper. » Elle dut faire un effort pour demander : « Vous croyez vraiment qu'il cherchait à se venger ?

— Ça m'en a tout l'air. C'est une histoire affreuse qui vous est arrivée, ajouta-t-il à mi-voix. Devon... Si jamais je le rencontre, je le tuerai. » La sincérité qu'il mit dans cette promesse effraya la jeune fille.

« Le plus affreux, c'est ce qui s'est passé ensuite, dit-elle. Nous sommes arrivés à Terrilville quelques semaines plus tard, et j'étais sûre d'être enceinte. J'en étais absolument certaine. Je n'osais pas parler à mon père, et m'adresser à maman n'était guère plus imaginable ; je suis donc allée trouver ma sœur mariée, Keffria, convaincue qu'elle pourrait me donner un conseil. Je lui ai fait jurer de garder le secret, puis je lui ai tout raconté. » Althéa secoua la tête et déplaça de nouveau la cindine dans sa bouche ; la chique avait laissé une brûlure et n'avait presque plus de goût.

« Eh bien, Keffria ? » fit Brashen. Il donnait l'impression de vouloir vraiment connaître la fin de l'histoire.

« Elle s'est montrée horrifiée. Elle s'est mise à pleurer, et elle m'a déclaré que je n'avais plus d'avenir, que j'étais une prostituée, une traînée, que j'avais jeté l'opprobre sur la famille. Puis elle a refusé de me parler. Quatre ou cinq jours plus tard, mes règles sont arrivées comme d'habitude ; alors j'ai pris ma sœur à part, je lui ai annoncé la nouvelle, et je l'ai avertie que, si elle touchait un seul mot de cette affaire à papa ou maman, je l'accuserais de mensonge. J'étais terrifiée, vous comprenez : après tout ce qu'elle m'avait dit, j'étais persuadée qu'ils me retireraient leur affection et me jetteraient à la rue.

— Mais n'avait-elle pas promis de se taire ?

— Je ne me fiais pas à sa parole. J'avais déjà la quasi-certitude qu'elle avait tout raconté à son mari, à en juger par le changement d'attitude de Kyle envers moi. Mais elle n'a pas protesté, elle n'a pas hurlé, elle n'a même presque rien dit en me remettant l'anneau ombilical ; elle a simplement déclaré que, tant que je le porterais, je ne tomberais pas enceinte, je n'attraperais pas de maladie, et que c'était bien le moins que je pouvais faire pour ma famille. » Althéa se gratta la nuque, puis fit la grimace. « Les relations n'ont plus jamais été les mêmes entre nous. Nous avons appris à nous montrer polies l'une avec l'autre, principalement pour empêcher nos parents de poser des questions gênantes. Mais je crois que j'ai vécu le pire été de ma vie ; j'ai l'impression d'avoir été trahie par tout le monde.

— Et, à la suite de ça, je suppose que vous avez fait ce que vous vouliez avec les hommes ? »

Elle aurait dû se douter qu'il poserait cette question. Les mâles voulaient toujours savoir ce genre de détail. Elle haussa les épaules, résignée à révéler toute la vérité. « De temps en temps, mais pas souvent. Deux fois, à vrai dire. J'avais l'impression que cette première expérience n'avait pas été... menée convenablement. À entendre parler les marins de la *Vivacia*, il me semblait que ça aurait dû être au moins vaguement amusant, alors que je n'en gardais qu'un souvenir de... d'écartèlement, d'un peu de douleur, et d'humidité, rien d'autre. Alors, j'ai fini par prendre mon courage à deux mains et j'ai essayé deux autres fois, avec des hommes différents. Et c'était... bien. »

Brashen leva le visage pour la regarder dans les yeux. « Ce qui s'est passé entre nous, vous qualifiez ça seulement de "bien" ? »

Encore une vérité qu'elle n'aurait pas voulu dévoiler. Elle avait l'impression de perdre une arme. « Non, ce n'était pas seulement "bien". C'est ainsi que ça devrait toujours se passer. Jamais je n'avais connu ça. » Et puis, incapable de supporter l'expression attendrie des yeux de Brashen, elle ne put s'empêcher d'ajouter : « C'est peut-être la cindine. » Entre le pouce et l'index, elle prit la petite chique dans sa bouche. « J'ai l'intérieur de la lèvre plein de brûlures, se plaignit-elle en détournant le regard de l'expression peinée de Brashen.

— Oui, c'est sans doute la cindine, fit-il. J'ai entendu dire qu'elle avait parfois cet effet-là sur les femmes. Rares sont celles qui en prennent, vous savez, parce que ça peut, euh... les faire saigner, même quand ce n'est pas le moment. » Il eut l'air soudain gêné.

« Et c'est maintenant qu'il me le dit ! » marmonna-t-elle. Les bras de l'homme s'étaient desserrés autour d'elle. L'influence de la drogue s'atténuait ; Althéa se sentait soudain épuisée et sa plaie à la tête l'élançait douloureusement. Elle devait se lever. La cabine glacée, les vêtements humides... Encore une minute. Encore une minute et il lui faudrait se lever pour retourner à la solitude. « Je dois m'en aller. Si on nous surprend comme ça...

— Je sais, dit-il, mais son seul mouvement fut de parcourir son corps en une longue caresse qui éveilla un frisson dans son sillage.

— Brashen, vous savez que ça ne doit pas se reproduire.

— Je sais, je sais », souffla-t-il, la bouche contre sa peau. Il déposa doucement un baiser sur sa nuque. « Ça ne se reproduira plus jamais. Plus jamais après cette dernière fois. »

9

LES VISITEURS

Avec un soupir, Ronica leva les yeux de ses livres de comptes. « Oui ? Qu'y a-t-il ? »

Rache paraissait embarrassée. « Delo Trell est au salon. »

Ronica haussa les sourcils. « Que fait-elle là ? » D'habitude, Delo entrait et sortait comme bon lui semblait : Malta et elle étaient les meilleures amies du monde depuis deux ans au moins, et les formalités de l'étiquette avaient disparu depuis bien longtemps entre elles.

Rache baissa les yeux et dit d'un ton hésitant : « Son frère aîné l'accompagne. Cerwin Trell. »

Ronica fronça les sourcils. « Eh bien, je peux le recevoir, certes. Mais pas ici ; installez-le au salon du matin. A-t-il précisé l'objet de sa visite ? »

Rache se mordit la lèvre. « Excusez-moi, madame ; il a dit qu'il venait voir Malta avec sa sœur.

— Comment ? » Comme sous l'effet d'une piqûre, Ronica s'était dressée d'un bond.

« Je connais mal vos traditions à cet égard, mais cela ne m'a pas paru... convenable. C'est pourquoi je leur ai demandé d'attendre dans le salon. » Rache avait l'air très mal à l'aise. « J'espère n'avoir mis personne dans l'embarras.

— Ne vous inquiétez pas, répondit Ronica d'un ton tranchant. C'est Malta qui s'y est mise toute seule. Mais ce jeune Trell devrait aussi avoir de meilleures manières. Ils sont au salon, dites-vous ?

— Oui. Dois-je... apporter des rafraîchissements ? »

Les deux femmes se regardèrent. Devant cette situation délicate, la limite entre maîtresse et servante devenait presque invisible.

« Je... oui. Merci, Rache. Vous avez raison : mieux vaut suivre les règles de bienséance que réprimander ce garçon comme un grossier personnage – même si c'est ainsi qu'il se conduit. » Ronica se mordilla la lèvre un moment. « Avertissez Keffria et demandez-lui de nous rejoindre. Apportez des rafraîchissements, servez-les, puis attendez un peu et allez prévenir Malta que des visiteurs l'attendent. Elle est à l'origine de cette affaire, il faut qu'elle voie comment on la règle. »

Rache prit son souffle comme un soldat qui se prépare au combat. « Très bien, madame. »

Elle sortit. Ronica se frotta les yeux, qui lui piquaient à force d'examiner les livres de comptes qu'elle venait de délaisser, et secoua la tête. Elle avait attrapé la migraine, et n'avait toujours pas trouvé le moyen de réduire les dettes et d'augmenter l'avoir. Au moins, cette visite la distrairait. Une confrontation déplaisante pour la distraire d'un problème insoluble... Bah, qu'y faire ? Elle vérifia sa coiffure à petits attouchements, se redressa et se dirigea résolument vers le salon. Si elle hésitait, elle perdrait tout courage : Cerwin Trell avait beau être jeune, ce n'en était pas moins l'héritier d'une puissante famille de Marchands, et il fallait le remettre à sa place tout en évitant de l'insulter. L'exercice allait être délicat.

À la porte du salon, elle s'arrêta pour reprendre son souffle, puis posa la main sur la poignée.

« Maman ! »

Ronica se tourna et vit Keffria arriver sur elle tel un cheval emballé ; de petites étincelles de colère brillaient dans son regard ordinairement docile et le dessin de ses lèvres était ferme. Jamais Ronica n'avait vu sa fille avec une telle expression. Elle leva la main pour la calmer. « Il ne faut pas offenser la famille Trell », la prévint-elle en parlant le plus bas possible. Keffria jaugea cette recommandation, et la rejeta visiblement.

« On n'offense pas non plus les Vestrit », répliqua-t-elle sèchement. Son inflexion était si semblable à celle qu'aurait eue son père que Ronica en resta pétrifiée. Keffria ouvrit la porte et la précéda dans le salon.

Assis au bord d'un divan, Cerwin sursauta et leva un regard surpris vers les deux femmes ; même Delo parut saisie. Elle pencha la tête pour jeter un coup d'œil derrière Keffria et Ronica.

Cette dernière ne laissa pas le temps à sa fille de parler. « Malta va nous rejoindre dans un instant, Delo. Je suis sûre que votre amie sera très heureuse de vous voir. Et quel plaisir d'avoir votre visite, Cerwin ! Il y a au moins... voyons... Eh bien, ça, je ne me rappelle même plus quand vous êtes venu chez nous pour la dernière fois ! »

Cerwin se leva d'un bond et s'inclina. Quand il se redressa, son sourire était gêné. « Je crois que mes parents m'avaient amené au mariage de Keffria. C'était il y a quelques années, en effet.

— Près de quinze, fit Keffria. Si j'ai bonne mémoire, vous étiez un petit garçon d'une curiosité insatiable. Ne vous ai-je pas surpris alors que vous essayiez d'attraper les poissons rouges des fontaines du jardin ? »

Le jeune homme était resté debout. Ronica s'efforça de se rappeler son âge. Dix-huit ans ? Dix-neuf ? « C'est fort possible, répondit-il. Oui, j'ai un vague souvenir de cet incident. Naturellement, comme vous l'avez dit, je n'étais qu'un enfant.

— En effet, répliqua Keffria avant que Ronica pût intervenir. Et il ne me viendrait pas à l'esprit de reprocher à un enfant qui voit un bel objet brillant de vouloir le posséder. » Elle sourit à Cerwin et ajouta : « Voici Rache qui nous apporte une petite collation. Asseyez-vous, je vous en prie, et mettez-vous à l'aise. »

Rache était entrée avec un plateau garni de café, de petits gâteaux, de crème et d'épices. Elle le posa sur une petite table et quitta le salon. Keffria se chargea du service, et, pendant un moment, la conversation se limita au choix entre épices et crème dans le café. Ensuite, Keffria prit place dans un fauteuil et sourit à ses visiteurs. Mal à l'aise, Delo restait assise au bord de son siège et jetait sans cesse des coups d'œil vers la porte : elle attendait manifestement l'arrivée de Malta pour quitter cette réunion d'adultes ; elle allait sans doute être déçue, se dit Ronica.

Keffria reprit aussitôt son attaque. « Eh bien, que nous vaut votre venue, Cerwin ? »

Il soutint vaillamment son regard, mais c'est d'une voix assourdie qu'il répondit : « C'est Malta qui m'a... qui nous a invités. J'avais emmené Delo faire des emplettes au marché, un après-midi, et nous sommes tombés sur Malta ; nous avons pris des rafraîchissements, et Malta nous a invités chez elle.

— Tiens donc », fit Keffria, et son ton était tout sauf ironique. Ronica forma le vœu que sa consternation ne fût pas aussi visible que chez sa fille. « Eh bien, cette jeune étourdie ne nous a pas prévenues. Mais toutes les petites filles sont ainsi, j'imagine, et Malta plus que les autres. Elle a l'esprit farci de chimères ridicules, où le bon sens et la courtoisie n'ont pas leur place. »

Ronica ne prêtait qu'une attention distraite aux propos de Keffria : elle se demandait combien de fois Malta avait discrètement quitté la maison pour se rendre au marché, et si la rencontre des jeunes gens avait été aussi fortuite que Trell le laissait entendre. Elle posa un regard pensif sur Delo : se pouvait-il que les deux enfants eussent projeté cette entrevue « accidentelle » ?

Comme en réponse à ses interrogations, Malta entra dans la pièce et regarda d'un air atterré ses amis occupés à prendre le café avec sa mère et sa grand-mère. Une expression de prudence sournoise apparut sur ses traits, très déplaisante aux yeux de Ronica : depuis quand cette enfant avait-elle cet esprit rebelle ? Manifestement, elle avait espéré accueillir seule Delo et Cerwin ; cependant, elle ne paraissait pas avoir attendu leur venue ce jour-là : elle venait de se brosser les cheveux et elle s'était légèrement peint les lèvres, mais au moins sa robe, simple fourreau de laine brodé au col et à l'ourlet du bas, convenait à une fillette de son âge. Néanmoins, sa façon de la porter, très cintrée afin de mettre sa taille en valeur et de tendre le tissu sur sa poitrine naissante, laissait comprendre qu'il y avait une femme dans ce vêtement d'enfant. Et Cerwin Trell s'était levé à son entrée comme s'il avait eu affaire à une jeune femme plutôt qu'à une gamine.

La situation était pire que Ronica ne l'avait craint.

« Ah, Malta ! » fit Keffria. Elle sourit à sa fille. « Delo est venue te rendre visite ; mais ne veux-tu pas prendre un peu de café et manger quelques gâteaux en notre compagnie, d'abord ? »

Les deux fillettes échangèrent un regard. Delo avala sa salive, s'humecta les lèvres et dit : « Et ensuite, tu pourras peut-être me montrer ce jasmin trompette en boutons dont tu m'as parlé. » Elle s'éclaircit la gorge et, d'une voix plus forte que nécessaire, elle ajouta en s'adressant à Keffria : « Lors de notre dernière rencontre, Malta nous a dit que vous aviez une serre. Mon frère s'intéresse beaucoup aux fleurs. »

Keffria eut un mince sourire. « Vraiment ? Eh bien, il pourra visiter notre serre. Malta passant si peu de temps dans les salles aux fleurs, je m'étonne qu'elle se soit souvenue que nous avons un jasmin trompette. Je le montrerai moi-même à Cerwin. Après tout, poursuivit-elle en souriant au jeune homme, il serait imprudent de ma part de le laisser seul en compagnie de mon poisson rouge, après ce qu'il a fait lors de sa dernière visite chez nous ! »

Ronica éprouva presque de la peine pour Cerwin qui grimaça un sourire en s'efforçant de ne pas montrer qu'il avait compris le sous-entendu.

« Cela me ferait très plaisir, Keffria », dit-il.

Ronica s'était attendue à devoir prendre les choses en main, mais, au moins dans ce domaine, Keffria avait apparemment décidé de jouer son rôle jusqu'au bout. En dehors de quelques interventions de pure forme alors qu'ils finissaient le café et les petits gâteaux, Ronica ne disait rien mais ouvrait l'œil. Elle fut bientôt convaincue que Delo et Malta étaient de mèche dans cette affaire, mais que la petite Trell éprouvait beaucoup plus d'inquiétude et de remords que son amie. Malta paraissait, sinon à l'aise, du moins résolue : son attention et sa conversation étaient concentrées sur Cerwin à un point tel qu'il ne pouvait feindre de ne s'apercevoir de rien ; il semblait bien se rendre compte de l'inconvenance de la situation, mais, telle une souris fascinée par un serpent, il n'arrivait pas à prendre le dessus et s'évertuait en vain à ne s'intéresser qu'à la conversation de Keffria sans répondre aux sourires que Malta lui lançait derrière sa tasse de café. Intérieurement, Ronica secoua la tête ; Keffria craignait que Malta ne soit encore trop ingénue pour entrer dans la société de Terrilville et que certains hommes ne cherchent à en profiter, mais c'était apparemment tout le contraire : Malta regardait Cerwin avec l'avidité d'un félin en chasse. Au fond d'elle-même, Ronica se demanda ce qui comptait le plus pour elle : la proie ou la traque ? Cerwin était jeune et, à en juger par le peu que Ronica avait pu voir de lui, inexpérimenté dans ce genre de jeu. S'il succombait trop facilement – et il ne faisait guère mine de résister à ses avances –, Malta risquait de le rejeter pour chercher un cœur plus difficile à séduire.

Ronica portait un regard nouveau sur sa petite-fille, et ce qu'elle voyait ne lui paraissait pas plus admirable chez une femme que chez un homme. Un petit prédateur, voilà ce qu'elle était. Était-il déjà trop tard pour y remédier ? Quand la jolie fillette s'était-elle métamorphosée, non en jeune femme, mais en femelle avide et conquérante ? Elle se surprit à songer que, finalement, il n'était peut-être pas si mauvais que Kyle eût retiré Hiémain de la prêtrise : si l'un de ses enfants devait recevoir l'héritage des Marchands Vestrit, mieux valait que ce fût lui plutôt que Malta telle qu'elle apparaissait à présent.

Les pensées de Ronica se tournèrent vers Hiémain. Elle espérait qu'il s'adaptait bien à sa nouvelle vie, bien qu'il eût été sans doute plus réaliste, elle le savait, d'espérer qu'il y survivait. Un message était arrivé du monastère : un certain Bérandol demandait des nouvelles du jeune garçon et la date de son retour. Ronica avait transmis la missive à Keffria : qu'elle réponde comme bon lui semblait.

Par moments, prise de fureur, Ronica avait envie de châtier Keffria de n'avoir pas le courage de résister à Kyle. Elle aurait voulu lui faire toucher du doigt toute la souffrance que cet homme avait réussi à susciter au cours des quelques mois qui s'étaient écoulés depuis la mort d'Ephron : il avait pour ainsi dire enlevé Hiémain et l'avait réduit en esclavage à bord du bateau familial, et seule Sa pouvait savoir ce qu'il était advenu d'Althéa. C'était parfois le plus dur pour Ronica : ne pas réussir à fermer l'œil la nuit parce qu'elle se demandait ce qu'était devenue sa rebelle de fille. Son corps pourrissait-il dans quelque tombe creusée à la hâte ? Vivotait-elle quelque part à Terrilville dans d'affreuses conditions, obligée de recourir à des moyens extrêmes pour subvenir à ses besoins ? Ronica ne croyait pas à cette dernière hypothèse : elle s'était livrée à trop de recherches sans entendre la moindre rumeur à propos de sa fille. Si Althéa était vivante, elle avait quitté Terrilville. Mais dans quelles circonstances ?

La ville n'était plus aussi civilisée qu'elle l'était cinq ans plus tôt seulement. Les Nouveaux Marchands y avaient introduit toutes sortes de vices et des attitudes très contagieuses envers les domestiques et les femmes. C'étaient des hommes pour la plupart. Ronica ignorait comment ils traitaient les femmes dans leurs pays d'origine, mais à Terrilville c'étaient des servantes qui ne différaient des esclaves que par la dénomination ; quant aux esclaves, ils étaient souvent considérés comme moins que des animaux. La première fois que Ronica avait vu un Nouveau Marchand frapper un de ses serviteurs au visage en plein marché, elle était restée choquée, non pas à cause du geste de l'homme : on trouvait des tyrans domestiques parmi les Marchands autant que partout ailleurs, des gens qui se mettaient en fureur contre ceux qui les servaient ou contre leur famille et qui les battaient. En général, le résultat ne se faisait pas attendre : leurs serviteurs devenaient voleurs, menteurs et paresseux. Mais celui du marché s'était contenté de se recroqueviller devant son maître, sans protester, sans menacer de le quitter ni même se plaindre de l'injustice dont il était victime ; du coup, en ne se défendant pas, il rendait impossible toute intervention des spectateurs : chacun hésitait en se demandant s'il n'avait pas mérité ce châtiment, en fin de compte. En l'acceptant, ne reconnaissait-il pas sa propre faute ? Et c'est ainsi que nul ne s'était interposé.

C'en était désormais arrivé au point qu'il existait deux classes de domestiques à Terrilville : les serviteurs proprement dits, comme Nounou qui recevait un salaire et jouissait d'une dignité et d'une vie personnelles – car servir les Vestrit n'était que son travail et elle n'y passait pas toute son existence ; et puis les serviteurs des nouveaux arrivants, dont chaque instant était consacré à satisfaire les caprices de leurs propriétaires. C'était illégal, mais comment prouver qu'un homme était un esclave et non un domestique ? Quand on les interrogeait, ils affirmaient aussitôt, d'un air terrifié, qu'ils étaient bien des serviteurs dont les salaires étaient envoyés chez eux, à leur famille. Beaucoup se déclaraient contents de leur sort, selon eux librement choisi. Ronica éprouvait toujours une vague nausée en se demandant par quelles menaces on les maintenait dans une peur aussi abjecte ; à l'évidence, elles avaient dû être mises à exécution à plusieurs reprises pour que les esclaves les redoutent tant.

« Au revoir, Ronica Vestrit. »

Son sang-froid naturel lui permit de ne pas sursauter. Cerwin Trell se tenait devant elle, inclinant la tête à la façon d'un gentilhomme. Elle lui rendit gravement son salut. « Au revoir, Cerwin Trell. J'espère que vous apprécierez notre serre ; et, si le jasmin trompette vous plaît, peut-être Keffria vous en donnera-t-elle une bouture. Cela peut paraître brutal, mais nous sommes obligées de rabattre durement cette plante pour l'inciter à fleurir et à prendre une forme gracieuse.

— Je comprends », dit-il, ce dont Ronica ne douta pas. Il la remercia, puis quitta le salon à la suite de Keffria. Malta et Delo, penchées l'une vers l'autre, leur emboîtèrent le pas. Les narines dilatées, les lèvres pincées, Malta cachait difficilement sa fureur. Manifestement, elle avait compté rencontrer Cerwin seule, ou du moins sans personne d'autre que sa sœur. Dans quel but ? Elle n'en savait sans doute rien elle-même.

C'était peut-être le plus inquiétant dans toute cette affaire : le fait que Malta fonçât ainsi tête baissée, sans connaître les conséquences de son attitude.

Et qui en portait la responsabilité ? La question s'imposa à Ronica tandis qu'elle regardait sa fille et les jeunes gens sortir. Les enfants avaient grandi chez elle ; elle les avait souvent vus à table, dans les jardins ou bien dans les jambes des grandes personnes, et ils n'avaient jamais cessé d'être « les enfants » ; non les adultes de demain, non des individus qui prenaient peu à peu leur identité, mais « les enfants ». Selden, par exemple ; où était-il en ce moment, que faisait-il ? Sans doute avec Nounou, ou bien avec son précepteur, en tout cas surveillé, en sécurité. Mais Ronica ne savait rien d'autre de lui. L'affolement la saisit un instant : le temps passait trop vite ! Il était peut-être déjà trop tard pour les former convenablement. Elle songea à ses deux filles, Keffria, qui avait passé sa vie à attendre que quelqu'un lui dise ce qu'elle devait faire, et Althéa, qui n'avait toujours désiré qu'en faire à sa tête.

Elle songea aussi aux chiffres des livres de comptes, qu'aucun effort de volonté ne pouvait modifier, et à la dette qu'elle avait envers les Festrée du Désert des Pluies. En or ou en sang, elle devait être payée. Soudain, sa perception s'inversa et elle ne se sentit plus concernée par cette dette ; les responsables en étaient désormais Selden et Malta, car n'était-ce pas leur sang qui la rembourserait peut-être un jour ?

Mais elle ne leur avait rien appris, rien !

« Maîtresse ? Allez-vous bien ? »

Elle tourna les yeux et vit Rache. La femme était entrée dans le salon, avait rangé les tasses et les couverts sur le plateau, puis s'était approchée de sa maîtresse dont le regard noir se perdait au loin. C'était à elle, à cette servante-esclave qui vivait chez elle, qu'elle avait confié l'éducation de sa petite-fille ! À une femme qu'elle connaissait à peine ! Qu'enseignait à Malta la simple présence de Rache dans la maison ? Que l'esclavage était admissible. Était-ce une préfiguration de l'avenir ? Quelle leçon Malta pouvait-elle en tirer sur la place de la femme dans la future société de Terrilville ?

À son propre étonnement, elle dit à Rache : « Asseyez-vous. Il faut que nous parlions de ma petite-fille, et de vous aussi. »

*
**

« Jamaillia », murmura Vivacia.

Sa voix réveilla Hiémain qui leva la tête du pont sur lequel il s'était endormi, sous le soleil hivernal. Le temps était clair, ni trop frais ni trop chaud, et le vent paresseux. C'était l'heure de l'après-midi où le jeune garçon devait « s'occuper du navire », comme disait son père dans son ignorance. Assis sur le gaillard d'avant, il avait raccommodé ses pantalons tout en bavardant à mi-voix avec la figure de proue. Il ne se rappelait pas s'être allongé pour dormir.

« Excuse-moi, fit-il en se frottant les yeux.

— De rien, répondit le navire avec simplicité. J'aimerais pouvoir dormir comme les humains, échapper au quotidien et aux soucis qui l'accompagnent. Que l'un de nous en soit capable est une chance pour tous les deux. Si je t'ai réveillé, c'est seulement parce que je pensais que le spectacle te plairait. Ton grand-père disait toujours que c'est vue d'ici que la cité est la plus jolie : on n'en distingue pas les défauts. Voici les fameuses flèches blanches de Jamaillia. »

Hiémain se leva, s'étira, puis regarda la ville par-delà l'eau azurée. Ses deux promontoires s'avançaient pour entourer le navire comme des bras accueillants, et la cité bordait la côte entre l'embouchure fumante de la Chaude et le haut sommet du mont du Gouverneur. Des ceintures d'arbres séparaient de fastueuses propriétés aux demeures et aux jardins ravissants. Sur une crête derrière la ville s'érigeaient les tours et les flèches du palais du Gouverneur ; couramment appelé « cité du haut », l'ensemble architectural constituait le cœur de Jamaillia. La capitale, qui donnait son nom à tout le gouvernorat, centre de civilisation, berceau du savoir et des arts, brillait de feux verts, or et blancs sous le soleil de l'après-midi comme un diamant dans son écrin. Ses flèches s'élevaient plus haut que les arbres et elles étaient d'un blanc si éclatant que Hiémain ne pouvait les regarder sans plisser les yeux. Elles étaient cerclées de bandes d'or, et la base des bâtiments avait été taillée dans le marbre de Saden, d'un vert somptueux. Hiémain buvait des yeux le spectacle de cette ville dont il avait si souvent entendu parler.

Quelque cinq siècles auparavant, elle avait été presque entièrement rasée par un incendie ; le Gouverneur de l'époque avait décrété la reconstruction d'une cité royale encore plus magnifique, avec la pierre pour seul matériau afin d'éviter la répétition d'une telle catastrophe. Il avait rassemblé ses meilleurs architectes, artistes et maçons, et, avec leur aide et trois décennies de labeur, le palais du Gouverneur avait vu le jour. La flèche blanche la plus haute indiquait la résidence du monarque ; la seule qui la dépassât en taille était celle du temple du Gouverneur où le potentat et ses Compagnes rendaient un culte à Sa. Pendant un moment, Hiémain la contempla, béat de ferveur : être envoyé comme résident au monastère qui servait ce temple représentait le plus grand honneur qui pouvait échoir à un prêtre. À elle seule, sa bibliothèque remplissait dix-sept pièces, et, dans trois salles d'écriture, vingt prêtres se relayaient pour rénover ou copier manuscrits et grimoires. En songeant à tout le savoir accumulé dans le temple, Hiémain se sentit envahi d'un respect émerveillé.

Puis l'amertume obscurcit son âme : Cresson aussi lui avait paru belle et scintillante, alors que c'était une ville aux habitants pleins de convoitise et d'avidité. Il tourna le dos à Jamaillia et, se laissant glisser contre le bastingage, s'assit sur le pont. « Ce n'est qu'une illusion, dit-il, un tour ignoble des hommes : ils se réunissent pour créer ensemble une cité magnifique, et puis ils se reculent en disant : “Voyez quelle belle âme et quelle belle intelligence nous avons ! Voyez notre joie et notre piété ! Nous avons mis tout cela dans ces édifices et maintenant nous n'avons plus besoin de nous en préoccuper dans notre existence quotidienne ! Nous pouvons désormais vivre comme des brutes stupides et réprimer chez nous et chez nos voisins tout penchant pour la spiritualité ou le mysticisme. À présent que c'est inscrit dans la pierre, plus la peine de nous casser la tête avec ces bêtises !” C'est une ruse des hommes pour se leurrer eux-mêmes, un moyen de plus pour se mentir ! »

S'il avait été debout, il n'aurait peut-être pas entendu le murmure de Vivacia ; mais il était assis, les paumes à plat sur le pont, et la réponse de la vivenef résonna dans son âme comme une volée de cloches. « L'existence des hommes en ce monde est peut-être une ruse de Sa. “Je ferai toutes choses vastes, belles et fidèles à elles-mêmes, a-t-il peut-être déclaré. Les hommes seuls seront capables de mesquinerie, de méchanceté et d'autodestruction. Et, afin de rendre ma ruse plus cruelle encore, je placerai parmi eux des hommes qui sauront voir ces traits en eux-mêmes.” Crois-tu que ce soit ce qu'a fait Sa ?

— Ce serait un blasphème ! répondit Hiémain avec une pieuse chaleur.

— Ah ? Alors quelle est ton explication ? Cette laideur, cette méchanceté qui sont le propre de l'homme, d'où viennent-elles ?

— Pas de Sa, mais de l'ignorance de Sa, de la séparation d'avec lui. J'ai vu des enfants qu'on amenait au monastère, des petits garçons et des petites filles qui n'avaient aucune idée de ce qu'ils faisaient là et que le fait d'être éloignés de chez eux si jeunes emplissait souvent de colère et de peur. En l'espace de quelques semaines, ils s'épanouissaient, ils s'ouvraient à la lumière et à la splendeur de Sa. Dans chaque enfant, il y a au moins une étincelle de cet éclat. Tous ne restaient pas ; certains étaient renvoyés chez eux, car ils n'étaient pas faits pour une vie oblative. Mais tous étaient faits pour être des créatures de lumière, de réflexion et d'amour. Tous.

— Hmm, fit le navire d'un ton pensif. Hiémain, j'ai plaisir à t'entendre de nouveau t'exprimer comme toi-même. »

Le garçon eut un petit sourire amer et frotta le bourrelet de chair blanche qui s'était formé à l'emplacement de son index amputé. C'était devenu une habitude, sans gravité mais qui l'agaçait quand il s'en rendait compte – comme maintenant. Il replia vivement les doigts et demanda : « J'ai donc tellement tendance à m'apitoyer sur mon sort ? Et c'est donc tellement visible ?

— J'y suis sans doute plus sensible que quiconque ; néanmoins, cela m'amuse de te mettre le nez dedans de temps à autre. » Vivacia se tut un instant. « Vas-tu te rendre à terre ?

— Ça m'étonnerait. » Hiémain s'efforça de ne pas prendre un ton boudeur. « Je n'ai pas débarqué depuis que j'ai "humilié" mon père à Cresson.

— Je sais, répondit le navire. Mais, si tu y vas quand même, Hiémain, sois prudent.

— Pourquoi ?

— Je ne sais pas exactement. Je pense qu'il s'agit de ce que ta trisaïeule aurait appelé une prémonition. »

La vivenef avait employé un ton qui lui ressemblait si peu que Hiémain se leva pour regarder la figure de proue par-dessus le bastingage. Elle avait les yeux levés vers lui. Chaque fois qu'il croyait avoir appris à la connaître, elle le surprenait. L'air était exceptionnellement limpide et possédait une clarté que Hiémain désignait toujours sous le terme de « lumière d'artiste » ; peut-être cela expliquait-il l'aspect lumineux de Vivacia. Le vert de ses yeux, le lustre de ses cheveux noirs, même le grain fin de sa peau présentaient le plus bel aspect à la fois d'un bois supérieurement ouvragé et d'un organisme en bonne santé. Ses joues rosirent sous l'examen de Hiémain et, en réaction, il sentit de nouveau se heurter en lui l'affection qu'il lui portait et son ignorance absolue de ce qu'elle était. Il en fut ébranlé, comme toujours : comment pouvait-il ressentir cette... passion, s'il lui était permis d'employer ce terme à l'égard d'une créature née du bois et de la magie ? Il ne voyait pas de base logique à son amour pour elle : nulle perspective de mariage ni d'enfants à partager, nul besoin de satisfaction physique l'un avec l'autre, nul passé commun, rien ne pouvait expliquer le bien-être ni le sentiment d'intimité qu'il éprouvait en sa compagnie. C'était incompréhensible.

« Cela t'est-il si odieux ? demanda-t-elle à mi-voix.

— Tu n'es pas en cause, répondit-il, essayant d'expliquer ses émotions. Ce sont les sentiments que j'ai pour toi qui sont anormaux. J'ai l'impression qu'on me les impose, non que je les éprouve réellement... On dirait le résultat d'un sortilège », ajouta-t-il à contrecœur. Les adorateurs de Sa ne niaient pas l'existence de la magie. En de rares occasions, Hiémain l'avait vu pratiquer sous forme de petits charmes destinés à nettoyer une plaie ou allumer un feu ; mais c'étaient là les actes d'une volonté qui se servait d'un don naturel pour obtenir un effet physique ; en revanche, cette brutale poussée d'émotion qu'il vivait, uniquement déclenchée, lui semblait-il, par un contact prolongé, relevait d'un domaine tout à fait différent. Il appréciait la *Vivacia*, il le savait, et il le comprenait, car il avait de nombreuses raisons pour cela : elle était belle, douce et elle faisait preuve de compassion envers lui ; en outre, elle était intelligente, et la voir employer sa raison pour élaborer des enchaînements d'arguments était un véritable plaisir. On eût dit un acolyte encore novice, à l'esprit ouvert et plein d'ardeur à apprendre. Qui pourrait rester indifférent à une telle créature ? En toute logique, il devait aimer le navire, et c'était bien le cas. Mais cette sympathie était sans rapport avec la vague d'émotion presque douloureuse qui le balayait aux moments les plus inattendus, comme aujourd'hui ; dans ces occasions, Vivacia prenait plus d'importance que sa maison natale, sa famille, et même sa vie au monastère ; il aurait voulu mourir là, à plat ventre sur ses ponts, absorbé en elle.

Mais non : le but d'une existence bien vécue était de ne faire qu'un avec Sa.

« Tu crains que je ne prenne la place de ton dieu dans ton cœur.

— C'est très possible, acquiesça-t-il à regret. Mais je ne pense pas que ce soit toi, Vivacia, qui m'imposes ces sentiments ; à mon avis, cela tient simplement à ta nature de vivenef. » Il soupira. « S'il faut trouver un responsable à ma situation, je dois chercher du côté de ma famille, de ma trisaïeule qui a jugé bon de commander la construction d'une vivenef. Toi et moi, nous sommes comme des bourgeons greffés sur un arbre : nous pouvons nous efforcer de rester fidèles à notre nature en nous développant, mais seulement dans la mesure où nos racines nous le permettent. »

Le vent forcit brusquement comme pour souhaiter la bienvenue au navire qui entrait dans le port. Hiémain se leva et s'étira. Ces derniers temps, il sentait les changements qui s'effectuaient dans son corps : il ne pensait pas avoir grandi mais ses muscles s'étaient nettement endurcis, et un coup d'œil dans un miroir lui avait révélé que les rondeurs enfantines de son visage avaient disparu. Oui, il avait changé : il était plus mince, plus solide, et il n'avait plus que neuf doigts. Cependant, cela ne suffisait pas encore à son père : quand la fièvre était enfin tombée et que sa main avait paru en bonne voie de guérison, Kyle l'avait convoqué, mais pas pour le féliciter de son courage ni pour lui demander des nouvelles de sa santé, ni même pour lui annoncer qu'il avait remarqué ses progrès de marin. Non : il l'avait fait venir pour lui reprocher sa stupidité ; il avait eu la possibilité, à Cresson, de se faire apprécier de l'équipage et d'y être enfin accepté, et il avait laissé passer l'occasion !

« Mais c'était une escroquerie, avait-il répondu à son père. Le combat entre l'ours et l'homme qui avait gagné n'était qu'un leurre ; c'était évident.

— Je le sais bien ! avait déclaré Kyle d'un ton impatient. Mais ce n'est pas la question. Tu n'étais pas obligé de gagner, espèce d'idiot ! Il te suffisait de montrer que tu avais du cran ! Tu as cru prouver ton courage en restant impassible pendant que Gantri t'amputait le doigt – non, ne nie pas, j'en suis sûr ! Mais tout ce que tu as obtenu, c'est de passer aux yeux de tous pour... pour un monstre de foire. Quand les hommes attendaient des tripes, tu t'es montré lâche, et là où quelqu'un de normal aurait poussé des jurons et hurlé de douleur, tu t'es conduit comme un fanatique. Avec une telle attitude, tu te feras toujours rejeter par l'équipage ; tu n'en feras jamais partie et tu n'en deviendras jamais le commandant respecté. Bien sûr, les hommes feront peut-être semblant de t'accueillir parmi eux, mais ce ne sera que de la comédie ; ils attendront seulement que tu baisses ta garde pour te rentrer dedans. Et je vais te dire une bonne chose : tu l'auras bien mérité ! Et j'espère que c'est ce qui va t'arriver ! »

Les paroles de son père résonnaient encore dans son esprit. Au cours des longues journées qui s'étaient écoulées depuis, il lui avait pourtant semblé sentir l'équipage l'accepter peu à peu, à contrecœur. Clément, aussi prompt à pardonner qu'à se vexer, avait été le premier à reprendre une attitude tolérante ; mais Hiémain n'était plus capable de supporter la situation avec sérénité. Parfois, la nuit, alors qu'il tentait de retrouver comme naguère ses états de méditation, il arrivait à se convaincre qu'il était tombé dans un piège : son père avait empoisonné ses relations avec les autres membres d'équipage parce qu'il ne voulait pas qu'ils l'acceptent, et il ferait tout pour que Hiémain demeure un paria. Il en résultait, se disait-il en suivant péniblement les méandres de cette logique démente, qu'il ne devait jamais se croire complètement intégré à l'équipage ni se fier à l'amitié de ses membres, sans quoi son père trouverait le moyen de les retourner contre lui.

« Chaque jour, dit-il à mi-voix, j'ai un peu plus de mal à savoir qui je suis. Mon père sème en moi le doute et le soupçon ; la dureté de la vie à bord m'habitue à la cruauté quotidienne entre mes semblables, et même toi, même les heures que je passe en ta compagnie me déforment et m'entraînent loin de la prêtrise, vers un autre état, un état dont je ne veux pas. »

C'étaient des paroles difficiles à prononcer, aussi douloureuses pour lui que pour la vivenef, et c'est pour cette seule raison qu'elle garda le silence.

« Je n'en peux plus, reprit-il. Il va se produire une fracture, et je crains que ce ne soit moi qui cède. » Sans ciller, il soutint le regard de Vivacia. « Je ne fais que vivre au jour le jour, en attendant que quelqu'un ou quelque chose modifie la situation. » Il scruta les traits de la figure de proue, en quête d'une réaction à ses paroles suivantes. « Je dois prendre une décision, je crois. Il faut que j'agisse de mon propre chef. »

Il attendit une réponse mais Vivacia ne vit pas quoi dire. De quelle décision parlait-il ? Que pouvait-il faire contre la domination de son père ?

« Hé, Hiémain ! Viens donner un coup de main ! » cria une voix depuis le pont.

Il devait reprendre son collier de misère. « Il faut que j'y aille », dit-il à Vivacia. Il prit une longue inspiration. « Je ne sais pas si c'est bien ou mal, mais je t'aime. Pourtant... » Il secoua la tête, soudain à court de mots.

« Hiémain ! Ici, tout de suite ! »

Comme un chien bien dressé, il se précipita pour répondre à l'ordre. Vivacia le regarda grimper avec aisance dans le gréement ; cette facilité était aussi parlante que sa déclaration d'amour : il continuait à se plaindre souvent, il souffrait toujours des déchirements de son cœur, mais, quand il exprimait sa détresse, ils pouvaient en discuter et ils en tiraient tous deux des leçons. Pour l'instant, il croyait ne plus en pouvoir mais elle savait la vérité : il était fort, tout au fond de lui, et, bien que malheureux, il parviendrait à résister. Ils finiraient par trouver leur équilibre, l'un comme l'autre ; il leur fallait seulement du temps. Depuis la première nuit qu'il avait passée en sa compagnie, elle savait qu'il était destiné à vivre à son bord. Il avait du mal à l'accepter, il se battait bec et ongles contre cette idée, mais, même dans les propos provocateurs qu'il venait de tenir, elle sentait un affaiblissement de son refus.

Elle jeta un regard nouveau sur le port : à plus d'un titre, Hiémain avait raison quant à la corruption sous-jacente de la cité. Mais, bien sûr, elle n'irait pas le dire devant lui : il était d'humeur assez lugubre ainsi. Mieux valait qu'il s'intéresse aux aspects positifs de Jamaillia. La ville offrait un spectacle ravissant sous le soleil d'hiver.

Elle se rappelait le port, mais n'en avait en même temps aucun souvenir : ceux d'Ephron correspondaient au point de vue d'un homme, pas à celui d'un navire. Son attention s'était portée sur les quais, sur les négociants qui attendaient ses marchandises et sur les merveilles architecturales de la cité ; il n'avait jamais remarqué l'eau sale issue des égouts qui s'écoulait en volutes dans le port, pas plus qu'il n'avait pu sentir par tous les pores de sa coque la pestilence des serpents. La vivenef balaya du regard l'onde paisible mais ne détecta nul signe de ces créatures maléfiques et rusées : elles se tortillaient lentement dans la vase douceâtre du fond du bassin. Un mauvais pressentiment lui fit porter les yeux vers la section des quais où étaient amarrés les transports d'esclaves, dont le vent lui apportait la puanteur par bouffées. L'odeur des serpents s'y mêlait à celle de la mort et des excréments. C'était là que ces créatures se regroupaient en nœuds grouillants, en dessous de ces sinistres navires. Une fois déchargée puis réarmée pour sa nouvelle fonction, Vivacia s'ancrerait auprès d'eux et embarquerait sa propre cargaison de malheur et de désespoir. Elle croisa les bras et se redressa. Malgré le soleil, elle frissonna. Des serpents !

*
**

Ronica était installée dans le bureau qui était naguère celui d'Ephron et devenait peu à peu le sien. C'était dans cette pièce qu'elle se sentait encore le plus proche de lui, et qu'il lui manquait le plus. Au cours des mois écoulés depuis sa mort, elle avait progressivement nettoyé sa pagaille pour la remplacer par la sienne, bouts de papier et autres vétilles ; pourtant, Ephron demeurait là, dans l'essence même de la pièce. Son bureau massif était beaucoup trop grand pour Ronica, et elle se sentait comme une petite fille quand elle s'asseyait dans son fauteuil. Des objets exotiques rapportés de ses voyages décoraient les murs, curiosités ou articles d'ornement ; l'énorme vertèbre d'un gigantesque animal marin, délavée par l'eau de mer, servait de tabouret, tandis que sur une étagère s'alignaient des statuettes, des coquillages et de curieuses parures venues d'un peuple lointain. Ronica ressentait une étrange impression d'intimité avec son époux à voir ses livres de comptes ouverts sur le plateau poli de son bureau, sa tasse de thé et son tricot posés sur le bras de son fauteuil, près de sa cheminée.

Comme souvent quand elle était indécise, elle s'était rendue dans cette pièce afin de réfléchir et de tenter d'imaginer ce qu'Ephron lui aurait conseillé. Elle s'était assise sur le divan près du feu, les jambes repliées sous elle, en laissant tomber ses chaussons par terre ; elle portait une robe de chambre de laine que deux années d'usage avaient rendue aussi moelleuse et confortable que le canapé. Elle avait préparé le feu elle-même, l'avait allumé puis regardé brûler jusqu'à ce qu'il ne fût plus que braises rougeoyantes ; elle s'en était sentie détendue et réchauffée, mais elle n'avait toujours pas de réponse à ses questions.

Elle venait de songer qu'Ephron aurait haussé les épaules et lui aurait confié le soin de régler elle-même le problème quand on frappa à la lourde porte à panneaux.

« Oui ? »

Elle s'attendait à voir Rache, mais ce fut Keffria qui entra. Elle était en chemise de nuit et ses lourdes tresses étaient enroulées en macarons comme si elle s'apprêtait à se coucher, mais elle portait un plateau sur lequel étaient posées une carafe fumante et de grosses chopes. Ronica sentit un parfum de café mêlé de cannelle.

« J'avais renoncé à te voir venir. »

Keffria ne répondit pas directement à la remarque. « Comme je n'arrivais pas à m'endormir, j'ai jugé préférable d'être bien réveillée. Du café ?

— Avec plaisir. »

Depuis quelques heures, mère et fille avaient conclu une sorte de trêve tacite : elles se parlaient sans se parler, ne se posaient pas d'autres questions que celles qui concernaient les repas ou quelque autre détail sans importance ; l'une comme l'autre évitait tout sujet qui pût déboucher sur une confrontation. Plus tôt, Ronica avait proposé à sa fille de la rejoindre dans le bureau, et, constatant que Keffria ne répondait pas à son invitation, Ronica avait supposé que la raison en était cette tension qu'elles cherchaient à dissimuler ; elle s'était alors fait la réflexion amère que Kyle avait réussi à la priver de ses deux filles, en chassant l'une et en emmurant l'autre. Mais Keffria se trouvait à présent devant elle, et Ronica résolut soudain de la reconquérir au moins en partie. Tout en prenant la chope fumante que sa fille lui tendait, elle déclara : « Tu m'as impressionnée aujourd'hui ; j'étais fière de toi. »

Keffria eut un sourire amer. « Oh, moi aussi. J'ai réussi toute seule à déjouer les sinistres complots d'une gamine de treize ans. Quelle victoire ! » Elle s'assit dans le fauteuil de son père, se débarrassa de ses pantoufles et replia les jambes sous elle. « Une victoire bien vaine, maman.

— J'ai élevé deux filles, fit Ronica d'une voix douce. Je sais combien la victoire peut être pénible parfois.

— Tu n'as pas dû avoir trop de mal avec moi », répondit Keffria d'un ton morne. Elle ajouta d'une voix où l'on sentait le mépris qu'elle s'inspirait : « Je ne crois pas vous avoir jamais fait passer une nuit blanche, à papa et toi. J'étais une enfant modèle, je ne me rebellais jamais contre vos décisions, j'obéissais à toutes les règles et je devais récolter plus tard les fruits de ma vertu. Du moins je le pensais.

— Tu étais la plus docile des deux, reconnut Ronica. Peut-être, à cause de cela, t'ai-je sous-estimée, voire négligée. » Elle secoua la tête. « Mais, à cette époque, Althéa me causait tant de souci que je n'avais guère le temps de constater ce qui allait bien... »

Keffria soupira sèchement. « Et tu ne sais pas la moitié de ce qu'elle faisait ! J'étais sa sœur et je... Mais rien n'a changé malgré les années. Elle continue à nous causer du souci à toutes les deux. Quand elle était petite, elle était la préférée de papa à cause de son entêtement et de son indiscipline ; aujourd'hui, il est mort, elle est partie et, par sa seule absence, elle t'a détournée de moi.

— Keffria ! » Ronica était choquée par l'insensibilité de sa fille. Sa sœur avait disparu, et tout ce que cela lui inspirait, c'était de la jalousie parce que sa mère s'inquiétait ? Mais, au bout d'un moment, elle demanda d'un ton hésitant : « Tu es vraiment persuadée que je ne m'intéresse plus à toi parce que ta sœur a disparu ?

— Tu m'adresses à peine la parole, répondit Keffria. Quand je me suis emmêlée dans les comptes de mon héritage, tu m'as pris les livres des mains et tu as tout calculé toi-même. Tu diriges la maison comme si je n'existais pas. Quand Cerwin est venu tout à l'heure, tu as foncé seule dans la mêlée, et tu n'as envoyé Rache me prévenir qu'ensuite, comme si tu y avais pensé après coup. Maman, si je devais disparaître comme Althéa, j'ai l'impression que les affaires courantes seraient mieux traitées, tellement tu es douée pour tout mener. » Elle se tut, puis reprit d'une voix étranglée : « Tu ne me laisses pas prendre ma place dans la maison. » Et elle leva vivement sa chope pour boire une longue gorgée de café, le regard perdu dans les braises du feu.

Ronica en resta sans voix. Elle porta sa propre chope à ses lèvres, puis déclara tout en sachant qu'elle se cherchait seulement des excuses : « Mais je ne faisais qu'attendre que tu prennes le relais.

— Tu étais trop occupée à tenir fermement les rênes pour trouver le temps de m'enseigner comment faire. “Tiens, donne-moi ça, ce sera plus facile si je le fais moi-même.” Combien de fois ne m'as-tu pas dit ces mots ? Te rends-tu compte à quel point j'ai toujours eu l'impression d'être stupide et bonne à rien ? » C'était une vieille rancœur qui perçait dans ses paroles.

« Non, murmura Ronica. Je ne m'en rendais pas compte. Mais j'aurais dû, c'est vrai. Et je le regrette, Keffria. Je le regrette profondément. »

Keffria eut un soupir amer. « Ça n'a plus grande importance désormais. N'y pense plus. » Elle secoua la tête, l'air songeuse, comme si elle cherchait les meilleurs termes à employer. Enfin, elle dit à mi-voix : « C'est moi qui m'occuperai de Malta désormais. » Elle jeta un coup d'œil à sa mère comme si elle s'attendait à une objection, mais Ronica continua de la regarder et se tut. Keffria inspira profondément. « Tu doutes peut-être que j'y parvienne ; moi-même, j'en doute. Mais je vais essayer ; voilà ce que je sais. Et je voulais te demander... Pardon, mais je dois te le dire : ne t'en mêle pas. Même si tu penses que je ne récolte que la pagaïe, que je ne maîtrise plus rien, ne cherche pas à prendre la situation en main sous prétexte que tu t'en tireras mieux que moi. »

Ronica était atterrée. « Mais, Keffria, ce n'est pas mon genre ! »

Sa fille s'absorba dans la contemplation des braises. « Oh si, c'est ton genre, maman ! Et tu ne t'en rendrais même pas compte, comme aujourd'hui. J'ai pris ta suite en me débrouillant avec la scène telle que tu l'avais établie, alors que, si j'avais eu mon mot à dire, j'aurais commencé par ne pas faire appeler Malta. J'aurais raconté à Cerwin et Delo qu'elle était sortie, occupée ou malade, puis je les aurais éconduits poliment, sans laisser à Malta l'occasion de faire sa coquette.

— Cela aurait peut-être été préférable, en effet », concéda Ronica d'une voix basse. Le discours de sa fille l'avait touchée douloureusement ; elle avait seulement tenté de réfléchir rapidement et de régler l'affaire pour éviter une catastrophe. Cependant, aussi cuisants qu'ils fussent, les propos de Keffria étaient exacts. Elle se tut donc et prit une gorgée de café.

« Puis-je connaître tes intentions ? demanda-t-elle au bout d'un moment.

— Je n'en sais encore rien, avoua Keffria. Malta en a déjà tant fait, et elle a si peu de respect pour moi... Je n'arriverai peut-être à rien. Mais j'ai quelques idées sur la façon de m'y prendre pour commencer. Je vais d'abord l'éloigner de Rache : plus de leçons de danse ni de maintien tant qu'elle ne les aura pas méritées. Quand elle les reprendra, si cela se produit un jour, elle devra traiter Rache avec la même courtoisie que Selden son précepteur ; et les leçons auront lieu à une heure donnée, non quand elle s'ennuie et souhaite se distraire. Si elle en manque une, elle devra rattraper le temps perdu par des corvées. » Keffria reprit son souffle. « Mon objectif est qu'elle acquière les privilèges d'une femme en accomplissant le travail d'une femme. Aussi (elle croisa le regard de sa mère et le soutint), je te reprends mes livres de comptes. Je ne veux pas que Malta reste aussi ignorante que moi une fois adulte ; elle devra passer quelque temps chaque semaine à établir les bilans. Je sais qu'elle va faire des ratures, gaspiller des pages, commettre des erreurs et devoir recopier des colonnes entières de chiffres. Nous devrons le supporter, toi et moi, tout comme elle. Elle devra inscrire les recettes et les dettes, et en calculer la différence. Et elle devra... ou plutôt nous devrons t'accompagner quand tu iras voir les courtiers, les négociants et les surveillants. Il faut qu'elle apprenne comment on gère les propriétés et la comptabilité. »

Keffria sa tut de nouveau comme si elle s'attendait à une objection, mais Ronica ne dit rien.

« Elle devra naturellement savoir se tenir en toute occasion, et porter des toilettes qui conviennent à une jeune fille en train de devenir adulte : ni indécentes ni suggestives, mais pas non plus enfantines. Il lui faudra de nouveaux vêtements, et je participerai à leur fabrication. En outre, elle apprendra la cuisine et la direction des domestiques. »

Ronica hochait gravement la tête à chaque nouvelle tâche que Keffria projetait d'enseigner à Malta. Quand sa fille eut fini sa liste, elle déclara : « Je pense que tu agis sagement, et Malta ne peut que retirer un grand bénéfice de ce que tu te proposes de lui apprendre. Mais elle n'y viendra pas de son plein gré. Il n'est pas du tout à la mode que les femmes acquièrent ce genre de connaissances, et encore moins qu'elles les mettent en pratique ; pour Terrilville, un tel comportement est bon pour la plèbe. Sa fierté va en souffrir ; ce ne sera pas une élève complaisante.

— Non, certainement, acquiesça Keffria. Et c'est pourquoi j'ai une autre demande à te faire, maman ; je sais que tu ne seras pas d'accord, mais je pense que c'est le seul moyen de plier Malta à ma volonté : elle ne doit plus recevoir le moindre sou à dépenser comme bon lui semble, sauf de moi. Je vais avertir les boutiquiers et les marchands qu'ils ne doivent plus lui accorder le crédit familial. Ce sera une humiliation pour nous tous mais... » Elle s'interrompit, l'air pensif. « Oui. Je vais élargir cette mesure à Selden également. Je pense qu'il n'est pas trop tôt pour commencer avec lui aussi. Je n'aurais peut-être jamais dû laisser Malta s'habituer à obtenir trop facilement tout ce qu'elle désirait. »

Ronica hocha la tête en réprimant un grand soupir de soulagement. Sur le bureau gisaient déjà une poignée de factures signées par Malta pour des friandises, des colifichets et des parfums au prix exorbitant. Déduire les dépenses inconsidérées de la jeune fille avait été un crève-cœur, mais c'était un des sujets que Ronica avait jusque-là renâclé à mentionner à Keffria ; à présent, elle se demandait pourquoi. « C'est ta fille, dit-elle, mais je crains que ce ne soit dur pour tout le monde. » Non sans réticence, elle ajouta : « Il y a autre chose dont elle doit être mise au courant : notre contrat avec la famille Festrée. »

Keffria haussa les sourcils. « Mais je suis mariée », répondit-elle.

Ronica éprouva un soudain élan de compassion pour la jeune femme : elle se rappelait ses propres sentiments le jour où elle s'était rendu compte que ses filles grandissantes étaient désormais vulnérables à un marché conclu des générations plus tôt. « C'est exact, acquiesça-t-elle à mi-voix. Et Althéa reste introuvable, tandis que nos dettes augmentent plus vite que nos recettes. Keffria, tu n'as sûrement pas oublié les termes du pacte des Vestrit : or ou sang. Une fois que Malta aura été présentée en tant que femme à la société de Terrilville, sa personne appartiendra aux Festrée si nous ne disposons pas de l'or pour le versement. » Avec répugnance, elle poursuivit : « Et, à la mi-été, je n'ai pas pu tout payer. J'ai promis le versement complet pour la mi-hiver, augmenté d'une pénalité. » Elle n'eut pas le courage d'avouer à sa fille l'énormité des intérêts qu'elle avait consentis. « Si je n'y parviens pas, poursuivit-elle avec difficulté, Caoloun Festrée sera en droit d'invoquer son droit à s'approprier notre sang : Althéa, si on l'a retrouvée d'ici là ; Malta, dans le cas contraire. »

Ronica se tut, à court de mots. Elle vit la compréhension et l'horreur apparaître dans les yeux de Keffria, suivies, c'était inévitable, de la révolte. « Ce n'est pas juste ! Je n'ai jamais donné mon accord à ce marché ! Comment Malta pourrait-elle être tenue par les clauses d'un contrat signé des générations avant sa naissance ? C'est absurde ! C'est injuste ! »

Ronica lui laissa un moment pour se calmer, puis elle prononça les paroles que tout enfant de Marchand connaissait par cœur : « C'est la tradition Marchande. Elle n'est jamais juste, elle n'est parfois même pas compréhensible, mais c'est la tradition Marchande. Que possédions-nous en arrivant sur les

Rivages Maudits ? Rien que nous-mêmes et la valeur que pouvait avoir la parole d'un homme ou d'une femme. Nous nous sommes juré fidélité les uns aux autres, non pour une journée ni pour une année, mais pour toutes les générations à venir. Et c'est ainsi que nous avons pu survivre là où nul n'y était parvenu. Nous avons juré allégeance à la terre aussi, et à ses exigences. C'est, j'imagine, un autre sujet dont tu n'as pas discuté avec Malta. Tu dois le faire, et vite, car tu sais qu'elle a sûrement entendu des rumeurs.

— Mais... ce n'est qu'une enfant, fit Keffria d'une voix suppliante, comme si, en abondant dans son sens, sa mère pouvait modifier ce que leur histoire familiale leur avait imposé.

— Oui, répondit Ronica avec circonspection, mais pour peu de temps encore. Il faut la préparer. »

10

COMPLOTS ET PÉRILS

« Ainsi, tout ne s'est pas passé comme l'avait prévu Kennit, le roi des pirates, hein ?

— La ferme », répondit le capitaine d'un ton où l'on sentait plus de lassitude que d'agacement. La journée avait été aussi infructueuse qu'épuisante. Ils avaient repéré une vivenef, un navire marchand ventru à l'ancienne mode qui se vautrait dans les vagues comme une truie. Il naviguait bien en avant d'eux, se frayant soigneusement un chemin parmi les hauts-fonds du chenal Encore-Trompé, et enfonçait profondément dans l'eau, lourd d'une riche cargaison. Les pirates auraient dû être en mesure, à tout le moins, de l'obliger à s'échouer. La *Marietta* avait hissé les voiles et fondu sur lui, assez près pour entendre la figure de proue annoncer les fonds et les changements de direction à l'homme de barre, pour voir le visage des hommes qui composaient son équipage, pour percevoir leurs cris lorsqu'ils avaient reconnu le pavillon au corbeau et les exhortations à manœuvrer le plus vite possible qu'ils avaient alors échangées. Sorcor avait fait projeter dans leur gréement ses boulets garnis de chaînes, mais le navire avait fait un écart et les avait évités au dernier instant. Furieux, Kennit avait demandé des boules de feu, et Sorcor avait obéi de mauvais gré ; l'une d'elles avait fait mouche, explosant sur une voile qui s'était obligeamment enflammée ; mais, presque aussi vite que le feu s'était propagé sur la toile, la voile s'était effondrée sur elle-même et avait chu sur le pont où l'équipage l'avait éteinte à coups de pied frénétiques et noyée sous des baquets d'eau. Et, à chaque moment qui passait, la vivenef, de façon incompréhensible, impossible, s'éloignait un peu plus du bateau pirate.

Comme pris de folie, Kennit s'était alors mis à invectiver ses hommes, à ordonner qu'on hisse davantage de voile, qu'on sorte les rames, bref qu'on fasse tout pour augmenter la vitesse de la *Marietta*. Mais, comme si les dieux eux-mêmes s'étaient opposés à lui, un coup de tabac s'était levé, un de ces épouvantables grains typiques des îles, qui font tourner le vent dans toutes les directions, puis la pluie s'était mise à tomber en nappes grises qui les avaient aveuglés. En jurant, Kennit était monté lui-même en haut du mât pour essayer de garder un contact visuel avec sa proie. Il l'avait cherchée, tous ses sens tendus à l'extrême, et, de temps en temps, il l'avait aperçue, chaque fois un peu plus loin. Puis elle avait contourné un cap, et, quand la *Marietta* l'avait passé à son tour, la vivenef avait tout bonnement disparu.

Le soir était à présent tombé ; la brise nocturne gonflait les voiles de la *Marietta* et la pluie monotone avait cessé. Les hommes se faisaient le plus discrets possible autour de leur capitaine, sans savoir que la rage bouillonnante qu'il avait ressentie contre eux avait fini par se calmer. Debout sur le gaillard d'arrière, il observait les feux de sorcière qui dansaient dans leur sillage, et il cherchait la paix intérieure.

« Ça veut dire que tu dois un autre transport d'esclaves à Sorcor, non ? fit aimablement l'amulette.

— Je me pose une question : si je te détachais de mon poignet et que je te jette à l'eau, flotterais-tu ?

— Essayons pour voir », suggéra le petit visage de bois.

Kennit soupira. « Si je supporte ta présence, c'est uniquement à cause du prix exorbitant que je t'ai payé. »

Son minuscule sosie fit la moue. « Vas-tu dire la même chose de la putain au cours des jours à venir ? »

Kennit ferma les yeux. « Ne peux-tu te taire et me laisser tranquille, ne serait-ce qu'un petit moment ? »

Il entendit un pas doux et un bruissement de tissu sur le pont derrière lui. « Tu m'as parlé ? demanda Etta.

— Non.

— Je croyais que tu avais dit quelque chose... Que tu souhaitais qu'on te laisse tranquille. Je peux retourner à la cabine, si tu le désires. » Elle se tut, puis ajouta d'une voix plus basse : « Mais je préférerais me joindre à toi, si tu le permets. »

Kennit sentait son parfum à présent : lavande. L'indécision l'assaillit et il tourna le regard vers elle. Elle lui fit une profonde révérence, telle une dame saluant son seigneur.

« Oh, je t'en prie ! grogna-t-il en levant les yeux au ciel.

— Mais de rien », répondit-elle avec chaleur. Ses pantoufles étouffèrent ses pas sur le pont et elle se trouva soudain à côté de lui. Elle ne le toucha pas : malgré sa situation, elle savait se garder de ce genre de familiarités. Elle ne s'appuya pas non plus avec désinvolture sur le bastingage près de lui, mais resta debout, bien droite, une main posée sur la lisse, et elle regarda Kennit. Au bout d'un moment, n'en pouvant plus, il se tourna vers elle.

Alors elle lui sourit, radieuse, lumineuse.

« Charmante », fit une petite voix au poignet du capitaine, et Kennit ne put qu'être d'accord. Etta baissa les yeux, puis les détourna, comme prise d'un accès de timidité ou de confusion. Elle portait une nouvelle tenue. Le matelot qui l'avait amenée à bord avait suivi les instructions de son capitaine et avait fourni à Etta un baquet rempli d'eau chaude, mais n'avait su que lui donner comme habits : à l'évidence, le costume grossier des marins ne pouvait convenir à la dame de son commandant. Non sans trembler, il lui avait sorti la chemise de nuit du capitaine, puis, en hésitant, il lui avait offert plusieurs coupons de splendides tissus prélevés sur leur dernier butin. Kennit avait d'abord tordu le nez devant tant de largesse, puis il s'était résigné. Il y avait toujours des aiguilles et du fil à bord d'un navire, et Etta s'était lancée avec ardeur dans ses travaux de couture. Kennit avait fini par conclure que l'idée de l'homme avait été géniale : pendant que la femme était occupée à coudre, au moins elle n'était pas dans ses jambes. Les habits qu'Etta s'était fabriqués étaient d'un style que Kennit n'avait jamais vu sur aucune autre femme, et en outre très pratique pour la vie à bord d'un navire.

Ce n'était pas pour autant qu'il comptait la laisser habiter indéfiniment sur le *Marietta* ; mais il n'avait pas encore trouvé d'endroit convenable où la confiner. Heureusement pour lui, elle était très adaptable : pas une fois elle ne s'était plainte depuis qu'il l'avait prise à bord, si l'on exceptait le deuxième jour où elle avait pénétré comme une furie dans la cambuse en reprochant au coq d'avoir trop salé le ragoût de la table du commandant ; depuis, elle supervisait souvent la préparation des repas qu'on leur servait dans leur cabine, et, de fait, il n'était pas impossible que la qualité de la cuisine s'en fût améliorée.

Mais elle n'en restait pas moins une putain, comme se le rappela Kennit. Malgré ses cheveux courts et lisses qui paraissaient lustrés sous les lumières du navire, malgré la soie vert émeraude de son corsage à manches bouffantes et le pantalon broché dans lequel elle l'avait enfoncé, malgré la ceinture en drap d'or qui affinait sa taille déjà étroite, elle restait sa putain et rien d'autre, même si un petit rubis scintillait à son oreille et qu'un superbe manteau bordé de fourrure la protégeait du vent nocturne.

« J'ai réfléchi à la vivenef qui t'a échappé aujourd'hui », dit-elle avec témérité. Elle leva les yeux vers lui, des yeux trop sombres pour son goût. Elle parut s'en rendre compte car elle les baissa aussitôt, avant même qu'il répondît avec violence : « Ne me parle pas de ça !

— Promis », fit-elle d'une voix douce. Mais, au bout d'un moment, comme toutes les femmes, elle ne put s'empêcher d'enfreindre sa promesse. « La rapidité d'un navire vivant est légendaire », dit-elle à mi-voix. Elle contemplait le sillage et paraissait s'adresser à la nuit. « Je ne connais pour ainsi dire rien au métier de pirate », avoua-t-elle. Comme si c'était une surprise pour lui ! « Mais je me demande si on ne pourrait pas tourner à notre avantage la promptitude de la vivenef à s'enfuir.

— Je ne vois pas comment », fit Kennit d'une voix grinçante.

Elle s'humecta les lèvres avant de répondre et, pendant une fraction de seconde, toute l'attention de Kennit se fixa sur ce petit bout de langue rose qui s'agitait ; une poussée irrationnelle de désir l'enflamma. Maudite ! Côtoyer constamment une femme n'était pas bon pour un homme. Il relâcha son souffle avec un son étouffé.

Etta lui lança un regard de biais. S'il avait eu la certitude que c'était de la moquerie qui faisait danser un léger sourire sur ses lèvres, il l'aurait giflée ; mais elle ne parla que de piraterie. « Un lapin s'étrangle en se jetant la tête la première dans un collet, dit-elle. En connaissant l'itinéraire prévu d'une vivenef et en disposant de plus d'un navire... eh bien, un seul bateau suffirait à prendre la cible en chasse et à la pousser à se jeter la tête la première dans une embuscade. »

Elle se tut et regarda les vagues. « Je crois savoir qu'un navire est très difficile à freiner même si on a vu le danger à l'avance ; et il me semble qu'il ne manque pas dans la région de chenaux étroits où une vivenef n'aurait d'autre choix que de s'échouer pour éviter une collision.

— Ce serait peut-être réalisable, encore que je trouve les conditionnels bien nombreux dans cette proposition. Il faudrait que toutes les circonstances nécessaires soient réunies.

— Oui, sans doute », murmura Etta. Elle secoua légèrement la tête pour écarter une mèche de ses yeux. Ses cheveux courts et luisants étaient d'un noir absolu, du noir qui règne entre les étoiles la nuit. Kennit pouvait l'embrasser sans crainte : elle n'avait pas d'autre homme que lui. Elle vit qu'il la regardait ; ses yeux s'agrandirent et, soudain, sa respiration se fit plus rapide et plus profonde. Il se colla brusquement contre elle et la plaqua contre le bastingage, dominateur. Il força ses lèvres à s'ouvrir sous les siennes, sentit ses mamelons, petits mais durs, à travers la soie fine de son corsage tiède de chaleur animale. Il écarta sa bouche de celle d'Etta.

« Ne te crois plus jamais le droit de me dire ce que je dois faire, dit-il d'un ton brusque. Je n'ai pas besoin des conseils d'une femme. Je sais parfaitement comment obtenir ce qui me plaît. »

Les yeux d'Etta étaient noirs comme la nuit. « C'est vrai, tu le sais très bien », répondit-elle d'une voix rauque.

*
**

Parangon les entendit longtemps avant qu'ils parviennent jusqu'à lui. Il savait que la nuit était tombée car les cris des oiseaux du soir avaient cessé depuis longtemps, et, d'après l'humidité qui perlait sur lui, il devait baigner dans un épais brouillard ; aussi attendit-il avec une certaine agitation de savoir pourquoi des humains se risquaient sur la grève semée de rochers, dans le noir et dans la brume. Ils venaient le voir, il en était sûr : en dehors de lui, la plage était déserte. Comme ils approchaient, il perçut l'odeur d'huile chaude d'une lanterne allumée, qui ne paraissait pourtant pas très efficace, car les visiteurs juraient fréquemment en trébuchant. Il savait déjà qui était l'un d'eux : Mingslai. Sa voix commençait à ne lui être que trop connue.

Ils avaient peut-être l'intention de l'incendier. Il s'était moqué de Mingslai lors de sa dernière visite ; peut-être l'homme allait-il projeter la lanterne contre lui. Le verre se briserait, l'huile enflammée l'éclabousserait et il mourrait là, hurlant, impuissant, lentement consumé par le feu.

« Ce n'est plus très loin, dit Mingslai à son compagnon.

— C'est la troisième fois que vous me le répétez », répondit l'autre d'une voix plaintive. Son accent trahissait ses origines chalcédiennes davantage encore que celui de Mingslai la lointaine Jamaillia. « Je suis déjà tombé à deux reprises et je crois que j'ai un genou qui saigne. Cette expédition a intérêt à en valoir la peine, Mingslai.

— Elle en vaut la peine, ne vous inquiétez pas. Attendez seulement de le voir.

— Avec ce brouillard, nous ne distinguerons rien du tout. Pourquoi ne sommes-nous pas venus de jour ? »

Mingslai hésita-t-il avant de répondre ? « Il y a du mécontentement en ville ; les Premiers Marchands ne voient pas d'un bon œil que quelqu'un qui ne fait pas partie de leur caste achète une vivenef. S'ils vous savaient intéressé... Ma foi, on m'a laissé entendre, sans grande subtilité, qu'il valait mieux que je reste à l'écart de cette carcasse. J'ai demandé pourquoi mais je n'ai eu droit qu'à des mensonges et de mauvais prétextes, comme quoi seul un Marchand de Terrilville pourrait posséder une vivenef. Et si vous insistez, les mensonges ne font que croître et embellir : ça va contre toutes les traditions, voilà ce qu'on essaye de vous faire croire. Mais, en réalité, ce que cache cette attitude est beaucoup plus important, bien plus que je ne l'imaginais quand j'ai entamé les négociations pour cette affaire. Ah, nous y voici ! Malgré les dégâts, on voit encore à quel point il était magnifique ! »

Les voix s'étaient rapprochées, et un mauvais pressentiment avait peu à peu envahi Parangon ; cependant, c'est d'une voix ferme qu'il tonna : « "Magnifique" ? Il me semblait que tu m'avais qualifié de "laid" la dernière fois ! »

Avec satisfaction, il entendit le hoquet de surprise des deux hommes.

La voix un peu tremblante, Mingslai répondit d'un ton qui se voulait pourtant fanfaron : « Ça, il fallait s'y attendre : après tout, une vivenef est vivante. » Parangon entendit un crissement métallique et supposa qu'on avait ôté le capuchon de la lanterne pour donner davantage de lumière. L'odeur d'huile chaude se fit plus forte. Parangon s'agita, mal à l'aise, puis croisa les bras sur sa poitrine. « Alors, Fjord, qu'en dites-vous ? demanda Mingslai.

— Je suis... impressionné », marmonna l'autre avec une révérence non feinte. Puis il toussota et reprit : « Mais je ne comprends toujours pas ce que nous faisons ici en pleine nuit. Ou plutôt, je le sais en partie : vous avez besoin de mon appui financier. Mais pourquoi vous aiderais-je à trouver trois fois le prix d'un navire de cette taille pour une épave échouée avec une figure de proue massacrée à coups de hache ? Même si elle est capable de parler ?

— Parce que ce bateau est en bois-sorcier. » Mingslai avait prononcé cette dernière phrase comme s'il révélait un grand secret.

« Et alors ? C'est le cas de toutes les vivenefs, répliqua Fjord.

— Et pourquoi ? demanda Mingslai d'un ton mystérieux. Pourquoi construire un navire en bois-sorcier, un matériau si épouvantablement onéreux qu'il faut plusieurs générations pour rembourser le prix d'une vivenef ? Pourquoi ?

— Tout le monde le sait, grommela Fjord : elles deviennent vivantes et elles se pilotent plus facilement.

— Alors dites-moi : sachant cela, vous précipiteriez-vous pour engager la fortune de votre famille sur trois ou quatre générations uniquement pour posséder un tel navire ?

— Non. Mais les Marchands de Terrilville sont fous, c'est de notoriété publique.

— Tellement fous que chacune de leur famille roule sur l'or, fit observer Mingslai. Et qu'est-ce qui fait leur fortune ?

— Leur fichu monopole sur les produits les plus extraordinaires du monde. Mingslai, nous aurions pu discuter d'économie à l'auberge, devant une chope de cidre chaud. J'ai froid, le brouillard me trempe jusqu'aux os et le genou m'élance comme si j'avais été piqué par une bête venimeuse. Venez-en au fait ! »

Parangon intervint d'une voix tonnante :

« Si vous êtes tombé sur des bernacles, vous êtes sans doute empoisonné. Votre genou va probablement enfler et votre blessure s'infecter. La promenade que Mingslai vous a obligé à faire va vous valoir au moins une semaine de souffrance.

— Tais-toi ! fit Mingslai d'une voix sifflante.

— Et pourquoi donc ? rétorqua Parangon d'un ton moqueur. As-tu donc si peur qu'on te surprenne ici, à t'occuper de ce qui ne te regarde pas ? À discuter de ce que tu ne pourras jamais posséder ?

— Je sais pourquoi tu ne veux pas te taire ! s'exclama soudain Mingslai. Tu ne veux pas le mettre au courant, c'est ça ? Tu refuses de partager le précieux secret du bois-sorcier, hein ? Parce qu'alors tout s'écroulerait pour les Marchands de Terrilville. Réfléchissez, Fjord ; sur quoi est fondée Terrilville, au fond ? Pas sur une concession accordée autrefois par le Gouverneur, mais sur les articles arrivés par le fleuve du Désert des Pluies, les objets étranges et merveilleux venus du Désert.

— Il vous entraîne sur un terrain dangereux, déclara Parangon à l'adresse de Fjord. Il est certains secrets qu'il vaut mieux ne pas connaître, parce que le prix à payer est excessif.

— Le fleuve du Désert des Pluies, qui roule des eaux froides, puis brûlantes, marron puis blanches... D'où viennent-elles, ces eaux ? Vous avez entendu comme moi les légendes, celles d'un immense lac bouillant, lieu de nidification des oiseaux de feu. On dit que, là-bas, la terre tremble sans arrêt et que la brume ne se lève jamais. C'est là que le fleuve prend sa source... et quand la terre tremble violemment, ses eaux deviennent blanches et brûlantes. Elles peuvent alors ronger la coque d'un bateau presque aussi vite que la chair et les os d'un homme ; voilà pourquoi nul ne peut remonter le fleuve pour commercer ; et impossible aussi d'emprunter ses berges : ce ne sont que des vasières traîtresses que surplombent des plantes volubiles dont dégoutte un acide puissant ; là poussent aussi des plantes dont la sève provoque des enflures qui brûlent et suppurent pendant des jours.

— Au fait ! » dit Fjord d'un ton agacé à l'instant où Parangon criait : « Tais-toi ! Ferme ton sale clapet ! Et va-t'en de ma plage ! Ne t'approche plus de moi ! Ou alors viens plus près, que je puisse te tuer ! Oui, c'est ça, viens, petit homme. Viens près de moi ! » Il agitait vainement les bras, les mains prêtes à saisir ce qu'elles toucheraient.

« Il faut une vivenef, dit enfin Mingslai. Une vivenef à la coque en bois-sorcier, invulnérable à l'eau blanche qui brûle ; une vivenef qui connaît dès l'instant de son éveil le seul chenal permettant de remonter le fleuve. Telle est la véritable origine du monopole de Terrilville sur le commerce. Il faut une vivenef pour entrer dans ce commerce. » Il fit une pause théâtrale. « Et je vous donne l'occasion de vous en procurer une.

— Il ment ! cria Parangon, éperdu. Il ment ! C'est loin d'être aussi simple ! Et, même si vous m'achetiez, je refuserais de naviguer pour vous ! Je chavirerais et je vous tuerais tous ! Je l'ai déjà fait, vous en avez entendu parler ! Sinon, allez dans n'importe quelle taverne, demandez qu'on vous raconte l'histoire du *Parangon*, du *Paria*, le navire de la mort ! Allez-y, renseignez-vous, on vous répondra ! On vous répondra que je vous tuerai !

— On peut l'obliger à obéir, dit Mingslai avec une tranquille assurance, ou bien l'enlever carrément. Seule compte la coque ; un bon navigateur saurait trouver un chenal à l'aide de sa sonde. Songez à tout ce que nous pourrions faire avec un bateau en bois-sorcier. Il y a une tribu en amont avec laquelle commercent les Marchands de Terrilville ; il suffirait d'un seul voyage chez elle, Fjord ; nous pourrions lui payer le double de ce qu'elle touche des Premiers Marchands et nous serions encore bénéficiaires. C'est l'occasion de nous faire une place dans un commerce fermé aux étrangers depuis la fondation de Terrilville. J'ai les contacts nécessaires et les propriétaires sont tout prêts à écouter les propositions intéressantes. Tout ce qui me manque, c'est l'appui financier, et vous, vous pouvez me le procurer.

— Il vous ment ! mugit Parangon dans la nuit. Il vous mène à votre mort ! Et à pire, bien pire ! Il y a des sorts plus affreux que la mort, rebut chalcédien que vous êtes ! Mais seul un Marchand de Terrilville peut le savoir ! Seul un Marchand de Terrilville pourrait vous le faire comprendre !

— Je suis intéressé, je crois, dit Fjord à mi-voix. Mais il y a des endroits plus confortables pour en discuter.

— Non ! hurla Parangon. Vous ignorez ce qu'il vous vend, vous ignorez les souffrances que vous achetez ! Vous n'en savez rien, rien ! » Sa voix se brisa tout à coup. « Je refuse de vous accompagner, je refuse, je refuse ! Je ne veux pas et vous ne pouvez pas m'y obliger, vous ne pouvez pas ! Je vous tuerai ! Je vous tuerai tous ! »

Il se remit à battre follement des bras. S'il avait pu atteindre le sol, il aurait jeté aux deux hommes du sable, des rochers, des algues, tout ce qui lui serait tombé sous les mains ; mais elles ne rencontrèrent que le vide. Il s'immobilisa soudain, l'oreille tendue : les pas s'éloignaient.

« ... parler à quelqu'un ?

— Il n'y a pas à s'inquiéter, répondit Mingslai d'un ton assuré. Vous l'avez entendu : il est fou ; il a complètement perdu la raison. Personne ne l'écoute ; d'ailleurs, personne ne vient par ici. Et même s'il trouvait quelqu'un à qui en parler, on ne le croirait pas. C'est toute la beauté de l'affaire, mon ami : le projet sort tellement des sentiers battus que nul n'y a jamais songé. Ce navire gît sur cette plage depuis des années. Des années ! Et personne n'a jamais eu cette idée... »

La voix se perdit, étouffée par le brouillard et couverte par le ressac.

« NON ! » cria Parangon d'un ton suraigu dans la nuit. Il ramena les bras en arrière pour tambouriner violemment sur son propre vaigrage. « Non ! » cria-t-il encore en exprimant à la fois son refus, son défi et son impuissance. Ils ne l'avaient pas écouté. Nul ne l'écoutait jamais. C'était toute sa tragédie : sans prêter attention à ses mises en garde, ils allaient le remettre à flot et il devrait les tuer une fois encore.

*
**

« Serpent ! »

La voix d'Althéa sonna, claire et glacée, dans la nuit qui l'environnait. Les doigts presque paralysés pas le froid, les pieds appuyés sur la plate-forme du nid-de-pie, elle s'efforça de suivre des yeux la créature tandis que montait vers elle le tonnerre des pas de l'équipage qui se précipitait sur le pont en reprenant son cri. Sortant des panneaux de cale ouverts à toute volée, les hommes s'apprêtaient à opposer une résistance opiniâtre à cette nouvelle attaque.

« Où ça ?

— À trois quarts sur tribord, capitaine ! Un gros ! »

Mais ils étaient tous gros, se dit-elle avec amertume tout en s'efforçant de surmonter sa fatigue et d'assurer sa prise. Elle avait froid, elle était trempée, à bout de forces, et sa plaie en train de guérir ne cessait de l'élancer. Par une nuit glacée comme celle-ci, la peau de son crâne se resserrait et la pulsation se transformait en douleur sourde. La fièvre était tombée plusieurs jours plus tôt et Reller avait ôté les points de suture quand les démangeaisons étaient devenues insupportables. La maladresse de Reller et ses plaisanteries balourdes sur sa sensibilité excessive étaient infiniment préférables à la tendresse dissimulée qu'elle lisait dans les yeux de Brashen quand il leur arrivait de se croiser. Ah, qu'il aille au diable ! Et doublement, car voici qu'elle pensait à lui alors qu'elle ferait mieux de se consacrer à sa tâche si elle tenait à la vie. Où était passé ce serpent ? Elle l'avait entrevu un instant, et maintenant il avait disparu.

En réponse à ses interrogations, le navire fit une soudaine embardée sur tribord. Les pieds d'Althéa dérapèrent sur leur appui couvert de glace et sa vie ne dépendit plus que de la force de ses doigts engourdis. Sans prendre le temps de réfléchir, elle enroula son bras autour d'un cordage et s'y accrocha. Sur le pont, loin en dessous, elle entendit le capitaine Sichel demander en jurant que les chasseurs réagissent, qu'ils abattent cette saleté de créature avant qu'elle les entraîne tous au fond. Mais, alors que les intéressés, l'arc bandé, se précipitaient d'un côté du navire, le serpent fit demi-tour et s'en prit à l'autre bord. Ce ne fut pas l'impact violent d'un coup de bélier, mais une puissante poussée verticale, semblable à celle d'un requin qui soulève du museau une carcasse flottante.

« Où est-il ? » cria le capitaine d'une voix furieuse tandis qu'Althéa et les autres vigies s'efforçaient de percer les ténèbres du regard. Des rafales de vent glacé la balayaient, les vagues montaient et descendaient, et elle voyait des serpents dans le creux de chacune d'elles, des serpents qui se dissolvaient en créations de sa peur et de son imagination dès qu'elle se concentrait sur eux.

« Il est parti », cria une vigie, et Althéa forma le vœu qu'elle eût raison. Il y avait trop longtemps que cela durait, toutes ces journées et toutes ces nuits où les serpents attaquaient subitement, sans raison apparente, puis se retiraient et observaient une trêve inquiétante. Parfois, ils apparaissaient au sommet des vagues où ils suivaient la course du navire en tordant leur long corps sinueux, toujours hors de portée des flèches ; on pouvait en voir jusqu'à une demi-douzaine, la peau scintillant au soleil d'hiver, avec des reflets bleus, rouges vifs, or et verts ; à d'autres moments, comme cette nuit-là, on ne distinguait qu'une seule de ces créatures monstrueuses, venue se moquer des hommes en jouant sans effort avec leurs vies. Apercevoir des serpents n'avait plus rien de nouveau pour Althéa ; autrefois, ils étaient rares au point d'en être presque légendaires mais, à présent, ils infestaient certaines zones de l'Extérieur et suivaient les transports d'esclaves dans le Passage Intérieur. Elle en avait vu naguère, à l'époque où elle naviguait sur la *Vivacia*, mais toujours de loin et leur attitude n'était jamais menaçante. Leur audace et leur violence en faisaient presque une nouvelle espèce.

Le temps qu'Althéa reprenne son souffle, le navire se coucha brusquement sur le flanc. L'horizon bascula et les pieds de la jeune fille ne trouvèrent soudain plus aucun appui. L'espace d'un instant, elle resta suspendue à son espar comme un pavillon en berne. Sur le pont incliné, des marins glissaient en hurlant et en battant follement des bras. Althéa bloqua les abdominaux, jeta sa jambe par-dessus une enfléchure et assura fermement sa prise alors que la gîte s'accentuait. Le serpent était passé en dessous du navire et le soulevait pour le faire chavirer sur tribord. « Accrochez-vous ! » rugit quelqu'un, puis un cri aigu retentit avant de s'interrompre brusquement. « Il l'a eu ! » hurla une voix, et il se fit un grand tumulte, où chacun demandait à son voisin : « Tu as vu ça ? Qui c'est qu'il a attrapé ? Il l'a cueilli comme une prune sur un arbre ! C'est ça qu'elle veut, cette saleté ! » Le navire se redressa et, parmi le mélange des voix, Althéa reconnut celle de Brashen qui jurait. Puis il cria : « Capitaine ! » Il y avait une note de désespoir dans son ton. « Est-ce qu'on ne pourrait pas placer quelques chasseurs à la poupe pour empêcher la bête de s'attaquer au gouvernail ? Si elle nous l'arrache...

— Allez-y ! » répondit le commandant d'un ton sec.

On entendit un bruit de course précipitée. Étourdie, Althéa s'accrochait à son perchoir, prise de nausées non à cause des embardées du navire mais de la brutalité avec laquelle la mort s'était abattue. Le serpent allait revenir, elle en était sûre, et secouer le bateau comme un enfant secoue un cerisier pour en faire tomber les fruits. Elle ne pensait pas la créature assez puissante pour retourner le bâtiment, mais elle n'en était pas certaine. La terre ne lui avait jamais paru aussi éloignée, la terre stable, inébranlable, qui ne pouvait se dérober sous elle, qui ne dissimulait pas des monstres avides susceptibles d'apparaître à tout instant.

Elle garda son poste, frustrée de ne pouvoir distinguer ce qui se passait sur le pont, juste en dessous d'elle. Mais elle n'avait pas à s'en occuper, après tout ; son travail consistait à ouvrir l'œil et à pousser un cri d'avertissement le cas échéant, afin de sauver des vies. Ses yeux étaient fatigués à force de scruter la pénombre, ses mains n'étaient plus que des serres gelées et le vent dérobait la chaleur de son corps ; cependant, ce même vent gonflait les voiles et faisait avancer le navire. Bientôt, ils auraient quitté ces eaux infestées de serpents. Bientôt...

La nuit s'épaissit autour du bâtiment ; des nuages obscurcirent la lune et les étoiles, et seule subsista dans le monde la lumière du navire lui-même. Sur le pont, des hommes travaillaient à fabriquer quelque chose. Althéa se mit à se déplacer le plus vite et le plus souvent possible, petite araignée dans la toile du gréement, afin de se réchauffer tout en poursuivant sa veille futile : elle aurait de la chance si elle apercevait la moindre perturbation dans la faible luminescence de la surface de l'océan.

Enfin, la cloche sonna et son remplaçant vint la relever. Elle dégringola le gréage, qu'elle connaissait désormais comme sa poche, avec des mouvements gracieux malgré le froid et la fatigue. Puis elle se laissa tomber sur le pont avec la légèreté d'un chat et resta un moment à frictionner ses mains engourdies.

On lui donna une timbale remplie d'une mesure de rhum coupé d'eau chaude. Elle la tint entre ses mains à demi paralysées de froid dans l'espoir de les réchauffer. Son quart était fini. En toute autre circonstance, elle serait allée rejoindre ses couvertures, mais pas ce soir-là : dans les cales, on resserrait l'arrimage de la cargaison pour l'empêcher de se déplacer si le serpent attaquait de nouveau. Sur le pont, des chasseurs bricolaient un appareil constitué, entre autres, de nombreux morceaux de viande salée et d'environ cinquante brasses de ligne. Les deux hommes riaient et sacraient à la fois tout en fixant l'ensemble, et juraient que le serpent allait regretter d'avoir croisé la route de leur navire. La victime du monstre était un de leurs camarades ; Althéa le connaissait, elle avait même travaillé à ses côtés dans les Terres-Mortes, mais elle avait du mal à se représenter qu'il avait définitivement disparu. Sa mort avait été trop rapide.

Les jurons et les menaces des chasseurs lui évoquaient la rage futile et impuissante d'un enfant confronté à l'inéluctable. Dans le froid et l'obscurité, leur colère avait quelque chose de pathétique. Ils ne sortiraient pas vainqueurs du combat, et Althéa se demanda ce qui était le pire, de finir noyé ou de se faire dévorer. Puis, elle chassa ces pensées pour s'atteler aux tâches les plus pressantes ; le pont était un méli-mélo d'objets que l'assaut du serpent avait décrochés et qu'il fallait remettre en place et arrimer soigneusement. Sous les ponts, on actionnait les pompes : le navire ne prenait pas l'eau, mais il en avait embarqué. Le travail ne manquait pas.

La nuit s'écoula, lente comme un fleuve de bitume. D'abord vigilant et vif, l'équipage sombra peu à peu dans un état d'angoisse nerveuse. Lorsque tout fut attaché fermement, lorsque l'appât fut prêt et le piège mis en place, chacun attendit la suite. Cependant, songeait Althéa, seuls les chasseurs, sans doute, espéraient le retour des serpents pour en tirer vengeance ; toute leur existence était axée sur le fait de réussir à tuer leurs proies. Qu'une créature les prenne en chasse et dévore un de leurs compagnons représentait un renversement des rôles qu'ils étaient incapables de tolérer : le monstre devait revenir se faire tuer. C'était la loi naturelle du monde. Au contraire, les marins vivaient constamment avec la conscience que, tôt ou tard, l'océan les prendrait, et leur plus grande victoire sur la mort consistait à lui dire « Demain ». Ceux qui manœuvraient le navire n'avaient qu'un but : mettre autant d'océan que possible entre eux et les serpents ; ceux que ne retenait aucune tâche somnolaient où ils le pouvaient sur le pont, dans des recoins et des renfoncements dont un mouvement brusque du bâtiment ne pourrait les déloger ; quant à ceux que le sommeil fuyait, ils restaient auprès du bastingage, préférant se fier à leurs propres yeux qu'à ceux des vigies, en haut des mâts, pour surveiller les eaux ténébreuses.

Althéa était ainsi appuyée sur la lisse, s'efforçant de percer l'obscurité de la nuit, quand elle sentit Brashen s'installer près d'elle. Elle avait su que c'était lui sans même avoir à se tourner vers lui ; peut-être avait-elle reconnu sa façon de se déplacer, à moins qu'elle n'eût inconsciemment capté une trace de son odeur. « Nous allons nous en sortir, dit-il d'un ton rassurant, les yeux au loin.

— Bien sûr », répondit-elle sans conviction. Malgré le danger mortel qu'ils affrontaient tous, elle se sentait gênée en présence de Brashen. Elle aurait beaucoup donné pour se rappeler, sans que l'émotion s'en mêle, tout ce qu'ils avaient dit et fait ensemble cette fameuse nuit. Elle ignorait à quoi l'attribuer – la bière droguée, le coup sur la tête ou la cindine –, mais elle n'était pas sûre de l'exactitude de ses souvenirs. Elle était absolument incapable de comprendre ce qui lui avait pris d'embrasser Brashen. Peut-être, songea-t-elle sombrement, parce qu'elle refusait de se rappeler que cela s'était réellement produit.

« Vous allez bien ? demanda-t-il d'une voix basse qui ne fit qu'ajouter des sous-entendus à sa question.

— Très bien, merci. Et vous-même ? » répondit-elle avec une politesse sans faille.

Il eut un sourire de connivence. Dans le noir, elle ne le vit pas, mais elle le perçut dans sa voix. « Ça va. Quand nous serons arrivés à Chandelle, cette nuit ne nous apparaîtra plus que comme un mauvais rêve. Nous en rirons en buvant un verre.

— Peut-être, dit-elle d'un ton neutre.

— Althéa... » fit-il ; au même instant, un choc ébranla la coque et le navire commença de se soulever hors des flots. La jeune fille tendit frénétiquement les mains vers le bastingage et s'y accrocha fermement. Le bateau se mit à donner de la gîte et la mer parut monter vers elle. « Éloignez-vous du bastingage ! » lui ordonna Brashen d'un ton sec, puis il se précipita vers l'arrière en criant : « Jetez-lui la ligne ! Passez-la par-dessus bord ! Jetez-la-lui ! »

Le pont continuait à se dresser vers la verticale. Partout, des marins hurlaient de terreur et de colère. Le navire criait lui aussi, dans l'effrayant craquement du bois habitué à être soutenu par l'eau et maintenant poussé hors de son élément. Sa flexibilité qui lui permettait de résister aux coups de marteau des vagues jouait à présent contre lui. Althéa sentait presque dans sa chair la souffrance des planches dont les membrures se tordaient d'avant en arrière. Le gréement gémissait et les voiles battaient. Althéa se retrouva accroupie sur le bastingage presque horizontal, accrochée des deux mains à la lisse. Elle leva les yeux vers le pont incliné : bien poncé, il ne lui offrait aucune prise pour s'éloigner de sa position précaire ; en dessous d'elle, l'onde obscure se mit à bouillonner sous les coups de queue du serpent.

Au-dessus d'elle, un homme poussa un soudain rugissement de désespoir : il avait lâché prise et glissait dans sa direction. Il allait passer à côté d'elle ; si elle ne bougeait pas, elle ne risquerait rien : il heurterait le bastingage et passerait sans doute par-dessus bord, mais elle ne risquerait rien – si elle ne bougeait pas.

Mais, à sa propre surprise, elle tendit une main vers lui. Il se cogna contre la lisse, elle saisit son manteau et ils se retrouvèrent suspendus dans le vide, retenus au bateau seulement par la main d'Althéa toujours accrochée au bastingage et une de ses jambes repliée sur la lisse. « Non ! » fit-elle dans un hoquet en sentant ses muscles craquer sous la tension. Les mains de l'homme étaient si serrées sur la sienne qu'elle avait l'impression qu'il allait lui broyer les os ; instinctivement, elle tenta de se hisser par-dessus la lisse. En contrebas, l'eau s'agitait.

À l'arrière, elle entendit un cri poussé à l'unisson et les hommes jetèrent à la mer un immense filet bourré de morceaux de viande huileuse. Du coin de l'œil, Althéa vit une longueur de chaîne suivre le filet, puis un cordage se dérouler. L'appât avait à peine touché la surface de l'eau qu'une gigantesque gueule ouverte émergea pour l'engloutir ; Althéa n'aurait eu qu'à tendre la main pour toucher la courbe écailleuse du cou de la bête quand elle replongea. Elle entrevit des rangées de dents et de grands yeux, puis il n'y eut plus que la bosse que formait le dos du monstre alors qu'il sondait.

Un cri de triomphe jaillit de toutes les gorges, puis Brashen donna l'ordre d'arrêter la ligne en prenant un tour mort. Aussi brusquement qu'il s'était dressé, le navire retomba tandis que le cordage filait sur le planchéiage comme s'ils venaient de larguer une amarre. Althéa et son compagnon se retrouvèrent à cheval sur le bastingage au lieu d'y être suspendus, et ils se dépêchèrent de redescendre sur le pont. La ligne de l'appât se raidit brutalement, et le bâtiment tout entier frémit sous la tension du crochet qui mordait. Le taquet disparut par-dessus bord, puis le chapelet de tonneaux arrimés ensemble suivit, emportant une partie du bastingage en se précipitant dans l'eau. Dans une succession de claquements secs, les barils vides s'enfoncèrent sous la surface comme s'ils étaient en pierre et non en bois. Comme le navire retrouvait son assiette, les hommes se ruèrent vers le bastingage et scrutèrent les eaux ténébreuses à la recherche d'un signe du serpent disparu. Sans bouger, muets, ils regardaient la mer et tendaient l'oreille. Dans le silence, un chasseur dit à mi-voix : « Il ne pourra pas rester éternellement en plongée avec tous ces tonneaux accrochés à la chaîne. »

Sans rien dire, Althéa s'interrogea : que pouvait-on savoir de ce dont un serpent était capable ou non ? Ses dents tranchantes n'étaient-elles pas en mesure de couper la chaîne qui liait la viande à son cortège de barriques ? Peut-être était-il si puissant qu'il pouvait entraîner les tonneaux jusqu'au fond sans ressentir la moindre résistance ?

Comme en réponse à ses réflexions, un cri monta soudain de l'autre bout du navire. « Là ? Vous les voyez ? Ils viennent de remonter ! Regardez, ils s'éloignent ! Et elle plonge encore !

— Ah bon ! Maintenant c'est “elle” », marmonna Althéa.

Elle s'apprêtait à traverser le pont quand un cri du second l'arrêta. « Arrêtez de bayer aux corneilles, tous autant que vous êtes ! Tirons-nous d'ici pendant que cette saleté est occupée !

— On ne la poursuit pas pour la tuer une bonne fois ? demanda un des chasseurs, stupéfait. Vous ne voulez pas que votre navire soit le premier à rapporter la tête et la peau d'un serpent au port ? On nous offrirait à boire pendant des années rien que pour entendre notre histoire !

— Je tiens à rester vivant pour rentrer au port, répliqua le second d'un ton aigre. Allez, mettez de la voile !

— Cap'taine ! » protesta le chasseur.

Le capitaine Sichel observait la mer, là où on avait aperçu le serpent pour la dernière fois. Tout son corps était tendu par la haine, et Althéa sentit qu'il n'avait qu'une envie : poursuivre la créature avec l'opiniâtreté aveugle d'un molosse sur une piste fraîche. Elle ne fit pas un geste, ne dit pas un mot, respira à peine, tout en répétant intérieurement *non, non, non, non, non.*

Puis, alors que les chasseurs commençaient à discuter joyeusement entre eux de harpons, de canots et d'équipes, le capitaine s'ébroua comme s'il s'éveillait d'un rêve. « Non, dit-il à mi-voix, d'un ton de regret. Non, répéta-t-il plus fermement et plus fort. Ce serait courir un risque stupide. Nous avons de pleines cales de cargaison à livrer, il n'est pas question de les mettre en danger. De plus, il paraît que le simple fait de toucher la peau d'un serpent paralyse les muscles et entraîne la mort. Laissons partir cette engeance de l'enfer ; le crochet planté dans sa gorge et la bourre de viande qui l'accompagne finiront bien par le tuer. S'il revient à la charge, eh bien, nous le combattrons de toutes nos forces. Mais, pour l'instant, allons-nous-en. Qu'il entraîne ces tonneaux jusqu'au fond si ça lui chante, moi, ça m'est égal. »

Althéa s'attendait à ce que les hommes obéissent promptement, mais ils réagirent à contrecœur, en lançant de fréquents coups d'œil à la tache d'eau noire où le serpent avait sondé. Les chasseurs, eux, ne cachèrent pas leur colère ni leur frustration : certains jetèrent bruyamment leur arc sur le pont tandis que d'autres, une flèche ostensiblement encochée, continuaient à scruter la mer, les yeux plissés : si le serpent se manifestait à nouveau, ils le décoreraient de leurs empennages. Tout en se hissant de nouveau dans le gréement, Althéa forma le vœu que la créature se tienne au large du navire. Au bord lointain du monde, le soleil remontait lentement des profondeurs de l'océan ; elle apercevait une lueur grise là où il ne tarderait pas à émerger. Aussi illogique que ce fût, elle était presque convaincue que, si le soleil se levait avant le retour du serpent, ils survivraient tous. Un instinct profondément enfoui en elle appelait la lumière et le jour pour mettre un terme à ce long cauchemar.

À ce moment, sur le flanc du navire, le serpent apparut brusquement, dressé comme un morceau de bois maintenu à la verticale par la vitesse d'un tourbillon. La créature secoua la tête, les mâchoires grandes ouvertes dans l'espoir de déloger le crochet planté dans sa gorge. Comme elle agitait frénétiquement sa crinière de droite et de gauche, de petits bouts de mucus sanglant volèrent de sa gueule, et des gouttelettes de salive acide touchèrent les voiles. L'une d'elles atterrit sur la joue d'Althéa, provoquant une vive brûlure ; la jeune fille poussa un cri et s'essuya le visage à l'aide de sa manche. Une effrayante insensibilité se répandit à partir de la lésion. Les cris d'autres marins lui apprirent qu'elle n'était pas la seule à avoir été touchée. Elle affermit sa prise, ne bougea plus et tenta de se calmer. La substance allait-elle la tuer ?

Sur le pont, en contrebas, les chasseurs poussèrent des hurlements de victoire et se précipitèrent du côté où le serpent, debout sur sa queue, s'efforçait de se débarrasser de l'appât barbelé qu'il avait avalé. La chaîne sonnait sur ses dents et les tonneaux flottaient non loin de lui. Des flèches chantèrent et des harpons volèrent. Certains tombèrent avant de toucher leur cible ou passèrent à côté d'elle, mais quelques-uns atteignirent leur but. Avec un son aigu de trompe, le serpent hurla de souffrance et se laissa retomber dans l'eau ; son cri avait été strident, plus proche de celui d'une femme que du mugissement d'une bête. La créature plongea de nouveau et les tonneaux s'enfoncèrent sous l'eau les uns après les autres.

Au-dessus d'Althéa, un homme poussa lui aussi un cri, incompréhensible, inarticulé, puis il tomba en heurtant un espar non loin de la jeune fille. Il y resta suspendu un instant, et Althéa le saisit par la manche de sa chemise. Mais l'équilibre précaire de l'homme se rompit et le tissu se déchira dans la main de la jeune fille. Elle entendit le corps heurter le pont, et elle resta à regarder stupidement le bout d'étoffe décomposée qu'elle tenait toujours. La bave du serpent avait rongé l'épais coton comme des mites une écharpe de laine.

Elle se demanda quel effet la salive de la bête avait sur son propre visage, puis une pensée plus pressante lui vint et elle s'écria : « La bave du serpent est en train de ronger les voiles ! »

D'autres cris confirmèrent son observation. Un homme, les mains brûlées et paralysées, soutenu par deux de ses camarades, regagnait maladroitement le pont. Sa tête roulait sur ses épaules et du mucus s'échappait de son nez et de sa bouche. Il ne paraissait plus tout à fait conscient. C'était un spectacle effrayant à voir, mais plus effrayantes encore étaient les petites déchirures qui apparaissaient dans les voiles. Sous la pression du vent, le tissu commençait par se percer, puis s'ouvrait de haut en bas. Le capitaine observait le phénomène d'un œil inquisiteur, mesurant la vitesse du navire par rapport au temps qu'il allait falloir pour fixer les voiles de rechange et les hisser. Il espérait apparemment s'éloigner le plus possible du territoire des serpents avant de procéder à l'échange de toile. Althéa partageait son point de vue.

Un cri venu de l'arrière lui fit tourner la tête. Elle n'y voyait pas grand-chose, mais les exclamations qui montaient du pont lui apprirent qu'on avait de nouveau aperçu le serpent. « Ce salaud nous poursuit ! » glapit quelqu'un, puis le capitaine, d'une voix tonnante, ordonna aux chasseurs de se rendre à la proue et de se tenir prêts à repousser la bête. Althéa, bien accrochée, distingua clairement le serpent qui se précipitait vers eux, la gueule toujours grande ouverte ; la chaîne pendait au coin de sa bouche, mais il avait réussi à trancher l'épais cordage de chanvre auquel étaient attachés les tonneaux. Les flèches et les harpons saillaient de son cou. Son œil énorme capta la lueur de l'aube et la réfléchit avec une teinte d'un rouge furieux. Jamais Althéa n'avait vu une expression aussi féroce chez un animal. Il se dressait hors de l'eau, toujours plus haut, incroyablement grand, beaucoup trop long pour une créature vivante.

Il s'abattit sur le navire avec toute l'énergie qu'il put rassembler. La tête monstrueuse tomba d'un bloc sur le gaillard d'arrière comme le poing d'un géant sur une table. La poupe du navire se cabra et Althéa faillit lâcher prise et se faire projeter dans les airs. Elle s'accrocha de toutes ses forces en exprimant sa terreur par un cri auquel firent écho une multitude de gorges. Elle entendit le chant frénétique des cordes d'arc qui propulsaient leurs flèches. Plus tard, on devait lui raconter que les chasseurs s'étaient précipités avec intrépidité sur la créature pour lui enfoncer et lui enfoncer encore leurs harpons dans le corps. Mais leur témérité avait été sans objet : la bête était à l'agonie quand elle s'était jetée sur le bateau. Elle gisait à présent sur le pont, ses yeux immenses grands ouverts, et de sa gueule dégouttait un liquide laiteux qui fumait en tombant sur le bois. Peu à peu, le poids de son corps gigantesque l'entraîna et elle retomba dans les eaux sombres d'où elle avait émergé, emportant avec elle la moitié du bastingage arrière et laissant dans le pont une auge de bois rongé qui fumait encore. D'une voix rauque, le capitaine ordonna qu'on nettoie les ponts à l'eau de mer.

« Ce n'était pas un simple animal », dit une voix qu'Althéa reconnut comme celle de Brashen. On y sentait à la fois de la peur et du respect. « Il voulait se venger avant de mourir. Et il a bien failli réussir.

— Allons-nous-en d'ici », fit le second.

Partout sur le navire, les hommes se mirent à la tâche avec énergie tandis que le soleil, émergeant à contrecœur de l'océan, les illuminait de ses premiers rayons.

*
**

Hiémain se présenta sur le gaillard d'avant en pleine nuit, le quatrième jour de leur arrivée à Jamaillia. Vivacia sentit sa présence comme elle la sentait partout à son bord. « Qu'y a-t-il ? » chuchota-t-elle. Rien d'autre ne bougeait sur le navire. Le seul marin en quart de rade fredonnait une vieille chanson d'amour tout en contemplant les lumières éparses de la ville. À un jet de pierre de là, un transport d'esclaves se balançait au bout de son ancre. La sérénité du tableau n'était gâtée que par la puanteur du bateau esclavagiste et le bas murmure de détresse de sa cargaison enchaînée.

« Je m'en vais, répondit-il à mi-voix. Je voulais te dire adieu. »

Elle entendit et ressentit à la fois ses paroles, mais elle ne leur trouva aucun sens. Il devait y avoir une erreur. Affolée, elle tendit son esprit vers le sien pour chercher une signification en lui, mais elle découvrit qu'il l'empêchait d'y accéder. Ils étaient séparés.

« Je t'aime, tu le sais, dit-il. Et, c'est peut-être plus important, tu sais aussi que j'apprécie ce que tu es. Nous aurions été amis, je pense, même sans être ce que nous sommes, même si tu avais été une vraie personne, ou un matelot...

— C'est faux ! » s'exclama-t-elle à voix basse. Alors même qu'elle sentait l'atmosphère qui les entourait alourdie par sa décision de l'abandonner, elle n'arrivait pas à se résoudre à le dénoncer. Ce n'était pas vrai, ça ne pouvait pas être vrai. Inutile de pousser de hauts cris et de mêler Kyle à l'affaire. Cela ne regardait que Hiémain et elle, et cela se passerait entre eux deux. « Hiémain, oui, sous n'importe quelle forme nous aurions été amis, même si tu me touches au vif quand tu dis que je ne suis pas une vraie personne. Mais ce qui existe entre nous, d'homme à navire, cela n'aurait pu exister entre nuls autres ! Ne te fais pas d'illusions sur ce point ; n'essaye pas d'apaiser ta conscience en songeant que, si tu pars, je pourrai me tourner vers Clément pour bavarder ou partager mes opinions avec Gantri. Ce sont de braves hommes, mais ils ne sont pas toi. J'ai besoin de toi, Hiémain. Hiémain ? Hiémain ? »

Elle s'était tournée pour le regarder, mais il se tenait trop en retrait pour qu'elle le vît. Quand il s'avança vers elle, il était en sous-vêtements ; il portait un tout petit paquet, un objet réduit roulé serré dans une toile huilée. Sans doute sa robe de prêtre, se dit-elle, irritée.

« Tu as raison, murmura-t-il. J'emporte ma robe et rien d'autre. C'est le seul bien que j'aie apporté à bord. Vivacia, je ne sais que te dire de plus. Je dois m'en aller, il le faut avant que je sois incapable de te quitter, avant que mon père m'ait tellement changé que je ne me reconnaisse pas moi-même. »

Elle s'efforça de se montrer rationnelle, de l'ébranler par la logique. « Mais où vas-tu aller ? Que vas-tu faire ? Ton monastère se trouve loin d'ici. Tu n'as pas d'argent, pas d'amis. Hiémain, c'est de la folie. Si tu tiens à partir, ne te lance pas à l'aveuglette. Attends que nous soyons plus proches de Moëlle, joue la comédie pour faire croire que tu as renoncé à t'échapper, puis...

— Si je n'agis pas tout de suite, je crois que je ne le ferai jamais. » On sentait une calme détermination dans sa voix.

« Je peux t'en empêcher, le prévint-elle dans un murmure rauque. Il me suffit de donner l'alarme. Un cri de ma part et tous les hommes du bord se mettront à ta recherche. Ne le sais-tu pas ?

— Si, je le sais. » Il ferma les yeux un moment, puis tendit la main. Il effleura une boucle de cheveux de Vivacia du bout des doigts. « Mais je crois que tu n'en feras rien. Tu ne me trahirais pas. »

Il se redressa soudain, attacha son paquet à sa taille à l'aide d'une longue ficelle, puis enjamba maladroitement le bastingage et se laissa descendre le long de la chaîne d'ancre.

« Hiémain, non ! Il y a des serpents dans le port ; ils risquent...

— Tu ne m'as jamais menti, fit-il d'un ton de reproche. Ne commence pas dans le seul but de me garder près de toi. »

Saisie, elle ouvrit la bouche mais aucun son n'en sortit. Hiémain atteignit le niveau de l'eau glacée, y trempa un pied nu, puis la jambe tout entière. « Que Sa me préserve », fit-il avec un hoquet avant de se laisser glisser résolument dans l'eau. Il prit plusieurs inspirations rauques pour résister à son étreinte froide, puis il lâcha la chaîne et s'éloigna sans grâce. Il nageait comme un chien, son paquet à la traîne.

Hiémain ! hurla-t-elle. Hiémain, Hiémain, Hiémain ! Des cris dépourvus de son, des larmes dépourvues d'humidité. Elle garda le silence, et pas seulement parce qu'elle redoutait que ses appels n'éveillent les serpents : une terrible fidélité envers lui et envers elle-même l'y obligeait. Cela ne pouvait pas être la volonté de Hiémain, c'était impossible : c'était un Vestrit, et elle son navire familial ! Il ne pouvait pas l'abandonner, pas pour longtemps. Il irait à terre et se rendrait dans la ville plongée dans l'obscurité. Il y séjournerait une heure, un jour, une semaine, comme le faisaient parfois les hommes : ils débarquaient, mais ils revenaient toujours. De son propre gré, il reviendrait auprès d'elle, convaincu que tel était son destin. Elle entoura son torse de ses bras et serra les dents. Elle ne pleurerait pas. Elle attendrait qu'il comprenne et revienne de lui-même. Elle espérait bien connaître le fond de son cœur.

*
**

« L'aube est presque là. »

La voix de Kennit était si basse qu'Etta n'était pas

sûre de l'avoir entendue. « Oui », répondit-elle dans un murmure imperceptible. Il était allongé dos à elle et elle ne le touchait pas tout à fait. S'il parlait dans son sommeil, elle ne tenait pas à le réveiller. Il était rare qu'il s'endorme tant qu'elle était encore au lit, rare qu'elle eût le droit de partager plus d'une heure ou deux ses draps, ses oreillers et la chaleur de son corps élancé.

Il se remit à parler d'une voix à peine audible. « Connais-tu ceci ? "Quand je suis loin de toi, La lumière de l'aube touche mon visage du bout de tes doigts."

— Je ne crois pas, fit Etta d'un ton hésitant. On dirait un poème, peut-être... Je n'ai guère eu de temps pour apprendre la poésie.

— Tu n'as pas besoin d'apprendre ce que tu es déjà », chuchota-t-il sans essayer de dissimuler son affection. Etta crut que son cœur allait s'arrêter de battre et elle n'osa plus respirer. « Le poème s'intitule *De la part de Kytris pour sa maîtresse*. Il est plus ancien que Jamaillia ; il date de l'ancien Empire. » Il y eut un nouveau silence. « Depuis que je te connais, tu me rappelles ce poème. Surtout le passage qui dit : "Les mots ne sont pas assez profonds pour contenir mon amour. Je me tais et repousse mon adoration, de peur que la passion ne m'enchaîne." » Un silence. « Les mots d'un autre, issus de la bouche d'un autre. Je regrette qu'ils ne soient pas de moi. »

Etta se tut pour savourer ces propos en les gravant dans sa mémoire. Maintenant que le murmure s'était éteint, elle entendait la respiration profonde de Kennit, en harmonie avec le clapotis des vagues contre l'étrave du navire. C'était une musique qui jouait en elle au rythme de son pouls. Elle prit son souffle et rassembla son courage.

« Tes mots sont doux, mais ils ne sont pas nécessaires. Je n'en ai jamais eu besoin.

— Alors demeurons silencieux. Reste près de moi sans bouger jusqu'à ce que le matin nous chasse.

— Oui », fit-elle dans un souffle. Légère comme une plume, sa main se posa sur la hanche de l'homme. Il se réagit pas, ne se tourna pas vers elle. Peu importait. C'était inutile. Elle avait vécu si longtemps en se contentant de si peu que les mots qu'il venait de lui adresser lui suffiraient pour toute une existence. Quand elle ferma les yeux, une larme solitaire roula de sous ses cils.

Dans la pénombre de la cabine du capitaine, un petit visage de bois souriait.

REMERCIEMENTS

L'auteur aimerait remercier Gale Zimmermann de Software Alternatives, Tacoma, Washington, dont l'aide rapide et compatissante a permis d'éliminer le virus informatique qui a failli dévorer cet ouvrage.

TABLE

6863

Achevé d'imprimer en France (La Flèche)
par Brodard et Taupin
le 30 janvier 2008. 45564
Dépôt légal janvier 2008 EAN 9782290337059
1er dépôt légal dans la collection : janvier 2004

Éditions J'ai lu
87, quai Panhard-et-Levassor, 75013 Paris
Diffusion France et étranger : Flammarion